Best Time

白马时光

图书在版编目（CIP）数据

待我有罪时．大结局／丁墨著．-- 天津：百花文艺出版社，2019.11（2020.1 重印）
ISBN 978-7-5306-7775-9

Ⅰ．①待… Ⅱ．①丁… Ⅲ．①推理小说－中国－当代
Ⅳ．①I247.5

中国版本图书馆 CIP 数据核字（2019）第 227732 号

待我有罪时：大结局

DAI WO YOUZUI SHI: DA JIEJU

丁墨 著

特约策划：何亚娟　　**封面设计：**小茜
责任编辑：魏青
出版发行：百花文艺出版社
地址：天津市和平区西康路 35 号　**邮编：**300051
电话传真：+86-22-23332651（发行部）
+86-22-23332656（总编室）
+86-22-23332478（邮购部）
主页：http://www.baihuawenyi.com
印刷：三河市金元印装有限公司
开本：710 毫米 ×980 毫米　1/16
字数：376 千字
印张：21.75
版次：2019 年 11 月第 1 版
印次：2020 年 1 月第 2 次印刷
定价：39.80 元

如有印装质量问题，请与三河市金元印装有限公司联系调换
地址：河北省廊坊市三河市杨庄镇杨庄村
电话：0316-3650243
邮编：065000

目　录

contents

目　录

contents

第一章

众人遇险

尤明许很快镇定下来，在心中默默地记住车的行进路线。然而车子似乎走了很多蜿蜒小路，她只能放弃了。

的确如她所感受的那样，车队在县道、乡道，甚至不知名的道路上，穿行了很久，与明面上的那个车队背道而驰。终于在两小时后，上了另一条高速，直奔黔东南。

尤明许感觉到上高速了，看了一眼罗羽，伸手掀开帘子，明白了方位。罗羽看见了她的动作，也没阻拦，且看到她脸色微变。

猛然间，罗羽的身体靠过来，在她耳边说："明许，你跑不掉了。"

尤明许推开他，脸色变了又变，到底沉静下来，似乎已下定某种决心。罗羽不喜欢看她这个样子，仿佛正义使者，总是高高在上。他心念一动，半是诱惑半是威胁地说："不是想看到我们的交易吗？乖乖的，什么都给你看，嗯？"

尤明许静默片刻，反而笑了，眼中冷光闪动："行。"

罗羽哈哈大笑，说："尤明许你也有今天，现在我让你生就生，我让你死就死。等那帮警察追上来，我们早就不知道跑哪儿去了。接下来的路，我让你干什么就干什么，别试图反抗，明白吗？"

尤明许似乎已经猜到了他将会有的险恶用心和嫁祸手段，她紧咬牙关，没吭声。

罗羽眸光幽深地看着她："现在，给我揉揉腿，捶一捶，让我舒服舒服。"

尤明许简直不敢相信自己的耳朵，但他已踢掉皮鞋，一只腿放上来，就放在她的大腿上，行为恶劣极了。

罗羽："不想揉腿，那咱们就干点别的。"

尤明许的手重重地抓住他的小腿，使劲掐了一把，他脸色一变，却舒服地哼了出来，嗓音甚至怪怪的。尤明许快被他恶心死了。

他说："继续捏。我看你还傲，傲给谁看。"说完脚一动，踩着她的大腿，故意揉了几下。尤明许全身恶寒，扣着他的脚不让他再占便宜，冷着脸，咬牙切齿给他揉着。

罗羽嘴角阴笑未退，眸光更深。

这么闹了一会儿，他把腿放下来，穿好鞋，尤明许面无表情，他却说道："尤明许，逗你玩呢，咱们这才刚开始。"

尤明许没说话。

终于到了贵州东南部腹地，下了高速。

这边山多路险，很多地方不通高速。此时路上的车已经很少了，车队沉默地行驶在群山中。越往深山里开，路两旁的农舍就越少，偶尔有车经过，也有农村的孩童在路边张望。

尤明许是在第二辆车上，前面还有一辆车开道。

这时车队正路过一片农田，远处只有一座农舍，门口停了辆车，路旁还停了辆大卡车。

就在这时，那辆大卡车突然发动，从路旁直飙出来，完全是一副不要命的架势。领头的一辆车连避闪都来不及，就直接被撞下了路旁的坡，连翻几下，终于不动了，也没有人爬出来。

后面的几辆车急忙躲避，尤明许被巨大的惯性往前抛去，好在系了安全带，又被狠狠地拽了回来。罗羽也是一样。

他们的车急刹在路旁，有一半车头都在公路外了。罗羽和几个手下猛地抬头、拔枪。这时车外枪声已经响起来了。

尤明许直接打开了安全带，扑倒下来，心念转得飞快：不可能是警察，警察绝不可能现在就行动。是云南那边想要黑吃黑，还是别的仇敌？

这时她听到另一辆车上的黄珑厉喝一声："是湘潭佬！赵纶我去你妈的！"约莫是认出对方是什么人了。

罗羽抬头射了两枪，一把拉住尤明许的手往怀里带，同时贴着车门下车。尤明许自然知道车上不能久留，跟着他下车。他带着她翻下山坡，躲在草丛里，看了她一眼说："待着别动。"

尤明许点了一下头，他便朝几个同样躲下来的手下打了个手势，伺机还击。

尤明许稍稍从草丛间抬头，只见那卡车旁、农舍后，有十来个人在和罗羽这边对射。顷刻间对方已倒下三四人，这边也倒了一两个，还不包括被撞的那辆车上的几个。

尤明许万万没想到，路上还能出这样的岔子，遇上黑帮埋伏火并。也不知道对她的任务而言，是福是祸。她只能静观其变，同时瞄着身旁的罗羽。万一他们落了下风，她就夺了罗羽的枪，只她一人，逃脱保命应该不难。

尤明许虽见过罗羽开枪杀阿华，却没想到他枪法这么好，对方有五六人都是被他一枪毙命的。渐渐地，这边就占了上风。黄珑和郭飞嵘也是狠角色，手底有人中弹，眉头都没皱一下，继续压着火力往敌人那里逼。

湘潭佬们见势不妙，也知道不能得手了，剩下的几人跳上车，飞驰而去。黄珑眼都打红了，刚要指挥小弟们追击，罗羽喊道："站住！"

郭飞嵘也冷静下来，按住黄珑的肩膀："别耽误正事，回头报告老板，再找他们算账。"

黄珑目光阴鸷地盯着前方，湘潭佬很快就跑没影了。到底没再坚持。

他们的计划显然被打乱了，带来的三十来个弟兄，死伤一半。罗羽沉思了一会儿，就迅速下达了指令：把人分成几拨，一拨收拾残局，不可能让尸体就这么躺在路上，被警察发现了，交易也就搞不成了。

黄珑被此事气得不行，被湘潭佬袭击，还要替他们擦屁股，于是又在对方的尸体上捅了好多刀才解气。

其他人将受伤的兄弟都扶到车上，就近找地方处理伤口。天已经黑了，得找地方落脚，明天再上路也来得及。好在随行的本来就有一位医生，忙不迭地给大家处理伤口。

很快，他们就在距离公路较远的山上，找到几间废弃无主的老房子，住了进去。

尤明许全程旁观，不声不响，也没做任何多余的事。毕竟，她比他们还希望交易顺利，好现场抓捕。

等一切都安顿好，罗羽处理完一切后，已是晚上八点多了。尤明许待在一个房间里，没多久就看到罗羽走进来，手里拿着两盒泡好的方便面。

尤明许自然不会跟肚子过不去，接过一盒，埋头就吃。罗羽在她身旁坐下，他身上还有血迹，都是别人的，很快他也将方便面吃完了。

尤明许还没放碗，他已接过，一起丢到了屋外。尤明许看着他的身影，也不吭声。

他似乎有些疲惫，回到屋里。这屋子里只有一张破烂的床和两把凳子。他在凳子上坐下，点了支烟抽着。

尤明许说："给我来一支。"

他弹了一支给她，尤明许含在嘴里，他已拿起打火机给她点烟，尤明许眉都没皱一下，让他点，然后往墙上一靠，慢慢抽着。

"怎么回事？"她问。

罗羽只囫囵地说："湘潭佬一直和我们有仇，想抢生意。不过也要看有没有本事抢去。"

尤明许冷笑了一下，脑海中闪现他们今天目无法纪火并的场面，说："你们都该死。"

罗羽半点不生气，笑着说："是啊，我们都该死。"

两人都静了一会儿，罗羽说："做个交易？"

尤明许看着他。

他笑笑说："我这趟是要博一笔大的。成了，今后邢几复见了都要高看我一眼；不成，命估计都得赔上。看起来这一趟的风险，比我预计的还大，万一没成，麻烦你替我收个尸。条件就是这一路，只要你听话，我就不会碰你。"

尤明许心中那种奇怪的感觉又涌了出来。她总觉得罗羽这个人，直至今日，她都没看透——看不透他的目的，看不透他偶尔的静默和对她的放过。

"那要是成了呢？"尤明许问。

罗羽放声大笑："要是成了，什么都是我的，你也是我的。我想把你怎么样就怎么样，还有什么可说的？"

尤明许："做梦！"

他伸手拍了一下她的脸，被她避开。他也不恼，说："是不是做梦，你很快就知道了。"

罗羽走出房间，农舍下是一片片荒地，远山寂静，这深山里几乎没有灯火，天空渐渐飘起小雨，一片宁静。周围的房子里，传来受伤兄弟的呻吟声和说话声。

他默立了好一会儿，任细雨扑在脸上，竟有种别样的舒服惬意。

手机响了。他一看，心里"咯噔"一下，是邢几复打来的。

这不是正常的事。

这一次的交易实在太重要了，所以邢几复把他们三个都派来了。他尽管没露面，却也来了贵州，远程操控，只是不直接参与交易，也不露面。

不光是他，邢琰君也来了。大家都是分开走的。邢几复到底想退了，这一摊事虽然不会让邢琰君直接沾手，但太子爷将来终归是他们的新老板，邢几复估计是想让儿子提前有个准备。

刚才罗羽这边出事，一在农舍安顿好，就打电话给邢几复汇报了一下。邢几复虽感意外，但也没说什么，和他们一样，表示湘潭佬的账回头自然要算，但目前还是以交易为重，只叮嘱他们要更加警惕。

以往的交易过程，邢几复很少和他们主动联系，现在突然打电话来，是为了什么？

罗羽接起电话，语气恭敬："老板。"

邢几复的嗓音难得地有一丝急躁："罗羽，琰君出事了，他也遇到了湘潭佬，受了伤。他现在的位置离你很近。"

罗羽愣了一下，说："我马上和他联系。"

邢几复说："你看好琰君，明天一早就让他回湖南去。哼，湘潭佬，我要他们死。"

这几年罗羽很少看到邢几复动怒，他心中升起股寒意。挂了电话，他立刻叫了几个人，又与邢琰君联系了一下，跑到路边去接应了。

罗羽带着人在路边没等多久，就看到一辆黑色 SUV 开过来。

等到了近处，罗羽一眼就认出，曾和开车的司机有过一面之缘，等他看清了副驾室那人，眉头更是一沉，低声吩咐手下："拿枪。"

手下们色变，手全按在衣服下的枪上，大战一触即发。

车在离他们两三米处停下，先下来的是个熟面孔，罗羽认出是殷逢身边的助理陈枫。这人也是个角色，背对着他们，半点不慌，从车上又扶了个人下来。

罗羽看清后来下来的那人，瞬间色变，跑过去："琰君！"

邢琰君全身是血，胳膊上缠着绷带，脸色苍白，被陈枫小心翼翼地扶着，朝罗羽点了一下头。

副驾室的人下来，正是殷逢。开车的是涂鸦，神色冷寂。

罗羽的手下连忙上前，接过邢琰君。罗羽看了一眼殷逢，低声问邢琰君："伤要不要紧？怎么回事？"

邢琰君回忆起今晚的经历，还是心有余悸，他答："我们遇到了湘潭佬，跟着我的人伤的伤，死的死。我带着两个人逃了出来，正好遇到殷师兄，他把我送了过来。”

罗羽神色半点未变，点头说：“没事了，老板已经和我联系过，明天一早，派人送你回湖南。湘潭佬的账，回头再找他们清算。”

邢琰君没说什么，罗羽让手下扶他先回屋里休息。邢琰君走了几步，转身说：“殷师兄，多谢。罗羽，殷师兄几天前就跟我说过，会去贵州采风，恰好碰到他们是我命大。师兄，回湖南我再请你吃饭。罗羽，替我送送他们。”

邢琰君说完，越过众人，朝殷逢点了点头。

殷逢只是一笑，说：“举手之劳，湘城见。”

等邢琰君走远了，殷逢带着人刚要上车，罗羽使了个眼色，手下们就把他们连车带人围了起来。

殷逢慢条斯理地说：“罗禽兽，你这是什么意思？就这么对待你们太子爷的救命恩人？”

罗羽冷笑：“救命恩人？我看是处心积虑吧！”

罗羽无从知道殷逢跟专案小组的关系，但殷逢的底细，他也摸过。殷逢曾经协助过警方破案，罗羽是知道的。此外，这人不管失忆前还是失忆后，都和尤明许纠缠不清。罗羽自然不会信“他刚好遇到邢琰君顺手救了”这种鬼话。罗羽也不认为邢琰君就真的信了，太子爷虽然比他们单纯得多，但是不笨。然而临走前，太子爷还是发了话，放殷逢走。到底是干干净净的人，心太软。

这殷逢也太胆大包天了，竟敢跟踪他们到这里来，还堂而皇之地出现。无论这人此行的目的，是于公还是于私，他既然跟到了这条路上，罗羽就不可能放他走。

“带走！”罗羽下令。

殷逢身后的陈枫和涂鸦同时色变，罗羽手下们来抓，两人挣扎了几下，寡不敌众，被制服。

倒没人动殷逢，他那点三脚猫功夫，罗羽也见过，皮笑肉不笑地说：“殷老师，请吧！”既然他自投罗网，罗羽干脆遂了他的心愿。

三人很快被绑得结结实实，嘴上还贴了胶带，趁着夜色，把他们押往老屋的其中一间，关了起来。

由于涂鸦刚才表现得非常弱，人看起来又笨笨的，那些手下根本没当回事，把他们关进房子里就出去了，门口只守了一个人。

这小破屋子里连张板凳都没有，殷逢就坐在地上，陈枫和涂鸦坐在他身后。涂鸦听得门口的人在吃东西，手腕一翻，一片薄薄的刀片就从袖子里掉了出来。

这一招，还是殷逢告诉他的。

过了一会儿，他手腕上的绳子就被磨断了一根，以他的力气，发了狠，剩下的也就挣开了，他撕掉嘴上的胶带，又替他俩撕开，说：“殷老师，现在怎么办？”

殷逢说：“就这样，我们俩的绳子不用解开了，免得待会儿还要缠。”

他的话，两人自然无条件信服。

这一路过来，警方远远地跟着罗羽的车队，他们不方便靠近，押后一段，干脆就跟着邢琰君。等邢琰君遇袭，殷逢才决定现身相助。其他人劝殷逢慎重，一旦暴露可能有生命危险。

殷逢只说了两句话：

邢琰君还不该死。

自己一定不会有事。

果然，如殷老师所料，邢琰君和罗羽会合后，开口保了他们。罗羽也没有对他们下手。

只不过……

陈枫和涂鸦对视一眼，陈枫说：“那我们也没必要把邢琰君送到这里来，远远放下就是。现在束手就擒，有什么好处？”

殷逢说：“尤明许在这里。”

陈枫：“可是你又没有见着她。”

殷逢哼笑一声：“以她的性格，会乖乖待在房子里吗？罗羽不会绑她，她趁他不注意，肯定会出来踩点，看看他们的人手、防御分布。那不就见着了？”

涂鸦笑了笑说：“见着又怎么样？你还能跟她说上话？”罗羽还不废了你？但这句话他没敢说出口。

殷逢说：“用不着说话，她看到我就明白了。”

涂鸦和陈枫忽然觉得被塞了一嘴腻歪无比的狗粮。

为避免被人发现，殷逢又指使涂鸦把自己的嘴用胶带贴上。废弃的房子，自然没什么遮拦，他转头望着窗外，匪徒们大多在房间里休息，没看见罗羽的踪迹，只有两三个人蹲守在外。

天色沉黑，远山匍匐。一个人从对面的一间房走出来，她脸色平静，眼睛飞快地将周围扫了一圈，不动声色。

几个喽啰看见她，既没管，也没吭声。

殷逢心里忽然就升起一股怨气——这是把她当大嫂了？尽管知道她不过是逢场作戏，虚与委蛇，他心里还是有强烈的所有物被人觊觎的怒意。

不过，在看了她一会儿后，那怒意又神奇地烟消云散了。

最近一直如此，总是如此。

屋外山坡上，只有一点暗淡的照明灯光从屋内射出来，正好照在她脸上。她向来会演戏，伸了个懒腰，脸色淡淡的，仿佛漫不经心，却把屋外都走了一圈，每到一房外都瞟一眼。

走到其中一间时，她愣了一下，低头走过。殷逢猜她是看到了邢琰君。

等快到这间房时，她抬起头，两人的目光就对上了。

尤明许的确是出来踩点的，她要摸清他们现在的人手情况，好做到心里有数。看到受伤的邢琰君，她感到很意外。据说邢几复从来不让亲儿子沾这些事，看样子这回也让太子爷跟来了，而且还出了意外。

她正在猜是不是湘潭佬动的手，结果一转眼，就看到了那人的面孔，尤明许眼睛都瞪直了。

似乎每一次，殷逢都会在她意想不到的时间、地点，以她觉得完全不可能的方式冒出来。龙潭虎穴都拦不住他。偏偏每一次，他还都能好好的，屁事儿没有。

看到她呆住的表情，殷逢忽然就感到了愉悦，笑了。

而尤明许从黑乎乎的窗口，看到那个向来冷傲邪气的男人，伸了个脑袋，嘴上还贴了块大大的胶布，头发和衣领也是乱的。他却在对她笑，这一刹那既有尤英俊的傻气，又有如今的他所具有的沉稳笃定。

尤明许清晰地感觉到自己的心跳在这一刹那混乱不已。

他只是一个笑，却令她浑身上下都感觉到了触电般的悸动。

两人沉默地对望了一会儿，怕引起喽啰们的注意，尤明许转过头去，看向了另一边。

过了一会儿，殷逢看到她也笑了，眼眸低垂，嘴角翘起。他知道那是在对自己笑，猛然间他感觉到心脏漏跳了一拍，酥酥麻麻的感觉在心上爬。

尤明许回到房间，靠在椅子上闭目养神，门一响，罗羽进来了，神色如常地走到床边，和衣躺下。

两人都静了一会儿，尤明许睁着眼留心着他。

他却已闭眼，一只手搭在额头上，说："睡吧，明许。一切明天都会有个结果。"

过了一会儿，尤明许也闭上眼睛。

本来她只是半睡半醒，忽然某个时分，闻到了一阵很轻的香味。她脑子里一个激灵，想要睁眼，却发觉眼皮沉得厉害，香气逼近，有什么东西重重按在了她的口鼻上，她急喘了两口气，头昏脑涨，陷入了昏迷。

殷逢是被疼醒的，有人在扯他脸上的肉。

他睁开眼，就看到昏暗的光线里，冠军那张皮笑肉不笑的脸。他们还在那间废弃的农舍里，旁边的涂鸦和陈枫也在揉眼睛。

冠军递了杯水给他，说："殷老师，你们被下药啦，其他人都跑了。可惜论下药，我是他们的祖宗！"

殷逢从地上爬起来，说："他们走了多久？"

冠军答："半个小时。"

"阿许呢？"

"当然也被带走了。不过奇怪，除了你们，他们还留下了两个人，也被下药了。"

殷逢等人走到另一间屋子，看到两个人躺在地上，昏睡不醒。不是别人，正是昨天护着邢琰君逃出来的好手。

陈枫问："这药会让人昏迷多久？"

冠军答："起码到明天晚上。"

陈枫："交易就在今天，真到那时候，黄花菜都凉了。"又看了一眼地上的两人，昨天邢琰君在车上还提过，他身边都是父亲亲选的人，昨天罗羽还说，今天一早要送邢琰君回湖南。

陈枫眸光一闪："罗羽这是几个意思？"

殷逢却只微微一笑："有意思。"

带走的人里，罗羽其实只迷晕了尤明许和邢琰君。尤明许被丢在他的车上，邢琰君则被塞进后备厢里。等一切处理好，他才去叫醒黄珑和郭飞嵘，告诉他们马上就走。

黄珑问："怎么了？"

罗羽答："我怀疑湘潭佬动静太大，警方已经盯上我们了，早走早好。"

这话让人无法反驳。

郭飞嵘又问："太子呢？"

罗羽笑了一下，说：“老板不放心，一个小时前就让他带人走了。走了也好，毕竟咱们这趟很危险。”

黄珑和郭飞嵘对视一眼，没说话。到底是亲儿子，邢几复对他们几个再推心置腹，这种亡命的事，也不会让儿子碰一丁点。于是两人也懒得问了。

黄珑想起一件事，又问：“昨天送琰君回来的那几个人呢？不是和你有仇吗？”

罗羽说：“我下了药，他们会睡到明天晚上，不用管。”

黄珑看着他：“还是杀了省事。”

罗羽笑笑说：“阿珑，我们是来做生意的，不是来杀人的。他们有些来头，杀了只怕警察会往死里查，多一事不如少一事。再说他们到底救了太子，太子发话了，放过他们。今天我们要是真杀了他们，回头太子接班，心里会有疙瘩。”

这话说到黄珑和郭飞嵘心坎上了，两人不再说什么，带着手下，趁夜色上车离去。

当尤明许再次醒来时，天已大亮，她发现车队没有行驶在公路上，而是已经开入了密林，颠簸穿行。罗羽坐在副驾，戴了副墨镜，神色淡漠。

她和一个人坐在后排，正是邢琰君，他刚被他们从后备厢里转移过来。只不过，两人的双手都被绳索绑在了前排座椅上，绑得很紧，根本没法挣脱。

她冷道：“罗羽，你干什么？”

罗羽往后看了她一眼，笑笑：“醒了？就快到了。”

她踢了他的座椅一脚，罗羽笑意更深，不为所动。这一番动静，让身旁的邢琰君也悠悠醒来，看到车上的情形，一愣。

邢琰君并不笨，心慢慢下沉，说：“罗羽，你想要什么，可以和我爸慢慢谈。”

罗羽说：“太子爷误会了，待会儿很危险，我是想让你们留在车上，别乱跑，免得受伤。万一被枪杀了，我怎么和老板交代？”

邢琰君：“罗羽！我爸怎么对你的？你真的要背叛他？”

尤明许没作声，看着两人脸色。罗羽静了一会儿，答：“是的，我要背叛他。”

话都说到这个份儿上了，邢琰君的脸色又青又白，说不出话来。尤明许这时开口：“不管你投靠了谁，是哪一边的人，绑他来就算了，绑我干什么？”

罗羽笑出了声，说：“是啊，绑你来干什么？尤明许，你那么聪明，想想看，我绑了邢几复的儿子，为什么还要把你也绑来呢？想想看，我为什么一定要追到你？为什么要把你带到老板面前晃？因为只有得到你，我才能在他身边更进一步，得到这次的大生意，哈哈！”

罗羽的话令她似懂非懂，尤明许脑子里乱糟糟的，隐隐有种非常不安的感觉在往上冒。邢琰君也是一愣，转头看着她，两人都沉默无语。

罗羽扶了扶墨镜，说：“寄予厚望的儿子，还有最爱的女人给他生的唯一的女儿，两个筹码在手上，你们俩的爸爸，这回要叫我爸爸了。”

邢琰君难以置信地看向尤明许，尽管罗羽的话石破天惊，但仔细一想，觉得他说的话似乎有几分道理：难怪他第一次见尤明许就感觉到莫名的亲切，颇有好感；难怪罗羽带着她出入，本犯了父亲忌讳，父亲却无意阻止；难怪……她的眉眼，与父亲，与自己，颇为相似，都是丹凤眼，高鼻梁。甚至她眉宇间的气质，都比自己更像父亲，冷冷傲傲的，叫人看不透。

邢琰君讷讷不言，尤明许的脸色却变得极难看，一脚又踹在罗羽椅背上，吼道：“放屁！”

罗羽却轻描淡写地答：“你们的 DNA，我已经拿去验过了，你确确实实是他的亲生女儿。下次给你看，让你彻底死心。”

尤明许的眼睛都瞪红了，这些年，她从未深想过自己的父亲，一闪过念头，就冷淡地搁下，她心里觉得那个人多半是负心的，否则母亲不会只字不提，她只当那人死了，哪怕还活着，她也绝不相认。

可如果罗羽说的是真的，那她的父亲就是邢几复，一个犯罪帝国的掌门人！她的母亲是警察，而且是个好警察，因公殉职，怎么可能和这样的一个人在一起？

不，她不信。

她不可能有这样一个父亲。如果邢几复真是她的生父，她还当得了警察吗？她就完了！

她心中念头翻转，脸色煞白，片刻后，整个人已沉静下来。她对罗羽说：“你说什么我都不会信。我没有父亲，今天就算死在这里，我也不会认他。他也不会认我，你这是白费心机。”

罗羽笑了一下，说：“你不了解他。”

“他会认的……”邢琰君忽然颤声开口，“他一直都想认，但是过不了自己那一关……”

尤明许冷冷看了他一眼，说：“我和你们没有关系，以前没有，以后也不会有。太子爷，还是好好操心一下你自己的处境，这人背叛了你们，估计要拿你当筹码和云南谈利益了，你最好盼着自己不要落到他们手里。”

邢琰君心一凉，低声说：“那怎么办？”

尤明许对这太子爷其实一直没有恶感，淡然道：“静观其变。”

罗羽笑笑，说：“这么快就开始关心家人了？我可真感动。”

尤明许说：“你闭嘴。罗羽，你真舍得把我丢出去当谈判筹码？我不信。”

罗羽看了她一眼，这个女人到了这个境地，又听到了自己劲爆的身世，居然半点不显慌乱，眉眼间尽是挑衅，竟然还半真半假地来扰乱他的心。

罗羽说：“是舍不得。所以乖乖听话，别让我为难。”

尤明许和邢琰君都不说话了。

这时，车开到一处密林里，前方出现一块儿空地，有几辆车和二十来个人等在那里。

尤明许心头一跳，只见那些人皮肤黝黑，面目清冷，身材结实，一看就不是善类。

她又扫了眼指甲油，不知道景平等人现在埋伏在何处。

她抬头望去，周围都是茫茫山林，半点埋伏的迹象都没有。

还有殷逢。昨天只看到陈枫和涂鸦，其他几个没露面，就算罗羽算计了他，估计也不能得手。现在殷逢又在哪里？

她定下心神，把有关邢几复的一切都丢到脑后。

她是警察，她的母亲也是警察，不管邢几复是不是她的父亲，她也相信母亲当年一定也坚持着自己的信仰，一生无悔无惧。

她现在要做的，就是灵活策应，帮助自己的兄弟们抓住这两帮毒贩，别的都不重要，她是谁的女儿不重要，生死不重要，只有身为警察的职责，才是最重要的。

罗羽一抬手，车队停下。

对面的云南人不动声色地看过来。

罗羽转头看了一眼，说：“太子与公主乖乖待着，还没到你们出场的时候。”他下了车，司机拔枪留下，看着他们俩。

黄珑、郭飞嵘也带着人下车。这一趟，他们都是罗羽的副手。

罗羽衣冠楚楚，一副斯文败类模样，笑着走上前，说：“是辉哥吗？我是罗羽，终于见面了。”

那辉哥也笑，说：“罗总一表人才，坐下聊？”

林子里有块平整的巨石，云南人早在边上放好了几个木桩，权当凳子。双方坐下。

前面的司机虽然持枪，但不时转头关注着车外的情况。尤明许趁他不注意一低头，手指捏住发簪，拔了下来。邢琰君注意到她的举动，没出声。

那边，他们聊了一会儿，显然比较愉快。辉哥抬了一下手，几个手下拎着箱子走过来。黄珑也示意手下拿钱，十几个箱子，整整齐齐地放在草地上，打开，满满的成扎百元大钞。双方的人开始互验。

那头，辉哥、罗羽、黄珑、郭飞嵘几个，尽管在笑，神色却都很警惕。

这一批货如果流出去，整个华中的毒品市场，就像打了针兴奋剂，不知会流到多远的地方，又会祸害多少人。

双方验完，一手交钱，一手交货。

尤明许抬头，周边林色深深，寂静无比，偶尔有飞鸟从林中跃起，风簌簌吹着，半点多余的动静都没有。

她知道，就是现在了。

"砰——"第一枪破空而来，辉哥不可思议地低头，看着腹部多出的血洞。双方毒贩反应极快，全都扑倒、拔枪。而周围的林子里，无数警察冒头。

就在第一声枪响的同时，尤明许手上的绳索往前一套，就套住了司机的脖子，司机拼命挣扎，尤明许攻其不备，抓住他的手腕狠狠一崴，枪就脱手了，尤明许提起他的脑袋往车门一撞，人被撞晕过去。她拾起枪，邢琰君脸色苍白地看着他。

尤明许一刀划开绑住他的绳索，说："趴下，待着别动，等警察过来。"

邢琰君慌忙点头，看着她推开车门跳下去。

外头已是一片混战。

毒贩已倒下了一半，剩下的全都找了掩护，举枪还击。能负责这样大型交易的，全都是悍匪中的悍匪，个个不输特种兵。一时间局面竟然僵持不下。

尤明许躲在一辆车后，抬头望去，树林里也有警察不断被打中，令她心惊。她屏气凝神，自己的位置恰好在众毒贩的后方，距离又近，她开始瞄准毒贩，一枪一个点射。

几枪之后，他们也发现不对劲了，有几支枪口对着尤明许射过来，她立刻缩了回去，心想：景平，我这一下子背后插刀，正是对方心神动摇的时候，你要是把握不住机会，可别怪我。

然而景平怎么可能错过这稍纵即逝的战机呢?

对方数人纷纷回头，惊惧写于脸上，以为背后也有埋伏，火力一时大跌。就在这时，数名警察冲出，为首的正是景平和许梦山。

尤明许看到两人都穿了迷彩，脸上也涂满油彩，手上拿的还是步枪。狭路相逢勇者胜，一阵猛烈的激射后，毒贩又倒下一半，只剩下为首几人，等他们反应过来时，景平已带人将他们团团围住。

景平这边还有二十来支枪，持枪者个个都穿着防弹衣，毒贩却只剩四五把枪。枪声就这么停了下来。

景平的枪端得极稳，正对罗羽眉心，吼道：“警察！全都别动！放下武器！”

罗羽的脸色冷得像冰，黄珑双眼通红，郭飞嵘咬牙切齿。他们身后，只有两个人了，其他人，包括云南所有人，全部中弹，有的当场死了，大部分被打伤，躺在地上起不来。

尤明许也站起，持枪逼近，来到景平身边。

罗羽看了她一眼，眼神更加阴沉。

尤明许说：“罗羽，把枪放下。”

黄珑怒极，看着尤明许骂道：“一定是这婊子引来的警察，罗羽我要你死！”

黄珑掉转枪口就要射罗羽，许梦山就在黄珑背后，一把扭住他的手臂，将他扑倒在地上。

罗羽回头冷冷地看了黄珑一眼，把枪丢在地上。郭飞嵘脸色僵硬，只好也丢了枪。两个手下看此情形跟着弃枪。景平抬了抬下巴，几名警察上来，将他们全都扣住，戴上了手铐。

景平这才看向尤明许，将她上下打量了一遍，笑了：“没事吧？”

尤明许也笑了：“没事，一点事没有。”

景平迅速脱下自己的防弹衣，套在她身上，尤明许不肯：“别给我，你自己穿！”景平力气却比她大，硬套在她身上：“穿着！”尤明许没办法，只好穿上。好在枪战已经结束，毒贩也都被抓到了，应该不会再有什么危险。景平又拔出另一把枪，递给了她。

许梦山也走过来，尤明许一拳打在他的肩膀上，许梦山笑着。周围的警察正在逮捕其他受伤的毒贩，大战之后，每个人的脸上，都是既紧张又兴奋的神色。那么多的毒品、赃款，他们以血肉之躯，阻止了它们流向老百姓。

尤明许问：“咱们的人情况怎么样？”

景平答：“我们这一组一共五十人。受伤的有一半，但有防弹衣，应该都没伤到要害。这次行动中上山的警察一共出动了两百人。但是你一进山，信号就没了。这一片山区太大，我们只能分成四组。我一路找过来，就撞见了他们的交易，还没来得及通知其他人。现在我们得马上出去，和其他人会合，救治受伤的兄弟。”

尤明许点头。这一次的行动，可以算是非常成功了。毒贩们把交易地点选在这里，想必也是留了一手。然而天网恢恢，也只有景平这样老练的缉毒警察，才能在大山中找出他们的交易地点。

尤明许想到了殷逢，但是没问。事不宜迟，应该尽快收拾出发。

三人走向那堆钞票和货，许梦山嘀咕道："可惜邢几复没有亲自来，不然当场抓了，就怎么也跑不掉了。"

尤明许一怔，淡淡开口："他亲儿子在这儿，三个手下都参与了这次交易，我不信他能跑得掉。"

景平和许梦山都说对。

"你家殷老师呢？"许梦山说。

尤明许停住脚步："他没和你们一起？"

景平说："没有。他从昨天开始，就没有和我们联络过。"

尤明许转头便撞上景平的目光，那白净的脸上涂着油彩，显出比平时更多的硬朗气息，脖子上还有细细的汗珠，眼睛却又亮又深。

景平说："你别担心。待会儿一和大部队会合，我就派人……"

"砰。"

景平的声音突然没了。

他还看着尤明许，眼睛微微睁大，尤明许在他的侧前方，清楚地看到他的身体一颤，背部多了个血洞。

在这一刹那，尤明许的脑子里一片空白，身体却已做出反应，一把抱着他扑倒在地。景平只愣了一刹那，脸上就浮现出痛苦的神色，眼神却很坚定，努力配合尤明许，爬到一辆车后。

几粒子弹射在他们脚边，蒙了一瞬的许梦山猛然转身，朝枪射来的方向还击，掩护他们躲避。

枪声此起彼伏。

许梦山的身体也猛烈一颤，人跌倒下来，尤明许一把将他也拉过来，只见他左边大腿中了一枪，面容因疼痛扭曲，这下也丧失了行动力。

尤明许心中大骇，放眼望去，只见密林中似有数不清的人头，弹火密集，竟是从四面八方疾射过来。中间的警察们尽管都穿着防弹背心，但不可能防护住全身，纷纷中弹，或是胳膊，或是大腿，甚至已有一二人头部中弹倒下，生死不知！

尤明许眼睛都红了，不由分说将景平和许梦山护在身后，持枪反击，可是林海茫茫，对方黄雀在后，哪里反击得过来？

“砰”一声，一枪擦着她的小腿射过，差点就打穿膝盖，火辣辣的疼痛传来，尤明许又惊又惧，低头暂避锋芒。

背后的景平喘着粗气，尤明许看了他一眼，他胸口血流如注，这么刚强的男人，紧咬牙关，脑门硬是疼出了一层汗，却半点不吱声。他摸出怀里的卫星电话，再度拨通，报告紧急情况。但他刚才也说了，山区这么大，援兵只怕不会来得太快。

尤明许心一沉，又看向许梦山，他虽然腿部中弹，靠坐在地，脸上肌肉绷得很紧，却还在顽强还击。

尤明许又射了几枪，就快没子弹了。其他还活着的警察，大多也面临着弹尽粮绝的局面。她又看向罗羽，他身旁的警察已中弹倒下，尽管他的双手被铐在身后，却站得笔直，似乎完全不惧这情形，嘴角甚至带上了笑。

尤明许只觉得醍醐灌顶——这帮突然杀出来的匪徒和罗羽有关。他到底在图谋什么？

站着的警察，已经没几个了。

几十个匪徒从林中冲出，就像十分钟前，警察包围罗羽和云南毒贩一样，这帮人，包围了警察。

尤明许等人的子弹已经打尽了，这时她听到景平说：“尤明许，扶我起来。”

她没明白他的意图，但还是扶他站起。许梦山也跟着站了起来。偌大的场地中央，站着的警察，居然只剩下他们三人了。尤明许环顾一圈，牺牲的警察有五六人，其他的都受了伤，匪徒们正一个个靠近，夺走他们身边的武器。

为首的匪徒有两人，都是面目冷硬的中年男子。这时已经有人在替罗羽解手铐了，他动了动手腕，笑了，走到那两人面前，三人你看看我，我看看你，同时哈哈大笑。

黄珑和郭飞嵘也被铐着，趴在地上，见状一惊。黄珑喊道：“罗羽，怎么回事？”

罗羽回头看了他一眼，又朝两名中年男子点了点头。其中那名略瘦黑的男子扬了下手，马上有人押着黄、郭二人上了车。黄珑忽然反应过来，大骂道：“罗羽，你居然背叛老大！”立刻有人狠揍了他一拳，他吃痛没了声音。两人被丢上一辆车。

景平三人一直站着没动。

那名略瘦略黑的男子看向三名警察，目光最后落在景平身上，忽然笑了，说：“原来是景同志，我说最近怎么没在云南见到你，原来跑到湖南来了。”

景平说："雷宇，你也厉害，跑到湖南来乱搞一通，还和湘潭佬联手，坑了邢几复一把。胆子倒是越来越大了。"

于是尤明许和许梦山就明白了，这雷宇是云南的。另一个男子正是一路追着他们的湘潭人。看情形，罗羽与他们里应外合，如今钱和货不全在这几个人手里？

尤明许心中突然一惊。之前警方认为罗羽声东击西，所以一路跟随，等双方开始交易就出动抓捕。可这第三拨人来的时机这么准确，等到警方结束了战斗，放松警惕又无援兵时，他们才突然反扑，一击得手。

难道警方的行动，跟踪信号的丢失，山区的广阔和警力的分散，也在罗羽的算计当中？他本就打算让警方和前面的人斗得两败俱伤，自己和同伙再粉墨登场吗？

尤明许心中升起阵阵寒意。

越想越觉得正是如此。所以罗羽假意与她同居，惹她怀疑，步步隐忧，似真似假。湘潭佬才能两次都袭击到他们，削弱他们的实力，甚至还把邢琰君送到了他手里当人质。

他图谋的，大着呢！

尤明许看着他。

恰好他也看向了她，那双细长的眼睛里，闪过一丝轻狂的笑意。

可是！就在这时，那个叫作雷宇的云南毒贩，突然拔枪对准了景平，脸色狰狞，眼中极恨："景平，你也有今天。"

尤明许身形一动，挡在景平面前，许梦山也站了过来。

景平冰冷的声音传来："你们俩让开。"

尤明许和许梦山都没动。尤明许全身的骨头仿佛已僵硬，她死死盯着雷宇，盯着那沉黑的还散着火药味儿的枪口。

雷宇"哟"了一声说："到了湖南，居然还有这么个美女给你挡枪。太好了，景平，我先杀你，再玩你的女人。不，先当着你的面玩她，再杀你。"

话音刚落，一只手握住了他的枪并推开。

雷宇不满地看向罗羽，罗羽脸上是比他还阴森的笑容："雷老大，这警察既然得罪过你，怎么能简简单单杀了了事？警方的援兵马上就到，先带走，再慢慢折磨。至于这女人，不好意思，她不是景平的，是我的。而且，她的身份特殊，还有别的用处。"

他说得意味深长，雷宇又扫了三个警察一眼，放下枪，说："行，我不动她。不过景平得先交给我，我要慢慢弄死他。"

第二章

身份揭露

尤明许又被丢回了原先那辆车上，只不过这次，邢琰君不在，不知被关在哪辆车上。她和许梦山、景平也被分开了。

景平落入了云南人的手中。

一想到他中了弹，生命正每分每秒在流逝，偏偏还遇上了恨他至极的毒贩，心头就像有把钝刀在慢慢磨着。尤明许强迫自己不去想他即将遭遇什么，脑海中浮现出他平时清爽微笑的模样。

还有许梦山，还有其他兄弟。毒贩是不可能让他们活命的。

尤明许闭上眼睛，命令自己冷静。

此时车上只有她一个人，但这次，她被罗羽绑得更紧，不光双手被铐住，身上还缠满绳索，完全脱不了身。车窗是开着的，她听到车外传来说话的声音。

先是和雷宇一起来的湘潭老大孙元，他笑呵呵地说："邢老板，最近怎么样？身体可还好？"

尤明许抬头，看到罗羽和孙元倚在车边，孙元在打电话。那头的邢几复不知道说了什么。

孙元又说："哦，对了，你有几个兄弟不懂事，现在犯在我手里了。你说怎么办吧。"

过了一会儿，孙元眯眼笑，把手机递给罗羽。罗羽一接过电话，语气就变了，显得极为慌乱惊惧："老……老大！我们中计了，湘潭人把货和钱都抢了，琰君今天非要跟来，他也……”话没说完，孙元就把电话拿了过去，罗羽和他对视一笑。

孙元说：“你儿子也在我们手里。”

过了一会儿，孙元说：“行，我让你和你家太子说说话。哦，对了，刚刚听说，不光是你儿子，你女儿也在呢。这可怎么办才好，这不是让人绝后嘛！”说完，孙元看了尤明许一眼。然后他拿着手机走向后头的车，约莫是让邢琰君说话去了。

罗羽趴在车窗上，看着她，笑笑：“你看，你也挺值钱的。”

尤明许说：“你想干什么？”

罗羽脸上闪过冷意，说：“你爸爸不除掉，我怎么可能真正坐上湖南老大的位子。我们会让他带足够的筹码，来换儿子、女儿。”说完他脸上闪过阴森的笑。

尤明许于是明白，他的圈套一重又一重，不光耍了警察，把警察当枪使，还吞了钱和货，剪除了邢几复最得力的两个手下，现在还想要邢几复的命。

尤明许看着眼前这人白皙斯文的面孔，她见过凶残的变态杀手，见过悍匪，见过麻木屠夫，可眼前这人，玩弄人心，六亲不认，心思深不可测，竟让她觉得，他才是最可怕的罪犯。

她缓缓吐了口气，冷笑道：“你还真是一点人性都没有。我看邢几复没有亏待过你，你却要他死！”

罗羽皮笑肉不笑地说：“心疼你爹地了？没事，反正他是个人渣，当年玩了你妈，转头就去娶千金大小姐，你心疼他干什么？这种人死不足惜。”

尤明许根本不想听他说过去的种种，心念转得飞快，语气却软了，说：“罗羽，我求你件事。”

罗羽多久没听过她软声软气地说话了，看着她没吭声。

尤明许说：“别让他们杀景平，求你。”

她的双眸中真的露出哀求之色，罗羽心里也不知道是什么滋味，轻哼一声说：“你陪我睡，我就让他们放过他。”

尤明许静了几秒钟，竟是笑了，说：“行。”

罗羽看了她一会儿，忽然扬声喊道：“雷老大，先别弄死那警察，他身上还有重要情报。”

尤明许直视前方，面无表情。

这时，孙元似乎心情极好地走了回来，看了一眼两人，把手机从车窗递进来，放在尤明许耳边。

尤明许一怔，就听到电话那头邢几复的声音：“明许。”

尤明许一时竟说不出任何话来。

邢几复：“在吗？”

尤明许：“你不要过……”手机已被孙元拿走，他冷冷道：“听到没有？你的儿子、女儿都活着呢，不过过一会儿就不好说了。我知道你人也在贵州，经纬度我待会儿发给你。两个小时后，我们见面。你只能一个人来，带好我要的东西，不准带任何人。到时候如果见不到你，我先把你儿子咔嚓了，把罗羽、黄珑、郭飞嵘也咔嚓了，女儿让手下们玩够了卖到泰国去。”

孙元去别的车上了，罗羽拉开车门坐到尤明许身边，前排坐了两个手下。他将她肩膀一搂，低头就在她脸上亲了一下，说：“宝贝儿，好戏才刚开始。”

车队驶出丛林，沿着狭窄的山路飞快撤离，转了个方向，一路往更南方的深山驶去。

尤明许在心中飞快思忖，距离他们和邢几复约定的见面地点有一个小时的车程，如果让他们成功抵达那里，肯定已逃出了警方的包围圈。对了，她的指甲！这是罗羽不知道的。景平的卫星电话早被罗羽缴了，如果她身上的跟踪器能有信号，警方就能追寻过来。

还有殷逢。他从昨天就没了消息，到底去了哪里？

想到他，尤明许莫名生出几分信心。

前方又是一片荒野山区，越野车已翻过一座座无路的山脊，她的跟踪器说不定又失灵了。可她想到，哪一次殷逢不是突然从天而降，你觉得是绝路，他偏偏可以自己生造一条路出来，然后走到你身边。

那这一次呢，他会来吗？

身旁的罗羽虽然在合目养神，手却一直搂着她，头靠在她的头顶，并没有其他更过分的行为。尤明许闻着他身上的血腥味儿和火药味儿，只觉得一阵厌恶，怎么会有这么凶残、冷酷、心思深沉的罪犯？尤明许几乎可以预见，如果这一次真的让他计划成功，杀了邢几复，还逃脱了警方的追捕，那么这人，必将成为华中地区地下王国新的统治者。

他和惩罚者组织会有关系吗？到了如今这一步，尤明许反而觉得，他们没有关系，他就是一个彻头彻尾的罪枭。她的心念又是一动，那么之前惩罚者组织留下的种种指向罗羽的线索，说不定就是为了引起警方注意。

他会是惩罚者组织的狩猎目标吗？

然而现在，她已经没有精力去深思这个层面的问题了。人为刀俎我为鱼肉，罗羽伙同云南人、湘潭人，与邢几复最后的交锋，还有警察们的追捕、殷逢的奇兵，都会在几十公里外的那个坐标点，有一个结果。

终于到了。

车队停在一片暗绿色的山坡上。罗羽拉着尤明许，把她带下车。尤明许看了一眼周围，就知道这地方绝对是罗羽早就计划好的。

他们在群山之间，最高的一座山的山腰上。普通车已经开不上去了，只有几辆性能最好的越野车还可以缓缓而上。车上装着货和钱。众匪徒们已下车，推搡着几名人质，步行上山。

尤明许先看到了许梦山，他中弹的大腿被人简单包扎过，大概是不想让他死得太快。但包扎得非常粗糙，血还是把纱布浸湿了。许梦山的脸色非常苍白，遥遥看到尤明许，点了点头。

尤明许放下心来。

接着被推下车的，是面无人色的邢琰君，他倒没受什么伤。然后是黄珑和郭飞嵘，两人鼻青脸肿，走路有些佝偻，看样子是被打过。

尤明许的心一紧，还没看到景平。

这时一辆车的车门打开，一个人被踢下车，摔在地上一动不动。尤明许一下子呆住了，那人浑身血肉模糊，脱得只剩了一条内裤，才这么短的时间，全身上下就已伤痕累累，割伤、烫伤、刺伤都有。胸口同样被毛糙地缠了绷带，应该是有人想要让他死得慢一点。

他闭着眼，显然已昏死过去，只是大概因为太过疼痛，身体还在无意识地颤抖着。

尤明许的眼泪一下子就流了出来，想要跑向他，却被罗羽抓回来。他冷冷地道："他一时半会儿死不了，他们折磨警察的手段多着呢，能让他吊三天三夜不死。"

尤明许强忍着泪。罗羽的话虽然无情，她却听了进去。三天三夜，只要能拖得久一点，警察来了，景平就有救了。

"别让他死。"尤明许说，"否则我这辈子不会放过你们，哪怕死也要把你们抓回来枪毙！"

罗羽倒是没动怒，轻声问："你就这么在意他？那殷逢呢？"

尤明许吼道："他是我的战友！我的兄弟！"

罗羽从没见过她流泪，这时却看到两行清泪从她眼中淌出。女人抬头，死死盯着他，倔强不屈的面容，脆弱的泪水，竟然美得不可思议。

罗羽沉默了几秒钟，答："行了，我答应你，暂时不让他死。"

尤明许怔了怔，目光再度投向景平，却不忍再看，心如刀割。

那边的许梦山也被激怒了，他大喊一声："景哥！"想要冲过去，却被两名匪徒摁住，一顿乱揍，他顿时直不起腰来，当即被踢倒在地。

尤明许已经不流泪了，眼睛却还是红的，她跟着罗羽走过昏迷的景平身边，抬头没有看他。然后就听到有人把他从地上拖起来，往山顶上带。

尤明许看着远方，群山寂静，山林葱茏，雾气弥漫，几名警察，也许正走在一条赴死的路上。但愿青山埋忠骨，没有一个警察会白死。会有更多的警察，把这些黑暗中的恶魔，送进牢狱中。

她的心竟变得无比沉静，仿佛不过是在执行一次最寻常的任务。她摒除所有杂念和情绪，开始观察周围的环境。

他们到了接近山顶的位置。

不得不说，罗羽的这个位置，挑得极好。只怕她的跟踪器在这荒山也不会有信号。这里地势极高，四面陡坡，也就是说，有没有人逼近，邢几复有没有带人过来，他们都能一览无遗。

距离约定的时间还有四十分钟。山下，还不见任何人来。整片山岭，寂静得只有风声。

他们一共带了二十来个人，安排了一部分人把守四周，另一部分人则守着人质。尤明许被单独丢在一个位置，绑得结结实实的，身边站着罗羽的两个人。

其他人，景平、许梦山、邢琰君、黄珑、郭飞嵘，全都被丢在一块儿地上，几把枪指着他们的头顶。

罗羽、雷宇、孙元站在一块儿，商量了一会儿什么，全都带着笑。然后雷宇走过来，指间夹了支烟。尤明许看见他走向人质，心头一紧。

景平还昏迷着，趴在地上。许梦山见状爬到他面前挡着，旁边的匪徒一脚踢过去，踩着许梦山腿上的伤口。许梦山痛苦地叫了一声，动弹不得。

雷宇在景平面前蹲下，打量着这个宿敌。

没人知道这名来自云南的毒枭在想什么，也没人知道景平这名前云南缉毒警察到底曾让他有多恐惧。雷宇的面容很得意，也有些扭曲，眼中全是恨意，他站起来，一脚踩在景平胸口的伤上。景平吐了口鲜血，睁开眼。

他的脸上竟然没有太多表情，已经肿得不成样子的眼睛，看着雷宇，一点也不惧怕。

雷宇突然被他的表情激怒了，提起景平的脑袋，狠狠往地上撞了几下，嘴里骂道："死警察！景平，你不是很厉害吗！云南那么多毒贩子怕你！说你是毒蛇，哈哈，一个这么细皮嫩肉的警察居然被人叫毒蛇！你抓了我多少兄弟，嗯？你终于也有今天了，我要把你的头割下来，带回云南去，让所有人都看到，害怕吗？哈哈哈！"

景平抬起头，整个人已经没有一丝多余的力气，然后他吐了口血水出来，正中雷宇的脸。

雷宇哈哈大笑，丢开他，给两边手下递了个眼色，又是一顿拳打脚踢。

雷宇说："玩这么久，也差不多了。罗老大，你的面子我也给足了。这个警察厉害得很，不马上杀了我不放心。刀。"说着手下递来一把匕首。

尤明许眼见景平已是进气多，出气少了，整颗心仿佛被人紧紧揪住。他还在被人揍着，像是感应到什么，抬头往她的方向看来。

尤明许泪流满面，沉默不语。

景平却微微笑了一下。那张脸其实都快看不出原来的样子了，可她还是看清了他平静、温和的笑。

尤明许心中悲恸，猛地抬头："罗羽！"

罗羽看了她一眼，没什么表情，走向雷宇："雷老大，卖我个面子。这人自然是要杀的，我也不想放过他，他惦记着我的女人！不过，在他死之前，我再送他一份大礼好不好？"

雷宇有些不太高兴："怎么？"

罗羽一指尤明许："时间还早，兄弟们多无聊啊，来点娱乐。我要当着景平的面，上她。"

雷宇一愣，笑出了声，看了一眼尤明许，他自然也知道，那是邢几复的千金。这样可就更有意思了。

"行，还是你们湖南人会玩儿。"雷宇放下匕首。

他们的对话，周围人都听得一清二楚。罗羽转身走向尤明许，嘴角挂着玩味的笑。尤明许全身冰冷，僵硬如木偶，看着他一步步走近，余光却瞥见他身后她的战友们。

地上原本被人踢来踢去的景平，突然以手撑地，差点就爬了起来。他猛地吼道："不——"那声音嘶哑破碎，像是从肺腑深处爆出来一样，旁边的匪徒都吓了一跳，没想到人到了这个份儿上，还能有力气。有人连忙一脚踩在他背上，把他踩趴下，有人狠狠给了他一肘，把他甩得撞倒在地。可他也不知道哪儿来的力气，还在拼命挣扎，脖子抬得直直的，望着尤明许的方向。

尤明许看到这一幕，全身仿佛都被山顶细细的风割得发疼。她吼道："景平，你别动！"旁边的匪徒们却爆发出一阵笑声。

罗羽已走到她面前，"呵"地笑了一声，一把将她打横抱起。

不远处，一个人突然挣脱匪徒们的控制，直直朝尤明许的方向跑来。但是才跑到半路，就被人摁得死死的，脸被踩在地上。许梦山红着眼，大骂道："罗羽，你还是不是人？你敢动她！敢动她我死也不会放过你！"

罗羽抱着尤明许转身，脸上挂着淫荡的笑，答道："我本来就不是人啊。先别杀这个警察，让他也看着、听着，我是怎么上她的。"

周围的匪徒们爆发出一阵狂笑，雷宇和孙元也看得颇有兴致。在他们眼里，罗羽实在太有性格了，大事当前，居然还要玩儿邢几复的女儿，够狂，也够坏。和这样的人合作，才能真的把毒品生意做得更大。像邢几复那样保守胆小的老东西，他们早就不想合作了。

黄珑和郭飞嵘与这事无关，只是冷冷地看着，担心着即将赴约的邢几复。邢琰君失声喊道："罗羽！你别动她！"但是根本无人搭理他，罗羽看都没看他一眼。

尤明许没有挣扎，两条命在他们手里。

罗羽低头看着她，眸光幽幽。于是他看到，到了这个关头，怀里的女人居然还笑了一下，是那种非常嘲讽、非常鄙夷的笑，仿佛接下来将要发生的一切，生死福祸，都和她没有关系。

然后她抬起沉默的眼，看着悠悠蓝天。

罗羽感觉到心脏疼了一下，用只有两个人能听到的声音问："你不怕吗？"

她答："不怕。"

罗羽低下头，在她额角亲了一下，她偏头避开。他的神色变得漠然，示意一名手下打开车门，将她丢了进去，自己也上车，车门被重重关上。

车外的匪徒们笑得更欢，有的甚至还想凑过去看里头的情形。然而只见罗羽手一伸，就把后排的黑色隔帘全都拉下，随后车里传来动静，车子摇晃起来，有人在挣扎，女人的呵斥声，还有被捂住嘴发出的模糊声音被传出来。

所有的匪徒都变得有些心猿意马，连雷宇都挑了挑眉。毕竟是顶级老大的女儿，谁不想玩？况且还长得那么美！

孙元说：“罗羽还真是个会享福的。”

雷宇说：“他连邢几复的女儿都玩了，应该是真的想投靠我们。”

孙元笑笑点头。

车子一直在震动，在所有人眼前昭示着一场狂暴又邪恶的性爱。

山岭上一时变得格外寂静，风吹过每个人的脸，冰冷刺骨。

景平躺在地上没动。他们已经不打他了，他也一丁点儿都动不了了。那辆车上的动静，隐隐约约传来，他努力睁开快要睁不开的眼，看着头顶的蓝天，蓝天上的流云与云南的景色有几分相似。他一下子就流下了眼泪。当警察以来，除了头几年，他已经很久没有掉过眼泪了。

他想，那是他一见钟情的姑娘，是他的生死同袍，可他没有保护好她，让她落入了匪徒的手中。她是为了他才任由罗羽摆布的，本来他现在喉管已经被人割断了。她可真是傻，死则死矣，她却要为他抢这短暂的生机。

景平闭上眼，眼泪滚滚而下，落入身下的青草地里。这是他最怕的事，他不怕死，不怕痛，不怕被冤枉，不怕旁人不理解，他只怕自己珍视的那些人，因为自己的牵连，落入犯罪分子的手中。所以这些年，他一直孑然一身，父母远离，亲朋不知，因为他真的不知道这样的一天，什么时候会到来。

现在它来了。

他抓过多少穷凶极恶的毒贩，搜罗出多少毒品，现在他却无能为力，只能看着她被人折磨。

他难受，难受得生不如死。可他还不能死。

如果说刚刚被雷宇羞辱折磨时，他心知这次只怕难逃，萌生过求速死的念头。现在，他却再也不肯死了。

他要带那个姑娘回去。他只要还有一口气，就要抓住这些毒贩。

他的命还在。她救了他的命，他怎么能死？

他还要继续做警察，同她一起扫黑除恶，守住正义和良知。

此时同景平一样泪流满面的，还有另一个人。

许梦山还被人踩在脚下，浑身的力气像被抽走了，四肢瘫着，紧紧闭上眼。可那车上的动静，还是断断续续地传进他耳朵里。他的心仿佛在流血，他想：我已经失去樊佳了，难道今天连尤明许也要失去？那是他最好的兄弟，现在却在被畜生糟蹋，只为了保他和景平的命。许梦山只感到痛不欲生，脸埋在泥土里，发出闷闷的低号。

他突然就想到了殷逢。

殷逢！你为什么还没出现？你为什么没能找到这里来？你不是每一次都把她护得好好的？为什么这一次，你没有赶来？

殷逢，你知不知道，那里正在发生什么？你的阿许，她也许已经在哭了。

过了二十来分钟，车上的动静渐渐停了。

又过了一会儿，车门打开，罗羽下车，随手又把车门带上。

此时的罗羽，头发、衣衫都凌乱不堪，皮带还掉下一截，没有系好。他慢条斯理地系上，脸色还有些潮红，眼里含着笑意。

雷宇笑出了声："这么快？"有不少人笑出声来。

罗羽答："谁快？雷老大，话不要乱说。邢几复快来了，不能耽误正事。"

孙元看了一眼车子，看不清里头的情况，问："她怎么样？"

罗羽笑了一下，说："不听话，被我弄晕了。"

三人哈哈大笑。

这时，山坡下隐约有了动静。有人来了。

雷宇打了个手势，手下们全都严阵以待。一个望风的匪徒放下望远镜，报告："来了一个人，老头子。"

孙元："后面呢？"

手下："没看到有人。"

但三名首领还是露出了凝重的神色，仿佛来的是一百人。

这时没人在意景平和许梦山了，只留下两个人看着。反倒是邢琰君、黄珑和郭飞嵘被押到前面来，拨了数人看守。

太阳隐入云层，阴影笼罩住山岭。远远地，众人就见一个高高瘦瘦、五十来岁的男子走上山顶。正是邢几复。

邢几复穿着轻便的运动衣，外面是件防弹背心，手里拎着个箱子，里头装着他主要产业的账册、人员名单，还有些重要的、不能见光的大额资产凭证。这些都是罗羽要的。有了它们，基本上邢几复的地下主要势力也就易手了。

尽管如此，山顶众人却还是微微一怔。

因为老爷子孤身前来，却不见半点慌乱。神色安详，眉宇间的傲气浑然天成，一举一动都透着读书人特有的儒雅气质。

孙元心里莫名慌了一下，脱口道："他不会玩儿什么花样吧？"

没人回答他。

连罗羽都收敛了惯有的阴笑，看着邢几复，神色显得凝重。

于是邢几复一路上了山顶，二十多个匪徒，居然没有一个人举起枪对着他。他走到距离那三人几米远的位置，看了一圈，目光落在邢琰君身上，点了点头。

邢琰君眼眶红了。

邢几复又看向罗羽，此时此刻，他还有什么不明白的？于是他只问："为什么？"

罗羽答："人往高处走，水往低处流。老板，你待我一直很好，但是我太贪心，要的东西太多。我比你，比琰君，比他们俩……"他指了一下黄珑和郭飞嵘，"都更适合坐在那个位置上。"

邢几复和他对视了一会儿，说："我女儿呢？"

罗羽这时才笑了笑，说："老板，你放心，我疼她还来不及。你先把太子爷领回去，我和她随后回湘城。你把一切都给了女婿，这事儿合情合理。她不会有事，只是不会再当警察了，放心，我会和她结婚。"

邢几复静了一会儿，到底点了点头，目光又落在雷宇和孙元身上。

那两人面对这日暮西山、积威仍在的邢老大，心里到底还是有点胆怯的，脸上却露出冷酷的神色。

邢几复只轻飘飘说了句："你们这个局，设得不错。"

雷宇说："过奖了。能得邢老大一句夸，我还真是脸上有光了。"

邢几复只是笑笑，也不说别的，看向邢琰君："琰君，你过来。解开他的手铐。"

罗羽冲手下点了下头，有人解开邢琰君的手铐，邢琰君跌跌撞撞走了过去。

"东西呢？"孙元想要伸手。

邢几复眉都没抬一下："等会儿，让我儿子先下山。"

众人都没动。邢琰君走到父亲身边，邢几复凑到儿子耳边，压低声音说："往山下跑，以最快的速度跑。一百米外，埋伏着我的人。"

邢琰君："可是你……"

邢几复微微一笑："爸爸不会有事。邢家百年的根基不是说动就能动的，他们不敢。"

邢琰君咬咬牙，他对父亲一向信服，知道自己留在这儿是多余，说："爸，你一定要安全地回来。"

邢几复点头，邢琰君转身跑下山，很快就跑远了。

雷宇："把箱子打开。"

邢几复往前走了几步，离他们近了一点，不紧不慢地把箱子放在地上，打开盖子，然后人退开。

罗羽蹲下，只见箱子里满满放着的，果然全都是他要的东西。这些，可远比今天的这批货和钱值钱。雷宇和孙元见了，自然眼红，也都走近了低头看着。

罗羽翻看完箱子里的东西，朝两人做了个手势，正要站起，忽然身子一僵。

他的手刚才不经意间触到了箱子底部，才发现那里头是实的，而且明显比正常的夹层厚。里头还有东西。而他的手轻轻一摸，就摸到一些形状，那不会是……

"都别动。"邢几复低喝道。

孙元和雷宇都是一愣。因为邢几复手里，不知何时多了个遥控器。他微笑地看着他们。

孙元和雷宇同时拔枪对着他，罗羽低着头。

邢几复说："这炸弹威力很大，整个山头都能炸平。不过，你们三个离得最近，应该会被炸成粉末，飘到山沟里。"

孙元和雷宇都阴沉着脸，罗羽慢慢站起来，说："可是邢老板，你要是按下去，你也要死，你的人也得死。你真的舍得按？"

邢几复说："罗羽，你跟我的时间不长，大概见多了我的善心，并没有真的了解我。我这辈子，可以死，可以一穷二白，甚至可以杀亲人、杀朋友，什么坏事都可以做，唯独不受人威胁。所以我当年接班的时候，五个亲叔叔，我杀了四个。一个警察都抓不到的连环杀手，杀了我的女人，我活剐了他，让他全家灭门。你问我舍不舍得按……阿珑、飞嵘，告诉他们，我会不会按？"

黄珑这一路一直憋着股气，恨意满满，哈哈大笑说："老大，赶紧按，我可不想和他们谈什么条件，死了那么多兄弟，去陪他们又怎么样？"

郭飞嵘也喊道："老大，死有什么可怕的。我们到哪儿都跟着你！"

罗羽三人的脸色更难看了。

他们不是没防备邢几复要花招，但是谁能想到他会有同归于尽的念头，一个黑道超级大佬，比他们还不要命！

罗羽脸色缓了缓，说：“老板，有话好好说，我们可以再谈。”

雷宇哈哈大笑，说：“有意思！邢老板真有意思！真是闻名不如见面！”

孙元脸色难看，没出声。

邢几复说：“罗羽，你向来是最会衡量利弊的。先放了他们俩。”

这个要求无关紧要，放了他们也就三个人。罗羽只迟疑了一下，就挥了挥手。手下们放了黄珑和郭飞嵘，两人立刻跑到邢几复身后。他们虽然也受了伤，但都不算严重。

邢几复说：“不如坐下慢慢谈？罗羽，你根本没有必要这么心急，还搞这么大一出戏。就像你说的，你将来是我的女婿，琰君不会沾这些事，我不留给你，留给谁？”

罗羽立刻顺杆子爬：“老板，你看得开就好，反正迟早是一家人。我将来掌了权，肯定也会照顾你，照顾邢家的生意。”

邢几复笑笑。

罗羽看了一眼孙元和雷宇：“要不……就和邢老板坐下谈？”他使了个眼色。

在炸弹的威胁下，孙元和雷宇两个人自然也不愿意再撕破脸，邢几复真的一手指按下去，大家一起玩完，图什么呢？而且他们这一辈，谁没听过邢几复当年的名头？他说得出，就真的干得出来！他们本就是为利而来，搭上命不值得。这时，孙元和雷宇交换了个眼色，那意思是如果形势走向真的不对，转而和邢几复结盟，丢弃罗羽，也不是不可以。

不过，暂时静观其变。

罗羽招了一下手：“把钱和货都拿过来。”有的手下去搬了，罗羽接着说：“邢老板，你想怎么样？”

邢几复笑了笑：“自然是想要双赢，不，三赢，四赢。时代早就不同了，大家一起赚钱才是正道。”

孙元和雷宇都笑着。

就在这时。

“砰——”一声很轻的破空声由远及近，瞬间就传到了四人耳边。邢几复浑身一颤，右大腿已中弹。

罗羽反应最快，扑倒在地。然而其他几人却没那么幸运了，“砰、砰、砰、砰”接连几声，孙元、雷宇，还有旁边的几名手下，都中了枪。反倒是黄珑和郭飞嵘站在邢几复身后，逃过一劫。

众人毛骨悚然，他们在最高的山头上，四面无遮挡也无人，枪是从哪里射来的！

黄珑反应很快，一把扶起邢几复躲到一块儿巨石后面，看向子弹射来的方向……是对面山头，他失声喊道："狙击手！有狙击手！还不止一个！"

子弹声不断，不射要害，专射肩、腿、手臂各处，令匪徒们瞬间丧失行动能力。

这意味着什么？在场的还有谁不懂？

雷宇按着肩膀的伤口，躲到一棵大树后，嘶哑着嗓子大喊道："有警察！有内鬼！"

这时哪里还有人管许梦山和景平？许梦山浑身一震，喉咙哽咽，立马抱着景平卧倒在地，避过弹雨。子弹仿佛长了眼睛，全部绕过了两名警察。

景平咳出口鲜血，努力抬头望去，山坡上的众人躲闪逃避，还有的在试图还击。那里面，居然有他们的同僚吗？

景平忽然笑了出来，难怪他和许梦山到现在还没死，不是命大，不是运气好，不是犯罪分子心慈手软，是那个人护住了他们。

简直就是鬼才，那个人居然以那样令人意想不到的借口，护住了他们。

黄珑和郭飞嵘护着邢几复，邢几复指了一下后腰，黄珑会意，在邢几复身上摸到两把手枪，他和郭飞嵘拿在手里。

对面的山岭上，响起扩音器里发出的声音："你们已经被警察包围，全部放下武器！邢几复、罗羽、雷宇、孙元、黄珑、郭飞嵘，全部放下武器，不得抵抗！放下武器！不得抵抗！"

声音振聋发聩，令山岭上的每一个匪徒都面无人色。他们知道完了，这回彻底完了。那么多的货、现金，足够判所有人死刑，警察出现的时机太好，埋伏得太隐蔽，他们都来不及烧掉证据。

突然间，山坡下方一侧，传来新的响动，枪声、呵斥声、打斗声、奔跑声，隐约还能听到有人在喊："别跑！警察！"那正是邢几复带来伏兵的方向，看样子也被警方清剿了！

邢几复闭了闭眼，又睁开说："走！"

黄珑深吸口气，说："可是琰君还在下面！"

邢几复露出痛苦的神色，说："他没碰过毒品，回头我再找律师想办法。"

三人当机立断，在山顶的一片混乱中，伏低身子，从另一侧陡壁下山。

许梦山看见了，说："不好！邢几复要跑！"

地上突然弹起个身影，也跟着邢几复他们的方向跑下山——正是罗羽。许梦山和景平看到罗羽的身影，都是一怔。但转眼间，罗羽就跑得没了影。

就在这时，一辆SUV的后座门打开，人影闪出。许梦山的眼睛都看直了，那人不就是尤明许吗？

只见她衣物整齐，神色警惕，眼神清明，完全看不出半点被人侮辱后的迹象。许梦山心里突一下，狂喜涌出心头，果然……

景平也看到了，他努力抬头，望着尤明许，眼眶一阵发热。

尤明许看到他俩，伏低身形，慢慢跑过来。这时狙击枪声已经停了，匪徒倒了一地，包括孙元和雷宇。尤明许因为被关在车里，反而成了山头上唯一一个安然无恙的人。

尤明许在他俩面前蹲下，许梦山一把抓住她的胳膊："你……"

尤明许："我没事，罗羽没对我做什么，只是把我关在车上而已。"她的眉宇间也闪过疑虑。

四十分钟前。

当罗羽把她丢进车里，关上门和帘子后，尤明许抬腿就向他踹去。罗羽闷受了这一下，然后按住她的双腿，压上来，恶狠狠地在她耳边说："别乱动，我不动你！"

本来打算鱼死网破的尤明许，咬牙瞪着他。

他这才放开她，坐直了，在车门上踢了两脚，弄出动静，这才说："我对你下手，能让孙元和雷宇彻底放心，相信我得罪了邢几复。而且我答应过你，不让那个警察死。怎么，当我说话放屁？"

尤明许见他不像是说谎，他也没必要在如今占据绝对优势的情况下说谎。

"待会儿邢几复来，还不知道会发生什么。"罗羽说，"你想要保他们的命，就待在车上。等一切结束，我带你出去。"说完又狠狠踹了前排座椅一脚。

尤明许静静坐着，不说话，也纹丝不动。

直至他低头看了一眼手表，笑了一下："勉强说得过去了。"而后一扯领带，解开皮带，拉下半截裤子拉链……尤明许冷冷看着，他却已转身下车。

尤明许的目光落到景平身上，许梦山的外套裹在他身上。景平也看着她，然后慢慢朝她抬起满是血迹的手，尤明许一把握住。

景平说："你……没事就好。"

尤明许看得心头一痛，点了一下头："老景，梦山，坚持住！援兵马上就到了。"

她站起来，看到孙元和雷宇两个头目已躺在地上呻吟。她找来两副手铐，将两人铐住，又捡来两支枪，递给许梦山和景平。

许梦山："你要去？"

尤明许："我必须去。"

许梦山和景平都没说话，因为如果换成他们俩任何一个，现在还有战斗力，就一定会追上去。警方付出了这么大的代价，筹谋了这么久，甚至还埋下了山顶这样一支奇兵。如果真有一个他们不知道的人在卧底，那走到此时的局面，毫无疑问是那人拿命博来的。

邢几复这些年从不直接插手违法生意，把自己洗得干干净净，这是唯一一次，一定也是最后一次机会。如果让他跑掉，以他的势力和神通，再要抓他就更难了！

尤明许又捡起把枪，最后回头看了他们一眼，居然还笑了一下，是一贯的傲气冷艳模样，眼中光芒仍在，转身下山。

许梦山忽然也笑了，虽然一笑身上的伤口就好痛。他喃喃道："她会把他们抓回来的。"

景平："是啊……扶我起来。"许梦山犹豫了一下，慢慢将他扶起，靠在棵树上，两人对视一眼，无须太多言语，都提起枪，戒备着周遭已经被狙击手们干翻的匪徒们。一旦有人想要逃，先问过他们手里的枪。

当然，对面山顶埋伏着的狙击手们，看到两名重伤战友这样的举动，心头也都是滚烫的。他们都低着头，保持瞄准的姿势，和许梦山和景平一起，沉默驻守着。

山腰上的特警们，在二十分钟后，就击毙、抓获了邢几复带来的数名手下，攻上了山顶，抓捕了包括孙元和雷宇在内的数名A级通缉犯、罪大恶极的毒贩，成功营救出许梦山和景平，从而破获了近年来规模最大的一次贩毒案件，震慑整个华中地区。

人一旦要逃命，就会爆发出惊人的力量。

在山腰上的特警们，被邢几复的伏兵耽搁的这段时间里，黄珑和郭飞嵘轮流背着腿部中弹的邢几复，已跑出很远。

黄珑本就是乡野出身，擅长爬山，郭飞嵘沉稳果断，再加上有邢几复，聪敏狠辣。他仔细观察山上警察的进攻方向，又辨认山脉地形，三人合力，一路顺利下山，中途遇到一小队支援的警察，也被他们避过。

尽管中弹，但一处枪伤对于邢几复来说根本不算什么。他趴在黄珑背上，仔细观察。前方就是山谷豁口，一定有公路。只要能逃出丛林，逃到那里，再想办法弄一辆车，就有希望从警察的包围圈中冲出去。

虽说这次邢几复的主要势力几乎被警方一网打尽，只怕再难回湘城，从此要过流亡生活，但只要能逃出去，泰国、老挝、缅甸……哪里不能去？狡兔三窟，他自然还藏了一些资本，警方也再难把他抓捕归案。

三人跑到了一片坡度比较陡的树林中，黄珑已经力竭，大口喘着气，郭飞嵘说："换我。"

"好。"

三人停下，黄珑把邢几复从背上放下来，郭飞嵘接过。

邢几复说："阿珑，飞嵘，辛苦你们了！"

郭飞嵘笑笑说："老大，我们刚跟你那会儿，比这更危险的也经历过，大不了咱们东山再起。看样子孙元和雷宇都没跑出来，哼，让他们跟我们斗。这一次云南那边和湘潭佬，比咱们更惨！"

黄珑恨恨道："要不是罗羽那个吃里爬外的东西，串通他们想要夺权，我们至于落到这个地步吗？"

邢几复："你还以为他只是吃里爬外？呵呵……"

黄珑一怔，郭飞嵘也看着邢几复。

邢几复不再多言："赶紧走。"

三人刚要起身，却都同时定住了，前方四五米处，不知何时多了个人影。

那人手中持枪，枪口正对着邢几复。往日，这人身上，他们所熟悉的阴险、张狂、狠毒的气质，全都不见了，他持枪的动作原来可以那么标准，仿佛早已练习过千百遍，而他的脸上，只剩下明明白白的果敢坚毅。

他在没有任何帮手赶到的情况下，独自拦在他们三人面前，拦在唯一的逃生通道前。

罗羽说："邢几复、黄珑、郭飞嵘，放下武器！你们被捕了。"

第三章

生死无常

当罗羽看到邢几复穷途末路，只能由人搀扶着，佝偻着腰，站在他的枪口下时，他的心情是非常复杂的。

多年潜伏，几近无望，身陷黑暗，枪血同行。大多数时候，罗羽早已忘了自己是个警察。那个黑心律师、黑帮心腹罗羽的所思所想、举动习惯，早就深深刻入他的灵魂里。还有很多时候，他是迷茫的。他不止一次问自己：真的还值得坚持吗？连和他秘密对接的上司都换了人，早已没了当年的生死情义。

他依然是警方重视的部署，还是早成了一枚弃子？

也有一些时候，他是固执的、不服输的。他想：我付出了那么多，父母厌弃、人憎鬼恶，没有朋友，没有爱人，如果得不到一个结果，如果不能抓到教父邢几复，我死都不会瞑目。

所幸，他在一次次内外部权力斗争中活了下来，越爬越高。

所幸，尤明许在适当的时机出现，而邢几复对这个流落在外的女儿的重视程度，也是超出罗羽意料的。他凭着她更加青云直上，邢几复也隐约透露出由他接班这一摊事的意思……

这些年，他一直在等，等一个能抓住邢几复的机会。

当邢几复打算拓宽毒品市场，和云南人合作时，罗羽意识到，这个机会终于来了。

于是，一步步布局，很大的局。他恨那些犯罪分子，可又无比熟悉他们。这一次，他把每个人的反应、选择都算得很准，他知道一旦这桩生意了结，邢几复就会彻底淡出，而这次的交易额，足以判他们所有人死刑。

这是他抓他的唯一机会。

…………

黄珑和郭飞嵘极其厌恶憎恨地望着罗羽。罗羽根本不看他们，只是盯着邢几复。

两人对视了片刻，罗羽感觉到胸中一颗心跳得更急，眼眶也有些发烫，喝道："邢几复！让他们放下武器！蹲下！"

黄珑怒极："你是不是人？！"

郭飞嵘也开口："罗羽，大家兄弟一场，老板平时怎么对你的，大家都看在眼里。警察能给你什么？现在邢家有一半生意都快成你的了，金山银山、老板的女儿都给了你，你冷静点，想清楚。人怎么活一辈子不是活？你今天真要把老板抓回去，整个湖南都会乱。将来你面临的就是咱们的人无休无止地追杀，哪怕你是警察也逃不掉。"

罗羽却只是一笑，说："这些我都知道，我就是要抓他，难道我还会怕死？"

黄珑和郭飞嵘对视一眼，这人油盐不进。

"够了。"邢几复慢慢朝罗羽举起双手，说，"来，来抓我。"

罗羽一怔，然后就听到这昔日的教父淡淡地说："罗羽，背叛我，你一定会死。不光是你，所有和你有关的人，你在意的人，都逃不掉。"

罗羽背后竟渗出些冷汗，但坚定的意志令他冷静下来，枪口稳稳不动。

尤明许跑到几棵大树后时，看到的就是这一幕，四个人的对话，她也听了个七七八八。

其实经历了今日种种，她心中隐隐已有了猜测，可真的撞见这一幕，看到罗羽露出这一面，她的心中还是非常震撼的。

他身上矛盾的气质，他种种摸不透的行为，都有了答案。可他平时在她跟前，真的表现得像个十足的坏种！

透过枝叶，尤明许望着他冷峻的轮廓，心中百味杂陈，再思及这一次的交易，种种曲折，还有如今的结果，尤明许只觉醍醐灌顶！所以，从一开始，罗羽接近她，就是因为她的身份！

他当日狙击阿华，就是为了抢夺这条毒品交易线，却意外地救了她。

于是他顺水推舟，提出和她交易，诱她靠近。一是为了做戏给邢几复看，博取信任；二是利用了她和芸姐，布下"声东击西"的假象，焉知这不是他的计中计？

如此大费周章，就是为了令邢几复相信，警方的大部分兵力都在黔西北，让他放松警惕，所以邢几复才敢带着儿子，放心前来黔东南压阵。

那么景平等人的第一次突袭呢？是否也在他的算计中？他连自己人都算计进去了，利用他们，大大削弱了云南、湘城、湘潭三方的势力。

他本就秘密投靠湘潭佬，袭击邢琰君大概也在他的计划中。所以当时就算殷逢没出现，邢琰君也会落到他手中。

他做这么多，就是为了刚才在山顶的最后一局？邢几复已经多年不直接接触生意，也不露面，但如果有这么大批货，钱、儿子、女儿、心腹，都落到别人手里呢？如果所有的牌都被人抢去，他被逼着不得不露面呢？

这也许是邢几复唯一一次，也是最后一次露面。

当邢几复出现在山顶时，这一局，罗羽就已经赢了。人赃并获，罪无可逃。

草蛇灰线，伏兵千里，心狠手辣，六亲不认。

这就是此刻卧底罗羽给尤明许的感觉。

她定了定神，无论如何，她已接受罗羽和自己是一头的事实，所以他才会借故拦着他们，不让他们杀景平和许梦山吧，尽管方法极为荒谬。所以这一路上，虽然他屡屡言语上欺侮她，却并没有真的动她一根汗毛。

她正打算现身，帮他一起把三人抓回去。突然间，黄珑动作快如闪电，抬手去拔腰间的枪。尤明许一凛，举枪。然而一记枪声比他更快，“砰”一声打在黄珑手腕。黄珑痛呼一声，手枪落地，满手鲜血，表情狰狞。一旁的郭飞嵘本来也打算摸枪，一看这情形，不敢动了。

尤明许看了一眼罗羽。

他的姿态极稳，再度瞄着邢几复。这样准的枪法，这样快的反应速度，几乎可以和景平媲美了。而之前在尤明许眼里，他不过是个窝囊废，一拳就能被自己揍趴下。于是尤明许明白了，之前的弱势，包括被她揍，都不过是掩饰。毕竟一个律师，不该有这么强悍的战斗力。

尤明许心中竟生出一丝歉疚，不再迟疑，持枪而出。看到是她，罗羽表情不变，邢几复和她目光一对，神色微变。

罗羽的枪是原本就带来的，装了消音器，他说：“鸣枪。”尤明许会意，她拿的是普通枪，朝天开了一枪。

郭飞嵘和黄珑刚才在山顶也听到了尤明许的身世，此时不管真假，郭飞嵘开口：

“大小姐，老板是你的亲生父亲，难道你要把自己的父亲抓进去？”

尤明许冷笑一声，说：“我可没爸爸。”

邢几复还是没说话。

黄珑说：“大小姐！你不为老板想，也要为自己想！老板如果进去，你是他女儿，能不受牵连？警察最死板了，你还当得了警察吗？说不定他们也会怀疑你！”

尤明许心头一震，喝道：“闭嘴！”

罗羽却在这时开口：“邢几复，我一定会抓你。但你要真的顾及父女之情，进去后就不要提明许，让你的手下也不要提。”

这话一出，众人都是一怔。

尤明许看了一眼罗羽，是了，这人的许多行为，向来就不合规。所以他这是要保护她？

邢几复答：“行。”

黄珑和郭飞嵘都露出愤然的神色。

罗羽再次喝道：“丢枪！蹲下！”那三人终于依言做了。罗羽看了尤明许一眼，她会意，过去把两人的枪拾过来，丢远。

大局已定，只等援兵。

罗羽抬头望去，远处山坡上有了些响动。枪声已响，用不了多久，援兵就能赶到，而他的卧底生涯，终于可以结束了。

尤明许还和他一起，持枪守着三人。

时间一分一秒过去。

罗羽望着她姣好冷艳的面容，低声说：“这回用不着你替我收尸了。”

那是来之前两人说过的话。

尤明许答：“祸害遗千年。”

罗羽忍不住笑了。

尤明许看着他。这样的罗羽，其实是陌生的，他眼中积累的阴霾全都散去，尽管疲惫，整个人却仿佛都变得明亮起来。他卧底了多久？这才是真实的罗羽吗？

尤明许突然就想起这几年来两人相处的种种，他那些令人厌恶至极、痛恨至极的行为都是伪装的，还是说，他身为卧底，早就已经被迫活成了那个模样？

一时间，尤明许的心情有些复杂。想起自己和殷逢揍罗羽的那几顿，想起他这一路明着欺负自己，实则利用自己，也保护了自己的行为，歉疚又涌上心头。

两人相对无言，罗羽的心情也在翻滚。

终于让她知道了自己的身份。

终于。

援兵还没到，他不敢有半点松懈，持枪而立。只是尤明许就在身旁，两人间那丝丝点点尴尬的气氛，似乎也在蔓延。

他到底还是压低声音说了句："以前的事，对不住。"

尤明许轻哼了一声，并不答。

就是这一声哼，却令罗羽心头一松，知道尽管尴尬，但她是能够谅解的。

于是他又添了句："不过我对你的企图，是真的。"

尤明许冷冷瞪他一眼，看到他眼里浓浓的、邪气的笑，仿佛依然是那个黑心黑肺的律师罗羽。这人，她就知道他是本色出演，就算是警察，他也是这么讨厌的性格！于是她心中原本涌起的歉疚，倒是减了不少。

两人不再说话。

邢几复三人还是蹲在地上，并未耍什么花招。

罗羽正要举头再看山上的情形，猛然间听到"砰、砰"两声闷响，而他的身体剧烈一颤，人往后踉跄了两步。

尤明许骇然回头，就看到罗羽抬起头，正看着她，表情有些茫然。他的胸腹各中一枪，已有血涌出来。尤明许一把扶住他，但他已站立不稳，软倒在地。尤明许被他带着倒在地上，失声喊道："你怎么样？你……"

罗羽喘着气，剧烈的疼痛令他脸色发白，身体不住地颤抖。尤明许的泪一下涌了出来，伸手去堵他肚子上的伤口，却根本堵不住。

她抬起头，看到几个人站在林子里。为首的正是邢琰君，他举着枪，尽管一身狼狈，脸上却浮现出混杂着决绝、痛苦的神色。身后还跟着四个手下，全都满头大汗，气喘吁吁。邢几复留给儿子的必然是精英，显然是众人护着他，逃到了这里。

他们有八个人，好几把枪，尤明许只有一把枪和一个重伤的罗羽。可她什么也顾不上了，立刻脱下外套，替罗羽绑在一个伤口上，又用手摁住另一个伤口，说："罗羽，你坚持住！援兵马上就到，你给我坚持住！"

罗羽喘了口气，躺在她怀里。此时，他的视线快要模糊了，他能看到灰蒙蒙的天，还有些树，还有伊人模糊的轮廓，他的脑子也变得昏昏沉沉的，一时间忘了自己身在何处。

于是他笑了一下说："还是要……你替我……收尸啊……"

尤明许望着他的神色，心头大恸，与他的前尘往事齐齐涌上心头，突然间她就难过无比，他有多委屈？这个卧底一直活得有多委屈？她吼道："罗羽，你不许死！我带你出去！我带你出去！回警队去，就去我们的组里，听到没有？"

他吐了口血，气若游丝地说："好啊……"

尤明许的眼泪流下来，她不知道要怎么办才好，下意识地将这个讨厌了好几年的男人，紧紧抱进了怀里。

罗羽闻到她身上的馨香，那是他从未真正得到过的，他突然感到非常难受，比即将到来的死亡还要令人难受，那种情绪，压抑得令人喘不过气来。他在她怀里深深吸了口气，用残存的意志，用只有两人能听到的声音，低声说道："他们人多……不要反抗……邢几复不会杀你……等援兵……"

尤明许哽咽道："我知道……你别说了，保存体力，听到没有？"

罗羽说："我必须说……那个项链……盒子底层……是郭兴拿命换来的证据……我要抓邢几复……怕打草惊蛇，没交……回头……交给上级……"

尤明许泪流满面，用力点头。

罗羽轻喘了几口气。

然后尤明许就感觉到，他的嘴唇很轻很轻地在她的脸颊上亲了一下，又或者，根本只是轻轻贴了一下。尤明许低下头，看到罗羽已缓缓闭上眼，两行眼泪从他的眼中流了出来。而后他的手臂，从她怀里无力滑落。

尤明许紧紧抱着他，哭出了声。

在她刚才脱衣服为他包扎伤口时，手里的枪，已经被人夺走。这时，邢琰君已带人走了过来，黄珑和郭飞嵘也扶着邢几复站起。他们都看着跪在地上抱着罗羽的尤明许。

邢几复冷道："把她带走，当人质。"

一个手下过来抓尤明许，她死死抱着罗羽不放，一脚把人踢开。手下们又都看着邢几复，邢几复说："你跟我们走，不许反抗，否则我让人打爆罗羽的头，不给他留全尸。你不是答应了要给他收尸吗？"

尤明许抬起头，眼眶是赤红的。然后她慢慢地把罗羽放在了草地上，看着血染红了一片青草，而他已毫无声息。尤明许心中突然涌起铺天盖地的歉疚和悲痛，可她只能压抑着，死死压抑着，缓缓低头，在罗羽的额头上，印上最后一吻。

她站起来，有人拿了绳，绑住她的双手，有人检查她的全身有没有武器，她的长发依然整齐地用发簪束在脑后。

她被他们推搡着，往林子外走去。渐渐地，就要走出了山谷。

她忽然转头，望着已经看不清的那片草地。

他躺在冰冷的草地上，身边没有亲人，也没有战友。对于一个卧底而言，死在漫漫长夜后，黎明的前夕，死在一个原本干干净净的人手上。

今日的一切，全都是他拿命换来的。

有关罗羽的一切谜题，终于都有了答案。

也许这么些年，他是真的活得像个罪犯，言谈举止、思维方式都是狠辣阴险的。

可他胸中的那颗心，那颗属于警察的心，到死都没有变。虽然直至死前，才被她知晓。

尤明许闭上眼，任由最后一滴眼泪流下。她用胳膊擦干眼泪，她很清楚自己接下来要做什么，必须去做什么。

代替罗羽去做。

这几个人，全都是邢几复手下精英中的精英，尽管被警察弄得元气大伤，依然骁勇机敏，远胜普通人。很快，他们就出了山谷，来到了一条偏僻无人的乡道上。

尤明许一路沉默，似乎还沉浸在失去罗羽的悲痛中，人恍恍惚惚的，任由他们推搡着前行。

暮色已然降临，群山寂静，荒野无人，只有这一群亡命之徒在狂奔。尤明许很清楚，有了路，很快就会有人迹，甚至还会有车。他们只要抢了车，就有了彻底从警方围剿中逃脱的机会。

这也是她没有过于反抗，愿意成为人质的原因。失去罗羽的悲恸令她更加义无反顾，也更加勇往直前。

出了山，就意味着会重新有信号。

之前，涉及罗羽这个秘密卧底的安全，如此大规模的行动和火力对抗，殷逢和他的人，不被允许知晓和参与是很有可能的，因为实在太危险了。这大概也是他今天音信全无的原因。他又失去了她的信号。

但她相信，他一定在不远的地方。

如果现在，他重新获得她的信号呢?

一群人沿着乡间公路继续往外逃。又走了一段，看见前方出现了几间孤零零的农舍，并无人烟。农舍前的路边，停了辆很旧的面包车。

黄珑等人都是眼前一亮。

黄珑示意两名手下上前查探，他们跑过去，发现车里没人，就开始撬锁。

其他人护着邢几复和邢琰君上前。

尤明许一眼就看到车轮印，心中一动。

乡道上黄土飞扬，那两道车轮印却很清晰，没有被覆盖或破坏，说明车子停在这里的时间不长。

她也被他们推到车旁，暗中抬头，路两旁的杂草都有一人高，茂密深厚，极为寂静。她的心跳加快，竟有几分期待。面上却丝毫不显，全神贯注地听着周围的动静。

车门锁被打开，众人都是一喜，首先扶着邢几复和邢琰君上车。

就在这时，枪响了。

非常密集、喑哑、猛烈的火力，从四面八方传来。

他们竟然是被包围了。

几乎是第一声枪响的同时，尤明许就扑倒在地，滚到车底。然而当她向外望去，却被眼前的一幕震惊了——

枪枪毙命。

脑袋、心脏、腹部，来人专往要害部位打，毫不留情。邢几复那几个最忠诚得力的手下全都中弹倒下，当场气绝，包括黄珑。尤明许听到他闷哼一声，重重摔在她眼前的地上，头部、颈部中弹。

尤明许一惊之后，立刻取下发簪，划断手上的绳索，又重新将发簪插回去藏好。靠近车底另一侧，就见邢几复、郭飞嵘、邢琰君三人，抱头蹲在车旁，毫无招架之力。

尤明许心头一沉。

来的不是警察。警察绝不会这样行事。

也不是殷逢，殷逢他绝不会杀人。

那会是谁？

谁能这么准确地预知邢几复的逃生线路，设下埋伏？

谁在罗羽、云南人、湘潭佬、警察几方势力的对抗反扑后，大局将定时才露面？

尤明许心中忽然就涌出了答案。

他们现身了，他们终于要现身了，所以这一次，他们的目的，依然是惩罚？

惩罚凯阳集团，惩罚……邢几复吗？

枪声渐歇。

尤明许心念如同电光石火般转过，对方来势汹汹，人多势众，此刻，就是她唯一能够抗衡的机会。她猛地滚出车底，朝郭飞嵘扑去。

惩罚者组织不是神，不可能算到他们会从这里逃生，除非有内鬼。那名内鬼和她一样，身上装了跟踪器，才引得惩罚者们前来。

内鬼是谁，昭然若揭。

她的动作太快，那幸存的三人还没反应过来，她已扑至郭飞嵘跟前，钻出了车。

这个郭飞嵘的资料、身手，之前警方早摸过底了。尤明许这一扑，按理说他根本不可能躲得开，只能被制服。可只见他眼中飞快闪过狠辣之色，身子猛地一缩，躲过了尤明许的一拳，然后他笑了一下，就去抓尤明许的胳膊，尤明许怎么可能让他得逞？中途变向，击向他的脸。然而他的动作和她一样快，举起了枪。

尤明许到底之前缩身车下，想要后发制人难度更大，身体猛地刹住，脑门儿顶在他的枪口上，不动了。

邢琰君原本躲在郭飞嵘身后，护着父亲。他愣愣地看着一切，邢几复这时一把夺过儿子手里的枪。

可郭飞嵘背后就像长了眼睛，说："老板，别动。想让你女儿脑袋开花吗？"

邢几复手一顿。

大势已去。

七八个黑衣男子，从小路旁边的深草中现身。尤明许只看了一眼就察觉出，他们身上有某种和顾天成如出一辙的气质，冰冷、沉静，并不凶神恶煞，却让人感到心中发瘆，他们身上有什么东西早已死去，又有什么东西活了过来。

他们手里的枪对准邢几复三人，其中一人拿走了邢几复手里的枪。

郭飞嵘慢慢站起来。

那是种很奇怪的感觉。这人平时给人的印象沉稳、小心，没有黄珑凶悍，不如罗羽阴险，显得平庸很多。可此时，他只是简单地站直了，气场却为之一变，显得挺拔、冷峻，让人心惊。

他走回那些人身边，看着三名俘虏，笑了笑，说："邢几复，你看，现在不是挺好吗，你们一家人在我手里团圆了。"

尤明许怔了怔，紧盯着郭飞嵘，心想：他是谁？他到底是谁？

黑衣男子们从农舍后又开出一辆面包车，这样的车在山间乡下非常不起眼，可见他们心思缜密。邢琰君被单独押上一辆车，邢几复和尤明许则被带上郭飞嵘坐的那辆车。

面包车的后排座椅拆掉了，两人被缚住双手，扔在那里，旁边还有几把枪指着。紧接着郭飞嵘也上了车。车子没有驶向城镇，而是往另一侧的深山里开去。

一个人过来给邢几复处理伤口，还打了针，也不知道是什么针，不过邢几复的脸色比之前好了不少。

郭飞嵘靠着前排车椅，也是席地而坐。郭飞嵘和他们坐在一起，眸光幽深地看着两人。

邢几复："为什么？"

郭飞嵘的双臂搭在大腿上，这样简单的一个动作，却偏偏显出他黑暗阴沉的气场，甚至还有几分将他们生死握在掌心的闲适慵懒。

郭飞嵘答："因为你有罪。"

尤明许这时忽然注意到，郭飞嵘的相貌属于硬朗端正的那种，但那双眼却极为深邃漂亮，这双眼给她一种很奇怪的感觉，尤明许心中"咯噔"一下。

邢几复说："你到底是什么人？"

郭飞嵘看了一眼尤明许，答："我就是郭飞嵘啊，跟了你十年。不过，十年前，我的确不叫这个名字。"

尤明许问："那你叫什么？"

郭飞嵘笑了，表情清清冷冷地说："你猜？"他与她说话的语气透着逗弄。

尤明许的心思却转得飞快。

他让她猜，那是不是意味着，应该是她知道的一个名字？

邢几复这时却笑了笑，即便落到这个境地，对手不明，他也依然保持着平静。他说："十年前就接近我了，我们有仇？"

郭飞嵘淡然道："是啊，我们当然有仇。"

这下尤明许听不明白了，心想：难道郭飞嵘是邢几复以前的某个黑道仇家，还是被他所害的人？如果是因此才加入惩罚者组织的，那也就说得通了。

只是，看郭飞嵘这周身的气度，又能指挥这么多的惩罚者——经过上一次警方的打击后，惩罚者组织应该没剩下多少人了，今天说不定是倾巢出动。那么，郭飞嵘就有可能是……

那个人。

尤明许按下心头的疑惑，旁观他们两人交锋。

这时邢几复也陷入了沉思。他纵横江湖数十年，记忆超群，却对眼前的人没什么印象。十年前？如果是仇家，他早年间应该就赶尽杀绝了，却不知道这是从哪里冒出的一号人物。

邢几复也不纠结他的身份了，转而问："你想要什么？什么都可以谈。"

郭飞嵘笑了笑，拍了两下手掌，说："邢老板还是这么直接。不过……明许，你来告诉他，我们要什么。"

那种怪异的感觉又来了，他叫她"明许"，似乎他们应该是相识的。尤明许不动声色，冷冷地对邢几复说："他们自诩惩罚者，已经杀死过不少逃犯。你说他想要什么？"

郭飞嵘显然很满意这个回答，笑意不减。

邢几复听明白了，尽管有些匪夷所思。他的反应也十分干脆，说："行，我跟你们走，任你们处置，但我的女儿和儿子是无辜的，放了他们。我可以给你们很大一笔钱，大到你们可以去干任何想干的事，你们既然已经被警方盯上了，想来也不容易，有了这笔钱，行事就会方便很多。"

饶是尤明许，听完都是一愣，忍不住看了一眼邢几复。都到这个时候了，他竟然视生死于无物，还在和对方谈判，并且敏锐地抓住了对方的弱点，诱之以利，目的也很明确，要保她和邢琰君的命。尤明许心中有些不是滋味，既不想感激他，可又无法视而不见。

郭飞嵘笑了一声说："还真是舐犊情深！只可惜，我从来不和有罪的人交易。执法的人，怎么可能和惩罚对象交易？至于你的儿子和女儿，还真不能放，我另有用处。"

尤明许的心一沉。

既然谈不拢，邢几复也就没再开口。

面包车行驶在颠簸的山路上，惩罚者们个个凶悍，几支枪一直对着两个俘虏。尤明许一点脱身的机会都没有，不过，木簪还在她头上，刚才袭击郭飞嵘时她留了一手，并没有暴露，她在耐心等待。

尤明许想起了殷逢和其他警察，惩罚者们刚出深山，又入深山，殷逢还能追到她的信号吗？

这时邢几复转头看向她，尤明许察觉了，没理会。

“明许。”他开口，嗓音有些哑，“是爸爸连累你了。”他自己都没意识到，望着尤明许的脸上露出温柔而隐痛的表情。

尤明许说：“你不是我爸，不必自作多情。我也不是被你连累的，我是来抓你的。”

邢几复静了几秒钟，说：“当年是我对不住她，但我心里……”他不再说了。

尤明许厌恶至极，喝道：“你闭嘴！”

两人的对话，郭飞嵘听得一清二楚。这时他抬起头，眸光也变得冷酷无比。他盯着邢几复：“没听到她让你闭嘴吗？你有什么资格提她？”郭飞嵘说。

邢几复和尤明许心头同时一震。

郭飞嵘却笑了，说：“你这些年来所犯下的罪，我一桩一桩都记下了。等我对你实施了惩罚，她在地下知道了，一定很高兴。”

尤明许的心中已起了惊涛骇浪，他在说什么？这个惩罚者组织的头目，他怎么可以这样提及那个人？

邢几复望着郭飞嵘那双漂亮的、幽暗的眸子，突然间睁大眼，尽管相貌有些差别，眼前人也远不如当年那个人英俊年轻，可轮廓分明是相似的，而且那双含恨的、执拗的眼，与当年一模一样。

“你是……当年缠着她的那个小子？！是你！”

尤明许一惊。

郭飞嵘哼笑了一声，并不否认。

“你是……”邢几复几乎是从记忆深处找出了那个只听过一两次的名字，“你是……殷尘！”

尤明许心头大骇，再次抬头看着郭飞嵘，居然真的看出几分与殷逢相似的轮廓，尤其是那双眼睛。

殷尘？他居然是殷尘？为什么邢几复会认识殷尘？而且为什么他提到母亲时，邢几复才把他认出来？

那时候……缠着她的……那个小子？

尤明许忽然感觉到后背在冒冷汗。

郭飞嵘却猛然笑出了声，似乎遇到了什么非常好笑的事，他用手按着额头，一直“呵呵”笑着。

然后，尤明许看到了极其诡异的一幕。

郭飞嵘从两颊撕下一层类似于凝胶状的东西，又从口袋里掏出张湿巾，在眉骨上擦了擦，然后又撕下两条什么东西，最后，从脖子开始，撕下了覆盖在整张脸上的、几近透明的薄薄的一层膜。

警队里也有擅长变装易容的人，能把清秀小哥化妆成个粗糙大胡子，能把男的化妆成女的。然而郭飞嵘的伪装技术，明显更高超，这些都做完后，他慢慢抬起头。

按时间推算，殷尘至少有四十岁了，但眼前的男人看起来不过三十出头，其实还是郭飞嵘那张脸的轮廓，但是皮肤白皙很多，脸颊也要瘦一点，原本两道粗黑的眉毛，撕掉后变得眉清目秀。这样的容颜，就更像殷逢了。

尤明许也见过殷尘年轻时的照片，现在百分之百可以确定，眼前的男人，就是殷尘！

尤明许脑子里的念头急速飞转——

殷逢曾经暗示过，惩罚者组织的头目和他流着相同的血，而对方的目的，不仅仅是为了毁掉殷逢，还要跟殷逢所信奉的善恶观较量。

兄弟俩天生都流着罪恶的血，却走上了完全不同的路。他们都想证明自己所追求的才是人生真谛。

如果这些年，殷尘一直化名郭飞嵘，潜伏在邢几复身边，潜伏在一个深度犯罪组织里，那么一切就都说得通了。为什么这么多年，他能一直不现世？他是如何拥有财力，豢养一批有罪的杀手的？他处于这样的组织中，寻找、训练、组织惩罚者的行动都会方便得多。

变态的罪恶，藏于普通人的罪恶中。黑暗藏在黑暗里，又怎么能轻易让人找到呢？

尤明许看着眼前的人。

这人，比殷逢年长十多岁，他是殷逢的亲兄弟，这么多年来，他将罪恶、人性甚至罪犯玩弄于股掌间，他当年还和邢几复，还有她的母亲，有着讳莫如深的关系。

尤明许突然想起曾经在惩罚者的老巢里，看到属于她的满墙的照片，心中生出个诡异的念头——真的都是顾天成拍的吗？

殷尘似乎挺满意他们俩的震撼不语。

他先看向尤明许，嗓音不可谓不温柔："我其实该叫你弟妹。"

尤明许不吭声。

殷尘也不在意，转而看向邢几复。这样的容颜，尽管与当年二十出头的小伙子有所差别，邢几复还是一下子就和以前的那个男孩对应上了。

那还是十多年前，那个人还活着，尤明许也只有八岁。

那年，她依然在做刑警，每天辛苦查案，不眠不休，像是要将自己累死在岗位上。

那一年，他早就按家族的吩咐，娶妻生子。

她从来不肯见他。他一直在暗中派人看着她。她或许不知道，或许知道了却从不理会。

有一天，手下来汇报，说她正在查一起连环杀人案，在街头卧底。那块区域并不在他的势力范围内，人也不容易插进去，于是他皱眉。

手下还说，有个和她住在同一栋楼里的男孩子总是缠着她，她似乎对那个男孩子也颇为照顾。

那个男孩子叫殷尘，二十出头，比她小好几岁，长得高大英俊，就是没什么正经工作和收入，是个走街串巷的小混混。躲在那栋楼里，似乎是为了躲债。总而言之，是个蝼蚁一样的人。

邢几复看到手下送来的殷尘的照片后，眉头皱得更深，他对手下说："杀了那小子。"

那时候，邢几复刚摆平家族内外的仇人，一身血气，这样丢下一句话后，还没来得及追问手下是否办好，她就出事了。

…………

邢几复收回思绪，冷冷地说："你到底想怎么样？"

殷尘说："不怎么样。于公，你早就该为你这些年犯下的累累罪行赎罪；于私，夺妻之恨，本来就是你死我活。我想怎么样，你会慢慢知道的，来日方长。"

尤明许只听得太阳穴突突地跳。

殷尘的话透露出好几层意思：来日方长，以他们的变态手段，看来是要慢慢折磨邢几复。他为什么到现在才动手？是了，他这些年潜伏在邢几复身边，要暗杀他应该有不少机会，但是他一直忍耐着。他要的不仅是邢几复死，还要他身败名裂、家破人亡，他想让邢几复变成丧家之犬，又或者，像惩罚者组织之前对待陈昭辞、向荣那样，殷尘要将邢几复的罪恶不断"养大"，再亲手剪除。这是变态者扭曲的"惩恶"逻辑。

所以直至今日，他才看准机会，借警察的手打击邢几复，逼得他走上穷途末路，自己再坐收渔翁之利。否则，即便是惩罚者组织，会集数十名顶级罪犯，只怕也无法与邢几复庞大的犯罪帝国抗衡。

还有……夺妻之恨。他说夺妻之恨？！

尤明许忍着怒意，下意识就想：这绝对是殷尘一厢情愿，信口开河！母亲怎么可能跟他这样的人有关系！

但是……殷尘显然是恨着邢几复的，邢几复也认出了他。两人的确有宿怨。

这时，邢几复却露出轻蔑的神色，说："夺妻？凭你？"尽管已落到对方手里，但是邢几复却完全不肯低头。

殷尘似乎也想起了往事，目光深深，淡淡地道："她死之前，和我相爱了。她已经忘了你。邢几复，你记了一辈子的女人，呵……她最后爱的是我。在她心里，你不过是垃圾。"

尤明许："你住嘴！"

邢几复却只是笑了笑，闭上眼，靠在车壁上，说："不可能的。她不可能爱上你。"这个五十多岁、城府极深的教父，此时提及旧人，竟十分温和平静。

尤明许心中忽然有些发堵。

今天这一幕，是她万万没想到的。眼前的两个男人，一个是黑帮教父，一个是变态杀手教父。可谁能想到，当他们俩交锋时，会谈论起多年前的一个女人！

尤明许心中某些坚持已久的信仰险些就要崩塌。可只是稍微一动摇，她就让自己冷静了下来。

不可能的。她想，她相信自己的母亲绝无可能。

如果知道这两个人有罪，母亲绝对不会和他们中间的任何一个有所牵扯。

母亲尽忠职守，是最好的警察。她一生为公，到死都是因公殉职，所有和她共过事的人，谈及她，都只有钦佩和惋惜。她绝不可能知法犯法，容忍别人犯罪。

自己的存在……说不定是母亲一生唯一的污点。尤明许闭了闭眼又睁开，就算她真的是邢几复的女儿，当年母亲也绝对是被蒙蔽或者被强迫的。

那么正直、那么温柔、那么坚持信念的母亲，她大概只是不想自己这个无辜的生命被扼杀而已。

尤明许心中一阵冷一阵热，眼眶发酸，意志却渐渐重拾坚定。

不管这两个社会败类当年对母亲怀着怎样的心思，不管他们是她的谁，母亲死了，她还在。对于一个警察来说，摆在眼前的答案确切并唯一——她要做的，就是抓住他们。

尤明许心志一定，情绪快速平复，她压根儿不想再听他们扯什么情债，看着殷尘，心念飞转，问道："殷逢是你弟弟，你为什么要对付他？"

邢几复并不知道殷逢和殷尘的关系，闻言便也凝神听着。

殷尘笑着说："你也说了，他是我亲弟弟，我怎么会对付他？相反，我一直以这个弟弟为荣。这些年，我一直在默默地关心着他，如果有人敢伤害他，我会立刻要了那个人的命。不过，殷逢是个很固执的人，他让自己过得很苦，你不也知道吗？我心疼他，想要解放他，他从小接受的正规的条条框框太多，他把自己框在了里头。我只是想让他知道，他的大哥是对的，是他执迷不悟。明白吗？"

尤明许心道：果然如此，殷逢全都料中了。不过她嘴上并不反驳，避免激怒这个偏执狂。她又问："惩罚者组织，是你创建的吗？"

殷尘目光沉沉地望着她，说："明许，首先，你也应该喊我一声大哥。"

尤明许不说话。

殷尘却又笑了笑，说："不喊大哥也行，如果你母亲没死，我本来应该是你的继父。这一层关系，我更喜欢。没错，惩罚者组织，是我创建的。"

尤明许听到他张狂的话语，只觉得恶心恼怒。继父？若不是此刻人在屋檐下不得不低头，她真要骂一句脏话。

母亲就算曾经被邢几复这么个书生才子模样的毒贩蒙蔽，一时上当，也绝对不可能喜欢上这个死变态、终极犯罪者。

一时间，尤明许看邢几复都比之前顺眼了一点点。

尤明许正要继续套话，殷尘却说："行了，叙旧到此为止。你想套我的话，慢慢来。咱们一块儿在山里躲的日子，还长着呢。"

尤明许心一沉，索性也半真半假地说："你既然叫我一声弟妹，还不放了我？"

殷尘说："殷逢对女人从来没有什么真心，唯独对你，爱得神魂颠倒，就像当年，我爱上你的母亲一样。曾经一度，我愿意为她而死，你说，这是不是一件很有意思的事？我和他流着相同的血，有着相同的喜好和厌恶。我们会爱上相似的人，而且居然是两母女。所以你看，人生啊，每个人的命运，要走上一条什么样的路，其实都是注定的。"

说不清为什么，尤明许的心头竟有些震动和隐隐的恐惧，也不知道恐惧的到底是殷尘话语里的意思，还是他未说尽的含义。

她忽然又想起了殷逢，曾经的尤英俊，含泪望着她说：我爱你，我愿意为你而死。

殷家人，都是这么的……疯狂吗？

不，一个声音在她心中说，殷逢和眼前的罪犯是不同的。

她想起来了，殷逢曾经平静地对她说：我希望自己一生信奉的，是诸恶莫作，诸善奉行。

如果说殷尘的话令她感到了寒意，那么殷逢的存在，却令她心头冒出阵阵温暖和力量。

“你们是不同的。”尤明许说，“他和你，生而相似，却选择了不同的路。他和你，从来都不一样。”

殷尘听懂了她话里的含义，他的眼里笼罩上一层迷雾，然后用他那捉摸不定的眼神静静地望着她。尤明许知道，自己触怒了他，甚至可能触到了他的痛点。她忽然心生快意，于是慢慢笑了。

半晌，殷尘却也笑了，低喃道：“难怪他那么喜欢你。你和你母亲很像，正直、坚硬得让人忍不住想要亲手把你掰弯，看你挣扎。”

尤明许心头一紧，他的反应让她感觉到了某种危险，可另一个念头却也涌上心头：殷尘以这样的语气谈及母亲，分明充满了掌控和破坏欲，莫非……他刚才说的仰慕、相爱根本就不存在，都是假的？他和母亲根本不是那样的关系？这么说，他说那样的话只是为了故意激怒她和邢几复两人？

甚至会不会，他才是当年……害死母亲的真凶？虽然当年，警方认定的变态杀手，被人发现死在了一所公寓里，且死得很惨，但殷尘此时谈及母亲的态度，隐隐的疯狂，都令她感觉到不对劲。

按下心头疑惑，尤明许暂时沉默，不再激怒这变态。

殷尘也不知道想到了什么，转头望着窗外幽暗的夜色，面目沉沉。

直至这时，尤明许才感觉到，身边一直沉默的那个人靠近了些，他在她耳边低声说：“别再和他说话，他的目标本来是我。”

尤明许抬起头，首先看到的是邢几复斑白的双鬓、关切的表情和出乎意料的清澈双眼。她说道：“我有分寸。”

“如果有机会，你就逃，我会拖住他们。”邢几复又用很低很低的嗓音在她耳边呢喃。

尤明许没有说话。她从来没想过还有机会问这个人什么，现在忽然就有了一种冲动，但最终，她还是选择了沉默。

第四章

别怕我在

车内一片寂静。

山路蜿蜒，没有半点灯光。夜色深了，只有他们还在往深山老林里开。偶尔有一辆车经过，也不会有人察觉出这两辆车的异样。尤明许知道，他们离警方的势力范围越来越远，甚至有可能又丢失了跟踪信号。

殷逢、景平、许梦山，他们能找到她吗？会追上来吗？

如今外面风声这么紧，警察也已全力出动。惩罚者们拦截了邢氏父子，殷尘刚才说的话也透露出，他们会在深山里躲一阵。如果殷逢今天找不到她……也许，就再也找不到了。

可莫名地，尤明许心中又生出些勇气，她相信，他会来的，就像之前的每一次那样。

而且，就算他不来，她也要想办法和这些罪大恶极的罪犯周旋！

她抬头看向对面三个持枪的惩罚者，加上殷尘，这辆车上他们一共五个人。她注意到，不管之前，她、邢几复、殷尘聊了什么仇怨和私密，对面三个人的眉都没皱一下，他们只是始终拿枪威胁着邢几复和她。这也是她一直不敢轻举妄动的原因。

这三人的手掌都有茧，应该是都苦练过枪法，而且身材结实，肌肉看上去就很有力量。比那些黑帮毒贩，更能让人察觉到威慑力。再思及顾天成和卫澜的身手，尤明许没把握能在他们三人的枪口下脱身。

这些人对殷尘极为信服，甚至有些盲从。尤明许相信他们是被洗过脑，才会不顾生死地去追求殷尘所说的“诸善已死，诸恶奉行”。

有点棘手，只能静待机会。

关押着邢琰君的车行在前面，尤明许和邢几复在第二辆车上，夜色越发深沉，山岭寂静得没有半点声响。

变故，是在一刹那间发生的。

突然间，尤明许感受到了前方射来的两道强光，她立刻抬头，车上的众人也纷纷抬头，殷尘脸色微变转身——

那是两道极其耀眼的车灯光，从前方路旁骤然亮起——那里不知何时，悄无声息地停了辆大型 SUV，并在第一辆车即将经过时突然发动！

尤明许几乎可以想象出，一片黑暗里，第一辆车上的司机和众人，被这骤然亮起的强光照得眼前白花花一片，必将短暂地失去视觉。剧烈的引擎声一下子轰鸣起来，那辆车如同猛虎出山般，瞬间提速，朝第一辆车撞去！

殷尘脸色骤变。

第一辆车上的人此时哪里看得清，只听“轰”的一声巨响，两辆车重重撞在一起！而第一辆车原本车速就快，那辆 SUV 去势又猛，完全是一副不要命的架势，这一下第一辆车直接就被撞翻了个儿，然后重重地撞在路旁岩壁上，不动了。而 SUV 的整个车头也被撞瘪了，几乎深陷在第一辆车的车体里，也撞到了岩壁上去。

一切只发生在一瞬间，两辆车上的人都没了声息。他们几乎拦住了一多半的山路。

尤明许所在的第二辆车转眼驶近，根本来不及刹车，司机猛地一个急转弯，几乎是擦着那辆 SUV 的车尾开了过去，险些就撞成了一团。

这一招……这样以命相搏、以车撞车的一招，尤明许实在是太熟悉了！那辆 SUV 的司机，勇猛过人，毫不惧死，分明以一己之力，就干掉了一车的惩罚者！

就在与那辆车擦肩而过时，尤明许猛地转身，透过车窗，果然望见一个熟悉的、健硕的身影，他被气囊顶着，倒在那辆 SUV 的驾驶位上，满头满身的血，双眼紧闭，生死不知。

涂鸦！！

尤明许看到涂鸦，只感觉到心头又痛又热。

他来了，他们真的来了。

可是涂鸦……你必须给我活着！不许死！

对面的惩罚者们也都在回望这惊人的一幕。尤明许的头飞快地一偏，发簪落下，她用脚踩住。

殷尘此时的脸色已是一片阴霾，他自然也是认得出涂鸦的，他那幽冷似狼的眼眸盯着车子后方，下令："拔枪。留一个人看着人质。"

惩罚者们都动了，掏出枪，移动布局，占据车厢的几个角，蓄势待发。

殷尘也坐回副驾，拔枪戒备。

尤明许也是全身紧绷。

现在对面只有一个人在拿枪指着她和邢几复。但车厢狭窄，他们人多势众，依然没有机会。她看了一眼邢几复，他亦是一脸警觉，身体微绷着，还好，不算拖后腿。

尤明许在心中快速盘算：殷逢那队人的机动性是在警察之上的，而且冠军能够第一时间追踪到自己。看这情形，只怕只有他们几个，大部队还没跟上来，否则涂鸦不会冒死拦截。也就是说，接下来的，很可能是更加激烈危险的对抗。

到底是一条船上的蚂蚱，她凑到邢几复耳边说："待会儿枪一响就趴下。"

邢几复看了她一眼，说："好……谢谢。"

尤明许不再言语。

她不知道，经过刚才与殷尘的针锋相对，邢几复的心也打破了多年的沉寂，此时这黑道教父竟有些冲动，如果真有什么危险，他愿意用身体替唯一的女儿挡住。这么多年，他已经很少以身涉险，此时有了这个念头，居然感觉到一阵热血和柔情。

过了一会儿，后方又出现了两束灯光，另一辆 SUV 追了上来。

惩罚者们举枪就射。

尤明许心一紧，从后车窗望出去，现在隔得还远，看不清车上的人。这辆车的司机的灵活性居然不输涂鸦，于弹雨中、狭窄山道上左右迅速漂移。子弹只零零散散射在坚固的车身上。

车越追越近，惩罚者们竟然没办法奈何他们。

尤明许忽然感觉到一丝快慰。

这就显出惩罚者们使用面包车逃亡的弊端来。优势是使自身变得不起眼，容易隐匿在山村乡野中，而且他们开的都是山路，无论什么车型，车速都提不快。

但如果遇上枪战硬撞，就远远不如后面这辆昂贵耐撞、提速飞快、越野性能极好的 SUV 了。

这时，SUV 上突然冒出三个脑袋，举枪还击，惩罚者刚打完一轮，顿时被对方密集的火力逼得缩了回来。

好在双方车速都快，面包车上的司机车技也很高超，左躲右闪，双方都还没有人被打中，只是不断地交换火力，抗衡着。

枪声一响，尤明许和邢几复就趴下了。不过，她很快察觉到，后面来的子弹，几乎都是朝车底轮胎和车窗处冒头的惩罚者射的，车身几乎没有中弹。

于是她心里就有了数，索性直起身体，通过后车窗清晰地看到，相隔二十余米远的后方，开车的司机，那嘴角永远挂着阴恻恻的笑，不是冠军是谁？

难怪车技几乎不输涂鸦！

而副驾位、后排左右窗那三个人，她看了一眼，就能凭身材和脑袋的形状，辨认出分别是陈枫、小燕和老九。

后排正中那人，身体朝小燕那边倾斜着，脸被前排座椅挡住，他弯着腰，或许也举着枪。尤明许看到了他身上的防弹背心，心头忽然泛起阵阵又甜又涩的情意。

他来了。他带着他们来了。

仿佛有心灵感应般，SUV 突然一个加速，以迅雷不及掩耳之势冲了上来，几乎与面包车并驾齐驱。这也令惩罚者们一惊，反应过来后在心中痛骂对方阴险——刚才对打了那么久，局面僵持，他们自然以为这就是对方的能力极限，谁知道人家还保存着实力，突然来这么一下，让人猝不及防！于是面包车一下子就被撵上了！

SUV 刚一追上来，一阵猛烈的火力就朝面包车射过来，惩罚者们不得不避其锋芒，全都缩头。尤明许注意到，那个奉命盯着他们的惩罚者，已经快要坐不住了，虽然枪口还指着尤明许，但人却在频频往车外看，仿佛恨不得也加入战斗。

尤明许忽然想到，这样下去，对殷逢等人并不是很妙，因为自己和邢几复在这辆车上，殷逢他们必然有所顾忌，不可能放开手脚射烂这辆车，可是惩罚者们却可以大开火力。双方都是高手云集，这样对抗下去，此消彼长，殷逢他们会吃亏的！

怎么办？她心中突然闪过个念头：她能明白这个道理，殷逢自然也明白，那他……藏了什么后手？

尤明许下意识抬头望去，却看到了令人震惊的一幕！

只见 SUV 的后排车门突然在行驶中打开，一个黑色的轻灵身影如猿猴般一跃而起，飞扑向面包车。尤明许只听见车顶“嘭”的一声响，那人居然在这样快的行驶速度下、枪林弹雨中，徒手跳到了面包车的车顶上！

那熟悉的灵活身影，正是小燕！

他不要命了？！

惩罚者们都没想到会有这么一出，殷尘反应最快，喝道：“杀了他！”惩罚者们全都举枪，朝车顶射去！瞬间弹孔无数，车顶被射成了马蜂窝。

尤明许突然起身朝对面的惩罚者撞去！那人躲闪不及，枪已脱手。尤明许刚要发作，猛然间另一把仍然滚烫的枪口，已指在她的头顶上，她身子一僵，抬起头，是另一名惩罚者，对方的反应速度太快了！那人冷冷地对她说：“坐回去！”

尤明许慢慢缩了回来。

车顶那人竟像是消失了，一点动静都没有。这时殷尘注意到，有几个弹孔里，已染上了嫣红色。那人中弹了？殷尘的心稍稍放下，却不知道打死没有。

就在这时，一个黑色人影如同鬼魅般，突然以倒挂的方式出现在司机的窗外，枪声“砰”地响起。司机哪里来得及防备，被一枪正中眉心，扑倒在方向盘上。殷尘怒不可遏，一枪射出，小燕跟只被扯断了翅膀的燕子似的，从车顶掉了下去，滚落在路旁的草丛里。

尤明许惊痛回头，却只见那黑色的一团趴在草丛里，迟迟没动。她的眼眶一阵刺痛，差点掉下眼泪。

这时面包车失控了！

车速本来就很快，司机被一枪打死，车头就直直朝路旁的岩壁撞去！殷尘一把掀开司机的尸体，伸手猛打方向盘！

只听“轰”的一声，半边车头撞上了岩壁，到底是勉强避过了正面撞击，停了下来。

所有人都被往前甩去，又都跌了回来。

尤明许被撞得头晕脑涨，猛然抬头，却发现惩罚者们当真训练有素，已经有两把枪指着她和邢几复了。

殷尘的头也撞在了方向盘上，流下鲜血。他慢慢抬起头，用衣袖擦掉脸上的血。

那辆SUV已在前方好端端地停下，完全挡住了路。即使殷逢不挡，他们这辆面包车也已报废，开不走了。

撞击的烟尘慢慢散去，山路上一片寂静。

SUV上没有人下车，极有耐心地等待着，只有两道明亮的来自车灯的光嚣张地朝他们的方向射过来。

这边，殷尘沉默了一会儿，忽然笑了：“我这个弟弟，真是越来越疯了。为了你，还真是肯下血本。”

尤明许乖觉地不出声，静观其变。

殷尘示意手下们带着尤明许和邢几复下车。

他们刚一落地，对面的车门也拉开了，几个人踏着月光走了下来，正是殷逢、陈枫、冠军和老九。

夜色已深，群山寂静，这是条非常窄的山路，坑坑洼洼，前不着村后不着店，人迹罕至。再往前去，就是更密更深的林子和更陡峭的山崖了。

两拨人，仿佛具有相同的属于暗夜的气质，隔着几十米对峙着。

尤明许一眼就看到了殷逢。他穿着防弹夹克，身形修长挺拔，外头还套了件黑色大衣。他也正看着她，那暗冷的眼眸里，似有光在跃动。

不管现在形势是否有所好转，也不管今天能不能回他身边，只要看到他的人，她的心就能安宁下来。她的耳边响起他之前说过的话：别怕。

殷尘也正看着自己的这个幼弟。他的心里，首先是欢喜的，仿佛看到一个更年轻也更优秀的自己。不过，隐隐地又泛起了一股想要毁掉他的冲动，毁掉他挺拔的姿态，熄灭他眼里的光。这样混杂的情绪，令殷尘轻轻吐了口气，身体深处都泛起丝丝点点的兴奋。

殷逢远远地看着尤明许，看到她完好无恙，焦躁恼怒了一整天的心，终于也宁静下来。

他注意到，她的神色看起来有些疲惫，脸上也有擦伤和撞伤，但眼神清澈明亮，也就是说，应该没有遭受什么实质性的伤害。

她也望着他，目光里透着某种笃定的温柔。什么都不用说，他就已明白她想说什么。

你又来了。

是的，我又来了，我总是会来到阿许身边的。无论谁拦我的路，无论有什么危险，都阻止不了我。

我不达目的誓不罢休。

…………

正如尤明许所预料的那样，因为丁雄伟等人突然接到更上级的指示，不仅牵扯到一个绝密的卧底，而且调动警力数量又非常大，所以殷逢和他的人，都不被允许参与今天的行动。

有些事，殷逢也是有分寸的，知道这样的决定自己无力改变。不过丁雄伟反复向他保证，说自己也是刚知道那个卧底的身份，而且这名卧底也向上头保证过，一定会尽力保证尤明许和其他警察的安全。

殷逢在心中把整个案件的起因、发展、变化一串，大概就琢磨出了那个卧底最有可能是谁了。心中震惊之余，倒也生出几分由衷的敬佩。

只是，殷逢可以预料到，回头只怕又会多一个苦情刚毅的警察觊觎他的宝贝。大战在即，这种事以后再说。反正在和别人争夺尤明许的事儿上他从来没输过，到时候让那人放马过来就是了。他对那人，甚至还生出了几分以前没有的兴趣。

这时，殷逢并不知道，那人已经牺牲。

尽管警方这一轮大反击把殷逢等人排除在外，但殷逢还是被获准持枪在外围支援。警方不告诉他具体计划和进展，没关系，有冠军在，警方的兵力调动，他们一清二楚。只是山区广阔，他们不知道准确的行动地点。

于是从今天一早开始，殷逢就带着人，一直在警方的包围圈外反复转悠，等待消息。

当尤明许的跟踪器再次有了信号时，殷逢他们恰好在不远的地方。殷逢立刻命令冠军向警方报告这一情况，同时追了上来。

然而尤明许的信号时断时续，随时有可能消失。并且，离警方的包围圈越来越远，反而往更深的山里去了。于是殷逢知道，只怕是出了什么大的变故。

他不能失去尤明许的信号，也不能继续等待警方援兵，就怕等他们到了，惩罚者们已经跑得没影了。

殷逢立即决定，实施拦截！

只是山路陡峭，对手凶悍，行动自然非常危险。几个人以最短的时间，定下最可行的计策和分工后，殷逢的脸色并不好看，他看着他们，说："也许会有人死。"

涂鸦瓮声瓮气地说："我不怕死！我要去救尤小姐。"

小燕说："我早就想死了。要是能救了她，我怎么觉得还赚了？"

其他人都不说话，年龄最大的老九哼哼笑了："一个两个的把死挂在嘴上，想当英雄呢？像咱们这样的人，就算为警察而死，还能被追封为烈士？谁要是敢死，我就把他的脸吃掉，让他死无全尸！"

殷逢揉了揉眉心："住嘴。谁也不准死！"

拦截成功了。哪怕是对上最强悍的惩罚者，众人也是连续出击得手。一切都按照殷逢所预料的进行着，但代价也是惨重的。

一想到小燕和涂鸦还生死未卜，殷逢眉头就紧皱，胸中一股戾气横生，隐隐作痛。只有当触及尤明许柔和明亮的目光后，那戾气才暂时被压下来。

对方戒备心很重，将尤明许和邢几复推在前面，他们的人都站在两人身后。

殷逢的目光，落在尤明许身后那个人身上。

那人很高大，有些眼熟，乍一看会以为是郭飞嵘。但仔细一看，分明是另一个人。那人身形英挺，双手插在裤兜里，只是简单站着，就具备了郭飞嵘所没有的迫人气场。

殷逢看清了那人的相貌，五官依然俊朗，眼眸尤其深邃。时光没有在他脸上留下过多的痕迹，只是比起殷逢记忆中那个年轻人，棱角更加分明，更加厚重立体，气质也沉敛了很多。

十三年了！

十三年前，殷逢还是个高中毕业生，刚刚高分考上北京大学。殷尘那时候还不到三十，殷逢只知道他在北京，自己开了家小公司，与父母早已不来往，但他偶尔会和这个弟弟通电话，有时候还会见面。

那时候的殷逢，处于青春期的叛逆和傲慢中，与父母的关系很僵，他那时就隐隐觉察到自己的内心不同常人。然而从那时候起，殷逢就已经是个骄傲的、心思深沉的人了，那些困惑，那些模糊可见的压抑冲动，他谁都没说，包括殷尘。

不过那时候，尽管一年只能见一两次面，殷逢对这个同父异母、父亲与前妻所生的大哥，还是怀着亲近之情的。那时候殷逢还不懂心理学，他只是隐隐感觉到，大哥身上有某些气质，在吸引着自己。譬如他分明是个商人，但不经意间，眉宇间总有股冷酷狠意；譬如很多时候，大哥显得对人世间所有事都漫不经心，那是一种从骨子里透出的透彻和颓唐，对别人、对金钱、对自己都是。大哥他，和那些庸庸碌碌、盲目活着的世人都不一样。

殷尘身上那宁静、孤独、神秘的气息吸引着殷逢。他甚至觉得，自己感到困惑的东西，大哥也许会有答案。毕竟，他们身上流着相似的血。

殷逢打算到北京上大学后，慢慢接近、了解这个少时就离家的大哥。

但没多久，就传来了殷尘的死讯。

殷尘死的时候，并没有通知家人。殷逢得到消息时，骨灰都已经放置到了墓地。而他们的父母，那一对时常待在国外、从小就不喜欢殷尘的夫妻，甚至都没有回国来看一眼。

殷逢那时候也没觉得有多难过，毕竟兄弟俩的关系一直就不算太亲近，他只是去了殷尘的坟前，站了很久。他有些茫然地想，这世上与自己相似的人，又少了一个，今后的人生，他应该如何生活，如何面对心魔，没有人会告诉他。

只有他自己，继续做着世人眼中那个优秀、张狂的大才子，继续安静地凝望着那漆黑的深渊。说不定哪一天，就纵身一跃下去。

所以，是假死吗？

殷尘终于先他一步，跳了下去。

那个从小被父母遗弃、虐待，诸事都不如他优秀，看着吊儿郎当地活着，实则藏着许多世人无法理解的大智慧的大哥，终于走上了一条无法回头的路。

此时，殷逢的心中居然十分平静。这一切似乎都是水到渠成、命运注定的。他打量着十多年未见的兄长，心中不悲不喜、不惧不耻。他注意到，即使露出了真容，他与那郭飞嵘的相貌，其实还有几分相似，只不过之前看着郭飞嵘，是不会联想到八竿子都打不到的殷尘的，毕竟两人气质迥异。

于是殷逢也像尤明许一样，立刻明白了，这些年，他是如何隐匿、如何行事的。

此时殷逢等人并不知道殷尘和邢几复当年的恩怨，但以邢几复在犯罪界的地位，殷尘在这时出手，坐收渔翁之利，作为惩罚者，狩猎这整个湖南最大的犯罪头目，也是合情合理的。

真相就这样直接摆到了面前，殷逢反而笑了，他嗓音清晰地喊了句："大哥。"

殷尘从尤明许身后走了出来。

两兄弟尽管相差了十多岁，可此时打了照面，身材、穿衣风格，甚至浑身气质，却都很相似，都是黑衣黑裤，都容颜阴冷似雪。

殷尘看着弟弟，慢慢笑了："殷逢。"

猛然间，殷逢脑袋一痛，脑海中闪过些支离破碎的画面——

他看到自己躺在血泊里，赤身裸体，有人拿着东西，在他的后背上做着什么，而他抑制不住地颤抖。疼痛，暗无天日的疼痛；战栗，灵魂终于陷入恐惧的战栗。却偏偏还有某种想要爆发的情绪，在胸中回荡。

那样的痛苦……那样的煎熬和折磨……

即使此时只是回忆闪现，也让殷逢在不知不觉中后背起了一层冷汗。

而在那摇晃模糊的画面里，他分明看到了一双眼，一双深邃的、熟悉的眼，明明就是不远处站着的这个人的那双眼。他抚摸着浑身是血的他，就像抚摸一头困兽，一只宠物，一只被剪去利爪的小狼。他在他耳边说："殷逢，爽吗？恨吗？想要报复吗？想要惩罚别人，安抚自己的痛苦吗？"

"他们都该死……你我也一样，因为我们都是……同一种人！"

"来哥哥身边，和我一起去杀掉其他人，这样才能得到救赎……我们是两兄弟，你最像我……"

"你不觉得自己很可笑吗？忍耐着，每天都过着行尸走肉的生活。我知道你很痛苦，很压抑，很寂寞。你根本感觉不到快乐。"

"你收服了那些人，居然让他们跟着你种花种草、做饭开车，以为这样就能让他们走上正路？你以为世上真的存在着善和宁静？你真的以为他们能获得内心的满足？你错了，你太令我失望了。堵不如疏，老祖宗传下的这么简单的道理，你一个大才子，居然不懂？只有以恶制恶，只有释放天性，才能既满足我们这样的人，又守护了真正的正义和公平。那是我一生寻求的东西。"

…………

大约是那时太痛、太无助，也太恐惧了，所以他才会变成一个彻头彻尾的傻子，从此对世界一无所知，连带着自己的心也全部忘记。

后来，殷尘大概是玩腻了，又或者是想要继续观察这个弟弟是不是真的被玩废了，所以才把他丢了出来，冷眼看他如何再面对这个世界。

身旁的陈枫等人并没有察觉，此时忆起那一段时日的殷逢，指尖都在不停地颤抖，脸色青白如纸。

殷尘看着他的样子，却仿佛洞悉了什么，慢慢笑了，他说："乖孩子，想起来了？"

尤明许一听这话，就明白了。

压下心中令人毛骨悚然、恶心、压抑的感觉，她立刻看向殷逢，他的双眼就像两潭沉冷的水。明明他身后还站着他们，尤明许却忽然觉得，他看起来是那么孤独、孑然一身。而他的亲哥哥，也许根本就没把他当成个人。

可转瞬间，殷逢却笑了，眉眼中的邪气比殷尘还浓烈，他说："是啊，想起来了。大哥，你好像没有赢。"

殷尘脸上还带着笑，肌肉却轻轻抽动了一下。

而尤明许心中，那压抑疼痛的感觉，因殷逢的这句话，突然就烟消云散了。

是啊，一直是殷逢赢着呢。赢了殷尘的考验，也赢了自己心中的黑暗。

就在这时，车辆的引擎声在众人背后响起，由远及近。所有人都抬头望去，看到一辆已经撞得不成样子的SUV，从夜色里开出来。开车那人，虎背熊腰，满头满脸的血，怒目横扫，赫然就是涂鸦!

尤明许的心重重一荡，差点笑出声来！太好了，涂鸦没死！甚至还顽强地追了上来。

……那小燕呢?

车上并没有看到第二个人坐着。尤明许心头一沉。

转眼间涂鸦的车就朝惩罚者们直冲过来，殷尘等人拉着人质，连忙往旁边一闪，涂鸦的车头几乎是擦着他们的衣角，一冲而过，直冲到殷逢身边，轰然停下。

涂鸦跳下车，又一把拉开后座的门，拎了个人下来，丢在地上，却是邢琰君。

邢琰君在刚才被涂鸦撞毁的那辆车上，此时浑身是血，双目紧闭，脸色惨白，昏迷不醒。那头的邢几复见此情形，目光一震。

涂鸦说："小燕在后排。"那嗓音哑得像被碾碎了一样，陈枫立刻就跑向车后排查看。

殷逢问："还活着吗？"

涂鸦答："我不知道……"话音未落，他一头栽倒在地，昏死过去。殷逢和冠军一把将他扶住，冠军小声说："交给我们。"殷逢重重握住涂鸦的胳膊，盯着他的脸看了几秒钟，这才慢慢松手。当他再抬起头时，眼眸里一片阴淡的光。

陈枫又跑到另一辆车旁，打开后备厢，取出急救箱，冠军一边盯着对面的动静，一边给他帮忙。

殷逢这头，尽管"一家人"团聚，但老九、殷逢还有冠军，始终持枪戒备着，所以惩罚者们并没有伺机攻击，殷尘也不屑此举，只是他的脸色并不好看。

这一次交手，殷逢虽然折损了两人，看样子重伤濒死，可惩罚者却是被废掉了一整车人，两辆车被阻。论起来，还是殷逢手下的犯罪者们赢过了惩罚者。

这时，殷逢开口："大哥，我一直想问，惩罚者组织，是不是你创建的？"

殷尘打量了他两眼，答："是。不过，这些问题，留到下次，哥哥再教你。你那些警察援兵，快到了吧？"

殷逢笑笑不说话。

殷尘看着弟弟这个样子，却是既喜爱，又想一刀插进他的后背让他再也笑不出来。他这个弟弟，从小就爱耍小聪明，心思阴险得像个犯罪大师，到这个时候了，居然还装模作样地想以谈话拖延时间，等援兵过来。

殷尘冷下脸来，说："给我一辆车，我把尤明许还给你。"

殷逢说："加上邢几复。"

殷尘："不可能，你知道我就是为他而来的。他落到警察手里，就是个死，落到我手里，还能死得慢一点、惨一点。对于警方而言，结果没有什么不同，你们有什么损失？殷逢，你知道我的习惯，这个条件是公平的，不要试图和我谈条件，也不要激怒我。"

殷逢静了静，目光遥遥和尤明许一对，点头："行。"

殷尘示意一名手下去拿车，与此同时，他自己用枪指着尤明许的后脑勺，慢慢往前走。

尤明许看着殷逢，两人的目光刹那交织，殷逢微微一怔，似乎已看懂她的眼神，他的眸光沉静不动。

冠军把车钥匙丢给那名惩罚者，惩罚者发动车子，往后倒车，此时其他惩罚者也押着邢几复往前走。

当殷尘走到与车平行的位置时，他停步，用枪口碰了碰尤明许的脑袋，轻声说："亲爱的弟妹，去吧。咱们一家人，还会再见的。"

尤明许一步步往殷逢处走去。

殷逢身后的老九和冠军，还拿枪指着惩罚者们。陈枫已经将涂鸦和小燕两人都弄到那辆破车上了，至于邢琰君，则被丢在地上，无人理会。

惩罚者们已走至车旁，首先把邢几复丢进去，然后一个个上车，留在车下的人依旧在持枪对峙。

殷尘拉开副驾的门就要上去。

尤明许刚走到他前方四五米的位置，枪声骤然响起！

是冠军先开了枪，眼眸都快眯成一条线了，一枪就准确无误地击穿车窗，从一个非常小的角度里，以极快的速度，击中了殷尘的右肩！殷尘身子一颤，没能马上上车。

惩罚者们齐齐色变，纷纷躲在车门后，开始同他们对射！殷逢等人早有防备，也都闪身到涂鸦那辆车后，开始还击！

然而，就在冠军枪响的同一秒，尤明许的身体突然往后一倒，人已匍匐在地，连续两个飞快的后滚翻，四肢仿佛都没怎么沾到地面，就一掠而过，转眼间，人已到了殷尘背后。

她双手的绳索早就掉落在地，这次，她用上了她最为纯熟的一招柔术，只见她双脚刚一落地，就跟条轻飘飘的弹簧似的，直接稳稳弹起，哪怕殷尘身手再好，这一招他也躲不过。更何况他还中了枪。殷尘只感觉到脖间一寒，尤明许已手持木匕抵了上来，瞬间见血。

殷尘肩部中弹，一时脱力。尤明许一把拽过他，在惩罚者们反应过来之前转了个向，以后背对着殷逢等人，将殷尘挡在身前，喝道："都放下枪！"然后她拖着殷尘，一步步往己方阵营退。

擒贼先擒王，殷尘到手，僵持局面大大扭转！

这突如其来的变故，令所有惩罚者们面面相觑。殷尘的脸色也变得很难看，谁能想到这女人胆子这么大，枪林弹雨中还滚回来抓他！而且她那一下，他根本来不及避过！

枪声一下子停了，惩罚者们还举着枪，都看着殷尘，等待他示意。

殷尘哼笑了一声。

尤明许也狠，匕首飞快换到左手，右手抓着他中弹的伤口，令他闷哼出声，浑身疼得都发了抖。然后尤明许带着他，继续往后撤。

"哈哈哈——"殷尘痛喘着，居然大笑起来，"看来今天，是不死不休了。"

尤明许厉喝道："抓的就是你！全都蹲下！不许动！"

殷尘却说："你今天抓不了我。"

尤明许一怔，反而说道："如果我妈妈知道我今天抓了你，会不会很高兴？一定会吧？"

殷尘脸上的笑没了，阴沉沉的，竟是任由她往后拖了两步。而那些惩罚者，持枪逼近，亦步亦趋。尤明许身后，冠军和老九也在殷逢的授意下，缓步上前，持枪对峙，接应尤明许。

殷尘到手，惩罚者们群龙无首，警方大概也快要赶到了，这一次，他们一定会被一网打尽！

殷尘忽然在这时开口："动手！"

尤明许心中一惊，迅速抬眸，却见对面的惩罚者们并未开枪，反而都望着她身后。

她的……身后？

猛然间，她听到了某种刀具入肉的声音，还有那人短促的抽气声。她下意识回头，却看到身后的老九和冠军，也都扭过头去……

殷逢原本站在最后，身后空无一人，此时一把尖刀却从他胸口透出，染满鲜血，殷逢的脸色有片刻的僵硬。

在他身后，一直昏迷，或者说一直在佯装昏迷的邢琰君，不知何时已经站起身，低垂着头，手握着那把刀。

还不等众人反应过来，邢琰君一把抽出刀，殷逢几乎是顷刻就要倒地，结果邢琰君一刀又朝他的腹部插入！

这哪里还是众人所认识的那个邢琰君？他俊秀的脸此时是那么狰狞，浮现疯狂、喜悦的神情，朝地上的殷逢插完第二刀，他才低头笑了，喃喃道："诸善已死，诸恶奉行……呵呵……诸恶奉行！"那嗓音似喜似哭，明显情绪已极为压抑，不太正常了。

对面的车里，传来邢几复震惊的声音："琰君！"

邢琰君根本就没听到，他只是望着地上重伤的男人，脑海中浮现出自己短暂的二十多年来的人生——旁人提及父亲时的恐惧和厌恶；从小父母间看似完美实则冰冷的婚姻；他隐隐约约听说的父亲做的那些丧尽天良的事。

他在国外读书，结识了一群人，他们信奉的是以恶制恶。他们让他看到，被他们惩罚过的有罪者们，曾经伤害过的受害者的照片；他们也给他看，曾经被父亲伤害过的那些人的资料，那些恐怖、血腥、罪无可恕的照片，让他在美国一夜一夜睡不着觉。

他也知道警察一直在查父亲，知道父亲有一天必死，会为自己所犯下的事赎罪。

"你们邢家的家业，是拿别人的鲜血和生命当成垫脚石积累起来的，你真的能够安心去做所谓的白道太子爷？"惩罚者们问他。

"……那我应该怎么办？"

"如果你也去惩罚罪恶，那就不一样了。你可以为自己、为你的父亲赎罪。"

"我可以吗？"

"你当然可以。我们这一次要狩猎的目标，就是你的父亲。我们会旁观警方击溃整个犯罪集团，只要你把你父亲交给我们，你的罪恶就能够洗清了，你可以忘记一切，一切也都能扯平，你可以去过干干净净的新生活。"

"你再也不是他的儿子，你是惩罚者。"

"你当然可以继续爱他。正因为爱他，所以才要惩罚他。"

以罪之子，去惩罚罪恶。这既是殷尘对付邢几复的底牌，也是他为了对付殷逢留的后手。因为他知道，殷逢一定不会滥杀无辜，一定会连邢琰君一起救。

尤明许望着摔倒在地的殷逢，刹那间脑子里一片空白。他的眼睛里也有一瞬迷茫，而后身体痛苦地缩起，很低很低地开始喘气。

尤明许一下子就受不了了。

这时殷尘趁她分神，一拳狠狠打在她的腹部。尤明许闷哼一声，只能松开他，踉跄两下，就朝殷逢扑去。

旁边的老九和冠军早已惊得魂飞魄散，一左一右也扑过去。陈枫脸色铁青，丢下小燕和涂鸦，从另一辆车里冲过来。

他们一团大乱，却有人伺机逃走。

远处，已传来密集的警笛声。

殷尘捂住肩膀上的伤口，看了一眼那一地的混乱，不再纠缠，命令所有惩罚者立刻上车离开。邢琰君刚跑了两步，突然听到身后传来个苍老尖细的笑声。邢琰君吓得毛骨悚然，一转头，看到个老头子，似笑非笑，似哭非哭，举枪朝自己冲来，正是老九。

尤明许扑倒在殷逢身前，看着他满身的血，身体微微颤抖着，嘴里喘着气。他也望着她，目光既不欢喜，也不恐惧，只是执拗地盯着她。尤明许完全没意识到眼泪已掉下来，想抱他，却不敢抱，哽咽着，紧紧握住他的一只手。

他连手都是脱力的，尤明许听到他艰难地吐出几个字："鬼样子……我又没死……"

"你别说话！"尤明许吼道，旁边的冠军和陈枫哪里顾得上别的，赶忙从急救箱里找出纱布和药物，实施急救。

车子的引擎声轰鸣，尤明许一把抓起冠军丢下的枪站起，正要射击，然而接下来的一幕，却是她这一生都忘不了了。

邢琰君刚跳上车，SUV一脚油门就要飞驰而去，车门即将关上——可是有一个人，还紧紧追着，是老九。

他"啊啊啊"地大叫着，张牙舞爪，那苍老佝偻的身躯，此时跑起来却快得如同一头猎狗！他举着枪，嘴里大喊着："你敢杀殷老师！我要你死！我要你死！"他的声音里带着孩童般的哭意。

尤明许看着这一幕，胸膛如遭重击，她立刻开枪，朝轮胎射击，可是有老九挡着，车子又开得急，连续几枪都没有打中。

一个压抑太久的疯子疯起来的时候，会爆发出怎样惊人的力量呢？

老九居然追上了急速奔驰的车，而他手里的枪极稳，“砰砰砰砰砰——”朝尚未关上的车门里连开数枪，于是里面传来好几个痛呼的声音。

尤明许大喊出声：“老九！”

冠军和陈枫也抬起头，看到这一幕，眼珠子都快瞪出来了。

“老九——”

“老九回来！”

来不及了。

尽管老九也穿了防弹背心，但只能挡护胸腹。惩罚者岂是任人宰割的？吃了这么大的亏，车厢里很快传来数声枪响还击。于是尤明许等人，眼睁睁看着老九的头部、双臂、颈部、大腿连续中弹。

老九脚下一个趔趄，在所有人都以为他会倒下时，他却不知道从哪里来的力气，突然一扑，半个身子扑进了车厢里！

“啊——”车厢里传来杀猪般的惨叫，然后又是一轮激烈的枪声。尤明许等人只看得肝胆俱裂，因为他们只能看到老九还伸在车外的双腿，原地乱弹、挣扎了几下，就彻底不动了。

SUV 一个加速，开得更远。

老九被丢下了车，可他不是一个人被丢下车的，他和另一个人，以极其诡异的姿势，一起被丢下了车。

老九的脸埋在那人的大腿上，那里一片血肉模糊，老九的嘴还咬着一大块血肉。那是邢琰君，身中数枪，双眼惊恐地瞪大，早已气绝。

两人就这么一块儿掉在灰扑扑的路上，不动了。

冠军突然“啊啊啊——”尖叫着，那叫声竟与老九那么相似！他一下子弹起，朝老九陈尸的位置跑去。可只跑了几步，突然站住，然后慢慢地原地蹲下，抱着头，“呜呜”地哭了起来。

陈枫只看得目眦欲裂，嘴里喃喃道：“蠢……蠢死了！谁要你去的，谁要你去的！”他的眼泪流下来。

尤明许也是满脸泪水，在殷逢的这些手下里，老九其实是最不起眼的，看着既无所长，又不讨人喜欢。谁能想到，他会在殷逢遇袭时，以这样自杀式袭击的方式，和邢琰君同归于尽，甚至还打死、打伤了别的惩罚者？

可他就这么死了！

像个被欺负的孩子似的，冲动而惨烈地死在他们面前。

可谁不是孩子？在人生这条迷茫而甜蜜、痛苦而永远怀着希望的路上，谁不是个委屈的孩子？

冠军从地上爬起来，跌跌撞撞走向老九的尸体，一边走一边哭。尤明许转过头，红着眼看着躺在地上的殷逢。他的伤太重，根本直不起身体，所以没看到刚才的一幕。

尽管陈枫泪流满面，双手还是压着他身上的出血口，不肯松开。

殷逢的眼已快要睁不开了，脸色更是白得吓人。尤明许不知道他在想什么，也不知道他听到了什么，他眼神定定地望着天空。

"老九……出什么事了？"他轻声问，"他干了什么？他……人呢？"

尤明许整个人一滞，什么话也说不出来，握紧他的手，把脸埋进去，任由眼泪落在他的掌心。

第五章

罗羽番外

从六年前起，罗羽就在想：邢几复的弱点是什么？

那时候，他还是刚刚在司法界崭露头角的“黑心律师”，刚替一个故意伤人的有钱人打赢一场艰难的官司，赢得很多非议。

当然，这起案子，是警察暗中安排的。

也因为这个有钱人，罗羽搭上了凯阳集团，虽然见过了黄珑，但还没能见到邢几复。

那时，邢几复还像个高高在上的帝王，而他，不过是个初出茅庐的刺客，怀匕在胸，不动声色。

当年上级挑选罗羽作为卧底，让他游走于湘城黑白两道，就是看中了他极其敏锐的洞察力和与别的警察不同的狠心。但是上级也有担忧，上级对他说：刚极易折，慧极必伤。愿你永远不忘入警队时发过的誓言，永远站在人民这边。

他点头答好，又笑笑说：“头儿，我知道人心难测，但你可以信我。”

成为凯阳集团的法律代言人没多久，罗羽就察觉出邢几复身上隐藏着故事——他的夫人常年在国外，虽然过年过节他会偕太子出国探望，但几乎从未听他主动提及，与外界所传的伉俪情深根本不同；他也从来不沾别的女人，有一次，有合作方带了小明星想讨好他，他不动声色地拒绝了。

那天集团的几个高层也是喝多了，有一个失言说：“听说咱们董事长，很多年前有个很爱的女人，死了……”才说了两句，就被人给劝住了。

于是罗羽知道，那应该不是什么能够死藏住的秘密，只是邢几复的忌讳而已。于是他暗中动用警察内部的力量去查，得到的结果，却令他大为震惊——

多年前因公殉职的一名女刑警，曾与当年的黑道太子爷邢几复，有着讳莫如深的关系，他们甚至还生下了一个女儿。邢几复是否知道这个女儿的存在？

而这个女儿，现在继承母业，居然也在警务系统任职，而且还是一名非常优秀的刑警。

一般来说，这根本是不可能被允许的事。

于是罗羽明白了，当年的事，也是警方不愿提及的秘辛。

起初罗羽接近尤明许，确实抱着借她上位的心思。他不信以邢几复的精明，查不到这个女儿的存在，只不过是……无法相认罢了。

原本这样近乎“卖身”的羞耻行为，算是罗羽的擅自行动，他没跟头儿提，丢人。罗羽想，哪怕邢几复的女儿，是个又胖又丑又蠢的极品，他也打算忍辱负重、一往情深了。

却没想到档案拿到手，照片上是个长相清秀的女孩。罗羽心里“咯噔”一下，突然感觉自己好像赚到了。

后来，他对尤明许说，两人相亲之后相处的那段时光，是他这些年最快乐的日子，真的没有骗她。

那段时间，他其实没有任何负担。尽管他存了别的心思，但能像个普通男人那样去追求一个普通女人，完完全全做回他自己，还是很开心的。他接送她上下班，给她送花，请她吃饭，这些俗气老套的手段，一一做了的感觉，好像也不是那么太糟糕。

尤明许是个傲气独立的女人，明明清纯干净，眉眼间却都是风情。他和她接触后才发现，她和自己接触过的女人都不太一样。

她像一只鹰，一心只想着展翅飞翔，活得干净坦荡，明明白白。

和他真的很不一样。

虽然，尤明许对他的感觉似乎没有那么强烈，有些犹豫，并不轻易交付真心。可罗羽那一回，追着追着就起了劲儿，根本不想再放手。

他想，自己的身份，几年内只怕都不能对她说，但要真的追到了她，有了感情，将来完成任务，表明身份时，她同为警察，一定会理解自己的。

有时候，他也想，是不是老天爷在帮自己，才让她也是个警察。

哪里晓得，老天爷不是在帮他，是在玩他呢！

没过多长时间，快得他都没能和她正式确定关系，尤明许就把他的底查得一清二楚，然后毫不留情地丢在他面前。

他以为，念在两人的情分上，她多少会有些犹豫挣扎，哪里晓得她是比他还坚定的人民警察，明确表示永无可能，干干脆脆，一刀两断。

那天晚上，罗羽一个人在家里坐了很久，喝了很多酒，最后发了条短信给她："你其实从没喜欢过我，对不对？"

她没有回复，从此再无回复。

那次，也是罗羽头一次，恨自己卧底的身份，恨自己什么也不能说，只能看着她和自己分道扬镳。

只不过第二天一早，罗羽就"恢复了本性"。他不见半点受挫模样，反而开始频繁骚扰尤明许，干脆把张狂坏心的一面，通通暴露在她面前。

一是心里终究有气，气她的薄情心狠。她既然让他这么不痛快，他也要给她添添堵！

二是尽管尤明许现在不可能接受他，但和邢几复终究还没相认，自己和她扯上关系，染上绯闻，总没坏处。将来万一真的走到邢几复身边，需要利用尤明许的身份，也好有个说法。哪怕通过上级，命令尤明许配合他行动呢？一想到也许会有那么一天，罗羽的心突然就好受了很多。他总有种感觉，这些天尤明许的离开，只是暂时的。

将来，将来等他可以公布身份的那一天，她就会理解，她就会回来。

却没想到，她这一去，就再也不会回来了。

她身边有了别人，一个傻子，曾经的大作家，现在却连话都说不太利索，傻乎乎地整天缠着尤明许。

罗羽一开始注意到殷逢，只是皱皱眉，当成个笑话——尤明许那样高傲的女人，怎么可能喜欢上一个智障？

但他还是去试探了。

其实罗羽不知道，那时候他心里多少是委屈的。

那段时间，他做了很多事，手上沾了很多血，而其中某些事，是说不清黑白的。有时候他半夜睡着会突然惊醒，脑袋里空空一片，然后就再也睡不着了。那是一种非常寂寞的感觉，仿佛整个世界只剩下他一个人，独坐在那里。说不定什么时候，他就会被人发现，中枪陈尸街头。

但他取得的成效，也是非常惊人的——邢几复已经开始看重他了。

可这时候，把他甩了的警察前女友，已经和那个傻子在一起了。

所以他干脆进一步坐实自己的黑心黑肺，带着人去尤明许家门口拦截。本想把那傻子揍一顿，却被尤明许揍了。

罗羽的身手，本来是不错的。否则上级也不会指派这样危险的任务给他。若是正儿八经和尤明许对打，即便没有必胜的把握，也绝对能令她头疼。可现在，还不能暴露——一个律师，怎么能有那么好的身手呢？

所以那天，他带的人被尤明许揍跑后，他回了家，一个人坐在车上，想起她刚才燕起蝶落的伶俐身手，想着想着，忽然就笑了。

尤明许在查青少年交换杀人案时，罗羽只是叮嘱手下们再找机会教训教训傻子，却没想到，手下们下手那么狠，差点把殷逢给溺死，这让罗羽很头疼。

接到消息后，罗羽开车提前来到尤明许家门口。

一个顶级卧底的潜伏，连尤明许也发现不了，更何况，那天晚上，她大概也无暇顾及。

罗羽站在光影暗处，看着一辆警车驶进，看着后排的两人抱着拥吻，再缓缓分开，看着殷逢眼中的痴迷，尤明许脸上的温柔。而后她牵着他的手，慢慢走进小区，就像两个刚谈恋爱的大孩子，一路牵着手，红着脸，走上了楼。

罗羽在阴暗处站了很久，烟头落了一地，然后他转身离去。

她从未用那样的眼神看过他。

原来是这样。

后来有很长一段时间，罗羽一反常态，再没有纠缠过尤明许，他甚至打算放弃这条线了。

而这时，他留意已久的贩毒线终于有了动静。他知道邢几复打算干一票大的就收手，算是为他们这一辈人奠定黑白两道的江山，也给太子爷邢琰君留一个牢固的助力。

那些天，他早已将尤明许丢到脑后，他连做梦想的都是要怎么把邢几复给抓住。

抓住黄珑不算什么，抓住郭飞嵘也不算什么，哪怕抓完凯阳集团所有的涉案人员，也都不算什么。

他要抓邢几复。

只有抓住他，他的卧底任务才算圆满完成，潜伏在湘城的这个巨大的犯罪毒瘤，才能被连根拔起，才能予以犯罪势力致命的打击，才能真真正正把他们打怕，让这一片土地，充满那庄严警徽的威慑，再也没有人敢轻易涉法。因为你看，连稳坐湘城黑道头把交椅的邢几复，都被警察抓了。

这几乎成了罗羽的一个执念，甚至超过了他身为卧底本身的意义。

这些年里，他虽从未亲手杀过无辜的人，可也曾伤人、冤枉人，为罪犯一次次洗脱嫌疑，打过警察，枪杀过黑道分子。上级曾经说他心狠，没错，某些事，换成别的卧底，只怕根本不敢做，只怕早已露馅儿被剁成好多块抛尸街头，可他做了。

大部分事情可以巧妙地做，避不过的，只能硬着头皮上。渐渐地，他已习惯了黑道的生活。

他抽着最贵的烟，喝着最好的酒。上上个月与上级秘密见面碰头，上级丢了包以前他最喜欢的芙蓉王，他当时内心毫无波澜，接了，回去后看也没看，就丢给了手下。

他和他们一起去夜店，湘城各大夜总会哪里的妞儿最有风情，他了熟于心。有人稍有违逆他的意思，他心中就戾气横生，然后想方设法算计回去，一解心头之恨……

他不止一次，抽着烟，站在城市高楼的办公室里，看着账户上一天天增长的金额，看着跟着自己的小弟们越来越趾高气扬，看着邢几复那张脸越来越熟悉，看着黄珑、郭飞嵘等“老人”再也不敢看轻自己，连太子爷都对自己青眼有加……他的胸中，有蠢蠢欲动的野心和得意。

他甚至有时候会想，如果自己当初没有做警察，而是真的混了另一条路，是否今日，就不会有任何挣扎和煎熬？他也许真的能坐到湘城第一把交椅上。

不过，他也只是想想而已。

在他实施这一次的庞大计划前，他最后一次见了上级。

他们约在湘江的一条小渔船上见面。黑灯瞎火，满江寂静，辽阔的江面，只有他们两个人。其实这时，上级已经调往北京，另有重任。接下来，将是别的人与他联络。

可那天，上级还是亲自来见他了，一见面，就拍了桌子：“你打伤了一名警察？！重伤！后半辈子那警察也许都要瘫在床上了！”

罗羽沉默了一会儿，答："当时我如果不先开枪，他就会死。"

上级："可是……唉！"

罗羽说："我清楚自己在干什么，一直清楚。"

上级看了他一眼，没说话。

罗羽拿出包和天下，递给上级。上级接过，看了一眼，什么也没说，烟还是收了。

罗羽问："您马上调去北京，接替您的人，我怎么合作？合作不来！"

上级怒道："说什么屁话，难道做卧底还要挑上级？放一百二十个心，谁和你接头，都是一样的。再说了，这几年，你难道不是很多事都自己拿主意，什么时候服我管了？"

罗羽这才笑了。

上级又说："我就算调去了北京，这起案子也不会彻底放手，还会盯着的。必要的时候，可以从我这里调人帮你。"

罗羽终于得到他想要的话，笑着点了点头。

"你打算怎么做？"上级问。

"我打算收网了。"

罗羽编织的这个网，甚至超过了上级原本的预期。

早在去年，他就和云南毒贩、湘潭佬暗中勾结。也就是说，在卧底的身份之外，他还担了一层内鬼的身份。他巧舌如簧，行事又果断心狠，频频向那两方示好，令他们相信，罗羽实在是个极有野心的家伙，早就想把邢几复取而代之了。

这些年，邢几复身边有黄珑和郭飞嵘，一直是密不透风、无法渗入的。而这个新近崛起的罗羽，不仅颇得邢几复青睐，行事还颇为大胆狂妄。而他与那两方结盟，出卖邢几复，就意味着将来大家会一起瓜分邢几复的势力。那两边早盼着这个机会了，于是与他越走越近。

其实那段时间，罗羽没有一天晚上睡得好，几乎都要靠酒精麻醉自己，他的床头摆着两把枪，因为，实在是太险了。内鬼的身份一旦暴露，他毫不怀疑邢几复会立刻要他的命；而警察的身份如果暴露，三大黑帮势力都不会放过他，只怕天涯海角都会把他砍成肉渣。

那时，他才真正理解到，上级说过的"卧底就是在刀锋上行走"的含义。那薄薄的、锋利的刀片，密密麻麻地铺在他的脚下，他只有很轻很轻、极其小心地走才能保证自己的安全，走错一步，就是万刃穿心，死无葬身之地。

郭兴有可能是卧底，随时会被云南人灭口——这消息，是从云南人内部传出的，罗羽得知这个情况，比湘城任何人都要早。

他不能轻易通风报信，因为很可能连累自己暴露身份，那样全盘计划就会失败。于是他立刻联络上级，确认了郭兴的身份。上级立刻有了决定，让郭兴把自己收集的那份证据，交给罗羽，由罗羽来定夺全盘计划。

于是，罗羽原本与郭兴会有一次秘密见面。

只是人算不如天算，当罗羽来到那家鱼庄时，看到的却是满地凌乱的脚印，郭兴不知所终。他一路追踪过去，却恰好看到三名少年从深山一个湖泊边紧张地离开。他心头猛地一震，那一刻，对着平静的湖面，却好像看到了自己的结局。

他跳下湖，看到了被束缚的尸体，然后他从郭兴的内衣口袋里，摸出被隐蔽藏好的U盘。

最终，他决定一切保留原样，并且抹去了自己到过此处的所有足迹。

U盘里装着的，只是云南毒贩的犯罪证据。如果现在拿出来，势必会打乱他的全盘计划，所以他决定暂时留在手里。

当他离开那个湖泊，站在远处的山头上，沉默回头时，罗羽朝那片陈尸地敬了个礼。

那时候，他突然想起了尤明许。

只是，曾经的隐约期待，曾经的委屈心酸，早已散了。他只是想，将来哪天轮到我了，尤明许知道了我的真实身份，会不会有那么一丁点难过呢？

应该会的吧。

突然间，又不希望她将来知道了。

不止一个晚上，罗羽坐在棋盘前，一步步梳理自己的计划。

他丢掉第一颗黑棋——阿华，郭飞嵘的得力臂膀，原定的这次交易的接头人。对于郭飞嵘，罗羽总觉得有些看不透。他跟邢几复时间最久，最沉稳也最不出挑。罗羽抓不到他什么把柄，只能继续留心。

却没想到，在踢掉阿华后，棋盘上多了颗白棋——尤明许。

她又一次闯进了他的视线里。

在那个月黑风高的晚上，他带着人跟着阿华，来到江边水塘，正要露面，却看到阿华准备开枪杀尤明许。罗羽想都没想，直接开枪杀了阿华。

反正他手上沾染的人命，早已不止一条！

他现在已是举足轻重的黑帮大佬，他对她说的话，也都是真的：谁动她，他杀谁。

只是，那么多心腹手下看着，他却放过了尤明许，没有灭口，必须有个解释。

而他也没想到，自己早已沉寂许久的心，在再见到那个女人后，竟又生出焦躁不甘的涟漪。

把她也牵扯进来好了。让他也任性一次，也许这是最后一次了。

更何况，如今他想在邢几复身边快速上位，还有什么比准女婿的身份，更能打动即将金盆洗手的老头子？邢几复心狠手辣，对于自己在意的人，却很重情。这一点，这些年，罗羽看得很清楚。

于是，罗羽抛下诱饵，给尤明许，给警察，也给邢几复。

半真半假，和尤明许演戏，伪装情侣。尤明许自然摸不清他的底，但却被他料准了性子，甘愿深入虎穴。他又多多少少漏了消息给她，实则，警方起初打算往黔西北扑，他一清二楚，后来警方以为他是声东击西，也是在他的预料之中。

尤明许是他的棋子，邢琰君也是，云南佬、湘潭佬都是，甚至连景平、许梦山这一拨警察也被他算计了进去。

他都演到了这一步，没人会怀疑他是卧底。

云南佬和湘潭佬都以为胜券在握，罗羽却还是留下了尤明许和邢琰君两个筹码，他知道，只有这样，邢几复才不得不露面。至于邢几复露面后，几方是和谈还是火并，都不重要了。只要邢几复出现在交易现场，他就可以抓他，抓住他们所有人。

他让那三方势力加上警察，四败俱伤，最终，人、赃款、货俱在。也就是那时候，曾经的上级，从北京秘密调集的支援警力，才终于浮出水面。

…………

他卧底八年，几乎以一己之力，连环布置，一举打掉三个重大犯罪团伙。

卧底当到他这个份儿上，也算值了。

…………

当罗羽中弹倒在尤明许怀里时，他的思绪其实有片刻的空白。他努力睁开眼，看着灰蒙蒙的天，耳边是她哽咽的声音，还有她身上的气息。

他忽然想起，这一路，其实还是有很多美好温柔的记忆的。

她坐在他的家里，递给他一瓶水。那是她唯一一次给他好脸色，尽管转头，她就在他的手机里装了窃听器。却不知道，那是他故意放任的。

他们坐在车上，她快要气死了，他却还是把脚踩在她的腿上。其实也不是想占她便宜，就只是想看她气急败坏的样子。

还有他抱着她，进了车里，人人都以为他要侵犯她了，她的样子看上去就像头忍着怒火的母狮子，盯着他，仿佛下一秒就要把他撕成碎片。她傻啊，他怎么舍得侵犯她？不这样，怎么救她的兄弟？那也是他的兄弟啊。

罗羽感觉到视线越来越模糊，意识也在逐渐流逝，不受控制。他感觉到她的手，平生第一次，那么紧地拥抱着他。

他的脑海里，最后闪过一个画面——

是那天，在江边的那家酒楼，他抽着烟，转头看着窗外，流水潺潺，无比寂静。

她似乎在打量他。忽然间，她问："你不会是……卧底吧？"

他的心仿佛被刺蜇了一下，差点缩成一团，抬起头时，却是无比轻蔑的、难以置信的神色："你说什么？"

她信了，再也不提这话。

突然间，罗羽觉得难受极了，感觉到有液体从眼中淌了出来。

他想，我终于还是不能和她一起穿着警服，站在阳光下了。

第六章

劫后余生

一辆残破的面包车行驶在荒芜的夜色里。

那些警铃声和光线渐渐远了，前方依然是茫茫深山。

惩罚者向来计划周密，极少失手。警方螳螂捕蝉，他们总是狡猾的黄雀。这一次狩猎邢几复，本应该如此，却一败涂地。

殷尘按住受伤的肩膀，那里剧痛着，还在流血。沉黑寂静的山景，在他眼前掠过。他的脸色冰冷。

这一次，他带了 8 名惩罚者出来，亦是他手中最后的精锐。上次殷逢引蛇出洞的诡计，就令他们元气大伤。可现在，只有两名手下还活着。

邢几复倒是没事，被一名惩罚者拿枪逼着，趴在车里。这名昔日的犯罪教父，这么多年来殷尘最恨的人，被他冷眼旁观一步步“养成”罪恶之首、今日终于时机成熟被摘落的人，他还急急地喘着气，眼眶赤红，难以平静。

原本心情很糟糕的殷尘，突然就笑了。

是啊，任谁一把年纪了，以为儿女双全、富可敌国，可以功成身退。如今家破人亡，儿子背叛，女儿不认，心腹没死的也都被警方抓了，自己也沦为通缉犯。他所拥有的一切，全部化为乌有。怎么能不痛心？

这些年，殷尘杀邢几复其实有不少机会。但他不仅要杀了他，还要看着他的犯罪帝国崩塌，看着他从云端狠狠跌落到地狱，受尽折磨，才是殷尘想要的。如今，这个机会终于被殷尘把握住了。就算损兵折将也无妨，反正惩罚者组织还有别的“火种”就快要培育好了，可以点燃。而邢几复，最后也落到了他手里。

充满血腥、火药味的寂静车厢里，响起殷尘堪称温柔的声音：“邢几复，以后呢，要乖一点。你的‘好日子’才刚刚开始。”

哪怕是见过无数大风大浪、早就能笑看生死的邢几复，此时听到殷尘的话，也感觉到一阵毛骨悚然。他的喘息渐渐平息，盯着窗外浑浊的夜景，痛苦地闭上了眼睛。

也许，谁也没能想到，曾经于华中叱咤风云、纵横半生，令警方感到棘手多年的犯罪教父，得到的，会是这样一个结局。而他即将面临的折磨和赎罪，也是他自己无法想象的。

殷尘看着邢几复的反应，满意地笑了。他盯着前方的夜色，神色也慢慢变得寂静。

他不会善罢甘休。

殷逢想必也是。

这一次，弟弟不一样在他手里栽了大跟头？以殷逢有仇必报的性子，此后只怕会如同恶狼般盯着他撕咬。

就像他这个哥哥一样。

是该有个决断了，新仇旧恨，善与恶，悲与乐，彼此所信奉的，彼此所痛恨的。

那个人，是他如今唯一的亲人。

是他仅剩的所爱，那样邪恶，那样聪慧，却那样纯洁，那样坚定。

殷尘想，上天在让他们成为兄弟时，就一定是有寓意的。让殷逢成为天之骄子，独享父母那微薄的关爱，却始终走不出心底的深渊；也让殷尘尝尽世间冷暖，被人践踏成泥后，涅槃重生。

要么，是他毁了他；要么，就是他毁了他。

剩下那个，才是唯一的真理。

殷尘的嘴角慢慢露出微笑。

他相信那一天很快就会到来。

贵州当地医院。

已是后半夜了，整个医院却人声鼎沸，如同白昼。一个接一个的担架被推进抢救室。一批又一批从别处抽调过来的医护力量陆续赶到这家医院。

其实受伤的警察有几十人，但还是占少数。更多的是被抓捕的犯罪分子伤员。

都要第一时间救治。

但是，警方还有数人，正在手术室里接受抢救。

这个夜晚，仿佛永远也到不了尽头。

尤明许坐在手术室外的走廊里，身边时而有人跑过，时而有担架推过。医生、护士们短促焦急的交流声、伤者的哀号痛呼声，都在耳边回响。

她身上还是白天的那套衣服，脏得不像样子，血、灰、泥都混在一起。最多的还是血，殷逢的、景平的、罗羽的，甚至还有殷尘的……

她的样子看起来有点麻木，直挺挺地坐着，任谁经过，都没什么反应。

也有护士经过时，看到她的模样，担忧地问："你是什么人？怎么坐在这里？有没有受伤？需不需要处理？"

尤明许答："我没有受伤，不用处理。"嗓音又低又哑，护士便不作声离开了。

尤明许也不知道自己坐了多久。

手术室的红灯始终亮着。殷逢、景平、小燕、涂鸦都被推进了不同的手术间，还没有一个人出来。好在许梦山和其他她熟悉的同僚，虽然多少都有受伤，却都不致命，陆续都进了病房。

一个人来到她身边坐下。

尤明许纹丝不动。

那人今天也格外沉默，过了好一会儿，才说："放心，殷老师向来命大，死不了。其他人也不会那么容易死的。"

尤明许这才看了他一眼，都这种时候了，这人还能拿自己主子开玩笑，不过倒真的令尤明许心情略松。

尤明许问："冠军呢？"

陈枫脸上没什么表情："他在楼下的车里，陪老九喝酒。"

尤明许静了静，转过脸去，望着窗外漆黑无边的远方。

陈枫也安静了一会儿，说："老九就是个神经病，做事不过脑子。不过，我很快就想通了，他觉得自己死得值，就行了。对于我们这样的人来说，快乐和幸福从来都不是活得安安稳稳、长长久久，而是到死终于过了心里那道坎儿，赎了罪，干了件让自己满意的事。我看老九到了地下，心里也一定开心着呢。"

尤明许"嗯"了一声。

两人便再无言语。

直至手术室的门被打开，第一个被推出来的是涂鸦。两人立刻站起来，涂鸦全身缠满绷带，人还睡着。

陈枫问医生："他怎么样？"

医生答："没有生命危险，继续观察。明天麻药过了就会醒。"

陈枫和尤明许都松了口气。陈枫跟着医生去了涂鸦的病房，没多久就回来了，和尤明许继续等。

第二个被推出来的是小燕。他中了枪，伤势比涂鸦要重。医生说非常惊险地抢救过来了。陈枫连连叹气，又笑了，对尤明许说："我说吧，祸害遗千年。"

尤明许听到这句话，只是沉默。

她望着小燕苍白瘦削的睡颜，心头一软，陪着陈枫把小燕送到病房，和涂鸦是一间。尤明许看了他俩好一会儿，才继续去手术室外等着。心底那柔软疼痛的感觉，始终没有停歇。她想，是从什么时候起，殷逢手下的这些奇奇怪怪的人，也成了她所牵挂的同伴？

第三个被推出来的是景平。他的脸色白得吓人，人也无声无息的。医生说他失血太多，中弹的部位也凶险。好在身体底子实在是好，要继续观察一个晚上，只要不出意外，就算挺过去了。

尤明许陪着护士，把景平推到另一间病房，和昏睡的许梦山安排在一块儿。这两人皆是一副虚弱无比的样子，浑身伤痕累累，却都活了下来。即使在昏迷中，两人的轮廓都是如出一辙的坚毅倔强。尤明许想起之前还听别人提起，这两人受了重伤，还持枪守在山头，盯住了那些想要逃跑的犯罪分子。

尤明许在两人床前站了好一会儿，低下头，居然忍不住笑了。心里特别酸，可也隐隐藏着欢喜。

"赶紧醒。"她自言自语般念叨着，"你们两个，别让我等太久。"

她再次回到手术室门口，看到陈枫盯着那里，神色凝重。看到她，他反而露出轻松的笑："我说了，这些人都命硬，死不了吧？"

尤明许也看了一眼手术室紧闭的门，还有个人在里头，静了一会儿说："对，他的命最硬。"

两人重新坐下，却都没再说话，似乎谁也没心思了。

时间一分一秒地过去。中途陈枫起身，又去看了两趟小燕和涂鸦。他已经有点坐不住了，可是殷逢还没有被推出来。

“医生行不行？”陈枫的脸色已经有些阴沉，“不行再找医生过来！”

尤明许说：“坐下。安排给他的医生是从贵阳调过来的专家，你现在还想上哪儿找更好的？”

陈枫的脸色变了又变，最终抬头看着窗外说：“天都快要亮了。”

尤明许也瞧见了那变得灰蒙蒙的天色，脑海中却想起殷逢遇袭的那一幕，透过胸口的刀尖，满地的鲜血，还有他那仿佛快速流走的生命力。一想起这一幕，尤明许心里就像多了个洞，深深幽幽，她这一夜一直努力控制自己不去想，不要一头栽进那洞里去。

可随着时间的流逝，那固执的信念，仿佛也变得不确定了。

陈枫到底是个极有城府的人，慌了一会儿后，很快冷静下来。他看着尤明许虽然沉默却越来越冰冷的脸色，开口道：“你去睡一会儿，等殷老师手术结束醒了，第一个肯定想看到你。我守在这里就可以了。”

尤明许只低声答：“不用。”她闭上眼，头靠在墙上。

看到她这个样子，陈枫也不再说话，过了一会儿，也学着她靠在墙上，闭上眼睛。

当清晨的阳光射在尤明许脸上时，迷迷糊糊间，她听到了门被推开的声音。她一下子睁开眼，看到医生和护士推着个病床出来。

陈枫也惊醒了。

尤明许第一眼就看到病床上的白布，并没有覆盖在那人的脸上。而医生的神色，尽管疲惫，但不见惋惜。她的心这才一松，连忙迎上前。

陈枫的嗓音破天荒有些抖：“医生，他怎么样？”

医生顿了顿，才答：“我们已经尽力了，血已经止住，伤口也缝合了。他伤得太重，能不能活下来，现在还不能保证。送进重症监护室，情况可能恶化，也可能好转，你们要有心理准备。”

陈枫半晌没说话。

尤明许跟着他们，目光一直凝在殷逢脸上。他看起来真的只像是睡着了，可是那张脸丝毫没有血色，嘴唇也是白的。明明那么高大的一个人，此时躺在那里，却忽然显得十分渺小。

尤明许和陈枫跟进了重症监护病房，起初只能远远看着，等医生、护士安排好一切，输上液，接好各种医疗设备，才被允许靠近。

陈枫的脸色也有些茫然，愣愣地看了一会儿，说："我打电话去问问，湘慧医院的专家还有多久到。不行我再想办法，从北京请医生。"

"好。"

陈枫走出病房去打电话。尤明许在病床边坐下，在非常柔和的一抹灯光下，望着殷逢。他的五官真的非常英俊好看，看了一眼就能叫她心动。她默默地坐着，一时间似乎忘记了时间，也忘记了一切。

过了一会儿，她低下头，按住自己的脸，眼泪流在掌心。然后她很小心、很小心地握住他的几根手指，说："殷逢，你一定要活下来。你要是不挺过这一关，我永远都不会原谅你。我会把你忘得干干净净，尤英俊也好，殷逢也好，今后对我而言就是个屁。我转头就去找新的男朋友，就找又高又帅又渣的，把你气得从地下爬出来。"

"殷逢，你说过的话要算数。永远爱我，崇拜我。我不要你为我……出事，我只要你为我活着。"

直到这天中午，殷逢还是没醒，只是情况既没有好转，也没有继续恶化。

好消息是湘慧医院的专家赶到了，立刻和之前的医生一起展开新的会诊，制定治疗方案。

殷逢再度被推进了手术室。

尤明许和陈枫守在门外时，接到了丁雄伟的电话："我和几个领导都到市里了，其他事专案组都安排妥当了。只有那个人……下午我们打算内部搞个简短的遗体告别仪式，你也过来吧。"

尤明许放下手机，脑子里感觉有点空，过了一会儿才回过神来，对陈枫说："我去趟市局，完事就回来。有什么事你随时给我打电话。"

陈枫说好。

尤明许经历过两次遗体告别，一次是樊佳，一次是郭兴。

这是第三次。

她离开医院时，许梦山和景平都还没醒，也不可能出院参加。

地点是在本地市局安排的一间偏僻的、不起眼的屋子里。尤明许到的时候，丁雄伟和几个领导已经到了，有的尤明许见过，有的没见过。

屋子里布置得也很简单，有一张遗照，照片上的罗羽穿着警服、戴着警帽，看着比现在年轻好几岁，还透着点青年的稚气。照片前放着一束白花。

尸体躺在一副棺材里，旁边放了一圈的花。即使受条件限制，这个简单的告别仪式，显然也是用了心的。

尤明许隔着几步远，看着罗羽。除了脸色有些异常的苍白僵硬外，看起来和睡着没什么两样。

丁雄伟走过来，打量了她一会儿，说："没事就好。景平和梦山怎么样？"

尤明许答："都动过手术，没有生命危险。"

丁雄伟点点头，拍拍她的肩说："这次行动，你们都做得很好。我们之前都没想到，能抓到这么多大鱼。上级说，不止湘城，乃至华中地区的扫黑除恶活动，都会有个崭新的面貌，进入新的阶段。你们功不可没。"

尤明许又看了一眼罗羽，没说话。

丁雄伟也顺着她的视线看去，叹了口气，说："系统内已经恢复了他的身份，记了功，但不会对外公布，包括他的家人，也不会知道。"

尤明许说："为什么？"其实她心里知道答案。

丁雄伟答："怕犯罪分子报复他的家人朋友。"

尤明许静了一会儿，又说："你说他是个好警察，还是坏警察？"

丁雄伟想了想，答："或许……他是个坏人、好警察。"

尤明许沉默了几秒钟，反而笑了，说："也许吧。功过都已不重要，我永远不会像他那样做事，但他的的确确是拼了命在扫黑除恶。他利用了我们，也救了我们几个的命。他就是这么个说不清的人，这世上没有人是真正说得清的。"

这时，低沉的哀乐响起，所有人都沉默下来，默哀沉思。

尤明许的心里一片空寂，隐隐还有些酸涩。曾经与罗羽相处的种种，似乎都有了另一个答案。她忽然间似乎就明白了，那个人到底是个什么样的人。但是有些东西太深，她不愿去想，并且做了决定，今后，都将这个胡乱闯进自己生活、掀起一番又一番风浪的人，深深放在心底。并且，再也不回头看。

她注意到，前面有个陌生的领导深深低下了头，一只手扶在罗羽的棺木上，泪如雨下。

尤明许离开市局时，正是傍晚。

手机突然响了，是陈枫打来的。

尤明许的心突地一跳，已经预知到了什么，一时竟没有接起，任它响了十多声，才飞快按下接听键。

她不吭声。

那头的陈枫却终于有了笑意："殷老师刚才醒了，吃了药又睡着了。医生说，情况在好转。"

尤明许放下电话，看着天边不知何时浮起的一片彩霞，心仿佛也随着那彩霞柔和的颜色变得宁静而深远。

尤明许看着不断上升的电梯数字，忽然间想明白了一些事。

殷逢总是在她身边的。

无论是尤英俊还是殷逢，他总是在她身边跑来跑去。失忆也好，脑子时好时坏也好，受伤、昏迷、冒险……不管遭遇了什么，她都已经习惯——

他总是会在她身边。

可经历了这一次的事，尤明许忽然意识到，他和自己，明明是不同的。他不是警察，没有她那么好的身手。他也许可以凭借着脑力和心机，一次又一次找出罪犯，陪她抓捕真凶。可说不定，任何一个偶然的机会，哪怕一个最普通不过的罪犯，都有可能令他受伤，甚至可能有生命危险。就像今天，他差一点就丢了性命。

有一些于她而言是理所当然的事，譬如说昨天就算把命交代在山上了，也是死得其所。可于他而言，不是的。他本是个书生，充其量是个心理学顾问，甚至还是惩罚者组织的受害者。可现在，两人重新认识第二次，他依然为她舍生忘死得天经地义。

他为什么要这么做？

尤明许垂下眼睑，掩去眼里的一些涩意。

答案已经在她心里了。

她想，是她这段时间太固执了，是她对于他中途的失忆抽离太过耿耿于怀。

那句话，他是死活想不起来。可是，他已经在那样做了。

她还非要等那句话吗？就像他说的，等上个三十年？

想到这里，那满心的苦涩里，居然还涌出了一丝莫名的甜意。

电梯门开，两排病房，重症监护病房就在尽头。此时正是晚饭时分，人来人往，医院里竟有几分热乎的生气。尤明许的心忽然不受控制地飞快跳动着，朝走廊尽头的房间走去。

刚走了一小段，就听到旁边的病房里有人喊：“明许？”

尤明许回过神来，脚步一顿，才注意到身旁正是许梦山和景平所在的病房。里头就两张病床，两人都醒着，看着她。尤明许连忙走进去。

许梦山伤势轻一些，已经坐起来了，只是神色还有些憔悴，看到尤明许，眼里闪过柔和沉静的光，如同之前每一次那样，望着自己的搭档。

景平还躺着，床头挂着好几瓶药水，身上也缠得紧巴巴的，只有一张脸露在外头。脸上还都是伤，眼睛和脸颊上的肿都没消，那样子看着就让人心里难受。他也看着尤明许，居然还挤出了一丝笑容。

尤明许去参加遗体告别仪式前，匆匆洗了个澡，换了身衣服——衣服是陈枫找来的，他就是有这样变戏法一样的本事。所以尽管一天一夜没好好睡觉，此时她看起来还是整洁的，只是脸色差得很，可一双眼里，分明重新燃起了清冷明亮的光。

许梦山根本没把自己身上的伤当回事，打量了尤明许几眼，笑了：“上哪儿去了？急匆匆的。一切都好吧？”

尤明许答：“都好，老丁过来了，专案组善后。我刚才……”她顿了一下，“去参加罗羽的遗体告别仪式了。”

许梦山也静了静，脸色复杂。

三人都沉默了一会儿，旁边的景平忽然动了，他把正在输液的那只手很慢很慢地举起，放在了脑袋边。他敬了个礼。

许梦山忽然觉得很不是滋味，隐隐还有些酸涩的、让人不想面对的情绪涌上心头。半晌后，他却又莫名释然了，也对着窗外，举手敬礼。

尤明许坐着没动。

两人的手放下了。

尤明许像是刚才什么也没看到，问景平：“老景，你怎么样？”

景平似乎用了一下力才发出声音：“还好，死不了。”那嗓音沙哑脆弱无比。

尤明许起身走到他的床边，握了一下他的手，说：“好好养伤，赶紧好起来，好了咱们就打一架。”

景平扬了扬嘴角，答：“好。”

许梦山问：“其他人呢？我听说殷逢他们后来赶来，撞上了惩罚者，都受了伤。殷老师怎么样？”

尤明许答：“小燕和涂鸦跟你们一样，受了重伤，但是都活下来了。殷逢……

听说他刚刚也醒了。”说到这里，她脸上带了笑。

许梦山看了她两眼，狐狸性子不改，眼里也染上笑，说：“听说？行了，左右我俩死不了，你也看过了，赶紧去吧。晚了殷老师没见着你，该多伤心啊。”

尤明许没有半点不好意思，点头说：“行，我去他那里看一下。有什么事你们随时叫我。”又朝景平点点头，走了出去。

等她走远了，许梦山慢慢躺回去，抽了两声气，这才躺平了。

屋里两个人都静了一会儿，许梦山开口：“天涯何处无芳草，其实她也就那样，我估计还是因为咱们都是警察，见识过的女人太少，是吧？而且她和殷逢……两个人牵扯太深了，神仙也插不进去。真的，那就是块铁板。其实咱们这次能活着，已经是撞大运了。活着，比什么都重要。以后呢，有机会再找个知冷知热的女人，就已经是万幸了。景哥，对不对？”

景平静了一会儿，才答：“啰唆。”

许梦山不吭声了。

又过了一阵，景平的声音再次低低响起：“我知道那是块铁板，没想过要踢。我不是那种人，我只是……看不得她有事。”

这话忽然让许梦山胸口有点发闷，一时竟无言以对。

尤明许走到重症监护病房外，脚步一顿。

这是她第几次走到他的病房外了？

可每一次，竟都有近乡情怯的感觉，而且这感觉，居然越来越浓烈。

她敲了敲门，里头响起陈枫的声音：“进来。”

推门进去，看到陈枫立在床尾，还有两个医生、两个护士，围着那人在打转。那人当然还坐不起来，平平地躺在那里，听到动静，他的神色微微一变，朝她看了一眼，目光里透着清冷，飞快移开。

尤明许一怔，也不作声，走到陈枫身边，听医生的交代。

她发觉殷逢的气色比早上第一次做完手术时似乎好了一些，脸上也有了些血色。他的整个胸口都缠着绷带，被子下露出一截白皙结实的肩膀。医生正在跟他说下一步的诊疗方案，他似乎听得非常专注，有时简短地问几个问题，嗓音沙哑中透着冷沉，依然是那副冷僻深沉的男子模样。

可尤明许却感觉出不对劲。

昨天，他带着人出现，拦截惩罚者时，望着她的眼神，她还记得很清楚。即便隔着那么多人，也能望见他眼中的温柔、笃定和坚决。

可现在，她怎么觉得……他有点在躲着她?

尤明许一进来，陈枫也察觉出殷逢的不正常了。哪怕不是尤英俊，之前每次他看到尤明许，都是双眼放光，仿佛孔雀开屏。

不过，殷逢醒来后的这段时间，陈枫虽然高兴，但心情其实是不太好的。此时察觉到殷逢情绪不对劲，陈枫觉得自己应该明白是怎么回事，看了一眼尤明许，示意她跟自己出来。

他走出房间。

没一会儿，尤明许也出来了，眼神充满质询地看着他。

陈枫说："刚才殷老师一醒，第一句话就是问你，第二句话就是问老九。然后发了好一会儿呆。后来他让冠军把老九带上来，见了最后一面。"

尤明许心里"咯噔"一下。她以为今天他们会办老九的后事，没想到听这意思，冠军还把老九带在身边，还带进病房让殷逢见了。也不知道他们是怎么躲过监控和医生、护士的。

不过，这确实是他们这帮人会做的事。

包括殷逢。如果醒来后，并不想要见老九一面，那就不是他了。

难怪殷逢……情绪不太对。

尤明许心头一软，答："我知道了，我会安抚他。"

陈枫笑了，说："有你陪着他，我们就放心了。其实不管遇到任何难关，只要有你陪着，招招手，再随便给点甜头，我们殷老师就会好的。"

尤明许看了他一眼。

陈枫也知道自己说得太露骨了，立刻笑着说："看来殷老师这回死不了，我去办老九的后事，他也该入土为安了。殷老师这里就交给你了。"

"嗯。"

陈枫走了没多久，几个医生、护士也出来了，尤明许再次进去，那人明明察觉了，却依然只是静静躺着，目光垂落，整个人虽不是死气沉沉，却是死水无波。

尤明许还是觉得有点怪异，即使是为了老九，他对自己的态度，也依然有点奇怪。

不过这念头也只是一闪而过，她没有多想，在床边圆凳上坐下，问："感觉怎么样？”

殷逢的嘴角这才噙起一丝笑，哑着嗓子答：“……很糟糕。”

尤明许看着他的样子，心忽然软得一塌糊涂，起身，双臂按在病床上，身体俯下来，离他的脸只有半尺远，低头温柔地看着他。

他也一眨不眨地望着她。

那漆黑的、深邃的眼眸里，像是有无形的吸引力，令她的心抑制不住地颤抖。而他，分明也有同样的感觉。他的脸上突然浮现出痛苦悲哀的神色，闭上眼说：“下来。”

尤明许的心还在发抖，慢慢靠近他，他一直看着她，直至两人的脸挨在一起，唇也覆在一起。

他开始轻柔地吻她，她也是。过了一会儿，彼此都变得更剧烈。可她担心他的伤势，不敢亲太久，很快移开，移开时他还不肯，含着不放，被她强行抽离。

他这才睁开早已氤氲的双眼，深深地望着她。

她静了一会儿，握着他的一只手，说：“别难过。我想他心里其实并不后悔。还有我和其他人继续陪你走下去。”

殷逢的眼眶发红，沉默着闭上了眼睛。过了好一会儿，他才轻轻“嗯”了一声。

尤明许心里一阵疼，也累极了，把头枕在床边，闭上眼。

殷逢说：“别趴着，回去睡。”

尤明许说：“你别管我。”

他说：“那你睡沙发上。”

尤明许看着床边的沙发，“嗯”了一声，说：“你呢？想不想吃东西？要喝水吗？”

殷逢答：“刚才吃过了，不用，我想再睡一会儿。”

尤明许到沙发上躺下，望着他说：“睡吧，有事叫我，我会一直陪着你。”

殷逢也望着她，答：“好。”

尤明许望了他两眼，忽然笑了，闭上眼。殷逢却没笑，盯着她，目光幽暗不清，过了好一会儿，才闭上眼，昏昏沉沉睡去。

尤明许再次醒来，已经是次日早上。

天光大亮，护士和陈枫都在。她坐起来，揉了揉头，察觉到两道视线落在自己身上。陈枫正在给殷逢喂粥。殷逢躺着，眼睛却盯着她。

尤明许起身去洗手间，体贴的陈枫早准备好了洗漱用品。等她走出来时，已是精神一振，接过陈枫手里的碗，在床边坐下。

陈枫指了一下床头柜："还有一份早餐。"

尤明许："谢谢。"

陈枫便出去了，没多久，护士也走了。

尤明许一勺一勺给殷逢喂完，他一直没说话，很配合地吃着。尤明许放下碗，抽了张纸巾，给他擦嘴巴。他就盯着她。

刚擦好，就听到他轻声地说："像新的一样。"

尤明许一顿，心跳突然就急促起来，看了他一眼，他依然目光幽幽地望着她。

"你想起多少了？"她问。

那还是刚认识他没多久吧，他的嘴擦不干净，她给他擦了，他美滋滋地说："阿许擦得就是干净，我的嘴巴现在就像新的一样。"

想到这里，尤明许不由得笑了。

殷逢也笑了，过了几秒钟，却止住了笑，答："很多。"

于是尤明许的心又跳了跳，心想："很多"到底是多少？不过以他的性格，要是想起了那句定情的话，此时只怕早就丢出来，要她认账，逼她就范。所以，看来还是没想起来。

但是尤明许也不提这一茬了，只是微笑地说："现在知道你以前有多傻了？"

他答："我只知道那么傻，还是把某人给弄到了手。"

尤明许头也不抬地说："是我把你弄到手的。"

他道："嘴硬。"

尤明许叹了口气说："还是以前的尤英俊可爱，我说东某人不敢往西。"

殷逢笑了笑，说："别想了，再没有那种事。"

尤明许沉默了一会儿，忍不住也笑了。

殷逢望着她的轮廓，一张脸干干净净、不施粉黛，却依然透着天生的艳丽。一头黑发，只随意梳了个马尾。阳光照在她身上，她坐在他的床边，和他斗着很无聊的嘴。可他胸中的甜意，却如同那阳光般泛滥成灾。他心想：自己可真的是中了毒，胸中的情绪快要压抑不住。她说任何一句话、任何一个眼神，他都感觉是在和自己调情。他的脑子甚至有微微的眩晕感，心口胀胀的，有点难以忍耐又欲罢不能。

他想自己真的是完蛋了。

这一次醒来后，想起了许许多多的事，再看到这个女人，就要彻底完蛋了。

这样濒临失控的感觉，令他感到危险、兴奋，可是，还有一丝丝莫名想要逃避的情绪。

尤明许并不知道，某人看似清冷的面容下，其实正隐隐翻滚着波涛。她想起了正事，说："殷尘没有被抓到，邢几复也不知所终。"

殷逢定了定神，答："只怕邢几复的日子会不太好过。"

尤明许并不想去深谈这个话题，转而说："现在老丁正在集中全力抓捕剩下的惩罚者，你有什么看法？"

殷逢摇了摇头："殷尘躲了这么多年，反侦查意识很强，他如果不想露面，只怕是抓不到的。"

尤明许盯着他，说："再一次见到他，什么感觉？"

殷逢道："他怎么还没死？"

尤明许一言未发。

不过，即便年少时殷逢对这个哥哥有过孺慕之情，现在只怕也被殷尘亲手折磨成了痛恨与势不两立。尤明许想起昨天两人刚一见面时，殷逢那无法掩饰的阵痛表情，再想起有关贵州的事，心里就酸酸软软的，摸了一下他的脸。

殷逢的身体颤抖了一下，看着她，目光说不出地沉暗。

尤明许以为他是因为哥哥不高兴，收回手，说："如果人抓不到，接下来你打算怎么办？"

殷逢轻哼一声，说："不会抓不到的。"

尤明许感到疑惑。

他说："他会来找我。这一次，他在我手上吃了这么大的亏，绝不会善罢甘休。我也一样。"

尤明许看着他眼中闪过凌厉的光。

"他会怎么找上你？"她问。

殷逢静了静，答："我想，他会等一个机会，一个足以毁掉我也毁掉他的机会。他会拼尽剩下的生命和力量，向我，甚至向世人证明，他所信奉的，才是人间至理。他已经放弃蛰伏了。"

他顿了顿，又说："我会等着他来，因为我也想要毁掉他。我想要把他所信奉的东西踩在脚下。我也要向他证明，自己一直坚持的选择没有错——我们这样的人，即使身在深渊，也没有什么可以阻止我们仰望太阳。"

第七章

重归于好

殷逢吃完早饭，精神倒是不错，也无事可做，尤明许问：“要不要看电视？”

殷逢答：“不看。我不是你，不看那些没营养的东西。”

尤明许也不生气，心想：是谁当年在我家，天天看《奥特曼》《天线宝宝》？嘴角不由得就带上了笑。

结果就看到殷逢看了一眼她，然后就移开目光。尤明许心中一动，有种奇怪的感觉，觉得他似乎也想到了同一件事，可再看他，却是神色如常，冷冷清清。

他到底想起了多少？

于是那种怪异的感觉又来了。

怎么觉得他这次受伤醒来后，比起前一段时间的黏糊和毫不掩饰的占有欲，却要更冷傲一点呢？有点别扭的感觉。

可如今的殷逢，是多么成熟阴沉的男人，别扭，应该和他不沾边吧？

尤明许也不动声色，问：“那你上午想干点什么？”

殷逢想了想，说：“给我念书吧。”

“念什么书？”

殷逢说：“把我手机拿来。”

尤明许把手机举到他面前，按照他的指示操作，很快翻到了一本电子书，看样子是本畅销的短文集，她拿起来，说：“那我念了。”

殷逢闭上眼，嘴角到底带了丝笑：“念。”

命令的口吻。

尤明许不和别扭的病人计较，开始诵读。

身为一个刑警，她除了偶尔看点心理学、刑侦手段方面的书，多久没读过这种文绉绉的东西了？清了清嗓子，看着那些优美轻灵的词句，虽然读得没什么感情，倒也嗓音低沉柔和，十分流畅。

殷逢听了一会儿，就睁开眼。书挡住了她半张脸，只露出白皙的额头和一双清澈的凤眼。殷逢不由得心想：两人好了这么久，还是头回见她这么乖顺听话，几乎是他用一身血换来的。心里有些得意、有些柔软，还有些莫名的委屈。怎么想都觉得，今后和她的事，都是他吃了大亏了，是被她给困在了网里。

于是，等她念完一个短篇，抬眼看他时，他淡淡地开口："以后每天晚上没事的时候，就念给我听。"嗓音也听不出喜怒。

尤明许翻了一页书，说："做梦。伤好了就自己看。"

殷逢的胸口好像被什么轻轻堵了一下，却又慢慢地笑了，说："我读给你听也行。都是一样的。"

明明是在说读书，却又似乎不是在说读书。

尤明许静默片刻，伸出拳头，在他额头上摁了一下，说道："安分点。孔雀开屏也得等尾巴长好。"

殷逢不说话了。

尤明许又读了一会儿，从书后斜眼看他，却发现他的脸色看着更冷淡了，可是脸颊却染上了些许薄红。

尤明许的心不由得荡了荡。又想：这回他醒来，阴阳怪气的毛病分明更严重了。难不成他那千疮百孔的脑子，又撞出什么不为人知的隐患了？

她也只是腹诽一下。

读了半个多小时，尤明许放下书，发现他已经睡着了，呼吸均匀悠长。到底伤得重，又和她斗了那么久的嘴，也该睡了。

尤明许和护士打了个招呼，先去看了一下许梦山和景平，陪两人聊了一会儿，又去看了其他几个相熟的兄弟，最后去看了涂鸦和小燕。

从殷逢醒来后，尤明许就一直寸步不离。这还是涂鸦和小燕动完手术后，她第一次去看他们。

两个人占了一间屋。尤明许走进去，惊讶地看到涂鸦居然已经能坐起来了，健壮的身体缠满了绷带，无聊地在调电视遥控器。小燕还躺着，嘴里居然叼了根吃了一半的冰棍。

看到尤明许，两人都是一愣，不约而同地露出喜意。

尤明许的心就这么软了一下，比看到殷逢还要软。不过……

她先走到小燕身边，小燕一呆，她已把那半根冰棍抽出来，丢进垃圾桶，问："谁给你的？"

小燕的嗓音低得跟蚊子似的，虽然面无血色，依然露出几分羞赧："冠军……"

尤明许："不准再吃。"

小燕："嗯。"

涂鸦看了一眼小燕，幸灾乐祸的笑一闪而过，而后瞪着双牛眼巴巴地望着尤明许："殷老师怎么样？还好吧？"

尤明许答："他挺好的，在逐渐好转，刚刚睡着了。"看了一眼他身上的绷带，冷道，"谁让你坐起来的？"

涂鸦："……"

小燕一看很高兴，立刻告状："护士说不让他起来，护士一走，他就起来了。"

涂鸦讷讷地说："尤小姐，我身体很好，不是很痛……"

尤明许眉一沉："躺下。"

涂鸦默默地躺平了，忍不住叹了口气。

尤明许其实是来探病加道谢的，如果不是他俩冒死相救，自己现在还不知道在哪里。可是刚骂了两人，道谢的话一时也有点说不出口。

于是她先问小燕："伤口还痛不痛？"

小燕往被子里缩了一下，只露出半张脸："还好。"其实很痛，可也不想说出来。

尤明许点点头，又看向涂鸦："你呢？"

涂鸦说："我真的不痛了。"

鬼才信。

尤明许这才说："谢谢你们。但是下次，我希望你们不要再冒这样的险。"

涂鸦和小燕都沉默了几秒钟，涂鸦笑笑说："我乐意。"

小燕飞快地说："我也是。"

尤明许知道这两人和殷逢同样固执，也不再劝。只是她身为警察，虽然见过很多的壮烈，但昨日两人的模样，涂鸦浴血撞车、小燕无声掉入草丛的画面，她知道从此将深深刻在自己心里。

大恩不言谢，尤明许也不愿对他们说什么煽情肉麻的话，只是心中已把两人当成和许梦山、景平一样可以依赖信任的同伴。

她说："你们好好休息，我下午再来看你们。"又看了一眼两人的脸色，说，"如果再被我发现，我就去告诉殷逢，让他来惩罚你们。"

涂鸦皱了皱眉，又叹了口气，说："知道了。"

尤明许又看向小燕，他飞快地说了句："知道了，老板娘。"然后头缩进被子里。

尤明许脸上一热，涂鸦倒是笑了，心想：小燕可真机灵。等尤明许转身走出房间时，涂鸦又喊了句："老板娘慢走。"

尤明许走出几步，也忍不住笑了。

她回到病房，一直到了中午，殷逢还没睡醒。她就先吃了陈枫送来的午饭，靠在沙发上睡了一会儿。

等她一觉醒来，看到殷逢已经醒了，陈枫刚给他喂完饭，收拾好餐具，笑着说："老板娘自己睡得舒服，害得我一边喂一边被嫌弃。"

尤明许脸上又是一绷，心想：他们小团体里话倒是传得飞快。她只当没听到，走到殷逢身边。陈枫出去了，尤明许问："感觉怎么样？"

刚才陈枫的话，殷逢自然听到了，淡淡地答："感觉还行。他们叫你老板娘是什么意思？"

尤明许看了他一眼。

他目光幽幽。

尤明许却只觉得这人真的比以前更恶劣了，故意冷冷地说："我答应了吗？没答应。"

殷逢说："难道你更喜欢他们叫你师娘？我觉得还是老板娘顺耳点。"

尤明许有点想笑："滚。都叫姐。"

话音未落，手已经被他捉住，虽然力道很轻，但尤明许没有挣脱。

他盯着她："那你以后叫我什么？还干巴巴地叫殷逢吗？我不喜欢。"

尤明许从善如流："殷老师。"

他的手握得更紧些："好好叫。"

尤明许转过脸，不想理他。

殷逢轻声说："有人的时候，叫我阿逢；没人的时候，叫老公。"

尤明许抬起头，望着他清亮的眼眸，心里有种说不出的感觉，那两个字在舌尖仿佛跳动着，她喊了句："阿逢。"

殷逢的眼里像是有暗光在闪动，他"嗯"了一声，说："靠过来。"

尤明许依旧不和受伤的他计较，小心地靠在他怀里，他抬起一只手，抱住她，摸了一会儿她的头发，说："乱叫，现在没别人。"

尤明许咬着牙说："不要得寸进尺。"

他说："我岂止想要得寸进尺。"

尤明许有点接不上话了，直起身子，看着他自从醒来后，就似乎总是透着几分阴沉的脸，说："你到底在生什么气？之前不是好好的？我哪里得罪你了？"

殷逢没想到她会突然这么问，愣了一下，说道："你没有得罪我。我只是最近……身体和心情，都不是很好。"

他这么一说，尤明许立马想起老九，信了几分。她虽然总觉得殷逢哪里别扭着，但对她的态度，似乎又没什么变化。他眼里那涌动的情愫并无改变。

于是尤明许也就不再纠缠这个问题。

又给他念了会儿书，他说身上不舒服，要擦洗一下。但他受伤这么重，肯定不能沾水的。尤明许问过了医生，便打了盆热水来，给他简单地擦一下。

尤明许说："是不是觉得很爽？有没有翻身做主人的感觉？"

殷逢突然发觉，原来尤明许也有嘴贱的一面。像他。

这么想着，嘴角倒是弯起，他答："还不够。"

尤明许轻哼了声，手里动作却轻柔无比，用热毛巾替他先擦了脸，又擦脖子和肩膀。他的身体，她曾经一度很熟悉，但确实很久没有这么细致地碰过。尤明许面不改色，又替他擦手臂。他身上有伤不敢动，两条腿倒是完好的，她替他把病号服的裤腿挽起来，仔仔细细地擦着。

殷逢也没想到，被她这样照料着，会是这样一种感受。特别安静，时间仿佛过得特别慢，那种细腻的、舒服的感觉，从皮肤慢慢浸到全身。而后那压抑了一整天的浓烈情绪，又有抬头的趋势。

他定定地看着她，忽然来了句："要是哪一天你离开了，我不知道自己会干出什么事。"

尤明许的手只顿了一下，继续慢慢地擦着，说：“少胡思乱想，也少威胁我。这是讨打。”

殷逢不说话了。

擦完了身体，尤明许打量着他：“有没有舒服一点？”

他“嗯”了一声，指了一下床：“躺下陪我。”

尤明许看了一眼病床，本就不宽，她顶多只能侧身躺着，肯定不舒服，就不干。

殷逢皱了下眉：“这都不肯？”

尤明许觉得他真的有点吃错药了，虽然不太明显，但是隐隐有抽风的感觉。看他一直垮着脸，尤明许莫名想笑，到底还是小心翼翼地靠在床边躺下，依偎在他身旁。

两人隔得很近，他转头看着她，那目光让尤明许心跳加速，于是闭上眼。

“宝贝，亲我。”他说。

尤明许脸上一热，冷道：“有完没完？”把头伸过去，覆在他唇上。

他亲得很猛，现在他全身上下，大概也只有嘴巴能猛。

过了一会儿，两人微喘着分开，尤明许的脑子有点眩晕感，盯着他看了几分钟，又伸过头去，在他鼻子、眼睛、下巴上都亲了一下。

这时，他才笑了，是那种很满意、很愉悦的笑，虽然淡淡的，可是整张脸都在笑。尤明许心里也跟浸了蜜似的胀胀的，这样的感觉，尤英俊曾经带给过她。可眼前人给她的，分明更露骨、更浓烈。

两人默默对视了一会儿，他轻声问：“宝贝，爱不爱我？”

尤明许眉头一挑：“别喊这个，太肉麻了。”

他静了一下，说：“语言之所以具有魅力，是因为那些特定的、经过文化演变和积累的词语，能够相对准确地表达出人类复杂的心理活动和情绪。我找不到更确切的词，只有这个比较接近。”

尤明许被他说得一愣一愣的，然后脸有点红了，低声说：“你就叫我阿许不行吗？磨磨叽叽跟个女人似的。”

殷逢脸色一冷，说：“过来点。”

她凑近了一点儿，他的嗓音就在她耳边，低沉含糊：“阿许宝贝……我的……心肝啊……”

尤明许脸上更烫了，没吭声，过了一会儿，又低头亲他。

当敲门声响起时，尤明许一个翻身跳下床，动作敏捷得像只兔子。殷逢意犹未尽，不悦地皱眉。尤明许飞快整理了一下衣服，在床边坐下。

陈枫推门进来时，看到屋里的情景，还有殷逢隐隐的厌弃，哪里还有什么不明白的。他心想：尤明许其实也是个猛人，殷老师都这样了，两人看样子还在想方设法亲热。老天爷啊，这两人真好得蜜里调油了，以后伺候可要更小心了，免得被占有欲极强的殷老师误伤。

不过，陈枫脸上却不露分毫，也不看殷逢，直接对尤明许说："老板娘，丁雄伟和几个领导来看望殷老师了，马上就到。"

尤明许看殷逢精神还好，刚才亲的时候还挺给力，便点头说好。她待在这儿也没什么不好意思的，谁不知道他俩的破事？她和陈枫一起准备好几杯茶，丁雄伟和几个领导就进来了。

尤明许退到一边。

丁雄伟看了她一眼，露出恰到好处的微笑，和几个领导走到殷逢床前。

尤明许发现，殷逢在外人面前，还是非常能装的。哪有刚才和她在一块儿时，那时萌时酷、时冷时热的傲娇模样，只见他虽脸色苍白，却保持着得体的微笑，不卑不亢，应对自如。

领导们关心完殷作家的伤势，又问了一些有关惩罚者的问题，殷逢一一作答。至于惩罚者的首领就是他亲哥哥这事儿，几个领导没提，他也不多解释。大家都绕过了这个话题。

末了，几个领导也看到了尤明许，也都认识她，其中一个说："明许，好好照顾殷老师。"个个都微笑着。

尤明许点头说好。

等他们都往外走了，尤明许正要送，一眼看到殷逢若有所思地看着她，微微笑着。尤明许心想：领导们这么一表态，这人的尾巴别翘上天。故意不看他，走了出去。

丁雄伟走在最后，对她说："又好上了？"语气说不出是喜悦还是失望。

丁雄伟是很难得这么八卦的，尤明许"嗯"了一声，干脆道："一直好着。"

丁雄伟看了她一眼，目光很难形容，然后他说："明天你得归队了，现在他们几个都伤着，案子要收尾，其他工作也要靠你顶着。明天能不能跟我回湘城？"

尤明许怔了一下，立刻答："好。"

送完他们，尤明许回到病房，一眼就看到殷逢直勾勾地盯着她。

等她走近了，他脸上浮现笑容，说：“你的上级、上级的上级、上级的上级的上级，都让你……好好照顾我。”

原来是在得意这个。

一句客套话而已。

尤明许沉默了一刹，摸摸他的脸，说：“刚才老丁说，让我明天先回湘城干活儿。我得回去了。”

殷逢盯了她几秒钟，冷声道：“你要回去？”

尤明许不太喜欢他这样的语气，但还是忍了，说：“现在队里很多人受伤，景平、许梦山一时都走不了，这个案子有大量收尾工作，加上还有别的案子。老丁手底下没人了，我不能不回去。殷逢，我是个警察。”

殷逢转头看向一边，只留给她一个线条清晰的侧脸。

“我这伤，起码一个月后才能下床。”他说，“行，你去吧。我有陈枫。”

那语气，冷得都要掉冰碴儿了。如果不是彼此已经这么熟悉，尤明许一定又会把他当成刚苏醒的那个殷逢，一个冷漠执拗的男人。

尤明许有点想笑，心里也有点发软，握住他的手，他没动。

她说：“我一得空就过来看你。我会给你打电话。”

他近乎嘲讽地轻嗤了一声，似乎根本不把她的话放在心上。

尤明许却凑近了，低声说：“阿逢，你已经对我撒了一整天的娇，还不够吗？”

殷逢没说话，那和她握在一起的手却一下子收紧，那冷酷的侧脸上，却再度染上绯红。

“你说什么？”他极慢地从牙关里挤出这几个字。

尤明许却在那极罕见的红了的俊脸上轻拍了一下，说：“虽然不知道你到底在别扭什么……想通了，就给我打电话。”

尤明许一回到湘城，就陷入了铺天盖地的工作里。

这次的案件，有大量的后续工作，足够忙一两个月。他们组现在兵力空虚，很多案子她也要帮忙。于是头一个星期，她几乎把一切都抛在脑后，忙得气都喘不过来。直至夜深人静，终于可以休息了，这才想起殷逢，但一看时间，他肯定已经睡了。

尤明许也不是黏糊糊的性子，以前和尤英俊好时，也是他天天追着她。所以她也不太给他发短信说什么肉麻的话。

显然，如今的殷逢，也是和她差不多的性子。

到了这周六的晚上，尤明许第二天终于可以睡个懒觉，才想起来一个星期了，两个人也没联络过，殷逢连短信都没给她发一条。

哪怕他还下不了床，这也不太正常。

尤明许想起离开贵州时殷逢别扭的样子，她百思不得其解。想来想去可能还是因为老九的牺牲，他心里自责愧疚，连带着不想面对她？

深夜里，尤明许靠在床头，想了一会儿，笑了，决定等他自己想通。

“要是哪一天你离开了，我不知道自己会干出什么事。”

有这句话，她心里就是踏实的。

过了两个星期，尤明许手里的工作总算没那么多了。她有了空闲时间，就得去查某一件案子。

一件十九年前，也就是她八岁那年发生的案子。

尤明许斟酌了半天，决定先请丁雄伟喝顿酒。他曾经是母亲的同事，她一直是知道的。

这天下了班，两人进了家餐厅的包厢，尤明许把菜单递给丁雄伟，他向来强势，也不推辞，点了几个菜，尤明许又给他倒了茶。

丁雄伟面色如常地喝了几口，说：“这顿我来，算是犒劳。”

尤明许当然不会跟钱过不去，干脆地答：“好。”

丁雄伟笑了笑，说：“怎么想到请我吃饭了？俗话说得好，有了媳妇忘了娘，咱们队里，个个都这样。”

尤明许手里捏着个杯子，慢条斯理地说：“我有了媳妇，也没忘了您啊。好久没跟您联络感情了，吃个饭不行啊？”

丁雄伟说：“有屁快放。”

尤明许笑了一下，正色道：“老丁，我想知道……关于我妈妈的事。”

丁雄伟又喝了口茶，并没有露出什么意外的神色。

尤明许被惩罚者劫持的那一段路，殷尘说的话，她一五一十全都写进了报告里，没有半句隐瞒。报告交上去后，上面一点动静都没有。

丁雄伟叹了口气，说：“具体想知道什么？”

尤明许说：“她和邢几复、殷尘的关系。还有她殉职的那起连环案件。”

丁雄伟说：“你是不是挺奇怪的，她如果和那两个犯罪分子有关系，为什么还可以做警察，你还可以做警察？”

尤明许没吭声，一双冷清的眼直视着他。

丁雄伟看懂了她的眼神，笑了，点头，嗓音柔和了几分：“你想得没错。你的母亲，她没有做错任何事。她是个优秀的警察，自始至终都是。”

尤明许的心一下子放了下来。

丁雄伟却陷入了沉思，说：“其实当年的事，我也只知道个大概。但殷尘和当年的事有关，我还是第一次听说。”

那已经是很多年前的事了。

那时候，丁雄伟才二十出头，和尤明许的母亲——尤蕤雪一样，是警队新人，两人在同一个队里，关系还不错。

丁雄伟还记得，尤蕤雪的性格，可没有尤明许这么嚣张，她是个沉静柔和的性子，但也很聪明，骨子里那股傲劲儿和尤明许是一样的。相貌也比尤明许甜美一些。

这样一个女警，局里自然有很多人追。丁雄伟当时都有点动心思，但是不太敢。因为尤蕤雪明显是个眼光高的，连局草——某位英俊潇洒的副队长，都婉拒了。于是像丁雄伟这样的小人物，也就默默歇了心思。

局里有一组人，开始打击区里的涉黑犯罪行为。那时候，还没有凯阳集团，只有几个犯罪团伙，引起了警察的注意。

尤蕤雪也加入了工作组。

丁雄伟不在工作组里，所有后来的事，也是听别人说的。

听说尤蕤雪一开始，是和一个不相关的人谈恋爱了。美国留学回来的高才生，商家之子，俊秀文雅，两个人感情很好。

而局里的打击犯罪行为，一直在按部就班地推进。

后来有一段时间，丁雄伟偶尔注意到，尤蕤雪的脸色一直不太好，有一次大家聚餐时，尤蕤雪突然干呕，脸色很难看。当时大家面面相觑。

又过了几天，上级领导把尤蕤雪叫进办公室，两人说了一个小时，尤蕤雪出来了。第二天，她就从扫黑工作组调离，回到普通刑事岗位。

那时候，尽管有各种传言，但到底已经九十年代了，人们的思想也都开放了，顶多背后说几句，也就算了。

丁雄伟听说尤蕤雪男朋友有急事回了美国，留下她一个人。有人说她是被抛弃了，也有人说她被骗了。但那时候，丁雄伟就自认为是个耳聪目明、不会偏听偏信的人，他甚至还暗中打量过，发现明显怀了孕的尤蕤雪，神色平和，眼中有光。于是丁雄伟断定，人家和男朋友说不定好着呢，只怕那人是被什么事耽搁了，一时回不来。

那么，既然尤蕤雪是丁雄伟这样的菜鸟青年心中的女神，他自然也盼着女神能够幸福。

但直到尤蕤雪请了假，据说去生孩子了，也没见那人回来。

丁雄伟再见尤蕤雪，已是两年后。

在下面的一个小派出所。

听说她是自请调离的。

再见到她，丁雄伟发觉，她还是曾经那个模样。尽管是警校高才生毕业、警察世家出身，从分局最吃香前途无量的重案组，贬至了一个偏僻的派出所，但是她看起来依然那么宁静温和、傲骨内敛。只是眉宇间，似乎添了几分初为人母的柔和光彩。

丁雄伟因为公务，和她说了几句话，就听到她接到也许是家里打来的电话。

"嗯……宝宝又发烧了？"她的眉头焦急地皱起来，"妈，我实在回不去，去四医院，那儿儿科比较好。我明天休息就坐车回去……"

丁雄伟当时什么也没问。

尤蕤雪挂了电话，眉眼间有愁色，但是很快恢复平静。

丁雄伟说完工作，又加了一句："有什么需要帮忙的，可以给我打电话。"

尤蕤雪笑着说："谢谢。"

但后来无论她遇到什么事，也没有打电话向曾经的同事求助过。

后来的事，丁雄伟还是听别人说的。

听说尤蕤雪虽然去了基层，可是一步一个脚印越干越好，很快又得到重用，加入了另一个区的刑警队。

听说她一直没有结婚。

还听说，她和某个黑帮组织头目的小儿子，有着说不清的关系。传言说得有鼻子有眼，说那小儿子本是从国外留学回来，根本不沾家里的事，也没跟她提自己的身份，她也是被骗了。那个孩子，就是跟那人生的。

结果后来出了一连串的变故，小儿子不得不接班。而且他身为书生，居然十分了得，传言他以铁血手腕，把对头全都收拾了，还收拾得特别漂亮。后来警方重拳出击时，那些对头的犯罪证据全都确凿，反倒是小儿子手里，查出来的只是房地产、金融这些干干净净的生意，一点事没有。

但都是只言片语的传言而已。毕竟尤蕤雪多年来始终独来独往，而那小儿子已经进军实业，结婚生子，生意越做越大。怎么看，两人都是八竿子打不着的，离得很远很远。

…………

“你妈妈那些年挺不容易的。”丁雄伟叹息。

在尤明许的记忆里，童年虽然和外祖父母住在一起，但母亲只要有时间，就会从湘城去江城看她。母亲总是温和的、平静的，对她有无尽的爱，从未表现出任何不甘和埋怨。这也是尤明许第一次听人提及，那些年，母亲过的是一种怎样的生活。

谣言、怀疑、谎言、背叛、对立……

尤明许忽然就不再想要知道，母亲和那个人之间，当年是真心还是欺骗，母亲是否会后悔。

已经不重要了。

母亲其实已经给了她答案。

两个答案。

一个答案，是直至殉职，母亲都是一名最称职的警察，克己奉公，勤勤恳恳，立下许多不会被磨灭的功劳。

另一个答案，是母亲对于她来到这个世界，没有任何后悔和怨言，她对她倾注了一个母亲全部的爱，并且也影响她，继承母业，成了一名警察。

尤明许眼眶一热，垂下眼睑，喝茶遮掩。

丁雄伟看着她的神色，沉默了一会儿，说：“有关这件事，你还想知道什么吗？”

尤明许答：“不用了。”她长吐了口气，语气淡然下来，“说说殷尘吧。”

丁雄伟皱眉：“殷尘……我知道的，不比你多。当年，谁也没注意到这号人。我不知道他是怎么认识尤蕤雪的。后来尤蕤雪殉职的那个案子，我记得档案里也没有殷尘这个人。”

尤明许沉思了一下，说：“我要看当年的卷宗。”

提起殷尘，邢几复也说，殷尘是“当年缠着她的那个小子”，也许从那个案子里，能找到什么蛛丝马迹。

丁雄伟答应了。

这天下午，一沓厚厚的、纸页已经发黄的卷宗，到了尤明许手里。

一盏柔和的台灯下，尤明许独坐在办公室里，翻着卷宗。

她也算是见过世面，经手过不少残忍可怖的案件。但当她看到十九年前那起连环杀人案的现场照片时，还是会有恶心难受的感觉。

五次作案，五名受害者，四死一伤。尤蕤雪就是在最后一起案件里牺牲，并救下了那名受害者的警察。

作案时间大致分布在半年内。凶手于深夜跟踪、袭击单身女性。那个年代，监控摄像头很少，虽然面临经济快速发展，但城市里荒地、空地、工地也很多。

凶手将受害者拖至无人处，性侵后勒死，以刀具重创性器官，并割下乳头带走。尤明许看了几张照片，长吐了口气，很不舒服。

受害者有的只有二十多岁，是单身女性；也有三十多岁，已经结婚生子的。那个受害者的孩子当年才一两岁，就失去了母亲。

凶手名叫许霸坪，是个二十多岁的青年。

警方在两个犯罪现场发现了他的指纹和精液，有目击者看到他在一个案发现场出现过。

还有一个非常有力的证据，是在某个银行分理处门口的摄像头，拍到了他尾随一名受害者的画面。

但是当警方确认这名重大嫌疑人的身份，对他实施抓捕时，他已潜逃至乡下。于是警方发布通缉令，并调集大量警力，展开搜查。

十多天后，正是尤蕤雪所在的小组，发现了许霸坪的踪迹。只是当支援警力赶到时，所发生的事，令所有人震惊。

从现场痕迹看，尤蕤雪和另一名警察与许霸坪发生激烈搏斗。尤蕤雪当场牺牲，另一名警察重伤，但另一名乡村女孩和她的母亲活了下来。按照她们的口供，许霸坪当时情绪非常激动，拒不认罪，并试图劫持母女俩。正是为了救她们，尤蕤雪才意外牺牲。许霸坪逃走。

但这时，许霸坪已是穷途末路。

两天后，警方在山里找到了许霸坪。

但他已经是一具尸体。

而且是一具面目全非、非常可怖的尸体。

他被剥了皮，而且是活剥的。

这起连环凶杀案算是破了，但许霸坪被杀的案子，这些年却始终没破。因为警方找不到这样一个有动机、有作案时间的嫌疑人。那些受害者的家属，都被排除了嫌疑，有动机但是没有时间和能力。所以这起案中案就一直悬了下来。

尤明许合上卷宗，默坐了一会儿。

证据非常充足，许霸坪应该就是连环案的真凶。

她也知道虐杀许霸坪的凶手是谁，那人亲口说过。

而现在，殷尘在逃，那人也不知所终，不知道他是否还活在世上，还是正受尽折磨。

但是尤明许把所有涉及案件的相关人员都捋了一遍，没有发现任何和殷尘有关的线索。

难道说殷尘和这起案子没有关系？

那他又是怎么认识母亲，“缠”着母亲的？

时间隔得太久，母亲当年又独来独往，要查下去，只怕不容易。尤明许蹙眉想了一会儿，放下卷宗，一口吃不成个胖子，只能慢慢来了。

她看了一眼时间，夜里九点多，算是这些天很早的时间了。

想了想，她给殷逢发了条短信：“睡了吗？”

过了一两分钟，她都把桌面收拾好了，才收到回复：“没有。你在干什么？”

这些天他不闻、不问、不联系，尤明许虽然也没空，心里到底是有点不舒服的。直到此时看到他发过来的话，心里才柔软了几分，索性直接打了个视频过去。

两人都到这个份儿上了，现在打个电话，听着“咚咚咚咚——咚咚咚咚——”等待接听的声音，尤明许居然有几分不自在。

他接起了。

画面里出现天花板、病床、绷带、病号服。殷逢坐在床上，静静望着她。

尤明许一时也不说话，只是仔细打量着他。脸色看起来似乎好多了，头发也干干净净的，脸还是瘦，因为缠着绷带要换药，没穿衣服，只是披了件病号服在肩上，露出肩膀和胸口。

他的眼神还是那样，深深暗暗的，没有半点温和可爱，似乎也在打量她。

还没等她开口，他先说话了：“瘦了。”

尤明许愣了愣，说：“最近太忙了。你能坐起来了？”她有些高兴。

殷逢很冷地哼了一声，说：“一个星期前就能起来了。”

尤明许盯了他两眼，道："厉害啊。"

他接得很顺口："那是当然！"

尤明许忍不住笑了。

殷逢看了她一会儿，倒是没笑，人又往下靠了靠，倒是显得慵懒了几分。

他说："你都在忙什么？"

尤明许把这些天的工作大概说了说，想起刚才看的卷宗，就一并和他说了。

殷逢沉思了一会儿，说："扫描一份给我。"

"行。"尤明许说，"当年的案情算是很明朗，只是不知道……你觉得殷尘到底是从哪儿冒出来的？"

殷逢答："当年他才二十出头，大学刚毕业，比……伯母还小了七八岁，在我的记忆里，他那时候还比较正常，只是过得不太好。惩罚者组织，那时候他也没有能力创建。我想或许是那起案子中和伯母有关的什么事，给他带来了比较大的精神冲击甚至创伤，所以他到现在还念念不忘。复仇、惩罚的善恶观，或许也是从那时就开始积累形成的。"

尤明许其实也有相同的感觉，其中肯定还有隐情。她甚至想，会不会正是母亲的因公殉职，才让殷尘不再信任司法，决意成为惩罚者呢？

当然她也只是想想而已。

殷逢问："你有什么打算？"

尤明许摇摇头："不好查，我会再想想办法。如果殷尘真像你说的会再次现身，最好是从他身上入手。"

"嗯。"

两人都静了一会儿，尤明许感觉已无话可说，就说："那你早点休息，有事给我打电话。"

他盯着她，眸色难辨。

尤明许："怎么了？"

他沉默了几秒钟，说："你急着去干什么？"嘴角露出讥诮的笑。

尤明许："……我什么时候急了？打算下班回家。"

"回家干什么？"

"吃消夜、睡觉！"

殷逢又问："吃什么消夜？"

尤明许早已觉出味儿来，脸上就带了似有似无的笑，答："随便点些外卖。你呢？今天吃的什么？"

他不紧不慢地把中饭、晚饭吃的菜都说了。

尤明许又问了他的病情，以及还有多久康复。他也一一答了，说恢复得还可以，大概还有两个星期就能下床，只是不能剧烈运动。

尤明许心里有股甜甜胀胀的情绪在无声流动，又问："那你打算什么时候回湘城？"

他也只是盯着她，眸光幽幽，答："再过一两个星期吧。"

尤明许想了想，说："不要一个星期就回来，还是等好全了再动。"

殷逢说："我自己有数。"

尤明许又想到了另一个话题，问："涂鸦、小燕、景平、梦山怎么样？"

其实那几个人的情况，许梦山经常发短信跟她说，据说康复得都很快，所以尤明许也就没有细问。

殷逢沉默了一下。

尤明许："怎么了？"

殷逢的语气淡得很："他们都下床了。满意了吗？"

尤明许差点笑出声，努力忍住，心念一动，放软声音说："那是因为他们的伤都没你重。你不要急着下床，我想让你恢复得更好一点。"

两人对视片刻，他的神色不知何时已彻底柔和下来，那目光直勾勾的，竟令尤明许又不自在了。

他把手机移得离自己近了一些，问："有没有想我？"

尤明许还真的没怎么想，实在是没有时间和精力。

她立刻反问："你呢？想我没有？"

他答："如果你不是个警察，现在早被我锁起来了。"

他讲得平平静静，尤明许却心头一跳，心想：又阴阳怪气上了。她淡然道："你少把那套用在我身上。我看这么多天，我不主动给你打电话，你也没找我。"

殷逢冷笑一声，说："那你找过我吗？两个星期了，我在住院，你到今天才想起我？"

尤明许盯着他，心想：我到底和他在干什么？为什么在争这种事？

一想不对啊，他虽然住院，但整天躺着，他才是闲着的那个啊。尤明许斩钉截铁地说：“不对。我忙天忙地，这几天都是半夜才睡，那时候你早就睡了。天一亮我就忙着上班，有时候饭都顾不上吃。你整天在忙什么？忙着输液吗？忙着让陈枫给你喂饭吗？你为什么不找我？”

殷逢不说话了。

换尤明许冷笑了：“说话啊？”

过了几秒钟，他忽然笑了，那干干净净的笑意，从眼睛里、从唇畔，刹那间荡漾开。他什么话也不说。

尤明许原本还攻气十足，这一下感觉心像是被什么狠狠撞到了，脸也热起来。

他笑完了，说：“阿许，想我的时候，就找我。别憋着。”

尤明许：“谁憋了？”

他说：“晚安，宝贝。”

尤明许又滞了一下，两人对视了一会儿，她说：“晚安。”挂断。

尤明许放下手机，往后靠进椅子里，心想：多么珍贵的话语，到了他嘴里，简直就跟口水一样不值钱，随随便便就说出了口。

想了一会儿，却又忍不住笑了。

他是个神经病，她早就知道了啊。

只不过从第二天起，殷逢开始时不时给她发短信，有时候问她在干什么，有时候说点那边的事，有时候则干脆发一段他今天读的书中句子给她。

尤明许倒是不知道，他谈起恋爱来，原来是这个样子，既不会太黏你，可也绝不允许被人冷落，不像尤英俊那个火热的小太阳，倒像一轮冷冰冰的月亮，必须占据你的视线一角发光。

尤明许还是每天干着干不完的活儿，忙着那些血腥滞涩的事。可是每一天的感觉，又有些不一样。像是有一股热热的、甜甜的情愫，在心口扎根，时不时就要挠她一下。忙碌的间隙，她会下意识拿起手机，看他有没有新的短信发过来。

她也会给他发短信，说说今天遇到的案子，有时候两人的短信内容活脱脱就像刑警和心理学家讨论公务，没半点私情。有时候的某人却成了偏执的幼稚鬼，冷言冷语地问她“今天有没有想自己、有多想”，甚至带着几分诱惑问“想不想和他亲热”。尤明许从容得很，也没半点羞臊，一句话就给他堵了回去：“你不是还下不了床吗？下了床也不能剧烈运动吗？”

殷逢两天没理她。

尤明许于是摸摸鼻子想：丁雄伟说得没错，有时候真感觉自己是娶了个媳妇，明明她才是女人，为什么他闹别扭，还得她来哄？跟从前他还是尤英俊时没什么差别。

第八章

告别景平

又过了一个星期，一个更加暖和的春日午后，许梦山和景平回到了湘城。

那天尤明许正坐在桌前，处理着堆积如山的卷宗——都是和这次凯阳集团一系列案件有关的。猛然间，头就被人拍了一下，抬头一看，许梦山和景平两人笔挺地站在跟前，两人都笑吟吟的。

尤明许立刻站起来，好好把他俩打量了一番：景平几乎没什么变化，脸色也恢复了正常，看不出有什么伤了。许梦山居然还养胖了一点。

“总算回来了。”她说，“伤都好了吧？”

许梦山说：“我一个星期前就能出院了，老丁让我留下照顾景哥，和他一块儿回来。”

景平说：“全好了。”

尤明许怀疑地看着他，当时他的伤势，大家都看在眼里，和殷逢一样奄奄一息。现在殷逢还在贵州躺着呢。

景平说：“你这什么眼神？我除了那颗子弹，别的都是皮肉伤，枪伤好了，自然就好全了。”

尤明许不能回想他当时被折磨的模样，那些伤意在折磨，看着恐怖，必然也令人疼得死去活来，但确实都不致命，的确有可能好得更快。

景平和许梦山显然也想到了当时的情形，景平只是微微笑着，神色温和。

这时，办公室里其他人也围过来，对两人嘘寒问暖，每个人的话语都是热乎乎的，并且最后说定，今晚大家请他们两个大吃一顿，接风洗尘。

找餐馆、订位子的活儿落在了尤明许头上——谁让她和他俩是铁杆兄弟。尤明许一口应下，然后问："梦山、老景，你俩想吃什么？"

许梦山说："什么贵吃什么。"

尤明许不理他，又看向景平。他也正看向她，白皙的面皮上，那两只长长的眼睛里，眸光比过去还要沉静。

两人对视了一瞬，他的眼睛里似乎有什么光一闪而逝，而后答："我都可以。"

尤明许不再看他，笑着说："行。"

尤明许订了一家湘菜馆，还点了些烧烤和菜，又去丁雄伟那里搜刮了一箱白酒。一群警察在包厢里胡吃海塞，吹牛跑马，好不热闹。

许梦山原本是想喝白的来着，但因为景平和许梦山刚出院，所以被尤明许缴了杯子，最后给他俩上了啤酒。

其实吧，对于一名刑警而言，心里藏着的东西，也许比普通人更多。所以当他们喝得兴起、喝得有点高的时候，你会看到，有的人放声大笑，意气风发；有的人眼眶含泪，惜字如金；还有的人义正词严，滔滔不绝——哪怕平时他或许是个八竿子打不出一句话的闷葫芦。

尤明许并不好酒，偶尔参与起哄，灌谁几杯，或是被谁劝喝一两杯。而对于这群喝得有点疯的男人，她向来是不管不顾，任他们自生自灭。

不过今天，她断断续续喝了也有半斤，感觉头有点晕，就让服务员给自己上了杯茶，慢慢喝着。

包厢里闹哄哄的，她喝了一会儿茶，感觉脑子还是有点晕，一转头，却看到许梦山端着杯啤酒，眼睛红红的。

尤明许把他的肩膀一按，问："怎么了？"

许梦山抿了抿唇，答："想佳佳了。"

一句话就让尤明许眼睛里涌起酸意，她不说话。

许梦山低声说："其实现在已经很少想起她了，今天只是突然想起。要是她在这儿，肯定跟个小炮仗似的，气氛会更好。"

尤明许叹息道："是啊。"拿起旁边的酒瓶，给自己倒上，和许梦山碰了个杯，各自干了。

眼看吃喝得差不多了，尤明许走去吧台结账。结完账，她也没急着回包厢，坐在走廊的沙发上，透透气，休息一会儿。

没多久，包厢里有人出来了。

景平的脸喝得有点红，步子却稳，眼神也是清明的，走到她身旁，也坐下了。

尤明许记得刚才对他敬酒的人最多，哪怕是啤酒，估计也下肚了好几瓶。看样子，他酒量倒是好得很。

他靠在椅子里，用手摁了摁头，也不说话。

尤明许问："喝了多少？"

景平答："四瓶。"

尤明许皱眉："你和梦山倒是逍遥得很！"

景平笑了笑，说："小意思，你别管。你喝了多少？"

尤明许答："小半斤。"

景平"啧"了一声。

两人都静了一会儿，景平说："明许，我打算回云南了。"

尤明许愣了一下，转头看着他："你要……回去？"

景平笑了笑，点头："我本来就不是干刑侦的，这次只是过来配合缉毒。现在案子破了，我也该回一线了。那边等着我。"

尤明许不知道说什么好。挽留吗？没什么可挽留的，他们的确分属不同警种。大概于景平而言，更习惯于遥远边境，去拦截一个个毒贩；就像她和许梦山，更擅长去保卫这城市里许许多多的人，让犯罪离他们更远。

他们是城市上空的鹰，他却是丛林里的狼。

尤明许只是问："什么时候走？"

"这周日。"

也就剩一周不到的时间了。

尤明许想了想，非常真诚平和地对他说："那就祝你一路顺风，侦破更大的案子，顺顺利利、平平安安。"

景平靠在沙发里，走廊上柔和的光打在他脸上。他一只手撑着下巴，眼神温和得像邻家兄长："嗯，但愿。也祝我们尤姐立下更多功劳，平平安安、心想事成。"

两人静了一会儿，不约而同笑了。

尤明许说："要是再来湘城，一定得来看我们。"

景平说："那是自然。你们要是来云南，一定通知我。带你们去玩、去吃。云南气候很好，你们去了，说不定都不想走了。”

尤明许说：“那真的要去看看。”

景平盯着她说：“不过，我走之前，还有个心愿未了。”

尤明许失笑：“什么？”

“咱们那一架，说了几个月了，还没打。”

尤明许以前可能还有点怵他，现在却是大剌剌地将他从头到尾看了一遍，说：“你确定？刚出院，你能打吗？”

景平说：“收拾你，足够了。”

尤明许冷哼一声。

景平又说：“这样吧，你要是不放心，我再养几天，这周六晚上，咱们局里搏击场见。晚上没人，分局排名第一的尤姐就算输了，也不会没面子。打完我第二天就走了。怎么样？”

尤明许确实心痒，又想大不了点到即止，不打伤他，就答应下了。

倒是许梦山，后来知道了两人要打架的事，心想：我景哥就是我景哥，情场失意，拳场还是要得意。又想：景平要是真能赢了尤明许，那也是这些年唯一赢过她的男人，在她心里，到底也成了特殊的一个。慢着……景平打的，是不是就是这个主意？这缉毒老警察，到底还是够阴啊。

本来许梦山还想着那天晚上去观战的，想了想，在心里比较了一下殷逢和景平，觉得还是和景平兄弟情深，于是就没吱声了。

却没想到，周六上午，许梦山接到尤明许的电话。

尤明许：“晚上来搏击馆，我和景平打架，你当裁判。”

许梦山：“……我没时间。”

尤明许：“你有时间。”

许梦山慢吞吞地说：“尤姐啊，人家明天一早就走了。”

尤明许叹了口气，说：“你还是来吧，该是什么样，还是什么样。他就算走了，以后也是你我的兄弟。”

话都说到这个份儿上了，许梦山只能就范，答：“行。你是怕殷逢吃醋吧？”

以为以尤姐的一身血性，肯定不会承认。哪里想到她竟然轻笑了一下，说：“嗯。本来我和老景就没什么。但我答应过殷逢，说到就要做到。”

这下许梦山半点脾气都没有了，又想：果然还是殷逢能搞定尤姐，过去是装疯卖傻小奶狗，现在是臭不要脸大狼狗，连和别的男人见面都管着。尤姐，还真是被吃得死死的，瞧着还挺心甘情愿的。

于是，傍晚时分，许梦山吃了晚饭，慢悠悠地到了局里的搏击馆。果然是没什么人，尤明许和景平已经到了。

明亮的灯光下，许梦山站在场边，远远看着两人，倒是有点发怔。

两人各据场地一角，已脱了外套，都在像模像样地热身。两人上身不约而同都穿了深色警装 T 恤，下身都是休闲裤，光着脚。

同款的衣服，穿在尤明许身上，却显得英姿俏丽，难掩她玲珑有致的身材。穿在景平身上，却是身高腿长，猿臂蜂腰，连许梦山这男人见了，都要赞一声好身材。

两人见到许梦山进来了，都点头打了招呼。许梦山见两人眼里都有笑，同样白皙的两张脸，都映着微光。

许梦山暗叹口气，干脆在场边中线上坐下，把带来的一袋子矿泉水放在地上，说："什么时候开始？"

景平看了一眼尤明许："看她。"

尤明许轻轻一掰腿，脚尖就到了头顶上，看得两个男人都有些沉默。她说："老景，咱们先说好，今天就点到为止。比招式，少用力。你要是伤口不舒服，咱们就停下。算我输也没事。"

景平笑了，对许梦山说："看她说的，我难道还要占她便宜？知道了，点到即止，和你干架，还不至于让我伤口不舒服。"

尤明许说："梦山，你看着，我要让这个云南的家伙，躺在地上叫姐姐。"

许梦山哈哈大笑。

景平和尤明许也笑着，许梦山宣布开始，两人都慢慢敛了神色，隔着一米远摆出搏斗姿势。

既是切磋，尤明许很放得开，毫不磨蹭，欺身而上，主动进攻！她一脚就踢向景平头部。景平身子灵巧地一蹲，就躲过了，反手一肘就击向她的背，毫不怜香惜玉。

尤明许本就以柔术擅长，拳脚功夫只是还不错，见状身子一甩，比他躲闪的动作还快。景平眼前一花，这家伙不知何时居然跑到了他身后，一把就抱住了他的腰，然后一股极柔韧的力量朝景平袭来，他的双脚后跟已经离地——她竟然是要把他直接放倒！

景平心中的斗性一下子被激得老高，心念一转，此时他已失去平衡，无法正面对抗，索性脚尖在地上一点，借力打力，让身体随着她的力道方向腾空跃起。

尤明许吃了一惊，这家伙学得好快！他真的没学过柔道？她快速变招，改为按着他的肩，并且将他按倒在地，刚要用身体压上去。可是景平刚才跳了那么一下，已经卸去大部分力道，此时一落地，就飞快爬起，尤明许扑了个空。

尤明许冷哼一声，一步逼到他身旁，也不施展柔术了，而是拳脚同时上去，开始和他近身快速搏斗。

景平心想：她来得好快！拳脚已与她对上，两人你来我往，快速拆了十多招。

尤明许本就是想打他个猝不及防，一击不得手，就又想要花招，卖了个破绽，想要引他进攻，自己却打算变换方位，再次以柔术偷袭。

哪里想到景平看得分明，目光一扫，将计就计，假意进攻，等尤明许要跑时，突然转身，一把抱住她的腰，就往地上掼去！尤明许一个起落，轻飘飘跟燕子似的，双脚一落地，就要弹起，想要滑脱。谁知景平那双臂跟铁钳似的，她一挣，纹丝不动；再一挣，手臂居然被他抓住，反剪在身后。尤明许打架数十年，几时被人以这样的绝对优势压制过，脸“腾”的一下热了。景平在她耳边笑了一声，突然就放开了她。

尤明许连退好几步，弓着身子，气喘吁吁瞪着他。

景平也有些喘，微弯着腰，全身紧绷，蓄势待发，仿佛一只老鹰要去捕食灵活的鹿。他的眼中也是光芒四射，含着深深的笑意，说：“再来！”

尤明许一拳又打了过去！

…………

许梦山盘腿坐在场边，拿着瓶矿泉水，看着场中的两个人，有些发愣。

从没想过，会有两个人打架的场面漂亮得像幅画。男的俊朗，女的冷艳，却是同样的敏捷、聪颖和霸气。有时候像一只小鹰和一只大鹰，彼此虎视眈眈、互不相让；有时候又像两只燕子，同样的灵活诡谲，你起我落……

两人的身手应该是不分上下的，但随着时间一点点推移，许梦山还是能看出，景平终归还是占了上风。可他明显并不急着取胜，而是耐心地与尤明许缠斗着。许梦山看着看着，就琢磨出味儿来，因为他注意到了景平看尤明许的眼神。当他每次占了优势，又放过尤明许或是给她卖了个破绽时，那是什么眼神？那分明是宠溺、柔和又沉默的眼神啊。

只是尤明许打得兴起，一心想要反败为胜，根本就没注意到。

她大概也不会去注意景平看自己的眼神。

许梦山看着这两个兄弟，忽然心里也不知是什么滋味，只是想叹气。

其实这两个人真的很般配。

别说短短几个月，查案时的默契，同为警察，两人同样的聪明、优秀、坚定，知世故而不世故。尤明许嚣张，景平内敛；她会破案，他会缉毒。两人在警队都有些曲高和寡、少年成名。连打架都打得这么默契，这世上还有哪一个男人能把尤明许打成这个样子？尤明许要是展现今天的武力值，殷逢只怕连她的一根手指都碰不到。

许梦山忍不住又叹了口气。

他是真真正正体会到了“没缘分”这个词的含义。

尤明许哪里能想到，搭档一个人坐在场边操了这么多的心，她所有的注意力都集中在打架上。甚至连景平，脑子里也是空明的、全神贯注的。他虽然占了上风，可对手却是尤明许，稍不留神就会吃亏。

他并没有意识到，当两人身形交错，她被他制在手中时，自己是用什么样的眼神看着她。

尤明许又是一个偷袭，正中景平的背部，景平吃痛，突然伸手向她抓来。这一下又快又狠，尤明许也已累极，万没想到都到这时候了，他居然还有这样的速度，一下子没避过。人刚落入他手里，她顺势一扑，扑倒在地，就想滚走。

哪里知道景平有样学样，反应快得惊人，直接也扑倒在地，压在她身上。

尤明许一拳打向他的脸，他飞快一躲，从内侧扣住她的手臂，将她压在地上。尤明许怒了，另一拳跟上，他如法炮制，竟生生将她两只手臂压住，低头看着她：“服不服？”

尤明许这回是真被打趴下了，气喘吁吁，又被他压得死紧，使不出劲儿。但她还不想放弃，喘着气，眼睛转着，不说话。

于是景平也不动，手脚将她压得很死。

一滴汗从景平额头滑落，滴在了尤明许的脸颊上。而他的眼眸漆黑、真诚，一眨不眨地望着她。

尤明许忽然一怔，才意识到两人离得这么近，几乎是肢体交缠。他一身的热气，快要把她包裹住。他的双手不知何时，改压为抓，握住了她的两只手臂。

尤明许想要起身，刚一动，就感觉到他的力量，自己被他按住，一丝也动不了。

“服不服，尤明许？”他又问了一句，嗓音说不出的低哑。

“……服了。”她说，“我认输。”

景平不说话，也不松手，尤明许是那么敏锐地感觉到，他握着自己双臂的力量，隐隐加大了一些，她心头一跳。可景平依然只是盯着她，压着她不让她动，也不说话。

“起来。”尤明许说。

一旁的许梦山，眼睛已瞪得直勾勾的。虽说是比试，这样的压制，他不知被尤明许压过多少回，根本不算什么。可景哥压着不动的时间，是不是有点长了？

而且，氛围莫名有些不对。

说不出是为什么，许梦山在旁边看着，那两人似乎没说什么话，可气氛隐隐就是有些不对。

许梦山正在犹豫要不要开口，却见景平松开了尤明许，起身，还伸手把她也拉起来。两人都是面色如常，朝他走来。

许梦山松了口气，笑着把那两瓶水递给他们。

尤明许一口气灌了大半瓶，景平则干脆灌了一整瓶，两人脸上都是汗，也都带着笑。

许梦山一拍景平的肩膀，故作得意地说：“岳山分局这几年阴盛阳衰，景哥，你终于给咱们男同志出了口气啊。”

景平笑着说：“和女同志打，本来就胜之不武。”又看了一眼尤明许说，“承让了。”

尤明许“哼”了一声说：“等我练两年，再找你打。”

景平：“好，我等着。”

三人在场边坐下休息，尤明许则干脆躺下，景平也双臂撑在地上，平复呼吸。两人都有些意兴阑珊，仿佛刚才的那点小暧昧，根本就不存在。

许梦山说：“明天景哥一走，不知道什么时候再见。先说好，哪怕天南海北，咱们三个，一辈子都要做兄弟。尽量多走动。”

尤明许和景平都“嗯”了一声。

这时景平说：“梦山，你再去买几瓶水吧。”

许梦山说了声“好”，头也不回地走出了场馆。

馆内一时寂静。

尤明许躺着没动，心里一片平静。

坐在身边那人，也没有回头看她。汗水湿透了他的整个背，他的背影挺拔精瘦。

然后，她听到他问："如果没有他，或者我先遇到你，我们两个，有没有可能？"

尤明许沉默了一瞬，说："这种事没有如果。"

景平却笑了，说："不，如果有如果，我们两个，是最有可能的。我心里清楚，你也明白。那样我怎么可能放过你？我一定能赢过所有人，把你追到手。"

尤明许什么话也没说。

"我还是来晚了。"他说，"今天该认输的人是我。别放在心上，说不定我还是得娶个云南媳妇，温柔听话的，比较适合我。将来你们要是结婚，记得给我发请帖。"

第二天一早，景平就回云南了。

尤明许和许梦山把他送到机场，景平表示，等夏天了，空运新鲜的菌子给他们。尤明许则表示要以小龙虾回礼。

最后，两人站在安检口外，看着景平走进去。他回头，朝他们笑着一挥手，人就走远了。

从机场回来的路上，许梦山叹了好几口气。

尤明许受不了了，说："你叹什么叹？有屁快放。"

许梦山说："你看，唯一一个喜欢你，还不是渣男的人，也走了。"

尤明许一巴掌拍在他头上，许梦山一躲还击，两人差点在出租车里打起来。

远在贵州的殷逢，也收到了景平离开的消息——陈枫报告给他的。

殷逢已经能下一会儿床了，他站在窗边，望了一会儿远方，笑了，说："眼不见心不烦，现在谁还能抢得赢我？"

陈枫也不知道他是在跟自己说话，还是在自言自语，而且还说得如此露骨。不过他还是哄道："尤明许心里本来就只有你，其他人根本不算什么。"

殷逢道："那是当然，她心里只能有我。"

他说这话时，嗓音沉沉的，带着不容分说的口吻。陈枫心中一动。其实自从殷逢"回来"后，陈枫眼睁睁看着，他越来越在乎尤明许，甚至能为她出生入死。可这次醒来后，陈枫总感觉他对尤明许的感情，少了以前的随意，多了几分说不出的忍耐和偏执，也不知道是为了什么。

又过了一个星期，这天正是周五，尤明许一大早就收到殷逢发来的信息：“晚上七点，来我家。”

尤明许愣了一下，回复：“你回来了？”

“我下午到。”

“好。”

她放下手机，心跳居然有些急，还有隐隐的喜悦开始源源不断地往外冒，甚至还有一丝说不清的不安。两人已经一个多月没见了，虽然隔三岔五打电话，也没觉得有什么。但现在他要回来了，她莫名又有些不对劲了。

她收敛心神，专注于工作，还和许梦山去抓了个抢劫犯押回局里。只不过当时一看手机，才下午三点多。

今天的时间似乎过得格外慢。

下班的时候，许梦山约她去吃饭，尤明许头也不抬：“不去。”

许梦山：“磨叽什么，我请客。”

尤明许这才看了他一眼，到底还是说了句：“殷逢下午回来了。”

许梦山突然有种胸口中箭的感觉，叹了口气，想了想，脸上又带了笑意，说：“也好。这回，你俩是怎么也分不开了吧？祝贺你，终于要修成正果了。”

尤明许却淡淡说道：“那也不一定，万一他又渣了，我把他修理一顿还是要踹走的。”

许梦山哈哈大笑，笑完后说：“他不会的。”走出了办公室。

尤明许也笑了，又忙了一会儿工作，看时间差不多了，下楼。

这次回湖南后，因为殷逢不在，尤明许没来过别墅。此时站在门口，看着小燕笑嘻嘻地跟自己打招呼，而他身后，别墅里灯火幽幽，宁静整洁，仿佛跟从前没什么两样。

她心头一暖，和小燕一块儿走进去。

天气已经转暖，远远的，她就看到那个风景绝佳的露台上亮着灯，还有人影。不由得腹诽：生死线上走了一回，那家伙浮夸的劲头，倒是半点没变。就她和他两个人，还搞这么多形式，尴尬不尴尬。

一进客厅，就看到涂鸦、冠军、陈枫三人坐着在吃饭。他们面前也摆了一桌菜，放着几瓶酒。看到尤明许，陈枫微微一笑，先喊：“老板娘。”

涂鸦又憨又响地也喊了声：“老板娘。”

冠军抬头，似笑非笑地看了她一眼，一字一句地说：“哟，老——板——娘——来——了。”

饶是尤明许，也被他们喊得脸颊一热，佯装淡定地点了下头。

小燕留在楼下吃饭，她一个人上楼。

心里又把殷逢骂了一通，上梁不正下梁歪。

一走到那露台的入口，首先闻到的是一阵幽幽花香。放眼望去，露台的凉棚上挂满小灯，光线莹莹。正中放着一张小餐桌和两把椅子。殷逢就站在桌边，身上还系了条围裙，刚刚放下手里的盘子。

而他身后，露台的四面地上，放着一丛丛的花，颜色大多粉嫩柔和，刚刚的香味，就是从花丛里飘来的。

尤明许不由得一愣。

他说的是下午到湘城，约她晚上见面。

难不成回来后，就是在布置这些事，准备晚饭？

心里有某个地方，就这么软软地塌下去一点点。

殷逢也抬头看着她，两人对视了一会儿，他解下围裙，搭在椅背上，说：“过来。”

露台上燃着壁炉，他穿了件深色毛衣，外头搭了件薄外套，人比去贵州前清瘦了几分，重伤一场后，似乎又不苟言笑了几分。冷冷清清的，英俊得像幅暗色的画，却又隐隐映着某种柔和的光。

尤明许信步走到他面前，打量着他，说：“彻底好了没有？这么快就下厨，行不行啊？”

他的回答，是伸手把她搂进怀里。搂得有些紧，尤明许的脸埋在他的毛衣里，闻到淡淡的香水味。

他一只手搂着她的腰，另一只手慢慢上移，按在她的后脑勺上，五指很轻很慢地摩挲着。尤明许突然感觉到又开心又难受，鼻子也发酸，伸开双臂也搂住了他的腰。

尤明许可没想到，和殷逢一见面，就会被他拉着坐在腿上。

明明有两把椅子。

她不太习惯，想要推开他起身，手刚碰到他胸口，就被抓住，他说：“别推，万一碰到伤口出血怎么办？”

尤明许顿时不动了。看了他一眼，忽然想：景平伤好刚出院，就邀她打架，还扬言要收拾她，根本就不用顾忌伤口。事实上也是如此。这家伙，碰一下就怕出血，死皮赖脸要抱着她。你看，他还一脸理所当然。

尤明许突然就笑了。

自己选的，再弱再厚颜，也只能受着了。

“这样我怎么吃饭？”尤明许说。

殷逢抬了抬眉：“把那盘也拿过来。”

尤明许干脆地答：“好。”

殷逢这才松开手，结果人一离开，立马在对面坐下，拿起刀叉。

殷逢怀中空了，有点不爽，但也不急，慢慢吃着。

两人说了一会儿彼此这段时间的事，他说伤势，她说工作。不知不觉，饭就吃完了。

殷逢说：“不用收拾，待会儿让小燕来。我们下去走走，消食。”

尤明许看了他一眼：“你能走吗？”

殷逢说：“只要不是……过于剧烈的运动，都可以。”

尤明许看了他一眼，手已被他抓住，牵着下楼。

楼下的四个人，还在喝酒。看到他俩，再次齐刷刷地喊：“老板娘。”倒是没人喊殷逢。

尤明许眉头跳了跳，殷逢却露出笑容，轻声对她说：“老板娘，走吧。”

尤明许把手伸到他的外套里，掐了一下他的腰。他只是看着她，完全不反抗。尤明许就收了手，扭头往外走。

今天天气很好，月朗星稀，空气暖和。两人漫步于花丛间，很快，离房子远了，周围都是树与花，夜色弥漫，离门外的世界也很远。

周围静悄悄的，两人默默走了一会儿，殷逢说：“你明天搬过来，好不好？”

尤明许看着路旁的一丛花草，答：“我还是习惯一个人住。”

殷逢的手便收得紧了些。

于是尤明许旧事重提，也有打趣的意思，说：“那句话呢？想起来没有？就想让我搬过来。”

殷逢静了一会儿，眼睛里像是有什么在涌动，却又像什么都没有。

他说：“惩罚者组织一定会报复我。别墅的安保系统更好，又有涂鸦他们在，你住过来，我才放心。”

原来是为了这个。

尤明许想了想，点头："行，给我单独准备个房间。"

殷逢却没吭声，又走了几步，指了指前方说："那边有几束花比较稀有，我从国外弄回来的，过去看看。"

尤明许一抓他的手："听到没？"

殷逢却笑了笑，说："明天再说。"

尤明许的心颤了颤，有些莫名的情绪似乎随着夜色在偷偷蔓延。她面上不动声色。

两人看了花，一路走到了池塘边，殷逢拉着她，在一把长椅上坐下，尤明许也怕他累到，转头看他的脸色。

殷逢就把她拉到怀里。

这回尤明许没有拒绝，反而将头靠在他肩上，和他一起安安静静望着夜色。周围静极了，全是花草围绕，池塘里偶尔有鱼弹起，发出"扑通"声响。

殷逢摸了一会儿她的头发，一只手就从她的衣服下摆探进去，低头亲了下来。

…………

等两人牵着手回到别墅里时，夜色已经很深，房子里安安静静的，那四个人也不知道跑去哪里玩了。

殷逢没有开灯，拉着尤明许的手上楼，一步一步，周围黑寂一片。尤明许也没想要开灯，黑暗里有种让人想要沉迷的气息。

直至殷逢把她拉进主卧，关上了门，尤明许也没有多想什么。因为殷逢刚出院，她不觉得他能对自己干点什么，所以她打算再陪他一会儿，就回家去。

结果两人走进房里，他还是没开灯，尤明许看着黑暗中他模糊的背影，没出声。

他一直拉着她，走到了床边，开了盏台灯，而后他坐下，把她拉进怀里，就像在池塘边一样抱着，嗓音也哑哑的："我下午洗过澡了。"

尤明许说："你疯了吧？刚出院，打算干什么？"

他的容颜在昏暗的光线里显得有些迷离，眼睛里带着让人看不透的笑，说："不太激烈就行，大不了这次我还在下面。都多久了，你就不想？"

尤明许这辈子心跳没这么快过，突然间心念一动，抓住了他话语里的漏洞，从他腿上下来，坐在了边上，问："你想起来了？"

这句"想起来"的意思，她说得不明确，可两个人都明白是什么意思。

他摸了一下她的脸，又凑过来亲了一下，说：“嗯，我全都想起来了。”

尤明许的情绪突然变得难以平静，甚至有些激动，她问：“是什么时候想起来的？”

殷逢搂着她的腰，说：“动手术那天晚上，有一段时间一直在做梦。醒了，就全想起来了。”

“那你怎么不告诉我？”

“我心里有数就行了。”他的手又摸进她的衣服里去，尤明许却挡住了。

两人静默地对视了一会儿，殷逢干脆双手环抱她的腰，微微一使劲，她就被他推倒在床上。

黑暗中，他亲了她一阵子，刚想解开她的衣服，再次被她拦住。

他离她很近，低头看着她：“阿许，不愿意？”

嗓音沉沉的，可又有些软，带着尤英俊式的委屈。尤明许心里突然就翻江倒海了，想：他说想起来了，全都想起来了。也就是说，和英俊相处的那么多日子，他的小心讨好、死缠烂打，她的若即若离、纠缠不清，还有英俊的沉默守候，英俊全部的欢喜和哀伤，眼前的男人，全都想起来了？

尤明许的眼眶突然一热，一个翻身，双臂一带，非常轻巧地就将他反压在了身下，他还是抬头看着她，眸光显得更加深沉。

“如果想起来，你这段时间为什么……”尤明许欲言又止，“……你心里到底有什么不痛快？而且到今天才承认？”

他的目光有些闪动，并不说话。

尤明许于是更加确定，这次醒来后，他分明有哪里变得怪怪的。这都一个多月了，也没和她说实话。可尤明许也想不出到底是为了什么。

她问：“难道你是觉得过去的英俊太丢人了，所以想起来后觉得很失望？”

殷逢喉结动了动，答：“我那时候都被人害成那个样子了，能成为英俊，还帮你破案，还是我本身比较出色。有什么可丢人的？大多数的丢人，也只有你看见。”

这人的自恋，倒是不分场合。尤明许心头松了一些，又问：“那到底是为什么？你是想起了别的什么吗？”

也许以尤明许这辈子对感情的坦荡和明快，只怕想破脑袋，也想不到殷逢这段时间有些郁郁寡欢的原因。

而殷逢在昏暗的光线里，看着她清澈关切的双眼，慢慢地吸了口气。

要对她说吗？

要对她说，自己醒来后的压抑和不安，只是因为害怕失去吗？所以根本不想面对。

因为我从来没有那样爱过一个人。

一旦说出口，我怕自己万劫不复。

“你就不肯跟我说吗？”她缓缓地问，目光中有隐痛。

于是殷逢的心也有了一丝痛，还有淡淡的委屈。他按着她的后脑勺，让她的脸靠得更紧，哑声说：“真的想要知道？”

“当然。”

殷逢让她靠在自己怀里，说：“有些话，说了我们就回不了头，必然有人要付出代价，你明不明白？”

尤明许却只沉默了几秒钟，说：“我想要听，就自然付得起。”

殷逢的五指张开，按住她的脸，这样的姿势让她有些不舒服，可他坚持。

他说：“知不知道，那天和顾天成在山顶，我最后一次作为尤英俊，昏迷前在想什么？”

“什么？”

“我想，只要能继续和你在一起，我愿意用一切去交换。我害怕自己会忘了你，也害怕醒来后你不再爱我。那才是我这辈子最害怕的时候，比在贵州的那段日子，还要令我恐惧。那样无能为力的感觉，原来就像一把刀，深深刻在我心里。”

尤明许心中一震，她不知道……

“我全都想起来了。”殷逢说，“想起我第一眼见到你的时候，就说不出的喜欢。想起我每天小心翼翼，想要讨好你。你一开心，我就很快乐；你不高兴，我就惴惴不安。如果你流露出一丁点在意我的意思，我半夜都高兴得睡不着觉。你亲了我，又把我踢开，骗我说那只是个奖励。我……呵呵，明知你是看不上我，还是用尽一切努力，想要得到你的再次‘奖励’……”

尤明许心里一阵酸苦，又感觉脸上挂不住，低声说：“怎么，你这是要翻旧账？”

“旧账以后再算。”他说，“是要让你知道，曾经有一个人，他并不是真的那么傻，只是非常卑微地爱着你。尤明许，知不知道我想起一切时的感受？原来从那么早开始，我就已经毫不犹豫地把一颗真心送到你面前，你践踏也好，丢弃也好，爱惜也好，我竟然都甘之如饴。”

尤明许万万没想到，会听到他说这样一番话，以殷逢的骄傲，会承认这些事。她的眼眶不知不觉红了……还说不翻旧账，这不是旧账是什么？！

哪里想到他静了一会儿，以讥讽的语气说："这样的感情，我听说过，但从不相信，也没见过。怎么能想到会落到自己头上。"

尤明许心里发涩，可又有点想幸灾乐祸地笑，嘴里却说："说得好听，哄我呢？谁信！"

"不信吗？"殷逢说，"你当然是不信的。因为你永远不会像我爱你那样爱我。"

尤明许说："扯，继续扯。"

他抓住她的手，说："我扯？要是有半个字假话，让我明天出门就被惩罚者弄死。"

尤明许："……"

他又说："你不信，是因为你不是偏执狂。"

尤明许感觉到心颤抖了一下。

"那你是吗？"她问。

殷逢笑笑，说："这些天我一直不想说，不想让你知道我恢复了记忆，因为我也没想到，要怎样控制这样一份感情。但好在这段时间，我已经慢慢适应和接受。你非逼我说出口？尤明许，以后你别想回头。"

尤明许说："我怎么就不能回头了？"

殷逢轻轻抱着她，说："知道我这段时间看着你、想起你的时候，心里在盘算什么吗？我那么喜欢你，现在我闭上眼睛，还能感受到那天在山顶上痛苦无助的滋味。所以如果有一天，你喜欢上别的男人，我就杀了他。如果有一天，你打算离开我，我就用尽手段把你关起来。再如果有一天，你比我先死，我能怎么办？我想自杀并不可怕。人生无常，人心也无常。只有这样，我才能保证完完全全得到你。"

尤明许说不出话来。他的话平静而疯狂，可她知道，在他安静沉稳的模样背后，住着一个怎样固执孤独的灵魂。

"别这样。"她说。

"已经这样了。"他说，"阿许，你害怕吗？想要退缩吗？你一直盼着我想起来，但以前的我，并不明白这样的感情意味着什么，一头就栽了进去。现在我想起来了，却不会像尤英俊那样不求回报。我就是这样一个人，自私、偏执，或许还很幼稚。我曾经说过，今后你就是我的欲望。不仅如此，在我陷入深渊的时候，你还是我唯一的光，是你把我从黑暗里拉出来的，我尝过了你的温暖和明亮，怎么可能再放开？

你必须一直陪伴我，只陪伴我一个人。”

话一说完，他似乎就有些冲动，一个翻身，将她压在身下，开始沉默地进攻。

尤明许却双手捧着他的脸，说：“你疯什么？冷静一下。听我说，我一点都不害怕，因为我早就知道你到底是个什么样的人。那个尤英俊，才是真实的你。你并不自私，也不幼稚。你是个很好的人，善良、正直、勇敢，那么艰难地坚守着自己的信念。很多人都比不上你。你只是用很多东西，把自己挡起来、保护起来了。

“阿逢，日子还长着呢。我并没有想离开你。我想要和你好好过下去。日子是人过出来的，我知道你偏执，可这世上谁心理上还没点毛病呢？多大点事儿？没有人会离开，也没有人会背叛、会死。只要你认真对我，我也会尽自己的一切力量守在你身边。就像……你还是英俊的时候，不分缘由地守着我，好不好？”

殷逢低垂着头，不让尤明许看清他的表情。也许对他这样一个男人来说，这样剖白自己的心，本就是件艰难的事。

尤明许看着他的样子，心头狠狠一软，说：“你要什么？你要什么，我都给你。”顿了顿，说，“殷逢，以后我是你的了，想亲就亲，想做什么，我都陪你做。”

他慢慢把头埋下来，埋在她的肩窝里，说：“原来，那不是喜欢，不是依赖，不是别的。换个人不可以，这世上别的人都不可以。尤明许，我只爱你，崇拜你，我愿意为你而死，只要你爱我。只要你永永远远爱我。”

尤明许的眼泪一下子掉下来，哽咽着说：“好。”

两人很安静地抱了一阵，然后他开始亲她，沉默而热烈。尤明许感觉就像是有一种颓靡而温柔的气息，自他身上散发，慢慢将她吞没。她想：原来他说得没错，彼此把心都摊开了，竟真的有种再无退路，从此只能一起粉身碎骨跌落那茫茫深渊的感觉。

可她是愿意的，总是愿意陪着他的。

后来他说：“阿许，陪我。”

“你今天……真的可以吗？”

他哑着嗓子说：“可以。我这个偏执狂，等你的安抚，等很久很久了。”

…………

第九章

正式同居

第二天，尤明许醒来时，时间不算太晚。

毕竟殷逢刚出院，有心，也无力。两人昨晚十二点不到就睡了。

窗帘拉着，只透进来一缕日光，她转头看着身边人，还没醒。毕竟，再怎么着，也是他累一点。

睡着了的殷逢，既无昨晚的执拗，也无平日的高冷。眉眼安详，英俊中透着点莫名的傻气——当然也可能是尤明许的心理作用。

她爬起来，从地上捡起衣服，洗漱过后再回来，发现窗帘被拉开了一半，殷逢已经醒了，披了件衬衣，靠在床头，双臂枕在脑后，看着她。

尤明许浑身上下有种餍足后的懒散感，她感觉到，殷逢似乎也是一样的。干脆走到窗前，彻底把窗帘拉开，打开窗户，呼吸了一口新鲜空气，说："还不起来？"

殷逢一直看着她，也不知道在看什么，轻轻"嗯"了一声，去洗手间了。

没多久，他也穿好衣服回来了，从背后抱着她，低头亲她的脖子。

尤明许突然发现，这其实是种很好的感觉，两个人，很安静，也不做别的什么，就感觉到了某种沉湎。

不过过了一会儿，一阵"咕咕"的叫声，打破了两人沉默的依偎。

尤明许摸了一下肚子，说："好饿。"

殷逢失笑，牵着她走出房门。

原来外头的太阳已经很大，整间别墅都是明亮的。但是很安静，人都不知去了哪里。

对此，殷逢很满意。

两人走到楼下餐厅，殷逢让尤明许先坐，自己去了厨房，没多久，端了些吃的出来。尤明许一看：海鲜粥、牛奶、蟹粉包子……都还冒着热气。显然是有人一直替他们备着的。

“倒是知道我需要补充营养。”殷逢说。

尤明许斜他一眼。

尤明许照例比他吃得快，很快放下筷子，抬头望去。殷逢穿了件浅色毛衣和一条黑色长裤，赤脚穿着拖鞋。他起来冲了个澡，更显得头发乌黑柔软，脸庞白皙俊朗。见尤明许打量自己，他扬了扬眉，微微一笑。

只是看这么一眼，尤明许就感觉出他和前一段时间不一样了。前段时间不总是别扭着吗？眉眼间总藏着阴郁。可现在，他的气质明显温和沉敛下来，变正常了！甚至，比以前还要神清气爽一些。他本来就白，五官立体，此时隐隐含笑，整个人就像笼罩着一层淡淡的光芒似的，说不出的温润动人。

尤明许忽然就笑了。

以前听说过一些荤话，说什么女人闹了别扭，只要被哄上了床，就能翻篇。她以前对此嗤之以鼻。可现在看来，反倒是某些男人，印证了这个说法……

殷逢察觉到了她的讥笑，问：“你笑什么？”

“没什么。”尤明许神色淡然地答，“所以以后你不会再要死要活了吧？”

殷逢语气一冷：“我什么时候要死要活了？”

尤明许也难得顽皮，垂眸、抿唇，学他昨晚的语气，一字一句地说：“阿许，如果有一天，你死了，我能怎么办？自杀！”

说完她就笑了。殷逢可没笑，盯了她半晌。以前，这样阴暗的眼神，多少会让尤明许心里打个突，但现在嘛……

尤明许夹起最后一个蟹粉包子：“你吃不吃？不吃你的阿许可就吃了。”

瞧瞧，尤明许嘲笑起人来，连自己都用上。

殷逢站起来，走过去，尤明许眼明手快将包子塞进嘴里，起身想躲，但其实也不是非要躲过，殷逢一把抱住了她，按进怀里，上下其手。尤明许笑着挣了好一会儿，最后被他狠狠捏了几下，脸臊了，老实了，他才松手，但也不坐回去了，就在她身边坐下，说：“待会儿陪你回家收拾一下，下午搬过来。”

尤明许有点犹豫，没有马上回答。

殷逢凉凉地看着她："还想反悔？"

过了一晚上，尤明许也想不起昨天是怎么答应他的了，眼看他浑身的气压又要往下降，尤明许说："好。"

他看着她。

她说："我说好。"

殷逢眼里浮现浅浅的笑意，身子往前倾了倾。尤明许也不知怎么就懂了他的意思，凑过去，在他脸上亲了一下。

说起来，殷逢倒是有很久没有回过尤明许的家了。

到了下午，两人领着涂鸦和陈枫，开了辆车到尤明许家楼下。

陈枫递了个眼色，涂鸦就似懂非懂了，陈枫说："我们在楼下等，收拾好了叫我们。"

殷逢不置可否，牵着尤明许上楼。

等他们上去了，涂鸦问："我们为什么不上去帮忙？"

陈枫点了支烟，笑笑说："当初殷老师是怎么头也不回从这儿搬走的？连滑滑梯床都拖走了。现在重回旧地，还要老板娘搬去和自己同居。老板娘想起来，一定会跟他算账。殷老师待会儿肯定没脸。他一直是我们尊敬的精神导师，我们要是在边上，他怎么方便跪？"

涂鸦顿悟，受教，憋了一会儿，哈哈大笑。

殷逢一踏进尤明许家，就愣了一下。

算起来，他"醒来"后，来这儿的次数并不多。第一次，人都没上楼，只在楼下给来拖行李的陈枫压阵。当时为什么不上楼？现在回想，大概心里还是有几分情怯。

可这一次怎么会一样？属于这个"家"的记忆，如今全都历历在目。

客厅几乎还保留着他离开时的样子。当初陈枫为他添的一些装饰、绿植，都还在原位，原来她并没有丢掉。

殷逢不由得看了一眼走在前面的女人，她神色平静，好像没什么异样。

殷逢却能感觉到丝丝点点酸楚的情绪在胸中翻腾。

尤明许说："你坐会儿，我去收拾行李。"便走进卧室。

殷逢在沙发上坐下，看着周围，脑子里想起的，却是无数次自己学尤明许的样子，抱着双膝，蜷在沙发里。对她撒娇也好，偷偷看她也好。有时候她像是没察觉，任由他蹭着；有时候她却只准他坐在原地，不准乱动……

想着想着，殷逢就笑了，原来那滋味，当时懵懵懂懂，如今回味才知，甜得让人意往神驰。

突然间，就有种冲动，想脱掉鞋，再靠在这充满记忆的沙发里。

殷逢瞟了眼房内，她正从床下拖出箱子，忙着呢。

尤明许想起洗漱袋在客厅的柜子里，信步就走出来，结果刚到卧室门口，就看到那人脱了鞋，抱着双膝，窝在沙发一角里，脸还搁在膝盖上，背弓着。

这模样实在太熟悉，尤明许一愣，心跳居然快了几分。

殷逢听到动静，转头，两人相对无言。

尤明许笑了出来："你在干什么？"

殷逢慢慢放下双腿，穿上鞋，依然是那副成熟、矜持、冷静的表情，答："温故而知新，不行吗？"

尤明许真是服了他了，居然还给她迸出句冠冕堂皇的成语。不过，他也是在怀念做英俊的那段时光吗？

尤明许心头轻轻一荡，故意装作不在意，去客厅取了东西，回房继续收拾。

殷逢又坐了一会儿，起身走向那个空房间。

殷逢家里什么都有，尤明许只要带应季的衣物和常用的东西就可以了。她向来利落，没多久就收拾好了，走到客厅，却发现他不在。

那个房间他让人搬空了之后，尤明许就一直保持原样。原本他来之前，放在这房间里的杂物，始终堆在隔壁那套房子里，没有让陈枫拉回来。

尤明许走进去，看到他站在窗前，望着外头。

她家外面的风景哪有他家的好，铁栏杆外，一幢幢楼房挤在视线里，只能看到小小一角天空。

尤明许走到他身边，说："这有什么好看的？"

他答："我还记得那时的感觉。有很多天，我躺在床上，看着外头的一小片天空，我觉得自己什么都不知道，谁也不认识。这个世界对我来说太大了，一切都是未知的。我总是会害怕，有时候半夜也会惊醒。但只要想到你还在隔壁，只要有你，什么妖魔鬼怪都打不过你，我就不怕了，我就能睡着了，我就有了继续在这个世界上生存下去的勇气。”

虽然当时尤英俊的彷徨依赖，尤明许一直看在眼里，但现在听他亲口说出来，却又感觉完全不同。她的脑海里浮现出尤英俊在黑夜里，缩在被子里，一双清澈而茫然的眼睛，望着窗外天空的模样。

她心里一疼，嘴上却说：“我知道，你那时候就把我当妈、当保姆。”

殷逢笑了一下，说：“胡说八道。我那时候就算傻，对于男女之间的事，却是开窍的。”

尤明许不信：“怎么可能？”

殷逢看了她一眼，说：“有一段时间，我挠心挠肺就是想睡到你。”

尤明许：“……”

她啐了他一口，却想：这必然是殷逢故意撩自己的。当时的尤英俊，那么单纯可爱，怎么可能有这种放肆的心思？

殷逢又说：“不过，我许诺你的事，还是做到了。”

“什么？”

他把她扯到身前，从背后抱着，两人一起抵在窗台上。哪怕昨晚有过亲密举动，这样毫无间隙的亲昵，也令尤明许心头微微一颤。

他柔声说：“我的城堡，只有你能当女主人，只有你能上去。以后，陪我看人生风景、四季变幻。同甘共苦，同生共死。不准离开。”

尤明许也想起了往事，静静地在他怀里靠了一会儿后，忽然挣脱了，问：“既然如此，你的城堡呢？”

殷逢一怔。

尤明许转身，指了一下空得不能再空的房间：“装满咱们俩甜蜜回忆的城堡，怎么不见了？”

殷逢明白过来，这是找碴儿呢。想起当初搬离的事，他确实无话可说。又想起当时行李、家具拖走时，陈枫还问过他：“放哪儿？”

他头也不抬：“丢掉。”

陈枫当时没作声，走了。

也不知道有没有听话照做。

不过殷逢脑子转得快，心想：如果丢了，再买一套就是了。如果不愿意被她瞧出来，要做点旧、弄点划痕什么的，不是还有冠军吗？

于是他面不改色地回答：“急什么？都在我家车库里放着。不过咱俩接着睡那个床，肯定不合适，空间太局促。偶尔去睡一下，倒也有情趣。”

尤明许没想到东西还在，心里一暖。只是怎么又被这人借机调戏了？她转身就往外走。

殷逢抓住她的手，攥在掌心。

尤明许慢条斯理地说：“我突然发现，搬去你家，可能不太合适。”

殷逢眉一挑，听她说道：“万一哪天，你脑子又坏了，不记得我了，感到抱歉可又无能为力了怎么办？到时候我岂不是要被你扫地出门？这样脸可丢大了，我不干。”

殷逢笑了出来，一把抓住她的腰，往怀里一抵，两人就紧紧贴在一起，说：“又翻旧账？没关系，这个好办，现在陈枫他们眼里不是只有老板娘没有我了吗？回去跟他们说，真要有这么一天，让他们把我赶出去，房子留给你。就让我在家门口风餐露宿、改过自新。什么时候想起来，什么时候才准回家。”

尤明许差点被逗笑，神色却严肃：“一言为定。”

殷逢没想到她还真会答应，有点不爽了，在她脸上亲了一下说：“你倒是心狠。”

尤明许：“论心狠，谁比得上你啊，一言不合就一刀两断，毫不拖泥带水。”

殷逢：“……”这是还没有翻篇。

想起当时自己的态度，尤明许是多么心高气傲的人，当时没说什么，心里应该很难受。殷逢心头一软，牵了她的手送到唇边，亲了一下说：“阿许，那件事，你想怎么罚我就怎么罚。是我欠你的。”

他这么说，尤明许倒有点不好接话了，本就是开玩笑的。于是她想了想，眉一扬，说：“行，那就罚你去车库睡一个月城堡，我心里就彻底舒服了，保证以后再也不提。”

他定定看着她。

尤明许转头往自己卧室走，嘴角带着笑。

过了一会儿，他跟进来，淡淡地说：“尤明许，漫天要价，也得有那么一丝可行性。这种要求是不可能的。”

“你不是说我想怎么罚就怎么罚吗？”

他静了几秒钟：“我什么时候说过？”

尤明许抓起个枕头就砸向他：“滚！”

就这么磨磨叽叽，说说话，闹一闹，不知不觉又在沙发上、床上拉扯了一阵。等他们收拾好行李下楼，已经过去一个多小时了。

陈枫正靠在车边看手机，涂鸦蹲在路边玩手机游戏，远远看着殷逢拖了个箱子，尤明许空手走过来。涂鸦先笑了，打量着殷逢，说：“看样子没受什么伤。”

陈枫也看了一眼，说：“内伤懂不懂？你看老板娘一副神清气爽的样子，再看殷老师，乖乖拖着箱子跟在后头，眼睛都不往别处看。现在知道，这个家以后谁做主了吧？”

涂鸦再次受教。

洛婷感觉到头昏昏沉沉的，很疼。

她想：自己这是在哪里？她明明记得，自己走在下班回家的路上。

夜里两点半，街上连个鬼影也没有，因此她走得很急，只能听到自己的脚步声。

路灯几盏亮着，几盏暗着，春日的街道，仿佛还浸着寒气。她一溜烟儿地往前走，似乎听到了身后有些动静，但根本没在意。

然后她就搭电梯上楼。

电梯门开，她还想着明天中午约了同事吃饭，心想：去吃点什么好？不能太贵了，但也得让对方吃得开心。想着想着，她就走到了家门口，掏出钥匙，打开门，走了进去。

刚要按向墙上的灯，同时顺手关门。突然间，那门仿佛被一股很大的力量牢牢抵住了。

洛婷一愣，一下子全身汗毛都竖起来了。她全身发僵，完全动不了。

然后，她看到了一道黑色的影子，从门口映进来，几乎和自己紧贴在一起。

而她立刻也感觉到了，感觉到有一个人，站在自己身后。

…………

洛婷猛地睁开眼，首先看到了一片非常惨淡的光线，然后是熟悉的房间、天花板、床……灯光是床边的台灯发出的。

她的脑子还糊涂着，像是被人灌进了几斤糨糊，迷迷糊糊地想：所以，刚才，是做梦吗？梦到了在家门口，有人闯入。

她刚要松一口气，伸手揉自己的脑袋，这才发觉自己的双手是被绳索绑住的，绑得很紧，根本动弹不了。

她全身剧烈一颤，彻底清醒过来，同时看到自己的一双脚踝，分明也被绳索给绑住了。

不是做梦……

居然不是做梦！

她呆呆地看着眼前的一幕，仿佛一只被捆住的木偶，脸色煞白。

猛然间，她就像是被电了一下，给惊醒了。

她察觉了。

她慢慢地、慢慢地转过头，看到床边放着张板凳，板凳上坐着个人。他戴着鸭舌帽，穿一身冲锋衣，双手戴着手套，拿了把匕首，似乎正非常感兴趣地看着她。一抹灯光打在他身上，照出清秀的五官。只是那双眼却藏在帽檐下，隐隐有光，让人看不清楚。

再也没有比此刻更恐惧的时分了。

洛婷全身都开始发抖，巨大的惊恐像是一只黑色大手，捏住了她的心脏。她张了张嘴，喉咙里即将发出嘶哑的呼喊。可就在这时，那人身子往前一倾，那把匕首就抵在了她的喉咙上。洛婷泪流满面，却不敢动了。

“嘘……”他几乎是温柔地说，“我只是要跟你说几句话，不会伤害你。说完我就会放了你。答应我，不发出声音，不然我只能……”

洛婷流着泪，连忙点头。他满意了，放下匕首，双臂搭在膝盖上，十指交握，认真打量着她，仿佛在打量什么心爱之物。他又皱了一下眉，说：“嗯……该从哪里聊起呢？要不，就从你喜欢什么样的男生说起吧。”

洛婷一呆，讷讷不言。他却非常耐心地看着她，眼睛里又带了笑，哄道：“要说哦。不说的话，我会很生气。我一生气，就会伤害你。”

洛婷呜咽起来。

他叹了口气，摸摸她的头，又哄了几句什么，洛婷终于渐渐止住哭泣，开始了断断续续地讲述。

…………

殷逢的家，尤明许虽然来过好多回，但真要在这里住下，还是挺有陌生感的。

一进别墅，殷逢就从涂鸦手里接过箱子，上楼。尤明许跟着他，一直走到主卧门口，他看了她一眼，把箱子拉进去。

尤明许低头笑笑，跟进去。

主卧自带了一个衣帽间，别说，这家伙的衣物、鞋什么的，还挺多的。殷逢又转身看了她一眼，把一边衣架上的东西都拿走，然后替她把箱子打开。

尤明许说："我自己收拾，你去吧。"

殷逢搂着她亲了一口，这才离开。

他下了楼，尤明许手里拿着衣物，转头望着好大好大的主卧，今后就要和这个男人一起生活了吗？同睡同起，同吃同喝。

不过，以前他俩不也这样吗？只不过以前没睡在一张床上。这么想着，又没什么好彷徨的。万一两人吵了架……尤明许想了想，不由得笑了，她怎么觉得，涂鸦、小燕一定会帮自己，陈枫谁也不敢帮。冠军……说不定也是站在她这边呢？

等她收拾完，日头也偏西了，她下了楼，看到殷逢和他们几个都在。客厅也是超级大的，殷逢坐在一张单独的沙发里，拿了本书在看。这时候倒是满身的书卷气，看着完全就是个作家。

小燕和冠军头靠着头，躺在沙发里，一人手里拿了个手机，嘴里说个不停，应该是在打游戏。

陈枫反倒是最像主人的一个，他坐在沙发后的一个工作台前，面前堆满报表和文件，戴了副金丝眼镜，应该是替殷逢在打理公司的事。

涂鸦在看电视，尤明许瞟了一眼，有点高兴——他居然也在看她正在追的雷剧，那么憨的一个汉子，坐在沙发里，双臂搭在腿上，看得很专注，脸上带着微笑，眼睛放光。

尤明许走到涂鸦身边坐下，跷起二郎腿，一起看。涂鸦立马坐直了："老板娘。"然后把遥控器交给她。

尤明许抬抬下巴："就看这个。"

涂鸦眼中闪过惊喜，于是两人一起专注地看。

小燕也注意到尤明许来了，有点不好意思，感觉自己姿势不雅，起身坐直了。冠军却一动也不动，继续一个人占着长条沙发。

殷逢从书后抬起头，看着女人，如今她就真的活在他的眼皮底下了，他感到心头一阵舒畅，喊道："阿许。"

以为她会起身到自己身边来，她是他的女人，不是吗？结果尤明许看都没看他一眼，"嗯"了一声，继续和涂鸦一起看电视。两人一起笑了，又一起冷着脸皱眉，然后尤明许说了句："这女的好白莲！"涂鸦点头："嗯！气死了！"

殷逢丢掉书，走到尤明许身边坐下，搂着她的肩，尤明许眼睛还盯着屏幕，顺势就靠到他怀里。殷逢心里那一点点被冷落的微酸感，突然就被她这个小动作给治愈了。身为一名文学素养和品位都很 fashion（时尚）的高级知识分子，殷逢是没什么心情看这种电视剧的。不过，这样靠在她的身边，摸摸她的头发，闻闻她的味道，感受到她的顺从，似乎也不错。

只有陈枫，坐在众人身后，在忙碌工作的间隙，抬头看了一眼，看到大家都玩得挺开心的，那么漫长的夕阳落在屋里，莫名就有种静好的感觉。

陈枫忽然感到眼眶发热，扶了扶眼镜，定定神，真是的，跟了殷老师，现在又多了个一往无前的尤明许，搞得他现在都有点感性了。那些厌恶人生、渴望毁灭的念头，好像已经很久没有来找过他了。

他们，应该也是一样吧。

还有地下躺着的那个人，待会儿大家一块儿喝酒的时候，要记得给他也来一杯。

没多久，一个穿着白色制服、身材高胖的厨师，笑呵呵端着几盘菜，往餐厅走去。

尤明许不由得望过去，这应该就是殷逢新请的厨子。听他们说完全就是个厨子，是个看着憨厚老实的中年男人，平时住在花园里的那排平房里，没事不会来别墅。

小燕和涂鸦也起身帮忙，没多久，就摆好了满桌的菜，厨子就走了——大概也已经习惯为这群奇怪的人服务，不该多问的，从来不问。

冠军立刻丢下手机，第一个在餐桌旁坐好，等着吃。涂鸦也坐下，小燕去给大家盛饭，同时也喊陈枫。陈枫又飞快地在电脑上敲下几行字，这才揉了揉疲惫的眉心，起身过来。

殷逢拉着尤明许过去，他在主位坐下，尤明许自然坐在他身边。人都到齐了，冠军又突然起身跑进房，提了一个至少有五斤重的塑料酒壶过来。

小燕说："哇，今天舍得把你酿的酒拿出来喝了？上次我要喝你都不肯。"

冠军看了一眼尤明许，笑笑不说话。不知道又从哪里摸出几个玻璃杯，往桌上一个个地放。

殷逢问尤明许："要喝点吗？"

尤明许答："喝点吧。"

冠军眉头扬得更高，很快就把一排酒杯倒满，给每个人发了一杯。

陈枫看了一眼大家，他自认为是几个人里最体面讲究的，率先举起酒杯，说："殷老师，我来说几句。今天，欢迎老板娘回家，祝殷老师和老板娘甜甜蜜蜜、长长久久，今后有什么需要的，老板娘尽管吩咐我们去做。以后这个家里……”他笑了笑，“你说了算。”

冠军先笑出声：“你这么说，把咱们殷老师放在哪儿？嘻，夫纲不振吗？”他却最快举起酒杯。

涂鸦瓮声瓮气地说：“我看陈枫说得挺好的。”

小燕“嘿嘿”一笑，说：“嗯。”

殷逢只是眉眼含笑，看着他们闹，手却悄悄在尤明许腰间一掐，尤明许没有防备，抖了一下，他对她道：“祝福你呢，说句话。”

他们几个都一副看好戏的表情。

这是多么热切地盼望着她欺压到殷逢头上呢。

而他居然也敢任由她说。

两人目光一对，似乎都看到彼此眼里的微光闪动，尤明许举起酒杯，笑着说：“谢谢大家。不过，这个家，还是殷老师说了算吧。我可不敢惹他，都听他安排。”

所有人都是一呆，谁能想到尤明许会说出这样的话呢？

唯有殷逢垂眸，虽然嘴角只挂着浅浅的笑，可尤明许分明觉得，他整张脸都彻底舒展开，每一缕线条都写着满意。

尤明许淡淡笑着。她又不是什么单纯冲动的小姑娘，哄男人嘛，谁不会？他还真能做她的主？在他的人面前，给足面子罢了。

“我也谢谢大家的祝福，干了吧。”殷逢笑道。

大家这才反应过来，陈枫笑而不语，冠军也是阴恻恻地笑，只有涂鸦和小燕，看着殷逢的眼神，流露出新的景仰。

大伙儿干了第一杯，开始吃菜，尤明许夹了好几筷子到碗里，刚想尝尝这新大厨的手艺，殷逢却搂着她的腰，凑过来耳语：“说话算话，以后在这间屋子里，听我的话。”

尤明许眉也不抬：“我什么时候说过？”

殷逢眼眸微睁。

这还真是现学现卖，立马就还给他一次。

殷逢也不生气，低笑着说：“这么多人都听到了，怎么抵赖？”

“人多不多，和我抵不抵赖，有什么关系？”

“这是对我耍上赖了？”

“不行吗？”

…………

不知不觉，两人就开始窃窃私语，对面坐着的人都觉得辣眼睛。陈枫和冠军碰了个杯，瞟了那两人一眼，说：“以前只知道尤英俊喜欢缠着老板娘，当时好的时候，也没见这么黏糊啊。没想到正主好上了，是这个样子。”

冠军呷了口酒，又叹了口气，说：“天生一对嘛。”

陈枫没想到他狗嘴里居然吐出象牙来，琢磨了一下，笑了：“有意思。”

涂鸦一喝酒就有点上脸，脸红扑扑的，虎目微笑地眯着，说：“多好，真好，再没有比他俩更好的了。我跟你们说，其实有些事，全靠我……”他开始絮絮叨叨拉着陈枫说。

小燕也捧着杯子在喝酒，有道是“酒不醉人人自醉”，几杯下去，几个哥哥还没事，他倒是有些晕乎乎的了，看见殷老师搛了一筷子菜，放到老板娘碗里，老板娘嫌弃地搛还给他，殷老师也不说什么，自己吃掉。小燕一下子就笑了，说：“将来要是老板娘和殷老师生了小孩，一定漂亮又可爱！”

他喝醉了，声音就很大，一下子所有人都安静下来。

尤明许到底是个未婚的姑娘，虽不至于脸红，但一时也不知道怎么接话。而殷逢根本没想过要孩子这种事，听到这话，也没出声。

反倒是冠军，眼睛一亮，点头：“说得对。”

然后直接往尤明许腹部看了一眼：“等孩子生下来，我来带，他想学什么，我就教他什么！”

小燕：“我也要教！我要教他翻墙和开锁！”

涂鸦呵呵笑，似乎已经看到那美好的场景。

陈枫见他们越说越过分，不耐烦地扶了扶眼镜：“各位，带孩子的事，到时候还是交给我吧。”

殷逢含笑不语，看着尤明许的目光，倒也若有所思，幽幽沉沉。

尤明许心想：你若有所思个屁！

“哐”一声脆响，手里的酒杯放下，她冷冷环顾一周，说：“我才二十几岁，谁要生了？就算将来我真的生了孩子，带孩子的事也是我做主。”

那几个都不说话了，你看看我，我看看你，低头喝酒。

殷逢这时终于出来打圆场了，摸摸她的头，说："好了，都听老板娘的。不过到时候可以给你们玩。"

尤明许："……"

那几个全笑了，冠军甚至阴阳怪气地来了句："还是殷老师疼我们。"

尤明许再次："……"

这顿饭吃得胡言乱语、嘻嘻哈哈，到最后涂鸦、陈枫和冠军全喝趴下了，殷逢因为刚出院，被尤明许管着，不让多喝，他也不让她多喝——喝醉了谁陪他？小燕是喝不了多少。最后，三个清醒的把三个醉倒的都弄回房间去。

尤明许回卧室洗了澡，换了睡衣，坐在床上看手机。没多久，殷逢也洗了澡出来，爬到床上，拿走她的手机，丢到一旁，俯视着她。

尤明许也睁着双晶亮的眼睛看着他。

他等着。

过了几秒钟，她笑了，伸手搂住他的脖子，把他搂下来。两人抱着，一块儿躺进被子里，连脚尖都轻轻抵着彼此。

他低声问她："搬过来开心吗？你喜欢他们吗？"

她答："开心，喜欢。"

"为什么喜欢？"

她亲了一下他的鼻梁："因为他们和你是一样的人。"

这个答案令他沉默了几秒钟，然后和她一起缩在温暖而幽暗的被子里，轻声说："但愿你和我在一起，能够一直这么开心，喜欢属于我的一切。从来没有人真心喜欢过我。"

尤明许心里有些酸酸涩涩的，心想：还真是有点偏执啊。

她亲了一下他的额头，嘴里却说："那得看你以后的表现，今天才第一天呢。"

第二天上午，尤明许是被电话铃声吵醒的。

她爬起来抓手机，殷逢也醒了，人还迷糊着，就把她往怀里拽。尤明许够不到手机，一脚踢开他。

电话是丁雄伟打来的。

坐在一床凌乱里，尤明许接起顶头上司的电话，还有点不自在，于是嗓音格外严肃正派："头儿。"

丁雄伟说："怎么这么半天才接？观沙派出所发现了一具尸体，很可能是连环案件，你马上带人过去。"

"是！"

挂了电话，尤明许扭头看殷逢，他已经坐起来了，手摸着腹部，脸色不善，那是因为刚才被踢了。尤明许笑了，搂着他的脖子亲了两口。他的手也在她身上游走着，感觉到那实实在在的柔软，眉头这才舒展开。

尤明许安抚好了人，跳下床，飞快穿衣洗漱。等她弄好时，殷逢也起床了。两人你看看我，我看看你。她先笑了，他也笑。

"我走了。"

"让涂鸦送你去。"他说，"早点回来。"

于是直至坐上涂鸦的车赶赴现场，尤明许的心里还是暖甜的，说不出的畅快。这和以前匆匆赶赴现场时心中一片沉寂冷肃的感觉完全不同。

涂鸦把她送到就走了。

第十章

学徒杀手

已经上午十点多。

案发地点在一幢普通的居民楼里，这样的楼房城市里随处可见。楼房不临街，比较僻静，周围都是狭窄小路。

尤明许到楼下时，许梦山也刚好赶到。此时楼下已围了不少人，议论纷纷，警戒线也拉起来了。

尸体是在五楼的一套房子里发现的。

在两人赶过来的路上，基本情况已经发到了他们手机里。

死者名叫洛婷，今年二十一岁，单身，在一家洗浴城做按摩技师。她和一个女性朋友一起租住在这套房子里。周末，朋友回老家了，她一个人在。

洛婷是周五半夜两点下班，搭乘夜班车回家。周六一整天，洗浴城的同事都和她联系不上。直至今天早上，同居室友回来，发现尸体，报了警。

尤明许和许梦山走到门口，一名辖区刑警迎上来，双方打了招呼，见许梦山打量着大门，刑警就说："门锁是完好的，没有发现强行入室的痕迹。"

许梦山和尤明许点头，跟着他走进客厅。

这是一套常规大小的二居室，乍一望去，客厅干净整洁，没有什么东西是乱的，地上也没看到什么别的痕迹。

刑警解释说："我们来的时候就是这样，没有打斗痕迹，初步勘查，也没有发现嫌疑人的足迹、血迹和指纹。如果不是看到尸体，就像没有第三个人来过一样。"

许梦山和尤明许对视一眼——这个棘手。

尤明许说："你们怀疑是系列案件？"所以才上报到岳山分局。

刑警的眉头皱起来："是的。十天前，在另一个小区，也发现了一具尸体，我们还在查，没有头绪。两起尸体的情况……一模一样，一定是同一个人做的。你们看了就知道了。"

尤明许脸色更沉。刑警如此肯定，这意味着尸体一定比较特殊。

三人走进其中一间卧室。

看第一眼，这卧室没什么异样，和客厅一样，干净整洁。

如果不是床的正中躺着个人的话。

尤明许和许梦山在看清尸体的一刹那，都陷入沉默。

洛婷是个身材苗条、中等个头、相貌清秀的女孩。她笔直地躺在床上，双臂放在身侧。长发并不凌乱。

她的嘴上被贴了张黄色胶带，脖子上有一圈深深的勒痕。上身穿的是件衬衣，衬衣被解开了，露出身体。短裙被撸到腰上，内裤褪到了脚踝处。此外，手腕、脚踝还有明显的被捆绑过的痕迹。

她的身上有很多血。

尤明许有些看不下去，抬头望了望窗外。

花朵一样的女孩，死得这样惨烈。她的父母亲人，怎么受得了？

深呼吸了好几次，尤明许才把心头那滞涩的感觉压下去。

许梦山懂法医，一声不吭地仔细查看，然后说："死因应该是窒息，从脖子上的痕迹看，凶器是绳索。死亡时间超过了24小时。"他顿了顿说，"此外，两侧乳头被割掉，阴部遭受了严重的锐器伤。"

尤明许一愣，有点不敢相信自己的耳朵，说："你没看错？"

许梦山："我又没瞎。"

尤明许立刻离得更近，仔细查看，果然如许梦山所说。她的心中陡然升起一阵强烈的寒意，同时想到了那些发黄的旧照片。周围还是一片肃静，同事们都在紧张忙碌着，她却突然有种置身在不知何处的荒野里的空寂感。

许梦山察觉她脸色不对，问："怎么了？"

尤明许答："不好说。回头给你看些资料。现在，我们必须仔仔细细地把这里查一遍！"

负责现场鉴定的同事和法医都已经赶到了，整个房子都笼罩在一种沉肃的氛围里。

尤明许和许梦山习惯从头开始厘清逻辑。

首先，洛婷是在前天夜里两点下班，搭乘夜班车回家，到家在两点半左右。昨天上午十点半之前，她已经死亡。更准确的时间，还要等法医结论。

尤明许说："你去问问那个室友，洛婷最近有没有和什么男人走得近？"

许梦山下楼。

那名室友在楼下，和警察待在一块儿。

在他下楼这段时间，尤明许把大门里里外外又检查了一遍，又给小燕去了电话，发了照片，确定大门不仅没有强行闯入的痕迹，也没有被人利用工具开锁。

许梦山回来了，说："室友说洛婷是单身，最近没有和什么人走得近。如果有，她一定会知道。我看她没什么可疑。"

当然，室友是否有嫌疑，以及她的话是否可信，警方随后还会从别的角度验证。但如果这个假设成立，就意味着很可能不是熟人作案。

许梦山和尤明许都陷入沉思。如果不是熟人，又没有开锁，那段时间洛婷又在睡觉，凶手是怎么进来的？

两人都想起了以前经手过的一起入室抢劫案，就有相同的情况。

"尾随入室？"尤明许说。

许梦山眼睛也是一亮："很有可能。这栋楼里住了不少人，如果他在天亮后进出，风险很大。但从现场看，他逗留的时间不短。如果是尾随受害者进屋，是最好的犯罪时间段。我会让人去查两点半前后附近的监控，看能不能发现目击者。"

尤明许点头，说："如果真的是尾随进屋，没有明显打斗痕迹，死者身上也没有别的外伤，说明凶手在一瞬间就制服了受害者。"

许梦山："有没有可能使用了迷药？"

尤明许："有可能，看尸检结果。"

三言两语间，简洁清晰的逻辑就确定了第一条可能的侦查重点：凌晨两点半前后监控里的尾随者。

两人又到了客厅，仔细查看一番后，没发现什么线索。所有东西都放得整整齐齐，典型的两个单身女孩的温馨住所。鉴证人员这时也表示，确实没有在屋里发现任何可疑足迹、血迹和毛发。至于指纹，绝大多数属于两个人，应该就是两个女孩的。他们对于能够发现第三个人也就是可疑人的指纹，不抱太大期望。

继而回到卧室。

第一次进来，所有人的注意力都会被尸体吸引。这一次，尤明许的注意力则更多集中在房间里别的东西上。

窗帘是浅粉色的，透着少女感。房间里还有张书桌，书桌旁的墙角放了把椅子。桌上没书，有本印着动漫的台历。尤明许拿起翻了翻，发现洛婷把每周的上班轮休安排，都标在了上头。还有些特别的安排，譬如上个月，就有母亲生日、同事聚餐，等等，显然是个很细致认真的女孩。

尤明许又拉开衣柜，里头除了两个背包，就是衣物。从款式上看，都比较保守，没有任何跳脱或暴露的风格。

她正蹲在床头翻看床头柜里的东西，负责鉴证的一个同事走过来，说："有个情况。"

尤明许和许梦山都站起来。

鉴证的同事把他们带到墙角，指着那把椅子说："凶手一定非常仔细，除了床，房间其他地方都没有血迹。只在这张椅子的椅背上，我发现了一滴血迹，比较新鲜，我们已经提取了。"

许梦山摸着下巴。

尤明许也凑近那张椅子看，果然在椅背上看到一滴鲜红的血迹，虽然已经干涸，但就像鉴证人员所说，还算新鲜，也就是说，很可能是前天晚上留下的。

这个发现，令尤明许和许梦山精神一振。

如果是凶手的血迹，那就太好了。

不过尤明许感觉这个可能性不大，屋内的情况没有表明凶手受过伤。如果是洛婷的血迹……

尤明许站在椅子旁，看了一眼床，隔了至少一米半，有意思，血迹怎么会跑到这里来呢？而且只有一滴，那肯定不是溅射的，而是不小心蹭到的。

这天下午加晚上，警方迅速做完了现场勘探及初步调查。

首先，洛婷是本省人，来湘城打工，做按摩已经有两年。她上班的洗浴城距离家有 3 公里，每次下夜班，她都是一个人坐夜班公交车回家。

室友的嫌疑被确切地排除，她拥有不在场证明，并且毫无杀人动机。洛婷的遇害，对室友的冲击也很大。室友的话也被证实属实——无论是父母、洗浴城同事或者其他朋友，都表示洛婷没有男朋友，最近也没有和任何男生走得很近。

洛婷的性格十分老实，上班勤勤恳恳、安分守己，待人温和忍让。她在洗浴城并不算出色，但也从不和人结仇。她的家庭关系也很简单，父母都是小城市老实普通的工薪阶层。

遇害时，她的银行卡里还有十多万存款，既无经济负担，也没有借贷行为。

也就是说，情杀、仇杀和经济纠纷的可能性都排除了。

另外，法医给出了详细的尸检结果：证实洛婷的准确死亡时间是在昨天（也就是周六）凌晨的四点半到五点半间。死因就是窒息，并且是由绳索造成的。但从勒痕纹理推断，是市面上最常见的一种粗麻绳，很难查清楚源头。

双侧乳头被割掉，带走，现场没有发现。阴部的伤是类似于匕首的锐器造成的。这两种伤，都是在死后造成。

没有性侵痕迹。

此外，法医还在洛婷体内发现了少量的神经麻痹性药物残留，推断由鼻腔吸入。

只不过，这种神经麻痹性药物，各大医院都有，虽然需要处方，但从一些私人诊所和黑市上也可以弄到。所以一时间也无法查到药物来源。

于是，尤明许和许梦山有关凶手入室方式的推断，得到了证实——

凶手应该是在凌晨两点半尾随受害者入室，以神经麻痹性药物将其制服。

他在现场至少逗留了两个小时。

许梦山立刻去安排，重点排查当日凌晨两点半前后、四点半至六点间，附近可用的监控。

只不过楼宇位置偏僻，比较老旧，监控摄像头数量比较少。还有很多摄像头照不到的小路和死角。目前，还没有发现。

鉴证科的同事也传来消息——现场除了洛婷和同居室友的指纹、DNA，没有发现属于第三人的线索，足迹、指纹、血迹、头发丝……通通没有。这意味着，凶手进入房子时，几乎是全副武装的，手套、脚套，甚至发套，都是提前准备好的。这不是激情犯罪。

而洛婷卧室椅背上的那滴血迹，被证实正是属于洛婷的。

辖区刑警队之所以将本案上报至岳山分局，是因为就在十天前，本区内的另一个小区里，还有另一名女孩遇害了。

该受害者名叫彭丹，二十三岁，也是本省人，是另一家洗浴城的按摩技师。她一个人居住在家中一套小房子里，十天前的清晨，父母过来探望，发现她死在家中。

彭丹同样是个勤勤恳恳、老老实实、从不惹什么麻烦的单身女孩。

死亡时间也是在前一天夜里。尸体的情况和洛婷几乎一模一样。并且，现在已得到证实，两人遇害前，体内都吸入了同一种神经麻痹性药物。

警方有充分的理由认为凶手是同一个人，并案调查。

丁雄伟当即拍板，由尤明许牵头，许梦山为副手，带领一组人，负责这起连环案件。

这天晚上，尤明许回到别墅，已是夜里一点多。

一口吃不成个胖子，任何人都能意识到这次案子的棘手，大家也都做好了打持久攻坚战的准备。也不能一下子把身体累垮了，得不偿失。所以今晚各自回家补眠，明早再全力侦查。

昨天尤明许搬进来时，冠军就给她录入了指纹，并且笑嘻嘻地说："现在你的权限和殷老师是一样的，房子里任何未知的角落……你都可以去窥探。"

尤明许心想：我窥探个鬼！

不过现在倒是方便，一按指纹，也不用惊动他们，大门就自动开了，又在她身后关上。

院子里一片静谧，她远远就看到，主卧似乎还有些灯光。这家伙，才刚出院几天，还不早睡！

虽然这么想着，心中却是一暖。

她走进客厅，没有开灯，一眼就看到小燕坐在平时陈枫的工作台上，电脑里传来打斗的声音，居然是在打游戏。小燕全神贯注，尤明许走到跟前，他都没发现。

尤明许笑笑，也不打扰这长不大的孩子。转头望去，皱眉。

沙发上横着两个人，不是涂鸦和冠军是谁？

怎么睡在这里？

冠军还好，身上裹了条毛毯，平时那么邪气不羁的人，睡着的时候，却紧紧蜷成一团，缩得小小的，脸深深陷在沙发里。

涂鸦的睡姿却糟糕多了，一条腿搭在沙发背上，另一条腿掉在地上，双手摊开，腰间搭着的一条薄毯几乎都要掉地上了，呼噜声还很大。尤明许走过去，把毯子抖开，重新盖在他身上，这才上楼。

陈枫的房门紧闭着，估计是睡了。这家伙向来比其他几个都规矩，甚至还挺注重养生的，否则只怕这别墅里早就乱了套。

尤明许推门进了主卧，看到殷逢靠在床上，手里拿着本书。

其实也是种挺奇怪的感觉，不管她今天在外面忙得多么焦头烂额，可现在回到他家里，看着这么个俊秀如玉的人安安静静坐在那里，心里就一下子平静下来。

尤明许于是想：老话讲“先成家后立业”，又讲“百炼钢成绕指柔”，也不是没有道理。

殷逢可不知道自己在尤明许心里又当了一会儿“小媳妇”。他抬起头，问：“怎么样？”

尤明许答：“挺麻烦的案子。”脱了外套，把包扔床边。

殷逢说：“过来。”

尤明许走到床边坐下，被他一把搂进怀里。他也不吭声，手臂搂得紧，那仿佛凝着风雪的目光，将她从头打量到尾。尤明许立刻想起昨晚虽时间不长但是激烈的那些画面，居然有点脸热。

他像是看懂了什么，低低笑了，又低哄了几句。尤明许在他脸上亲了几下，还没亲完，他已反客为主，肆意妄为。

好半天，她才把他推开，说：“好了，我身上脏死了，去洗澡。”他倒也暂时放了手。只不过想起昨晚的事，两人都有些心浮气躁。

没多久，尤明许洗完澡，换了睡衣，从浴室出来。就见他已将台灯开得很亮，盘腿坐在床上，在看她带回来的案件资料。她拿了块毛巾擦头发，坐到他身边。殷逢用手一拉，让她靠在自己胸口上，单手搂着她的腰，另一只手拿着资料。

别说，尤明许其实还挺喜欢这种感觉。以前的尤英俊虽然也很喜欢黏着她，但最多从背后抱她，终归少了那么点意思。如今的殷逢，举手投足间都透着成熟男人的气场，并且毫不掩饰自己的主导欲望。

见他盯着现场照片，眉头紧锁，尤明许知道他在想什么，伸手从包里拿出十九年前那起案子的照片，放到一起。

今日鲜亮的照片，和十九年前发黄的照片，尸体的情况看起来几乎是一模一样的。

凯阳集团的案子结束后，殷逢一直在养伤，景平也走了，四人小组等于解散。这些天，尤明许也是一直独自在忙工作。不过，今天她回来前，丁雄伟就发话了，这个案子比较特殊，可以听听殷逢的意见。所以，尤明许才带了一沓复印的案件资料回来，就是给殷逢的。

“你觉得会是同一个人吗？”尤明许问。

殷逢答：“现在还不能判断。”

尤明许又说：“我回来之前，问过老丁，他很肯定地说不会是同一个人。十九年前的真凶一定是许霸坪，证据非常充分，不可能出错，也不可能推翻。”

殷逢没说话。

“具体的破案思路，先放下不提，还有个问题——”尤明许的神色变得更凝重，“这个凶手，在这个时候突然出现，会和惩罚者有关吗？”

殷逢这才放下资料，看着她：“你说的‘有关’，是什么概念？”

尤明许立刻就明白了他在问什么，想了想说：“我不知道，我觉得都有可能。”

殷逢摇摇头，说：“如果你怀疑凶手是惩罚者的成员，这是不可能的。迄今为止，惩罚者坚持做两件事：一、培育遭受过不公正待遇的‘种子’，成为惩罚者；二、猎杀有罪之人。他们并不会直接杀害无辜的人，这也违背了殷尘‘以恶制恶’的原则——他认为自己是道德的审判者，是为了弘扬正义。”

尤明许点头。

“不过，就像你说的，这个杀手，在这个时机出现，确实耐人寻味。”殷逢说，“为什么他的作案手段恰恰和十九年前一样。而殷尘也提到过那起案子……”

尤明许立刻说：“会不会是殷尘‘培育’的？”

殷逢说：“有可能。”

以那一位的变态，确实有可能干出这样的事。当年尤蕤雪不是死于这样一名杀手吗？结果被邢几复杀了。那我再培养一个出来，自己杀掉，或者让他赎罪成为惩罚者，从此听我驱使，不也验证了我的道义才是真理吗？

“说起来，我那个哥哥，也休养生息挺长时间了。”殷逢说，“如果这名凶手和他们有关，毫无疑问我们必须抓住他，才能揪出背后的惩罚者；即使无关，出现了这样一位杀手，你认为我哥哥会有什么样的感受？”

尤明许心头一动，说：“他不会坐视不理的。”

殷逢点头：“他会忍不住，他会想要得到那个人。而他也知道，我一定会料到这一点。”

尤明许心里“咯噔”一下，就听殷逢说：“所以，这个杀手出现，我和哥哥的对决就开始了。谁先找到这个杀手，谁就占了先机。”

尤明许静了一会儿，却笑了：“让他来呗，看谁能先找到。”

殷逢眼中的厉色隐去，摸了一下她的脸，说：“真凶。”

尤明许奔波了一整天，到底累极了，打了个哈欠，说：“好困，睡吧，明天再说。”

殷逢的目光却回到资料上，说：“你先睡，我再看看。”

话音未落，手里的资料却被人抢走了，殷逢抬头，看到尤明许略显严厉的表情：“我没记错的话，你才出院三天吧，不准熬夜，睡觉。”

以前的话，殷逢遇上一本有趣的书，或者有意思的案件资料，一定会一口气看完。要是有女人敢拦，立刻变脸。此时，他手里的东西被夺走，本来心里升起一丝不悦，可看着她的模样，忽然又有种发现了更有意思的东西的感觉。

他不吭声，也不动。尤明许先躺下，说：“关灯。”命令的语气。

殷逢却只把灯光调暗一半，尤明许以为他要留着灯睡，也没管，结果却有个身体贴了过来。

尤明许：“我累死了，要睡觉！”

他语气淡淡：“你不在家，我睡一下午了，精神很好。你睡就是了，又不用你动。”

尤明许：“……”

闹钟响的时候，尤明许痛苦万分地醒来，一扭头，身旁的男人睡得格外沉。

毕竟他昨晚累得很！比前天晚上累多了。

尤明许起床洗漱，看到镜中的自己顶着两个大大的黑眼圈，更是气闷。她回到卧室，收拾好东西，准备出门，殷逢还没醒。

只见他还保持伸出一只手臂侧卧的姿势——之前尤明许是枕在他手臂上的。被子堪堪盖在胸口，露出肌理匀称的肩膀。五官英俊，线条分明。这么沉沉睡着的模样，哪有半点昨晚的阴狠霸道。

尤明许脑子里冒出“秀色可餐”四个字。

又走过去，轻轻扯起被子，盖到他肩膀，这才蹑手蹑脚地走了。

到了局里，众人到齐，丁雄伟也来了，大家开本案的第一次碰头会。

偌大的会议室里，坐着本案的十多个骨干刑警。气氛非常严肃，因为谁都明白，这是一起性质多么恶劣又多么棘手的连环案件。

交流完各自手头的情况和意见后，尤明许说：“两名受害者的情况都基本摸清了，排除了情杀、仇杀、财杀的可能性。目前，也看不出两名受害者有什么明显的关系。所以我建议，接下来从三个方面入手查：

“第一，洗浴城。两名受害者虽然在两家不同的洗浴城工作，但是相距不超过1公里。她们接触的人，就有可能有交集。重点调查她们遇害前接触的客户、同事。看是否有嫌疑人。”

众人都点头。

尤明许继续说道：“第二，监控。我们已经判断出，凶手是采用尾随受害者入室的方式，并且极有可能在天亮前完成整个犯罪活动。除了案发前后，洛婷案为两点半至五点半；彭丹案为两点至四点半——这个时间段前后，案发现场周围的监控要查。凶手明显掌握着两人的作息规律和居住环境，作案前肯定有过跟踪观察，所以在两人遇害前几天，日常行动路线附近的监控也要查。

“第三，目击证人。尽管凶手都是在夜间作案，但受害者所住位置算不上偏僻，仔细寻找、查问周边住户和往来行人，说不定能找到目击者。”

大家都没有异议。

丁雄伟满意地拍板：“就按照这个思路往下查！尤明许，来我办公室一趟。”

尤明许还以为丁雄伟找自己有什么机密的事，结果一进去，他说：“你的查案思路没错，不过，这个案子挺古怪的，凶手很可能是随机杀人，并且手法缜密，常规手段会很难抓到线索——殷逢今天怎么没来？他什么意见？”

尤明许掀了掀眼皮：“他才刚出院，在家休息。”感觉自己这话好像有点怪丁雄伟使唤殷逢，于是又补了一句解释，“我出门的时候，他还没醒。”

丁雄伟静默片刻。

以他的老脸，听到女下属这么说，也有点尴尬。

还有种强烈的女大不中留的感觉。

都几点了，她还让那位犯罪心理学者睡懒觉？

丁雄伟轻咳一声说：“案子特殊，可以听听犯罪心理方面的意见。不过，也不能盲从。”

尤明许说：“我心里有数。”

与犯罪心理学的天马行空、神来之笔不同，传统的刑侦工作，往往是细节见真章。刑警们的工作没有那么多的戏剧化转折，而是从大量枯燥重复的工作里，抓住那一两条关键的、不起眼的线索。

到了洛婷案发第二天的中午，许梦山顶着两只发花的眼睛，把一段宝贵的监控视频送到大家面前——案件有了非常重大的突破。

原本案发现场附近的路上就几个监控，有两个拍到了受害者，却根本没有嫌疑人的影子。可许梦山咬定了这条线不放，又把周围车辆上安装的行车记录仪、住户私人安装的监控摄像头都收集起来。结果真让他发现了东西。

那是楼下一家住户门口自行安装的监控摄像头，虽然距离稍远，却正对着洛婷回家的一条必经之路。那凶手就算再缜密，也不可能料中所有事。所以，才有了这段短暂而珍贵的视频。

案发当晚，半夜 2 点 34 分。

幽静的庭院外，只有两盏暗暗的路灯，树枝轻摇，楼宇寂静。

一个女孩，从右前方走进画面里。也许是因为到了自家楼下，她的步子并不快，走得很平稳。从背影和衣着看，正是洛婷。

她上楼后十几秒钟，一个男子的身影飞快闪了出来，几乎是几步就上了楼。

一切发生得很快，看到视频的众刑警都是一愣。许梦山按下暂停、后退、慢放键，那男子退了回来，画面定格在他走到楼下那一刻。

刑警们一时静默。

一个人的体态特征，在有经验的刑警眼里，是很容易分辨的。刑警们很快有了一致结论——

该名男子的年龄在 20~30 岁之间，身高 180 厘米左右，体重 70 公斤上下。足长 42~43 码。

他穿了一身黑色冲锋衣裤，戴着鸭舌帽和口罩，从画面角度根本看不清相貌。

毫无疑问，这个人十有八九就是他们要找的凶手。尽管看不到脸，却也缩小了嫌疑人的年龄、体型范围，甚至知道了他那晚的衣着。这样就更方便刑警们接下来查找监控和寻找目击证人。

众人都有些兴奋，议论纷纷。尤明许盯着画面里的男子，神色却变得凝重。尽管嫌疑人的体型瘦削，与顾天成完全不同，而且顾天成早就在她眼前死得不能再死了，可当她看到那身黑色的冲锋衣，第一时间还是想到了顾天成，想到了惩罚者组织。

不过，有关这一点，昨晚殷逢已经跟她讨论过，所以她的思绪并没有乱，兵来将挡，水来土掩。

另外，尤明许还有些许奇怪的感觉，觉得画面里男子的背影，似乎在哪里见到过，但又不是很确定。

散会后，尤明许想了想，把这段视频发给殷逢，然后给他打电话。

才响了两声，殷逢就接起了，嗓音里仿佛带着轻快的笑意：“喂？”

尤明许说：“刚刚发给你的视频，看到没有？”

“看到了。”

“看来老丁他们是对的，凶手是个年轻人，不可能是当年的案犯。”

“嗯。”殷逢说，“你在哪里？”

“我还在局里，一会儿出发去洗浴城。”

“吃饭了吗？”

“过去再说。”虽然现在已经中午了。

尤明许想起丁雄伟上午的叮嘱，心念一动，正好昨天看到的案发现场，她和许梦山还有疑点未解。于是她说：“有一个地方，我想听听你的意见。”

“嗯。”

尤明许就把在案发现场，距离床比较远的墙角那把椅子上的血迹说了，然后说：“受害者是被勒死的，死后才见血。可为什么单单有一滴血沾到了椅子上呢？凶手碰过椅子？他那么缜密，为什么要去碰椅子？受害者在进门时就被他弄晕了，也不可能是在卧室打斗时碰到的啊？”

结果殷逢想都没想就说：“这不是明摆着的事？他搬了把椅子坐在床边，和受害者谈话。等谈完话，杀了人，再把椅子放回原处——那滴血是不小心沾上的。”

尤明许微怔：“谈话？你怎么知道凶手和她谈过话？”

殷逢笑了一声说：“受害者既然一进屋就被制服、迷晕，凶手为什么还要多此一举把她的手脚都绑上？因为他后来又把她弄醒了，和她有过交流，交流完才杀死。他计划周密，精挑细选，掌控全局，现在猎物落到他手里，这样的精神折磨才是高潮！绝大多数有组织能力的连环杀手，都喜欢这个过程。”

尤明许说：“你怎么知道他一定坐在椅子上，他也可以坐在床边。”

殷逢的嗓音有些轻佻：“坐在床上容易沾到血迹，而坐在对面的椅子里，更有掌控感和对峙感。”

这下尤明许没话说了，不得不说，他说得对。尽管现在警方的侦查思路是清晰的，也有了重要进展，不过尤明许总感觉还少了点什么，仿佛跟凶手的意图之间，还隔着一层云雾。于是她说："你在哪里？我想和你见面，再聊聊案子。"

他说："你猜。"

尤明许不由得笑了："到底在哪儿？"嗓音带上了一点自己都没意识到的嗔怪，听得旁边的许梦山起了层鸡皮疙瘩。

殷逢说："你们楼下。"

两人都静了几秒钟，她若无其事地说："一会儿见。"

他低低笑着："一会儿见。"

殷逢在局里早有大名——谁都知道他是尤明许的人，而且还占了个调查员的编制，所以现在来来往往的警察们，看着他不急不缓地往里走，早已见怪不怪。

他今天穿着黑色薄外套和黑色长裤，却没有刑警身上的肃杀冷酷，反而更显得肤白清冷，透着金贵气息。偏偏手里又拎着个浅绿色保温饭桶，像是来送饭的，于是来往的人不由得多看了两眼。

殷逢目不斜视，单手拎饭盒，单手插裤兜，走进了尤明许所在的会议室。

除了尤明许，许梦山和其他几个骨干都在。看到他来，都抬起头，显然已经等了有一会儿了。

殷逢心里讥笑了一声，暗想：自个儿老婆使用他，倒是用得毫不含糊。也不知道先和他见一面，让他把厨子熬足八小时的鸡汤，给她喂了再说。

面上却不动声色，他把鸡汤放在一旁。

尤明许看了一眼许梦山，许梦山心想：怎么你老公来了还要我开口求援？脸上却笑了，说："殷老师，坐！尤姐说这起案子的资料你也看过了，比较特殊，我们目前正打算集中力量查几条线，也想听听你的意见。"

殷逢见尤明许身边的位子都坐满了，一副大姐大带着一群兄弟的派头，笑了笑，在桌子这边坐下，问他们是从哪几条线着手查。

许梦山一一说了。

殷逢又问："对于凶手，你们现在了解多少？"

几个刑警交换了眼色，尤明许说："20~30岁，身高180厘米，足长42~43码，体型偏瘦。他对周围环境非常熟悉，计划周密，行事细致，具有很强的反侦查意识。我们怀疑他非常憎恨女性。而且他完全模仿十九年前的案件，我们认为他或许和当年的案子有一定的关联。也安排了人去找当年负责那起案件的警察，并且收集了更加详细的资料。”

殷逢点头，直视着她说：“我正是为这个而来的——我想看看十九年前更详细的资料，做个对比。至于凶手，我同意阿许的观点，不过，还有几点提醒你们注意——

“第一，任何一个对犯罪心理学有一定涉猎的人都能够发现，这个凶手是非常典型的‘有组织能力’的连环杀手。这和‘无组织能力’的杀手是相对的，也就是阿许所说的那种人——计划周密、行事仔细，他的犯罪很有目的性，他知道怎么满足自己。可是，我有个感觉，他的行事太标准了。”

“标准？”许梦山重复。

殷逢答：“是的。从目标挑选，到跟踪观察，再到制订计划、实施犯罪，以及模仿十九年前的标记行为，带走‘纪念品’，你们不觉得，他完成得非常好吗？除了那个监控的背影，几乎没留下任何漏洞。这几乎是一起完美的犯罪。他做得很完整，不过我觉得离犯罪大师风格还差得远，毕竟他没有体现出任何创新性。但是算得上是有工匠精神，不应该是学徒精神——一丝不苟，细致严密。”

几个刑警面面相觑。

尤明许听到殷逢这么具有文艺气息的总结，也抬眼看着他。其实她领会了他说的意思，就像当年去怀城，查装在黑色箱子里的少女，他也说过——凶手是具有市井气息的手工艺者。事实证明确实如此。

而现在，标准、完美、完整、学徒精神，意味着什么？

尤明许立刻问：“那你认为他会是什么身份？”

殷逢的眸光流动，刹那就带上了点说不清的意味，当然其他几个刑警是注意不到的，尤明许心想：这时候你还眉来眼去干什么？简直没一刻消停。

不过殷逢很快就恢复了冷淡作家脸，说：“身份还无法确定。但是，一个拥有这样一颗心，刚刚犯下了两起案子的杀手，并且完成了不为人知的处女作，我认为他从外表看起来，会有一些特征：譬如，他会比较抑郁沉闷，这样的作品，怎么和人分享呢？他必须压抑着。但是他偶尔会显得趾高气扬甚至情绪激动，什么人都看不起。他会对一些与犯罪有关的事很感兴趣，甚至当你们找上他时，他会夸夸其谈或者主动为你们提供线索。”

几个刑警都没说话。

最后是尤明许说：“我都记下了。后面排查的时候会注意。你刚刚说了第一，那第二是什么？”

于是殷逢又瞥了她一眼，答："第二，在你们查的三条线里，第一条线——去查洗浴城和受害者生平关系时，要特别留心。因为他对受害者的挑选，是非常'精准'的。两个女孩除了相貌、工作单位不同，性格几乎是一个模子刻出来的。我想这正是他所偏爱的，而且是最容易掌控的一种。问题是，他是怎么把她们挑出来的？"

尤明许心中一动，听到殷逢继续说道："也有过连环杀手就是在路上跟踪几天，随机凭感觉选择对象，但被选择的对象之间更多的是相貌、气质上的相似，哪里挑得出性格？他挑得这么准，说明他对她们不止片面的了解。可是两名女孩最近又没有跟男人走得近，那他到底是从哪里发现、了解这两个女孩的？所以你们去查洗浴城，不仅要查顾客名单、员工名单，任何只要沾点边的，可能和女孩有接触的人，都要查，譬如维修工、清洁工，甚至那个片区的外卖员、快递员、物业管理人员……这非常重要，因为前两次的案件，只间隔了十天。现在已经过去两天了。你们如果能找到这个隐藏的规律，就能预知下一个受害者是谁。"

说到这里，在场所有人都动容了，连尤明许都是心头一跳。她看着殷逢似乎含笑，却分明透着锐利的目光，她郑重点头："我知道了。"

事不宜迟，众人马上动身，尤明许落在最后，问殷逢："你和我们一块儿去吗？"

殷逢摇摇头："我不去了，我想再看看十九年前的资料。就像你们说的，凶手说不定和当年的案子有某种关系。"他就是为了这个来警局的。

尤明许点头："那我走了。"

这时会议室里就剩他俩了，尤明许转身刚要走，被殷逢拉住，然后把那装满鸡汤的保温桶挂在她手上。

尤明许皱眉："不用了。"

殷逢盯着她说："我刚才的两点意见，有用吗？"

她笑了一下："有用，多谢。"

殷逢说："不用谢。不过你想要马儿跑，还不给马儿吃草吗？我专门送碗汤来，你不喝，还想要我跑？"

这一番话说得理所当然、云淡风轻，意思还绕了个圈，尤明许看着他，感觉都有点不认识了。

这又是在……撒娇吗？可他有必要连撒娇都这么高冷吗？

迎着他清冷的目光，尤明许突然感觉心头一阵热，还有些莫名的痒，淡淡地说："我喝。我喝光还不行吗？"

第十一章

记忆碎片

十九年前更详细的资料已经调来了。

殷逢想看，还得和丁雄伟打个招呼。

尤明许赶时间，直接把殷逢往丁雄伟办公室一丢，人就走了。

丁雄伟抬头看着殷逢，殷逢也看着他，隔着两米的室内距离，气氛莫名有点古怪。

其实殷逢一直感觉得出，丁雄伟不太喜欢自己，却不知道原因。

本来，他是不会在乎这种无关紧要的人的看法的。不过现在……眼前这不苟言笑、心思难测的中年男人，是他老婆的顶头上司，管着她的日常任务、升迁荣誉。

殷逢在办公桌前坐下，露出个完美得体的笑容："丁队。"

丁雄伟打量了他两眼，说："我刚才已经给尤明许开好权限了，你就用她的账号登录档案系统。还有一些纸面资料，我待会儿让人给你。"

殷逢笑意不变："多谢。"

丁雄伟沉默了几秒钟，觉得这文化人的笑容特别假，到底还是问出了口："和明许相处得怎么样？"

殷逢有点受宠若惊，说："非常好。"

丁雄伟突然就不想和他说话了，翻看面前的卷宗，笑笑说："我待会儿还有重要客人过来，你去忙吧。"

殷逢起身离开。

身为一个心理学者，倒是很快就揣摩出丁雄伟的心态——他当自己嫁女儿呢？

殷逢低头笑笑，女大不中留，老家伙没听过吗？而且尤明许……向来就只护着自己，丁雄伟斗得过他？

那以后就不和他计较了。

殷逢走到尤明许所在的办公室，人都走了，空荡荡的，他索性关上门，在尤明许的桌前坐下，乐得清净。

凶手模仿十九年前的案件手法，一定有某种原因。尤明许他们也清楚。只是年代久远，往细里查人际关系，只怕要费些工夫。两具尸体压在面前，还可能出现第三具，刑警们只能选择先扑到最直接的线索上去，旧案反而往后放。

但殷逢不一样，他反正不受谁管，所以就先来替刑警们补这个缺口。

不过，这么大义凛然的付出，回头自然也是要尤明许亲自“补偿”的。

午后一室寂静，殷逢翻看档案簿，打开系统，渐渐看得入了神。

说来也巧，十九年前那起案子，也是发生在春天。

凶手许霸坪是个无业青年，整日游手好闲。偏偏家里有几个闲钱，他就越来越不学好，打牌赌博、吃喝玩乐，把家里的钱败了个精光，本来给他介绍的对象也吹掉了。

屋漏偏逢连夜雨，许霸坪一日外出时，出了车祸，倒没有缺胳膊少腿，却也昏迷了三天三夜，醒来后，就经常说脑袋痛，脾气也变得更暴躁。出了院，窝在家里，有时候甚至对父母动手，打得两个老人又气又怕。狐朋狗友们也渐渐和他来往少了。

后来，许父外出时，失足跌进沟里，死了。

几个月后，许母上吊死了。

许霸坪就越发没人管束，也没人知道他整天在干什么。据邻居说，有时候好几天才看到他出门一次，蓬头垢面，浑身很臭，也不知道多久没洗澡。样子怪怪的，模样还凶得很。谁都不敢和他说话。

所以说，一个人活着，不管是因为什么，一旦失去了希望，不自救就会变得无人救，人生的坠落，别人拉都拉不住。

可不知道为什么，后来许霸坪每次作案，都会把自己弄得整齐干净，露出瘦削却端正的五官。他也是以这副模样去侵犯、虐待、杀害那些女性的。

殷逢看到这里，觉得这许霸坪虽说是二十年前的人，手段也远不如现在的罪犯高明，却也是个货真价实的精神变态，一个懵懂追求着什么的杀手。反而比他们现在要抓的“学徒杀手”，多了几分奇怪的个性。

许霸坪的犯罪手段，是真的算不上高明。

据当时负责侦查的刑警笔记记载，许霸坪决定作案的夜晚，就会梳洗打扮一番，潜伏在家附近的几条小路旁。他对周围的环境很熟悉，也了解深夜里哪些地方最有可能出现落单的下班的女性。

从这一点看，“学徒杀手”和他选择目标的方式大同小异。

跟上了落单女性后，行至无人处，许霸坪会动手，直接将受害者拖至草丛、工地、荒地等黑暗处，实施强奸后，勒死受害者。之后，割去受害者的双侧乳头，以一把20厘米长的匕首，伤害性器官，之后逃之夭夭。

殷逢拿起现场的其他一些照片来看，乌黑的眉头轻轻拧着。

这是一个很脏、很乱的现场。几名受害者除了以上的伤势外，身体上都还有不同程度的外伤。有的脸上还被打青了，显示出凶手的暴戾。到处都是血，受害者的随身物品有时候还掉得到处都是。

而许霸坪除了曾经在现场留下过血液和精液，还留下过指纹、头发，甚至一只鞋。只不过当年的DNA数据库和指纹库远不如现在庞大完善，所以警方没那么快锁定他的身份。

但后来还是确认了，通缉、追捕，尤蕤雪牺牲，许霸坪被人杀害、剥皮，这是后话。

说到许霸坪的死，有了上次与惩罚者、邢几复的交锋，因为邢几复亲口说的那几句话，这笔账自然也算在了他头上，算是十九年前最后的悬念终于水落石出。不过殷逢怎么觉得，动手剥皮的人，不一定是邢几复呢。螳螂捕蝉，黄雀在后，这倒是像他哥哥的风格。这说明他哥当年是真的有可能与案子有关系。

这个疑点暂时放着。

卷宗的最后，还附了一张当时的专家对许霸坪做出的犯罪心理画像。殷逢看了一眼提供画像的专家名字，笑了，是他的导师范淑华教授。

再看画像的内容，几乎与他想的一致。

许霸坪是典型的无组织能力变态杀手。他本来脑子就不聪明，又受了外伤，变得暴躁易怒。家中独子，从小被溺爱长大。

他作案没有计划，全凭冲动。步行至犯罪现场，有时候他会戴一副工装手套，有时候连手套都不戴。

他从不打扫现场，犯罪现场一片狼藉，痕迹累累。尸体就丢弃在现场，根本不考虑掩盖。他家里又臭又脏，像个垃圾场，完全像个精神失常的人的居所。

但你说他完全没有组织能力吧，又不是。他会在作案前，把自己打扮得整整齐齐。他还有自己明确的标记犯罪行为——带走纪念品。从这两点来看，他是很有仪式感的。在躲避警方的抓捕时，他硬是从重重包围中灵活地逃了出去，翻山越岭，机变谨慎，逃亡了很长时间。

殷逢手里拈着一支笔，在卷宗上敲了敲。这说明许霸坪本身的犯罪天分和思维素质是很不错的。如果不是那次车祸让他伤了脑袋，变得容易暴躁、情绪失控，他会把作案完成得更好，那样警察只怕更难抓到他……

殷逢心里有什么地方猛地动了一下，感觉即将要抓到什么。他又拿起本次“学徒杀手”案的卷宗，将两份资料放在一起，眉头紧蹙，沉思，半晌后，露出笑意。

也许那样做，可以出其不意地抓到那个人……而不用像现在这样，大海捞针。

殷逢主意已定，放下卷宗。连着看了一两个小时，他感到有些疲惫，见桌角放着一瓶矿泉水，便拿起喝了。而后靠在椅子里，望着窗外。

下午阳光寂静，走廊里不时有人走过，他似乎听到了丁雄伟的笑声和说话声，还有几个人的脚步声。重伤初愈，昨晚本就睡得少，又花费了大量体力，干脆合眼靠在尤明许的椅子里，想起她刚才无可奈何的眼角，又藏着笑意地说“我喝还不行吗”的样子，微微笑了。

想抱她，想弄她，想要看她被逼得脸红想要反抗又不忍心反抗的模样。

就像只野性极强的母鹿，从此被他抱在怀里了。

殷逢没想到自己会做梦，而且梦到了在贵州被人囚禁的那段时间里发生的事。

在这次重伤醒来后，他想起了很多事，包括和尤明许的相识、相知、相爱。而贵州的那段经历，断断续续也记起了不少，但并不完整。他隐隐约约总感觉自己还忘掉了什么很重要的事，但如果再深想，脑袋就会作痛，索性丢下不管，等记忆和大脑随着时间自己恢复。

而尽管那段记忆，令他的潜意识讳莫如深，他却很少梦到过当时的情形。就像有一道屏障，把他和那段时间的秘密给隔绝了。

却未料到，在这样一个看了很多凶杀案资料、脑子里全都充斥着血腥画面的下午，他又梦到了。

那是一个特别安静的房间，就和这个他睡得迷迷糊糊的下午一样安静。

他仿佛闻到了血腥味，感觉到身体很痛，睁开眼，看到满地血迹。

而他穿了件近乎破烂的 T 恤，趴在地上。

他抬头望去，房间里无人，不远处有张桌子，上面放着各种刀具、锯子、电击棒、打火枪……不少工具上还沾着血迹。

那是他的血。

殷逢慢慢爬起来。即使邪气刚硬如他，此时看到那些曾经在自己身体上“伺候”过的工具，也不禁感到一阵深入骨髓的恐惧。

而此时，虽无人看守，他却知道，自己根本走不出这地狱。但他这一刻既然站起来了，就想要出去走走。

他并不知道自己要往哪里去。

阿许呢？他的阿许呢？

这样深陷在旧梦中的殷逢，一想到尤明许，就感觉到胸口深剜般地疼痛。那无尽的黑暗、孤独如同一只怪兽，在他身后站立着。他完全不知道，自己垂落在椅子边缘的手指牢牢攥紧。

他沿着阴暗的走廊跌跌撞撞往前走了一段。手触到粗糙冰冷的墙壁，是那样熟悉。

分明是刻在他记忆深处的画面，他知道自己来过这里，真的来过这里。

殷逢走到了一个房间门口，慢慢转过头。

他听到了里头有人说话的声音，很耳熟。两个声音，他都听过。

这个房间有窗，于是也有光，一个男人背对着他，站在一张书桌前。那背影是那么熟悉，高大、挺拔，和他一样，喜欢穿黑色清冷色系的衣物。听到动静，那人回过头来，殷逢再次看到了那双冷酷、氤氲、仿佛藏着许多思考的眼睛。和殷逢酷似的那张面容上，露出了浅浅的残忍的笑。

殷尘。

他说：“殷逢又不乖了，都敢偷偷跑出来了。昨天哥哥那样陪你玩，你不是很喜欢吗？为什么不乖乖等着，殷逢可是哥哥的心头宝，是哥哥想要证明的意义啊。”

殷逢听到自己嗫嗫地喊了句：“哥……”

然后，他看到殷尘脸上的笑意渐渐退去，他说：“你看到了，对吗？你知道了？”

殷逢慢慢转头，看向半个身子都被殷尘挡在身后、坐在桌前的那个人。

“他总要知道的。”殷逢听到那个人说，声音明明是熟悉的，可他却分辨不出那人是谁。

他只看到那是个青年男人，身材高瘦，穿着黑色衣裤，戴了副眼镜，坐在那里。殷逢心中却如遭重击，他是……他是……

可在梦中，像是有一层日光围绕的云雾似的，殷逢总是看不清他的脸，只是熟悉感扑面而来，那是他认识的某个人。某个……让人根本无法忽视的人。

那人站起来，脸依然像藏在云雾里，拍了拍殷尘的肩说："顾天成我看上了，他的转变吸收，就交给你了。"

殷尘答："行。"又看了一眼殷逢，笑了，说，"那他怎么办？"

那人说："既然已经快废掉了，就丢出去吧。"

殷尘笑着说："你舍得？"

那人说："舍得。人格就是个贱东西，不破不立，不死不生。"

殷逢有些恍恍惚惚的，脑子里反反复复就是那个熟悉的嗓音在说：

不破不立，不死不生。

不破不立，不死不生。

不破不立，不死不生。

…………

隐隐约约，像是有一桩极大的被遗忘的事，一个深藏的秘密，就要被他窥见一角，却又看不清楚。

然后他看到殷尘走向了自己，一个手刀，落在了他颈上，昏迷前，他看到屋里那人，静静站着，不悲不喜，不怒不滞，他只是安静地站着，身上仿佛藏了半生的寂寥，又仿佛将世间的什么都不看在眼里，睥睨着那些渺小的生命。

…………

殷逢猛地睁开眼睛，还是尤明许的办公室，还是一室倾泻的日光，他却感觉到脑袋一阵深深的疼痛，全身已是冷汗淋漓。

梦中的一幕一幕是那样清晰、熟悉，简直就像有人用刀刻在了他的脑子里。他坐在原处不动，低低地喘了一阵气，抬起头，闭上了眼睛。

那不是梦。

那是记忆。

他想起了在贵州追击惩罚者时，问过殷尘："惩罚者组织，是你创立的吗？"

殷尘当时只笑了一下，才答："是啊。"

不是殷尘。

殷尘或许对人生已经失望，或许在遭受了尤蕤雪事件的打击后，从此奉行以恶制恶。他聪明、冷血、熟知人性、善于组织进攻和撤退，他就像是惩罚者们的将领、一把好用的刀。但是从惩罚者们的坚定来看，从他们曾经的居所，从那甚至透着岁月静好的生活方式来看，透露出的，分明是另一个人的偏好和思考。殷尘还做不到这样。

殷逢之前就感觉到，惩罚者组织隐匿多年，上次殷尘就这么露面，还宣称自己是创建者，实在太简单了些。

如果还有一个人一直藏在殷尘身后呢？

而从梦中的情形看，殷尘和那个人的关系，像搭档，像同伴，在精神和信念上，殷尘甚至是臣服于那个人的。

殷逢心中忽然升起阵阵寒意。那么现在殷尘做出的所有举动，都可能只是那人的授意和试探。

那个人，想要得到什么？

无法否认的是，经过多次交锋，惩罚者组织已在殷逢和警察手中损兵折将、元气大伤，而且面临着长期通缉。就这么下去的话，只会逐渐式微、销声匿迹，最终被警察彻底铲除。

但现在，那人和殷尘手里，显然还握着最后的力量，能够殊死一搏。

那个人对于人生与善恶，有着非常牢固、完善的思考，殷逢忽然就想到，那个人，和殷尘应该是不同的，他在意的根本不是和他殷逢的输赢。他一定在图谋更深的东西。

那么学徒杀手的出现，是否有别的深层含义和企图？

这一次的交锋，会是那人心中最后的盛宴与表达吗？

殷逢要感谢今日自己那场突如其来的梦，和重拾的记忆片段，至少让他察觉到了那个人的存在。

只是，他们在明，对手却在暗。

殷逢的眉宇皱得更深。

那个人，一定是他见过的人。

甚至，有可能在他身边出现过。

只是，是谁呢？

不知不觉，尤明许就在洗浴城忙到了华灯初上时分。

然而要找出那个隐藏的规律，并不是件容易的事。

两家洗浴城所有员工和两名受害者近期服务过的顾客资料，警方都从他们的电脑系统里得到了。还真让他们找出了十几个人，是同时认识两名受害者的员工，或者是曾经找两名受害者都服务过的客户——毕竟两家洗浴城隔得不远，又是同行。

可这些人的年龄、身高、体型以及不在场证明，都被一一排除了。

尤明许其实也早有预感，凶手计划那么周全，行事谨慎，如果是同事或者顾客这么简单，很容易就会被警察抓到。他不会那么蠢。

只是如果要像殷逢说的，把任何可能有关的人都排查一遍，工程就更浩大了。于是尤明许在心里腹诽：殷逢到底是专家，只动动嘴皮子，他们却要在这里累死。那些外卖员、维修工、保洁员，你知道谁曾经私下和两名受害者都打过交道？知道凶手是否潜藏在其中，暗中窥探过受害者？

好在尤明许和她带的人也都不是吃素的，一个一个，观察揣摩、抽丝剥茧、逻辑盘问，甚至还按照殷逢对那人言行特点的描述，依样画葫芦判定，倒也一个个水落石出，到了这天夜里，也没有发现有明显嫌疑的人。

洗浴城十分配合，出了几间屋子，供警察们喊人盘问。尤明许刚送走一名不善言辞极其紧张的维修工，这么累了一整天，只觉得头晕脑涨，她极其不雅观地趴在桌上，放空大脑，叹了口气。

心想：也不知道殷逢在干什么。

又想：自从他恢复记忆、神志，虽然还和她一起查案，却比以前有主意多了，根本不是她的跟屁虫了。上次抓卫澜，把她和所有人都玩得团团转。现在他可是个心志极其坚定、心思深沉难测的家伙。

想着想着又笑了，她很清楚，这样的殷逢，其实更对自己的胃口。

她趴着摸摸鼻子，怎么有种对不住尤英俊的感觉？

又想起殷逢现在时常模仿以前的语气，软绵绵喊“阿许”，心更是软得没边了。

正放任自己瞎想着，就听到有人敲了敲门。

尤明许立刻坐直，脸沉下来，恢复冷酷女警模样。

门被推开，殷逢走进来。尤明许顿时一松，靠在椅子里，问：“你怎么过来了？”

殷逢拉了一张桌子对面的椅子坐下，说：“接你下班。”

尤明许说：“我下不了班，还得回局里继续干活儿，大家碰头商量明天的对策。”

殷逢说：“我陪你去。”

尤明许不再推辞，伸开双臂，伸了个懒腰，叹了口气。殷逢望着她笑了：“今天怎么样？”

尤明许摇头：“这边的事暂时结束了，可是还没有收获。”

殷逢用手指敲了敲椅背，说：“别急，那么容易被你们找到，那这个学徒也出不了师了。说不定，规律就藏在你们眼皮子底下，是一件很寻常的事。”

尤明许被他说得心念一动，点了点头。

殷逢又说：“我也有些重要发现，回去了再和你说。”

见他神色郑重，尤明许答“好”，又问：“先告诉我是好消息还是坏消息。”

殷逢想了想说：“有一个是好消息，还有一个，听着是坏消息，但我们也许能把它变成好消息。”

得，又开始绕着圈子说话，不动声色地卖弄了。

尤明许笑笑，说：“废话。”

他看着她，说：“过来。”

尤明许不动。

他刚要起身，尤明许说：“待着别动，这还在外头呢，我还要不要脸？”

他笑了，倒是坐了回去，而后一把抓住她放在桌上的手，尤明许抽了一下没抽走，他捏着慢慢地摸，说：“你就是爱顶我，嗯？就不能软点？”

低沉的嗓音，缓缓的语调，尤明许居然被哄得心头一跳，用力把手抽回来，然后把自己的东西收拾进包里，淡淡地道：“要软的找你那些嫩模啊！”径直往门口走。

殷逢嘴角噙着笑，跟着出去，说：“扯那些不相干的干什么？我那时候年纪小，不懂事。”

尤明许被气笑了：“年纪小！”

他紧紧跟着，两人又斗了几句嘴，到底又并排走，他搂着她的肩膀一起下楼。

两人身后，是一条幽静的走廊，洗浴城的两排包间。他们走后，走廊里恢复寂静，深棕色地毯、金黄色墙纸、幽暗的吊灯，没有任何异样，时而也有工作人员进出通过。

走廊最深处的、房顶的角落里，一个监控摄像头漆黑晶亮。而在摄像头的背后，在一个四壁空旷如工地的房间里，一个人坐在电脑屏幕前，正看着监控摄像头里的画面——尤明许和殷逢离开了洗浴城。

那人还是那身黑色冲锋衣，只是没戴帽子和口罩，露出白净的一张脸。

他推开电脑，自言自语般笑了起来：“尤明许，殷逢，好久不见哪。”

笑了一会儿，他回过头，看到对面的地上放着的几个玻璃瓶子——那还是他精心从商店里淘来的瓶子，精致又特别。他的“纪念品”就泡在那些瓶子里，此时随着透明的福尔马林溶液，浮浮沉沉。

他咧开嘴笑了，念叨：“杀人，原来是一件这么有意思的事。”

尤明许和殷逢走下楼，才发现不仅涂鸦在，冠军也在，都靠在一辆车旁。

涂鸦憨憨笑着叫老板娘，冠军则抽着烟，抬抬眼皮，算是跟尤明许打了个招呼。

殷逢说：“这些天，我把涂鸦给你，你只管出任务，他会开车跟着。他身手好，有什么事可以照应着你。”

尤明许一听就明白他的意思。这些天又是学徒杀手，又是隐在暗处的惩罚者，殷逢是想给她派个保镖。

说起来，尤明许还没跟涂鸦打过架呢。但涂鸦是赢了许梦山的。而且他体型高大健壮，有先天优势。如果上回对付屠夫杀手，有涂鸦这样的力量型选手在，说不定比尤明许更有优势，更容易收拾对方。

尤明许问：“那你呢？”

殷逢答：“冠军跟着我。”

尤明许看了一眼冠军瘦削的身材，冠军笑了，说：“老板娘，虽然我没有涂鸦的一身憨肉，可是用枪啊，下药啊，我是他爷爷。”

涂鸦立刻冲他骂了一句脏话。

尤明许说：“两个都跟着你。我和梦山他们在一块儿，不会单独行动。”

殷逢扫了她一眼，说：“不行，我就喜欢我的人看着你。”涂鸦和冠军都笑，尤明许被他说得脸一热，也懒得推辞，反正她也挺喜欢涂鸦的。

四人开车回了警局，涂鸦和冠军从今天开始就守在楼下，尤明许和殷逢上楼继续加班。

许梦山他们也回来了，尤明许刚要去找他，殷逢却说：“我有话对你说，找个安全的地方。”

尤明许愣了一下。

安全的地方，警局里哪里不是安全的地方？

她突然想起，曾经被他们揪出来的，那个进入惩罚者组织的、嫉恶如仇的警察。

她以为殷逢顾虑的是这个，想了想，干脆带他去了楼下的搏击馆。夜色已经深了，里头不会有人。

尤明许打开灯，带着殷逢走到搏击馆正中，这样四面八方都是空的，两人讲话不可能有人听见。当然，尤明许也有点小题大做，故意笑话一下殷逢的意思。

尤明许在场地正中盘腿坐下，殷逢也学她的样子坐下，第一句话就是："上回景平走之前，就是在这儿打赢你的？"

尤明许心想：他怎么会知道的？也不在意。又想这人讲话还是当初那么讨人厌，明知故问，还很会抓重点。

她答："是啊。"

殷逢又问："他和你说了什么？"

尤明许看了他一眼，说："你就是要跟我说这个？"

殷逢说："不是。"

两人大眼瞪小眼，殷逢先说："算了！听了也只会让我生气。说正事。"

他这么一说，尤明许倒是有些心疼，伸手摸摸他的脸说："你生什么气，我人在这里，不在别的地方。"

他看着她，而后手一拉，就把人给拉进怀里。开始不动声色实则狠厉地亲，半晌后，尤明许挣开，说："还说不说正事了？"

殷逢其实也不光是吃景平的醋才亲，今天做了那个梦，想起那些记忆片段，明白了大敌在侧。他并不会慌乱，但心中也有些戾气和阴暗在飙升。刚才下意识就想在她的身上寻求些什么，而事实上，他也得到了。只是抱着那熟悉的身体，闻着气息，那颗躁动冷厉的心，仿佛就安宁下来。他又成了那个沉稳锐利的男人。

殷逢沉吟片刻，略去自己被折磨的细节，把在梦中，或者说是记忆中所见的画面，告诉了尤明许。

尤明许半晌不作声。

殷逢问："你怎么想？"

尤明许说："你确定是你认识的人？"

殷逢皱了皱眉，答："他让我有熟悉的感觉。做完那个梦我就想起来了，我是真的在贵州见过他。只是想不起他是谁。"

尤明许想了想，说："确实，其实殷尘突然冒出来，并且声称是惩罚者的创建者，我也感觉到很突然，总感觉和他们一直的行事风格有些不一样。如果殷尘只是个幌子，那么感觉就对得上了。你说殷尘会不会就是为了向邢几复报私仇，同时惩罚凯阳集团这条大鱼，才自己跳出来？”

殷逢点头：“有可能。”

两人又静了一会儿，尤明许才说：“你还觉得，有可能是我们身边的人？”

“嗯。我有这种感觉。他给我的感觉很熟悉，尽管记不清他的脸，我却清楚地记起了当时看到他时的感觉，很震惊，甚至还有些难受。只是再往深了想，头就会痛。”

尤明许的手抚在了他的额头上：“没事吧？”

殷逢一双幽凉的眼望着她：“没事。你晚上多亲……我几下，我就没事了。”

尤明许的脸一下子红了，一巴掌拍在他头上，冷笑着说：“我看你这个脑子，每回真是要什么缺什么。一会儿忘这个，一会儿忘那个。”

殷逢淡淡地答：“是啊，如果不是有阿许，我现在说不定已经疯了。”

尤明许愣了愣，怎么觉得他的眼神和语气有几分认真。难道他心里真的这么认为的？

“疯了更好！”她没好气地说。

殷逢一把搂住她的腰：“疯了我也要得到你。”

“等一下。”尤明许再次推开他，心想：这算什么事儿？最近也不知道怎么了，自从他从贵州回来，两人好到一起后，往往说着说着正事，就不知道歪到什么地方去了。来个搏击场谈机密，怎么就歪到“他疯了也要她”这种假设上去了？

就好像两个人说两个人的事，总有说不完的话似的。

尤明许严肃起来，说：“你知不知道，如果是你身边的人，意味着什么？”

殷逢静默不语。

尤明许说：“我们身边的最近的人，就是许梦山、涂鸦、陈枫、冠军、小燕，还有我队里的几个骨干。”

殷逢接口：“还有丁雄伟，去了云南的景平，死掉的罗羽。”

尤明许心头一震，脱口而出：“他们中间的每一个，我都不相信会是那个人。”

殷逢则看着她说：“我的四个人，我也完全相信，不会是他们。”

两人又都沉默了一会儿，殷逢说：“但如果是我们身边的人，就解释得通了。他为什么要隐藏着？为什么每次我俩查案子，惩罚者似乎都能洞察先机？当然，也有几次，我们和惩罚者交手，占了上风。但这会不会是那个人为了不暴露身份，弃车保帅呢？”

尤明许心中一下子涌起深深的冷意。

这时殷逢搂着她说："也说不定只是我见过的，或者以前认识的某个人。"

尤明许点了点头。

殷逢说："这件事先保密，你我心里有数，暗中观察，静观其变。先集中全力抓住学徒杀手，说不定能把什么人给引出来。"

尤明许和殷逢回到办公室，许梦山和几个骨干也在，都在整理交流今天的侦查工作。殷逢说："去会议室吧，我有些新想法。"

大家都看向他，殷逢笑笑，对尤明许说："刚才是坏消息，现在这个，是好消息。"

大家走到会议室里，都是一愣。

因为那一面墙的黑板上画了一张表格，还写满了字。许梦山读了出来："左边……许霸坪，右边……学徒杀手！这是他们的对比分析？为什么？殷老师，你找出他们的关联了吗？但老丁之前已经说了，当年的凶手100%是许霸坪，这个肯定是模仿——难不成当年的许霸坪还留下了一个徒弟？"

许梦山这个说法可谓石破天惊，说得大家都是一愣。尤明许也蹙眉——她对许霸坪的资料比谁都熟悉，他家道落魄、父母双亡、无亲无故，到最后更是精神濒临失常，疯狂作案。这样一个人，怎么可能收徒弟？

却没想到殷逢挑了挑眉，说："你脑子转得还挺快，谁知道呢？说不定当年真的留下了这么个人。各位，先看看他们的行为分析对比表格吧。"

众刑警都睁大眼看着——原来这玩意儿叫行为分析对比表格。

现在的殷逢可不是当年的尤英俊，有什么发现，就跟炮仗似的一股脑说出来，这些刑警还不一定服气。现在的他比以前会玩心眼儿多了，明明有了发现，却不明说，而是先把线索放到刑警们面前，最好是让他们自己发现，这样，不是好使唤多了？

于是，殷逢气定神闲地先坐了下来，还在旁边的饮水机上给自己倒了杯水，慢慢喝着。

尤明许也抬头看着。

表格的第一项，也就是第一个对比项目，是"标记行为"。

两个杀手的标记行为，都是"割去乳头、重伤性器官"，对比结论是"相同"。

第二项：目标。

许霸坪：20~30岁女性，随机。

学徒杀手：20 出头的按摩女郎，性格老实保守，交友不多。

结论：目标选择更精确、更易掌控。

第三项：性侵行为。

许霸坪：有。

学徒杀手：无。

结论：前者通过直接性行为达到高潮，后者通过犯罪过程本身达到性高潮。

看到这里，尤明许怔了怔，似乎是更加品出两个杀手的区别了。

第四项：计划性。

许霸坪：没有计划，随机选择，简单跟踪，激情作案。

学徒杀手：制订计划，挑选目标，周密跟踪，计划作案。

第五项：现场。

许霸坪：不打扫，留下非常多的痕迹和证据。

学徒杀手：打扫，几乎没有留下痕迹。

第六项：受害者反应。

许霸坪：有的反抗，有的没有反抗。比较多的肢体接触和伤痕。

学徒杀手：全无反抗，没有任何多余肢体接触和伤痕。

第七项：时间间隔。

许霸坪：不定。

学徒杀手：10 天。

第八项：主要工具。

许霸坪：绳索、匕首。

学徒杀手：绳索、匕首。

第九项：其他工具。

许霸坪：无。

学徒杀手：迷药、手套、鞋套、口罩、头套。

第十项：有无谈话。

许霸坪：无。

学徒杀手：有。

…………

这时，一个刑警说："我看，这怎么能是徒弟呢，明明每一样做得都比许霸坪高级！”

大家纷纷赞同。

尤明许心中却是一动，殷逢不会无缘无故强调这个，意义何在？而且这么看起来，学徒杀手真的是把许霸坪每一项做得有纰漏的地方，都做到位了……等一下，这本身，有什么特殊含义吗?

殷逢看着她的表情，仿佛明白她已经想到了。他露出盈盈笑意，尤明许却觉得他笑得太邪气，转头不看。

殷逢见她兔子似的躲开了，又是微微一笑，再看众刑警，大家应该都已察觉到了不对劲，他开口道：“在你们眼里，某一项实物证据，背后一定对应着特定的原因。指纹对应身份，足印对应身高、体型、行走习惯，血迹喷射方向对应行凶手段……其实行为分析也是这样。变态杀手某个不寻常的行为，一定对应着他的心理特征。

“这不是凑巧。学徒的标记行为完全和许霸坪相同，核心凶器也是一模一样，作案手法和过程大体一致——他是有意的。

“可是，古往今来，连环杀手那么多，许霸坪算不上有个性，也算不上出色，他为什么挑中了许霸坪模仿？这是第一个疑点。

“第二个疑点，他并不只是简单地模仿，而是‘全面优化’。许霸坪每一个做得不够好的点，他都优化了，完善了，做得完美。换句话说，他是否觉得，当年的许霸坪做得不够好？”

大家都是一愣。

许梦山脱口而出：“学徒也和当年的案子有关？”

一个刑警说：“可是当年的话，学徒应该只有几岁……”说到这里，他自己一怔。

尤明许说：“我们立刻查一下，当年是否有和案件有关，甚至目睹过案件的儿童！对了，我想起有一名受害者的孩子，就只有几岁。”

另一个刑警却说：“受害者？受害者的孩子怎么还会觉得杀死母亲的凶手做得不够好，自己再做一遍更好的？”

尤明许没说话，看向殷逢，而他目光幽幽，显然是赞许她的话。她想起陈昭辞案时，殷逢就说过：很多受害者，无法治愈后，就转身成为新的加害者。

想到这里，她心中又惊了一下——如果学徒真的是受害者身份，那样就更符合惩罚者组织的要求。

许梦山和殷逢、尤明许相处的时间多了，也有些心领神会，点头说：“我马上派人查。”

殷逢这时说：“这是可能性之一。还有一个可能，学徒不一定和当年的案件有关，他只是个狂热的犯罪爱好者。但因为某种我们不知道的原因，他对这个许霸坪案情有独钟，所以一心想要证明自己可以做得更好、更完美。你们先查第一条线吧，如果没有结果，我们再想办法从这个角度入手。”

许梦山去查当年与案件有关的适龄儿童，很快就有了结果。

因为情况非常简单明了。

当年，有两名受害者留下了孩子，一个五岁的男孩，一个两岁的女孩。女孩可以排除，五岁男孩已经查到，外形和体态与凶手都不符合，并且也有确切的不在场证明。

而许霸坪那边，他独来独往，身边怎么可能有孩子？亲戚家倒是有几个孩子，与他们家早就疏远。案件发生时，那几个孩子也不在本市。许梦山还非常仔细地查了那几个孩子的条件和不在场证明，也都不符合。

也就是说，这条线没有收获。

许梦山把结果告诉殷逢时，说：“时间过去太久，至于还有没有别的无法预知的情况，譬如，有没有儿童意外目睹过现场，或者当年凶手和受害者家的邻居有没有孩子，这个就没法细查了，好多都拆迁搬离了。”

殷逢倒没有感到很意外，点点头说：“让你们查这个，本来就是想看能不能走个捷径。查不到也没关系。无论他是否与当年的案子有关，他都是个犯罪爱好者。他对许霸坪那么熟悉和关注，我想一定留下过行为证据。这个我们待会儿再讨论怎么查。阿许，受害者的规律找出来没有？”

尤明许答：“还在查。”

殷逢笑笑，点头道：“我想，应该快了。”

这话一说，许梦山和尤明许心头微震。

确实，他们也有同感。原本，这是个让人感到无头无脑相当棘手的案子，凶手完全就藏在茫茫人海里，看不到任何与受害者的明显关系。但如今他们多线并进，再加上殷逢一次次的描述，尽管还没有找到明确线索，可凶手的轮廓——外形、偏好、人格、心态——似乎都已经在他们面前逐渐成型。那感觉就像周围糊了一层窗户纸，说不定哪个地方就会一插而破，从而让他们抓到凶手。

一个二十几岁的青年，瘦高，看似寻常，实际自视甚高。

他通过某种潜在的手段，盯上了洗浴城的女按摩技师。并且有某种门路，熟悉了解受害者的性格习惯。

他也许和多年前的案子有关。

他是个狂热的犯罪爱好者，一心想要证明自己可以完美优化这个案子。

…………

“接下来……”殷逢说，“三个臭皮匠，抵个诸葛亮。咱们头脑风暴一下吧，之前都是根据学徒杀手已经做出的行为，去归纳他的性格特征。现在，我们根据他的性格特征预测一下，他会做出一些什么样的行为。一旦知道他做出什么行为，说不定就能想办法抓住他。”

第十二章

确定凶手

偌大的会议室里灯火通明，就坐了殷逢、许梦山和尤明许三个人。

尤明许望着殷逢嘴角噙着的笑意。

她怎么觉得他今天有点古怪呢，格外耐心、温柔，还主动提出要和他们这两个臭皮匠头脑风暴。

许梦山也不是外人，尤明许就问："你今天怎么这么好？"

许梦山"扑哧"一声笑了。

殷逢也觉得许梦山不是外人，手越过桌角，将她脖子一捏，揉了两下，说："那我不是看你面子？"

许梦山轻咳一声，这两人撒狗粮时简直不把他当个人。

尤明许打掉殷逢的手。

殷逢说的是实话。因为尤明许，他一直看许梦山挺顺眼的。而且现在尤明许终于和他好了，虽然才几天，但他的心却仿佛始终被一层淡淡的愉悦给笼罩着。心情好了，对她的兄弟们，也多用了几分心思。

殷逢此时还没意识到，自己的行为叫作"盲目讨好"。

殷逢又说："也不光是看你的面子，既然要预测学徒的行为，只有想不到的，没有人家做不到的。多个脑袋，多个想法，说不定能碰撞出收获。"

尤明许和许梦山点头。

殷逢说："那开始吧。"他往后靠在椅子里，双手交叉胸前，跟大爷似的，睥睨着他俩，“你俩随便说，不必在意对不对，再不合理都没关系。”

刑警们分析查案一向逻辑为先，讲求严密，这样的头脑风暴，尤明许他们还真的很少做。

他们管这叫“瞎琢磨”。不过两人还是听殷逢的话，开始瞎琢磨了。

许梦山皱眉思考：“他既然是犯罪狂热爱好者，会不会买很多刑侦方面的书和小说？”

殷逢站起来，走到黑板前，记下这一条：“继续。”

尤明许说：“他会很关注历年来发生的案子，关注这一类的新闻。”

殷逢眉一挑，接道：“甚至有可能积极发表对案件的评论和看法。”

许梦山说：“他既然对许霸坪案那么感兴趣，会不会想办法接触当年办案的警察，打听消息？”

尤明许：“有可能！”

“他也许会对作案的凶器很感兴趣，购买很多类似的东西，譬如望远镜、手套、放大镜、抛尸袋、解剖刀……”

“那他会不会解剖过尸体？”

“即使没有解剖过人的尸体，有没有可能解剖过动物的？”

“他第一次作案，就这么大动静，之前肯定有过积累和演练的过程。他会不会虐待动物？攻击过女性留下过案底？会不会强行入室过？”

“他会怎么处置纪念品？风干？拿瓶子装起来？吃掉？”当殷逢说到这个可能性时，尤明许和许梦山都神色复杂地看了他一眼。

他神色平淡，若无其事，继续头脑风暴：“风干不好看，吃掉，以后就见不着了，他舍不得。说不定他会拿福尔马林泡起来，色泽好看，毕竟很多电视剧和书里都是这么做的。当我们找到他住的地方时，说不定会发现几个漂亮的玻璃瓶子。”

…………

三个人无拘无束地讨论了一个多小时，殷逢在黑板上写满了密密麻麻的笔记，又画掉很多大家觉得无法查或者没有价值的可能性，最后，留下了五条——

1. 他有可能接触当年办案的警察——需要找到当年的警察询问；

2. 他有可能极其关注凶杀案新闻，并且公开发表评论看法，企图引人注意——可以在网上搜集类似线索，看是否有可疑人员；

3. 他购买过违禁刀具和物品；

4. 他有可能攻击过女性——查实近期区域内的跟踪、强奸未遂或者攻击女性案件；

5. 他有可能强行入室——查实近期区域内的此类报案线索。

这样讨论完一番后，许梦山和尤明许竟都有种豁然开朗的感觉。许梦山看殷逢的目光又多了几分欣赏，把殷逢的肩膀一搭，说：“殷老师，你可真行啊。现在我觉得你和尤姐是真的好配！”

尤明许瞅了许梦山一眼，倒也不反驳。

殷逢眉眼间漾起深深的笑意，说：“那是当然。”又看了一眼许梦山说，“要不要我给你介绍个学妹？”

许梦山哈哈大笑，尤明许却白了他一眼：呵，学妹都介绍上了，浪荡公子的劲儿又上来了？他敢！还有，这两人什么时候这么好了，都开始一起讨论女人了？

尤明许冷言道：“笑够了吗？还不接着说正事？”

许梦山冲殷逢挤挤眼，殷逢身子往前一倾，看着尤明许说：“当然要说正事，都听你的。”

许梦山都快被酥死了，转头望着一边，尤明许依然不给殷逢好脸色，说：“那接下来怎么查？”

这几条结论，可以说是天马行空，没有任何实证，却是他们认真讨论出来的、觉得凶手很有可能做的事。

殷逢说：“第二、第三点涉及网络，我这边让冠军去查。”

许梦山点头：“那第一、第四、第五点我来落实。”

话一说完，三人互相看着，却都看到彼此眼里挡不住的光。

这天，等殷逢和尤明许回到家，已经夜里一点多。

殷逢去洗了澡，出来时，就看到尤明许趴在床上，还在不知疲惫地看卷宗。

他目光微敛。

灯光暗柔，光影闪动。某人只穿了条睡裙，布料紧贴在身上，勾勒出苗条又健美的身材。

他走到床边，也不作声，开始慢慢地摸。尤明许被他摸得浑身鸡皮疙瘩都起来了，打掉他的手。

他却直接趴到床上，从背后压着她，头埋下来。

尤明许被他压得全身都有点颤，说：“你发什么疯？”

他道：“看到你就想发疯。”

尤明许说：“精虫上脑。”

殷逢却说：“把我当什么人了？我对那种事并没有多狂热。”

尤明许想想这几天某人伤重初愈的表现，冷笑一声，骗小孩呢？

殷逢自然也想到了，笑着说：“我只对你狂热。”

尤明许转过身，和他抱在一起，两个人无声贴着，周围却仿佛有某种宁静而柔软的气息萦绕着他们。

尤明许说：“现在我们同时在查七个疑点。”

她一说，殷逢就明白是哪七个，点头说：“总会有一两个灵的。”

尤明许笑了，没想到他会说出这种要碰运气的话，殷逢却秒懂她在笑什么，说：“行为分析，本来就是推测出从心理学上来说，可能性最大的结论。你听过没有，美国一位犯罪心理学专家甚至还推测出，抓到凶手时，他会穿着一身双排扣的西装。这个你要怎么解释？人家真的就穿着这样一套西装，被抓住了。”

尤明许摸摸他的额头，说：“好了，我知道你有道理。”

他说：“又把我当尤英俊了？摸狗呢？”

尤明许哈哈大笑，结果被他翻身压着，又狠狠地收拾了一顿。

…………

而后，殷逢把她搂在怀里，两人都有点喘，也有点心猿意马，殷逢忽然握着她的手说：“我有预感，学徒杀手很快就会露出原形。我们离他不远了。”

“嗯。”

殷逢说：“如果抓到他，惩罚者说不定也会露面。那个人，我们不知道是谁。这一回，他也许要拼尽全力，去达到自己的目的。我们都是挡路的，我大概是最大的一颗挡路石。”

尤明许心头一紧，不知道他说这个干什么。

然而殷逢却想起在贵州的那些断断续续的回忆，想起他们对他的折磨，还有曾经差点毁掉他的那些恐惧、仇恨和疯狂……他忽然发现自己不知道要怎么向尤明许描述那样的感受，某些罪恶、某些偏执，或许连尤明许都无法想象。而他，本来和他们是相似的，现在却站在他们的对立面上。他毫不怀疑，他们想要拉着他坠落。就好像同时堕入地狱的人，逃脱了你一个，那么剩下的，一定会拼了命把你拉回去。

尤其是殷尘，爱他，也恨他，想要得到他，也想要毁了他。如果有机会和他同归于尽，他想殷尘绝对不会犹豫。因为殷尘那样的人，早就想要得到一个解脱了。

而那人是他认识的，或许就在身边。他却根本无法怀疑身边的任何人。那样，也意味着信念的崩塌。在这一点上，他和殷尘是一样的。死可以，信念不可以崩塌。如果崩塌了，他一直以来的反抗，将没有任何意义。

对方，也是算准了这一点吧？

所以……这条与恶对抗的路走下去，他自己都不知道将来还会发生什么，他们是否还有针对自己的计划。而他是否又会不慎坠落，就像那天在贵州被邢琰君袭击一样，在她面前坠落。当然他一定会倾尽全力反击。但如果又有意外呢？

以前殷逢从来不想这样的问题，对于那个生活放荡、始终对抗自己的殷逢来说，生死本来就是一场笑话。就像陈枫曾经抵抗不了自杀的诱惑，就像小燕总是悲观地觉得自己会死在血泊里，他其实也觉得，死真的没什么可怕的。他甚至希望有一天，自己死得特别一点，让人印象深刻，死得不平庸乏味，就够了。

可现在，不一样了。他还是不惧死，可他要和尤明许在一起，他甚至觉得时间不够用。有时候想想，觉得哪怕活到百岁，还有七十年的人生，也少了点，还是有尽头。他有时候甚至想，人生为什么要有尽头。人的欲望，他对阿许的欲望，根本没有尽头。

可如果这一战里，他出了什么事呢？

想到这里，他突然自个儿讥讽地笑了，居然开始患得患失了吗？

"在想什么？"尤明许问。

殷逢低头看着她，问："阿许，如果有一天我死了，你怎么办？"

尤明许一愣，很奇怪他为什么这么问，答："你死了我能怎么办？"

殷逢想象了一下，发现如果自己死了，她也自杀追随，他的心里得到的不是满足，而是疼痛和不舍，他不愿意。

不过，这女人压根儿也没提殉葬的事。而他和她定情那晚，情绪激动时，分明已对她表白心迹。她是不是根本就没听进去？

于是他狠狠捏了她一下，才说："如果哪天我出了事，你要记得我，永远记得我。"

尤明许却转过身去，背对着他，过了一会儿才说："如果你出事，我不会原谅你。我也不会自杀，我又不是为你活着的。但是，我从此不会再想起你，不会再见陈枫他们，不会再去别墅。我提都不会提起你。什么犯罪心理学行为分析的结论，我再也不会听。看到姓殷的我就绕道走。"

殷逢一听，就知道她明白自己在顾虑什么。他静了一会儿，从背后紧紧抱着她，说："够小气的。"

尤明许却转过头，一把按住他挺拔的鼻梁，按得他的俊脸都变形了，她说："你敢出事？好好让冠军他们保护你，别让我操心！什么乱七八糟的？！殷逢你居然也会想这些！有我在一天，那一天就永远不会来。尤英俊，别忘了我可是你的尚方宝剑，可以击退一切妖魔鬼怪，有我在，你什么都不用怕。"

殷逢的眼眶竟有些热，而他已分不清，令他心潮这样涌动的，是曾经属于尤英俊的情绪，还是现在的自己的情绪。他将她紧紧按在怀里，说："谁说我怕了？我会狠狠收拾他们，给我的阿许看。"

各方面的调查都有进展。

首先，许梦山那边传来消息。他想尽办法找到了当年负责许霸坪案的两个老刑警，提起许霸坪案，两人记忆深刻。这些年，和他们谈起本案的人，不知有多少。

但其中一名老刑警，在许梦山的循循善诱下，记起了一位年轻人，他对那人有些不同寻常的印象。

退休的老刑警记得，那是有一回，他去楼下的餐馆喝酒，喝得差不多了，迷迷瞪瞪摸钱包时，邻桌有个特别斯文的年轻人，替他倒茶，帮他叫人结账，还和他聊天。

老刑警性子开朗豁达，见那年轻人长得秀气，像个大学刚毕业的小伙子，也就多了几分好感。两人干脆喝上了。

没想到年轻人对于刑侦、犯罪心理还有些见解，两人聊起最近几年轰动全省的几起案子，年轻人居然都知道。一个老刑警，最喜欢干什么？最喜欢喝着酒说自己破过的案子，吹牛啊。

两人相谈甚欢。

后来不知怎么的，就聊到了许霸坪案。

年轻人说："你觉得许霸坪厉不厉害？"

老刑警下意识就说："厉害。"在他的概念里，杀了那么多人，狼心狗肺的，可不是个狠厉人物？

年轻人却笑笑，说："我看他也就那样。其实他的作案手法很简单，又粗暴，根本就没花什么心思。一是陌生人作案实在太难侦破了，要不然中华人民共和国成立以来，那几个臭名昭著、杀了几十个人的杀手，不过是小学毕业的文盲，有的干脆是农民，为什么抓了几年才抓到？二是当年的刑侦手段还是落后，要把他放在今天，监控马上就拍到了，一天就能抓到。”

老刑警虽然有些不舒服，但也不得不承认年轻人讲得是有道理的。

不过那个年轻人，态度转换也特别快，又特别好奇、耐心地问起他当年一些案件的细节。因为案子早破了，凶手也抓到了，只要不涉及受害人的具体身份，也没什么不可以说的，老刑警就一五一十对他说了。

最后老刑警都喝糊涂了，还是年轻人把他送回家的。

但他也就见过年轻人一面，之后再也没有见过。

…………

尤明许听得双眼直冒精光：“那位老同志还记不记得年轻人长什么样？叫什么名字？”

许梦山答：“那人没说叫什么名字，又过去了两年，只见了那一面，长相——老同志说只有个大概印象了。不过死马当成活马医嘛，嘿嘿，我已经把老同志请回来了，待会儿就去请画像专家。”

这里说的画像专家，就是画肖像的。

尤明许听了很高兴，哪怕只有个大概轮廓，也有了方向。而且听老同志这么说，那个年轻人非常符合监控里的凶手模样，以及殷逢对那人的犯罪心理描述。

而许梦山查的第四条线，是最近是否有袭击、跟踪女性的报案。一查查出十多起，但有的已证明是搞错了，有的已经抓到罪犯。倒是有那么两起，单身女孩也是半夜下班回家，感觉有人跟踪自己。但是女孩比较机警，赶紧跑了脱身。尤明许就让许梦山去查相关监控，看能不能找到线索。

第五条线，查强行入室案。这条线倒没有什么收获。

而尤明许手里那条线——两家洗浴城所有员工、顾客，都被她查了个遍，并没有嫌疑人。连那些经常来送外卖的人员、维修工、保洁工……也都捋了一遍。她也觉得这么查下去不是办法，她还是有那种感觉，其实规律应该就藏在自己眼皮子底下，不应该跑那么远的，应该是有什么关联性，被她忽略了。

殷逢也这么想，并且对她说：“不如我带你去按个摩，你熟悉一下流程，再找个按摩技师好好聊聊，看她们从加入公司第一天开始，是个什么样的流程，会接触哪些人，一天到晚是怎么过的。”

尤明许说：“去你的！”虽然知道两家都是正规洗浴城，过去的殷逢也不至于那么堕落，但她听到他提吃喝玩乐消遣的事儿，心里就不满，心想：现在人到了她手里，自然由不得他，给他牢牢管死了。按摩？让冠军学了给他按吧！

殷逢自然不知道尤明许的心思，见她冷言拒绝，也不以为意，转念一想，吩咐陈枫去查一套好学的按摩手法发给自己。他聪明，拿手机看几遍就记住了，想着晚上回家了……脸上便露出笑意。

不过，尤明许虽然不打算去按摩，殷逢说的那番话中，却有一句打动了她。她感觉到有一条原本不起眼的线索出现在自己的眼前。只不过，能不能查出东西，还为时尚早。于是她转头请了一位信息技术部门的同事协助，去查证一些东西。

然而，令所有人都没想到的是，最先提供突破性线索的人，是编外人员、殷逢家的园丁——冠军。

是在殷逢把任务分配给冠军的第二天晚上，也就是离第二名受害者遇害过去第五天时，冠军把一堆网络上的帖子目录，和几个 IP 地址追踪结果，发给了大家。

他不肯进局里，于是只有殷逢、尤明许和许梦山三人在电脑上看。

冠军按照殷逢的吩咐，把各大论坛上讨论一些著名连环杀人案的帖子，都整理出来。此外，还整理了三个帖子，在网络上也有比较高的人气，却是专门讨论许霸坪案的。直至上个月，这三个帖子，还有人回复。可见，关注暴力的东西，是人的本性。

冠军从这些讨论内容里，甄选出了三个 IP。

尤明许问："他是怎么选出来的？"

殷逢答："我让他把觉得说得有道理的选出来。"

尤明许一滞：冠军本来就有点不正常，让他选有道理的——可不正是歪打正着吗?

三人拿起资料看。

第一个 IP 的主人，对网络上好几起连环杀人案都发表过很多次看法，对许霸坪案也说过一两次。他的看法是：许霸坪是个很有才气的杀手，虽然出身很差，也没读过什么书，但是能连作好几起案子，可见机敏灵活。而且从他的话语里可以看出，他觉得许霸坪根本不在乎被抓，他寻求的是解脱。

殷逢看到这里，赞了句"说得没错"。

此外，这个 IP 的主人，在几个论坛上，用的都是同一个 ID，所以在这个讨论圈子里，算是个小有名气的人。

殷逢说：“不是他。”

第二个 IP 的主人，像是对犯罪心理和刑侦有所研究，每次针对案件发帖，几乎都会把案件推理一遍，或者把已知的作案手段分析一遍。虽然他的分析有对有错，但很多地方还是都说对了。

许梦山看着就摇头道：“高手在民间啊。”

对于许霸坪的案子，那人也发表过看法，但是侧重对许霸坪的犯罪心理分析，分析出他是家中独子、遭受过心理和生理双重创伤，他的变态由两方面因素造成。而对于许霸坪的作案手段，只提了一句：粗暴简单，运气好。并没有多谈。

许梦山舔舔嘴唇道：“会不会是他？”

殷逢说：“再看看另一个。”

第三个 IP 的主人很有意思，几乎隔一段时间就换一个 ID，有时候用马甲，所以他的发言，有的很有热度，有的根本没人注意到。只不过有冠军在，这几十个 ID 通通被放到了一张纸上。

中间甚至还有个 ID，叫作“许霸坪的祖师爷”，看得三人眼睛都是一亮。

再看那人的发帖内容，他对于各大连环杀人案也发表过看法，但发表最多的，就是许霸坪案。几乎每个有关本案的讨论帖下，都能看到他的马甲。

他在一个回帖里说：“许霸坪的标记行为很有意思，割去女性的乳头，代表剥夺其女性特征；重伤性器官，却代表着对女性的憎恨和爱。别看他出身草根，也没学过犯罪心理学，可是他要表达的东西却很深刻。”

又在另一个回帖里说：“许霸坪的手段，放在今天，根本就不够看的。”

还说：“可惜了。他的立意很好，却连基本的杀手素质都没有。这起案子，本来可以做成类似于南大碎尸、重庆红衣男孩那样的悬案，当时破不了，永远就破不了。”

而对于他这样的言论，网友有骂的，有好奇请教的，却也有赞美仰慕的。

只看得殷逢三人神色越来越凝重。

“看这里！”许梦山指着其中一条内容说。

尤明许定睛一看，是那人提道：“……我外婆就和许霸坪住在一个小区，我小时候去外婆家，就经常看到他。有一次，我还看到他拿着一个包，尾随一个女人。可惜后来我就被我外婆抱走了。后来才知道，他是去杀人了。可惜没有亲眼看到，只能凭新闻报纸想象。不过，我外婆也认识他，和我说了很多关于他的事。”

这样一来，这个人就符合殷逢做出的另一个画像条件了！

看到这里，殷逢的眼睛微微眯了起来，许梦山干脆拍了他一下，说："不会真的就是这个人吧！果然是曾经见过许霸坪，还差点目睹了他作案！又是个犯罪爱好者，他对许霸坪的看法，也和你的分析一模一样！"

殷逢微微一笑，只说了句："条条大路通罗马。"

尤明许也很高兴，问："冠军有没有弄到那个人的地址？"

殷逢看她笑，眼里的笑意更深，往那沓资料最后一张末尾的一行手写字上一指："冠军抄在这儿了。在这里，他昨天还在这个位置上网。"

尤明许心头一震，再看那行手写字，居然写得龙飞凤舞很有功力，比她和许梦山的字好看一百倍。她不禁一愣——突然也想骂一句脏话。

这世上还有什么是冠军学不好、干不了的事？！

"出动！"尤明许说。

许梦山点头，但也有点犹豫："这样行吗？咱们没有任何证据就跑过去，只不过因为人家在网上发了有关这个案子的帖子。"

尤明许斜眼瞥他："去看看不就知道了。老同志的画像做出来没有？"

许梦山精神一振："应该快了！我再催催，要是这么多事都撞在同一个人身上，不是他是谁呢？！你说得对，咱们先出动，万一不是，就当是和人了解情况，再回来就是了。"

尤明许点头，立刻点齐人手，下楼出动。

殷逢跟在她身后，神色很沉静。尤明许想了想，私下问他："你有多大把握？"

殷逢看了她一眼："十成十。"

尤明许顿时有些高兴，又有点莫名的不爽。看起来这么棘手、这么严重、这么难搞的案子，要是被他这么天马行空的一条行为预测给破了，感觉确实诡异啊。那他们前面做了那么多工作，岂不是都没什么用？

哪里想到殷逢简直就是个人精，她一沉默，他就明白她在想什么了，伸手捏捏她的脸，安慰道："不必气馁，我只有推理，没有证据。就算找到了人，还得靠你们辛苦点儿去收集证据。"

尤明许："……"

她是该感到荣幸呢，荣幸呢，还是荣幸呢？

夜色已经很深了，临近半夜。

尤明许等人来到那个 IP 地址指向的位置时，都有点意外。因为这是个看着很普通的居民小区，保安齐全，一片宁静。

他们还以为会找到某个深山老屋、废弃仓库之类的呢。

可见，大隐隐于市，不是没有道理。

众人搭乘电梯上楼，来到目标住户门口。

因为没有任何证据，大家都没拔枪，许梦山上前，看了一圈，没有安装门铃，就敲了几下门。

无人回应。

那么是没人，还是不应？

案情严重，殷逢又说过“十成十”的话，尤明许也觉得此人非常可疑，立刻看向殷逢，递了个眼色。

殷逢笑笑，从口袋里掏出一个半个巴掌大的金属圆盒，打开，里头是一小卷铁丝，还有铁片、万能钥匙、胶带之类的。

除了尤明许和许梦山，其他刑警呆呆地看着殷逢蹲下开锁，完全没有办法把他和之前在办公室里带着他们推理的那个殷老师联系在一起。

没一会儿，锁应声而开。

既然已经闯了空门，尤明许打算就这么糊弄过去，带着人鱼贯而入。这居然是一套没有装修的房子，四壁光秃秃的，他们头顶有一根电线牵过去，天花板上挂了几个灯泡。

许梦山摁开墙上的电灯开关，一室通亮。

然而当大家看清客厅的一切时，却惊呆了！

依然是光秃秃的墙和水泥地面，没有半点装修的痕迹，也没有家具。正对着他们的那面墙上，密密麻麻贴满了照片，只稍微一看，就知道照片分别属于两个女人。

一个是洛婷，一个是彭丹。

从照片的角度来看，照片全都是偷拍、抓拍的。有她们各自在路上行走的、在餐厅吃饭的，也有走出洗浴城的、走到家楼下的……

尤明许心中涌起一阵冷意。

而照片墙的旁边，还挂着一块儿黑板，上面画着许多条路线图，标记着时间、地点。

殷逢还在她身边说：“看，他做得多标准，都可以当模板了。”

尤明许不知道殷逢是怀着什么样的心情说这句话的，她的脸色越发冷，继续巡视屋内情形。

窗户上挂着窗帘，全黑，很厚，此时拉得严严实实、密不透风，完全隔绝了外头的所有视线。

房屋正中，那个电灯泡下，放着一个小方桌。此时电线悬着灯泡，灯光亮起，照亮书桌周围一小片地方，不知怎的，看着就有些瘆人。

小方桌上有个水杯，有外接键盘、鼠标、鼠标垫，却没看到电脑。网线插口丢在桌上。

电脑被人带走了。

这应该就是那个 IP 的位置。

尤明许又低头望去，地上还堆着一些东西。

许梦山打开一个行李袋看了看，说："是些衣服。"旁边还有个黑色大塑料袋，许梦山蹲下打开一看，却是一愣，立刻叫尤明许过来。

原来里头放着的，有一捆绳索，绳索上还染了一点血迹。还有成捆没用过的口罩、头套、脚套、手套……

"就是他！"许梦山兴奋地喊道，"板上钉钉了！"

其他刑警也很激动，没想到仅凭殷逢几句分析，就摸到了凶手的老巢。虽说他们之前没有证据，但现在满屋子都是证据。

尤明许也露出笑意，立刻给丁雄伟打电话汇报，请求鉴证科和警力支援。

挂了电话，尤明许却看到许梦山凝重的神色："尤姐，这里还有东西。"在装绳索、手套的那个袋子后面的墙角。

尤明许和殷逢走过去一看，都是一怔。

靠墙放着五个精致的玻璃瓶子。

两个里头有东西，瓶身上还贴了死者的小照片。三个是空的。

尤明许突然感觉想吐，说不出的恶心、难受和愤怒，她转过头不再看。殷逢也盯着那几个瓶子，神色波澜不惊："他还真准备了漂亮玻璃瓶子……"

察觉到尤明许的异样，他将她的头按在胸口，说："阿许，忘掉这个。"然后瞪了一眼许梦山。

许梦山也看得心里难受，可被殷逢瞪了一眼，又觉得委屈，这是重要证据，尤姐不可能看不到。刑警的生活，不就是这样？他们已经看到太多不想看到的画面，可还是要继续看下去。

尤明许挣脱殷逢的手，说："我没事。"

许梦山想了想，说："现在证据确凿，那个人还没回来，我们要不要……"他眼中闪过一丝精光，"在这里守株待兔抓人？"

尤明许思索片刻，却抬起头看向天花板一角，许梦山和殷逢也抬头望去。

墙角装了个监控摄像头，并且是正对客厅的大门方向。那么他们踏进屋子的第一秒，对方说不定就察觉了。

尤明许说："只怕已经打草惊蛇，他看到监控，就不会再回来。我们尽快核实他的身份，主动出击抓人！"

三人的神色却都变得凝重。核实凶手的身份不是难事，这里是他的老巢，指纹、DNA 提取后就能确认，但是需要时间。如果凶手已经被惊动出逃，只怕又要费一番周折。

不过，现在已经是事半功倍的结果了。

就在这时，尤明许的手机响了，她看着心头一喜——正是她之前托的信息技术人员打来的。

想当时，殷逢邀她去按摩未果，还没得到她的好脸色。但殷逢的某句话，却触动了尤明许——

"看她们从加入公司第一天开始，是个什么样的流程，会接触哪些人。"

尤明许突然意识到，公司的人事办公系统，是会把所有员工的基本资料，包括照片、住址，甚至每个季度的考核评价结果，都放在里面的。

如果凶手能进入这个系统，岂不是根本不用冒险和受害者直接接触，就可以准确选定符合他要求的目标？

但是，两个洗浴城里的所有员工尤明许都盘问过了，当然也就包括了能够接触到这个系统的员工，没有人有嫌疑。这也是她之前没有联想到从这个角度去查的原因。

殷逢的话却令她想到一句话：排除掉所有不可能的答案，剩下的结果即使再不可思议，也是问题的答案。

既然别的方面都没有找到那个规律，那么凶手会不会就是登入了这个系统，锁定目标的呢？

沿着这个假设想下去，除了已经被查过的公司人事人员和管理者，还有谁能够自由进入这个系统，还不被警方注意到呢？

…………

尤明许立刻让信息技术同事去查，这两个办公系统是谁做的。结果现在，同事有了回应——

是同一家软件技术外包公司做的！

这种洗浴城，不可能自己还养一个技术成熟的信息部门，所以电脑系统都是外包的。只不过这种外包公司，人员流动比较大。但尤明许的同事也是个狠角色，大面积扫荡排除、顺藤摸瓜，就让他查到有一名员工3个月前从外包公司离职，但是经手过两个洗浴城的系统构建工作。

并且，同事还查到，那个员工近期还一直频频从外部IP地址登录洗浴城的系统，昨天晚上还在登录！

尤明许只听得心“怦怦”跳，慢慢吐了口气说：“他的IP地址是不是……”她报了一串数字。

同事问：“咦？你怎么知道的？”

来不及解释太多了，尤明许说：“你马上把这名员工的照片、资料发到我手机上。还有，他昨天的浏览记录你能看到吗？在看哪个女按摩技师的资料？”

同事说：“尤姐，你连这个都知道！他昨晚反复浏览了两名女员工的档案，最后还下载了其中一名员工的全部档案和照片。我马上把这个连同他在外包公司登记的资料发给你！”

下一个目标，就是那名女员工！

为了及时共享消息，尤明许开的是免提，挂了电话，就见殷逢和许梦山都看着自己，一番话说下来，他们也听明白了。

尤明许一笑，又扫了眼周围的各种犯罪工具和物品，对殷逢说：“看来你之前说反了，是我抓人，靠你辛苦点给我找找证据。”

殷逢看着她微扬的凤眸、眼睛里澄澈的光，心头也是一荡。他发现自己就是喜欢尤明许这样威风八面、势不可当的模样——哪怕是在他面前也耍威风。以前，他可是最烦女人想要爬到他头上。

可现在……让她爬吧。

殷逢微微一笑：“夫人英明。”

尤明许哼笑一声，许梦山确信了尤姐在家中的地位，暗生敬佩。这时，信息同事把资料发给了尤明许。

她拿起手机一看，愣住了。

首先看到的，是那名频频登入系统的外包技术人员的姓名和照片，也就是他们新鲜出炉的嫌疑人。

明韬。

照片应当是他在外包公司的入职照，蓝底一寸。照片上的明韬，看起来与一年多前是有些不同的。依然白净清秀，但是那总是挡着眼睛的刘海被剪掉了，露出略显深沉的一双眼。只是那嘴角依然微微翘着，带着几分不羁和冷傲。

尤明许抬起头，对上殷逢那双幽沉的眼，彼此都有些心惊，却又仿佛在意料之外、情理之中。

在西藏时，有关明韬的一幕一幕，猛然就涌进尤明许的脑海里。那个声称自己大学刚毕业的男孩，身高、年龄、体形都对得上。难怪当时她看监控时，觉得那背影有点眼熟。

明韬的刘海永远遮住眼睛，抬头对他们笑时，永远看不清他眼里的光。和他刚接触不久，他就哈哈大笑，说：有趣，有趣，也不知道连环杀手是不是在我们当中呢？

他对犯罪学的兴趣，对连环杀手的狂热；他在那个对峙的夜晚，一会儿指证这个，一会儿说那个是杀手。是胡搅蛮缠，还是有意为之？

尤明许越想越心惊，又忆起另一幕，她和顾天成坐在帐篷边说话，风中却隐约传来那人冷哼的声音："虚情假意，真没意思，难怪他喜欢杀人。"

顾天成也听到了，却像是没听到一样。

而当时，尤明许以为，明韬说的"他"，是指那个身份不明的公路连环杀手，也就是顾天成。

可如果，不是呢？

如果，是明韬自小就心心念念着深觉遗憾的另一个连环杀手呢？

…………

尤明许定了定神，不管明韬这一年经历了什么，也不管他当初在西藏是否有所隐瞒，甚至他的出现，是否都是有隐情的。现在，他就是本案的头号嫌疑人，而且盯上了新的目标，且随时可能察觉警方意图而逃跑，他们得马上去抓他！

抢在也许可能出现的惩罚者前头！

殷逢却仿佛一眼就看穿了她心中所想，看了一眼外头浓黑的夜色，说："现在正是洗浴城的下班时间，也是他的活动时间。我想他应该正在一丝不苟地做跟踪勘查工作，充满新的兴奋和激情，不一定会立刻注意到这边的动静。我们马上去拦人！"

第十三章

一头雾水

确实，已经凌晨两点了。

尤明许立刻做出部署：

一方面，与洗浴城联系，确认第三名目标——一个叫蒋湄的女孩，已经于10分钟前下班。同时从与她交好的同事嘴里得知，蒋湄回家的具体路线——这是最快的方式。

另一方面，通过手机信号定位，确定蒋湄正在一辆夜班公交车上。在确认她安全后，警方并不打算立刻与她取得联系，避免她露出马脚打草惊蛇，反而引起明韬注意陷入危险。

明韬，会不会也在那辆公交车上？

公交车沿线的警力已经在迅速调集。

二十分钟后。

尤明许和殷逢躲在路边的花圃后，其他警察也暂时埋伏着。公交车将于两分钟后抵达本站台，也是蒋湄下车的地方。

尤明许屏气凝神，殷逢站在她身后，也是无声无息的。尤明许习惯性叮嘱：“待会儿别出来，他手上可能有凶器，抓到人再说。”

“嗯。”殷逢说，“都听阿许的。”

尤明许忍不住笑了一下。

然后尤明许就感觉到他的胸口几乎要贴到自己后背上，呼吸也就在耳边，她转头一看，他正往远处眺望着，似乎极为出神。

他也收回视线看着她："小心。"

"嗯。"

两个人之间似乎不用说太多的话，哪怕现在就是她要冲在前头，那种亲密得仿佛一个人的感觉，却依然那么浓。

车来了。

尤明许全神贯注。

远远地，可以看到车上只有零星几个乘客。然后车在十几米外的公交站台停下，一个苗条的女孩走下车，应该就是蒋湄。

周围埋伏的十多名警察全都紧绷起来。

车门在蒋湄身后关上，没有人跟下车。蒋湄并没有察觉，走向警察们所在的方向。

尤明许一愣。

她当机立刻吼道："拦车！"已像头母豹似的冲了出去。

殷逢立刻露出赞许的目光。反应可真快，他如果是明韬，也不会跟那么紧，可以在前一站或者后一站下车，避免被受害者发现——毕竟最近女按摩技师们都人心惶惶。只要踩好点，下次计算好时间，直接到这一站附近来尾随就可以了。

公交车司机和车上的乘客，看着突然冒出的警察把车团团围住，都吓傻了。刚下车的蒋湄也吓了一跳，立刻有警察跑向她身边。

许梦山带着一队人直接冲上车。

尤明许带另一队人车下戒备，同时警惕观察周围。

许梦山很快下车，神色凝重："不在！"

尤明许目光沉凝，下意识地就往公交车开来的方向望去，结果就那么巧，一眼看到几百米开外的路口，一道黑影一闪而逝。

尤明许突然就明白过来——来的路上，她看过公交线路图，附近都是居民区，小站多，500米就设站。难道明韬是在前一站下车，抄小路尾随过来？

"那边！追！"尤明许喊道。

尤明许和许梦山立刻带了几个人，拔腿就追。其他人见状，转身跑回隐蔽停在小路上的警车，双管齐下。

结果除了现场留了两名警察善后和护送蒋湄回家外，人一下子都跑完了。殷逢站在原地，眯了眯眼，眼见尤明许跑得没影了，他就算多长出来一条腿也追不上，便也不急，拿出电话：“涂鸦，在哪里？”

“距离你200米的一条平行街道上。”

涂鸦和冠军一直远远跟着他们。

“来接我，去追你们老板娘。”

尤明许和许梦山刚跑到路口，就看到几百米外的街角，一辆黑色轿车飞驰而过，只留下车屁股的影子。

这下两人都是一惊。

有人接应，还是说，明韬本来就是开车过来的？

按下心中惊疑，尤明许刚要打电话叫车接应，一辆SUV就从旁边的岔路冲出来，涂鸦和冠军都在前排，都在冲她笑。

尤明许心念一转，不是警车更好，可以打对方一个出其不意，她带着许梦山上车，让其他警察等别的警车过来。

殷逢就坐在后排，一上车，尤明许就给丁雄伟打电话：他们这队人去追那辆可疑的车，沿线警力全部出动在附近搜捕明韬，万无一失。

丁雄伟立刻同意了，去布置安排。

涂鸦笑了一下，说：“坐稳了。”使出吃奶的劲儿，开始全速飙车。车速一下子提升，所有人的背都往后撞去，尤明许骂了一声，开始系安全带。冷不丁一只手臂伸过来，紧紧搂住她的腰。

她和殷逢对视一眼，说：“没事。”

殷逢“嗯”了一声，手臂还是搭在她腰上。

尤明许原本仿佛被冰雪和热火双重浇灌的心情，突然就平静下来。

她心想：这可不好，都习惯查案有他在身后压阵，习惯和他形影不离了。

果然是涂鸦一出手，就知道有没有。才过了几分钟，就看到前方路上那辆嫌疑车辆。因为这条路是主干道，半夜了还是有零星车辆，他们的跟随倒不是很显眼了。

殷逢想了想，说：“涂鸦，正常车速，隔两辆车跟着。”

涂鸦虽然不解，但也立刻照办。

尤明许马上明白了殷逢的意思，他是想看看明韬还有什么后招呢，还是想看惩罚者会不会出现？不管是什么，如今天罗地网已经撒下，明韬不可能跑掉。

她看向许梦山：“让后面的警车远远跟着，最好从外围包抄。”

许梦山也会意，立刻电话联系。

于是后方的警车很快散开了，看起来，这只是条普通的公路，稀疏的车辆行驶着，没有半点异样。

“明韬会察觉吗？”尤明许问。

殷逢答：“他没那个脑子。不过，我们现在并不能确认车上的人是不是他，或者是不是只有他。”

两辆车隔着几百米平静行驶。

这样开了有半小时，就到了城市北部，路上的车更少了。冠军这时“咦”了一声说：“殷老师，这是往湖边开的。”

殷逢眸色微凝。

尤明许也认出来了，殷逢家对面就是个湖，这不正是开往那个湖的路吗？尤明许下意识就望向窗外，这附近地势低，密林很多，殷逢家位置又高，远远望去，竟真的能望见几公里外别墅区的一片稀疏灯光。

尤明许一怔。

此时，尤明许已经百分之百确定，前头车上的人有问题了，否则凌晨三点，往没有半个人影的湖边开干什么。

可是，对方为什么往这里开？

殷逢说：“静观其变。”

很快就进入了湖区，他们只看到前头那辆灯都没开的车一闪而过。

尤明许对许梦山说：“让其他车跟上来，从湖的两头堵。”

许梦山答：“好。”

然而时值半夜，这片湖区又是完全开放的，灯都没有一盏。并且湖边树林茂密，岔路也很多。他们开到湖边，却只看到黑茫茫一片，能听到隐隐的引擎声在远处，一时却看不清车在哪儿。

冠军忽然说：“会不会有埋伏等着我们？我可不想再看着谁死了。”

殷逢看向尤明许，目光清宁，这是让她做决定。如果她决定现在就上，他也会跟着。

尤明许心里突然就软了一下，想起他那天晚上对她说，他是他们最大的挡路石。还问她，如果他死了，她怎么办。他是很认真、很平静地问她的。其实他心里是很难受的吧。

结果现在，他无惧无畏，还是让她决定。

尤明许收敛心神，就算要冲，也是她和许梦山。她会让涂鸦、冠军把他按在原地。

她也相信他们会听自己的话。

她冷静想了想，支援马上就到，明韬只怕要上通缉令，上了早晚会被抓住，于是尤明许就有了决定："再等一等。只要那辆车没开出去，就是瓮中捉鳖。"

支援果然很快就到了，几辆警车从湖边的路开过来，闪烁的警灯照得湖边仿佛染上了奇光异彩。

众人会合。

很快，就有一辆警车在湖边密林深处发现了那辆车的踪迹。涂鸦马上开车过去。

几辆警车停在湖边一座小山丘旁。周围黑灯瞎火，天空呈现深深的幽蓝色。

那辆黑色的车，也停在山丘下。

夜色里，众人下车。许梦山带着几个人持枪靠近，很快发现车是空的。

尤明许抬头望去，那山丘二十余米高，树木掩映，有一段石阶上去，隐隐约约可以看见山丘上的屋顶。

原来上面还有套房子。

在这么个地方，即使开车从湖边经过，也很难注意到。颇有些与世隔绝的味道。

"上去看看。"尤明许说。

她带着许梦山和两名警察走在最前头，然后是殷逢，最后又是几名警察。涂鸦和冠军则留在车上。这样的安排，她也比较放心。

他们爬上台阶，迎面就看到一座灰色木屋，看着已有些年头。周围一圈高高的铁丝网，还装了监控摄像头。不过此时，铁丝网上的小栅栏门是虚掩着的。

他们走进院子，发现屋门也是半掩着的，里头黑漆漆一片。

许梦山打了个手势，几名警察往两边散去，很快检查了屋子前后，没有发现异常情况。

众人又再次聚集到屋门口。

尤明许和许梦山交换了个眼色，许梦山扬声道："有人吗？有人在家吗？"

无人回应，一片死寂。

尤明许道："进去！"

她和许梦山最先持枪而入，数道手电筒的光照得屋内明晃晃的。许梦山一进屋就在墙上摸了一会儿，摸到电灯开关，摁下去却发现不亮。

先不管了。

首先是一间二十平方米左右的客厅，里头有黑色沙发、桌子、椅子、冰箱，东西不多，但倒是有居家的样子。尤明许就想：莫非这里是明韬的另一个落脚点？可是看屋里的东西，也有些年头了，并且要在湖边弄这么个房子，明韬有这个能耐吗？

这念头只是一闪而过，众人检查客厅没有异样，还有一间卧室，里头放着床和书桌，没有衣物和日常用品。

“这里有楼梯！”一名警察喊道。

尤明许等人立刻冲过去，用手电筒一照，果然看到客厅的一角有个黑洞洞的楼梯口，直通下方。

尤明许心头一凛，刚要带人下去，殷逢不知何时走到她身后来了，将她肩膀一按，说：“小心。”

“好。”尤明许和几个同事缓步而下。

楼梯有二十来级台阶，下来后，四处是光秃秃的水泥墙，闷塞而不通风。

一条通道往前延伸。

众人缓步上前。

可以看出，这水泥墙也有些年头，天花板上有些蛛网，还有积灰的味道，似乎很久没有见过日光，也很久没有好好打扫过了。

通道不过十几米，很快走到了头，面前出现一个更大的石室。走在最前面的一个警察突然“啊”了一声，大家都是一惊，他的手电已往地上照去，众人这才看到，地上赫然躺着一个人。

那人一身黑色冲锋衣，戴着鸭舌帽，身体紧紧蜷缩着。尤明许看到这身形打扮，心里“咯噔”一下，许梦山的手电直射那人脸庞，白净清秀，面孔呈现不正常的绯红色，不是明韬是谁？

许梦山反应很快，别的顾不上了，去按他脖子上的动脉，又探鼻息，愣愣地道：“死了！看样子是氰化物中毒，刚断气不久。”

大家面面相觑。他们一路追过来，就是为了抓这个学徒杀手。可他跑到这么间隐蔽的屋子，却中毒死了。

是知道自己走投无路了，还是被别人下了手？

尤明许按下心头惊疑，下令：“立刻通知局里，再看看这屋子里有没有古怪。”

“是！”

众人四散开，在这阴气森森的地下室里搜寻。尤明许也举起手电，四处照着。

然而光线射过去的第一秒，她就是一惊——对面的墙壁上，赫然挂着一排染血的刀具，剁骨刀、匕首、锯子……还有绳索、电钻、皮鞭。为这地下室，更添几分血腥鬼魅。

尤明许骤然就想起了屠夫杀手的那间屠宰室，心中被阵阵寒意浸透。难道这里不只是明韬的落脚点，还又是什么别的地方？惩罚者……

她的手电筒沿着墙壁慢慢往里照，看到墙边放着一张单人床，被子没叠，床边地上还有双拖鞋。然后在墙角转弯处是一个衣柜，透过衣柜的缝，可以看到里头挂着东西——谁住在这里？

直觉告诉她，不是明韬。

然而当她的灯光继续往旁边移动时，却看到一张陈旧的木书桌，书桌上趴着个人。尤明许只感觉到心仿佛被什么给敲了一下，可那人影那么熟悉，她差点就脱口而出：殷逢……

不对！

她脑子里的弦一紧，殷逢，不是在他们后头跟着吗？

突然间，某种彻骨的、惊悚的寒意，沿着她的脊椎骨开始往上攀升。她定了定神，手电筒的光往后一退，再次退到书桌上，退到那个人身上。那人穿着黑色毛衣、休闲长裤，乌黑的短发，线条清晰的下颌。单单只是一个背影，就再次令她感觉到熟悉无比。她看到那人手腕上干涸的血迹，也看到那人双腿脚踝上挂着的铁链，铁链的另一头从桌下往墙角延伸，不知道延伸到哪里。

其他人也都注意到屋里这个人了，都是一惊，慢慢包围过来。

尤明许太阳穴突突地跳，隐隐感觉到有什么事很不对劲，可具体是什么，又无法说清。她往旁边挪了一步，这样，就不只是能看清那人的身形轮廓。

她手里的灯光落在那人侧趴着、半埋在手臂里的那张脸上。

尤明许愣住了。

那是一张算得上英俊的脸，两道乌黑的眉，挺拔的鼻梁，轻抿的薄唇。可仔细一看，就会发现与殷逢的长相分明是不同的。

刚才她为什么看了一眼趴在这儿的这个人，就想起殷逢？

她的脑海里突然浮现出好几次殷逢趴在她身边睡觉的姿态，那身影几乎就要和眼前的陌生男子重合在一起。

于是，她心中惊疑的感觉越来越浓。

她不动声色地打量着，并不说什么。脑海里突然想起殷逢曾经给她看过的一段监控视频——

贵州，滴水的屋檐，背对着镜头的男子穿着殷逢的衣物，背着他的包。那身形姿态，把陈枫和其他人都瞒了过去，但是殷逢看出了异样。

是个替代者。

他为什么会出现在这里？用锁链锁着，仿佛已经有一段时日，他还有床，有桌子，桌子上还有电脑和一沓纸张，旁边还有书柜。

他在这里干什么？

尤明许脑子里突然涌出个古怪的念头——难道那些人就是这么训练他的？连殷逢的起居、写作习惯都要模仿？

这个时候，尤明许只感觉到深深的诡异，却还没有察觉到巨大的危机即将来临。

其他几名警察和殷逢也是熟悉的，不过他们看到突然出现的这个人，只是感觉到眼熟，虽然也有种怪怪的感觉，但是并未联想到殷逢。

倒是许梦山，皱着眉，下意识往后看了一眼，找殷逢。

结果这一看，许梦山就是一呆。

殷逢是跟在众警察身后走进这间密室的。前后都有警察，所以他一点也不紧张。

只不过看着这幽幽深深的密室，他有种似曾相识的感觉。

他突然就想起了那个梦，还有曾经支离破碎的自己被折磨的记忆。也是类似的走廊，类似的密室，他看到了殷尘身后那个人，也看到了满墙血淋淋的工具和被囚禁的自己。

不过，这里也不一定就是那里。如果有人刻意布置，是很容易做到的。

静观其变。

然而当他跟着众人走进这间屋子，也看清书桌上趴着的那名男子时，他愣住了。

他的反应比尤明许更快，转瞬间就想起了贵州，想起那个站在屋檐下的男子，想起身边人全无察觉，以为他还过着逍遥傲慢、自由自在的生活，他却已被那些人拖进黑暗里，而这名男子，却代替他，成为他，安安静静地出现在那间宅子里的记忆。

殷逢心中骤然升起一股强烈的恨意，有种无法言喻的恶心透顶的感觉。代替他？谁人能够代替他活在这个世上，剥夺属于他的一切？而现在，替代者居然堂而皇之地出现在他面前。

这男子，毫无疑问是惩罚者的人。

甚至有可能，他会不会是那名令他感到熟悉的创建者？

在脑子里还没有明确答案前，殷逢的身体已先动了，他一把拔出身边一名警察的枪，最先瞄准了书桌后的男子，眼露杀意，面如霜雪。

许梦山一回头，看到殷逢这个表情，他吃了一惊，只觉得殷逢的反应出乎意料地强烈。但他也反应过来，心想：莫不是殷逢察觉了这人的身份？

于是他也立刻拔枪，对准那名男子，以防万一。

其他几名警察也拔出了枪。

尤明许转头找殷逢，看到他的模样，也愣了一下，突然就明白了他的恨意，她心头一软，递给他一个安抚的眼神。在昏暗闪动的光线里，他看清了，微微朝她点头，示意自己会沉住气。尤明许心中安定不少，但是还有许多疑惑——明韬为什么会死在这里？显然警察们是被引到这里来的。这名替代者，为什么也出现在这里？

他现在，是死是活？

从外表看，看不出异样。

许梦山再次上前，探那人的脉搏、鼻息，结果手刚搭上那人的脖子，那人竟微微动了一下，许梦山立刻往后退了一步，举枪。

那人慢慢睁开眼睛，眼神似乎还是茫然的，待到看清眼前的一片光和人，他竟像是受到非常大的惊吓，一下子弹起，往后靠进椅子里，脸色煞白，嘴唇甚至还哆嗦着。

“你们……是什么人？”他的嗓音哑得就像几年没说过话，一个字一个字从喉咙里抠了出来。

许梦山答：“我们是警察。你是谁？为什么会在这里？”

那人像是有点没反应过来：“……警察？为什么会有警察？是来抓我的吗？我没有犯过罪，没有杀人！是来救我的吗？你们终于来救我了吗？”

他的言语明显混乱，情绪非常激动。尤明许和许梦山对视一眼，尤明许心念一转，上前一步，柔声说：“你别害怕，我们是警察，警察当然是来救你出去的，没人会害你。”

那人怔怔地望着她，约莫是感觉到了她的柔和与善意。

他本就长得英俊清秀，这样沉默地缩着，就显出几分怯怯的乖巧。尤明许的心头仿佛被什么撞了一下——如果不是那张脸长得不一样，她还以为自己看到了尤英俊呢！

然后那人的视线越过她，往她身后的人看去，众刑警们都已判断此人没有攻击力，慢慢放下枪。

只有一个人，还持枪对着他，眸色冷冽得吓人。

那人也在这时看到了殷逢。他的脸陡然变色，原本呆滞下来的眼眸，突然惊恐地睁大，整个人从椅子上跌落下来，开始往椅子后面缩："啊、啊、啊……你来了！我听话！我一定听话！好好写，马上写！最新的一本小说就快完成了！求求你，别打我，别再那样对我！我保证好好写！保证比上一本写得更好，求求你，求求你……"他就像是被吓破了胆，全身发着抖，哭了起来。

众人都是一愣，下意识看向殷逢。

殷逢眸色沉沉，盯着那人，仿佛要在他身上盯出个窟窿来。

尤明许也愣了愣，那种隐隐不对劲的感觉又涌上心头。这人到底在说什么？谁让他写东西了？他为什么一看到殷逢就表现得这么害怕？

她心头一惊：难道是故意的？故意想往殷逢身上栽赃什么？可是怎么可能，他们怎么可能栽赃得了殷逢？那不是异想天开吗？

就在这时，外头响起阵阵警笛声和脚步声，是支援的警力赶到了。而那人战战兢兢缩在地上，一副惊恐无措的样子。

殷逢这时放下了枪，很讥讽地笑了一下。

尤明许说："先把他带到车上。"

于是所有警察都动了起来，那人此时倒极为配合，或者说根本疲软无力，任由警察替他弄开脚链，把他带了出去。只是在经过尤明许和殷逢身边时，那人依然是一副极害怕的样子，根本不敢抬头，甚至打了个寒战。

殷逢任由他经过，没有说话，也没有看那个人。

尤明许很清楚他在想什么，问："还在生气？"

殷逢冷冷道："这笔账，迟早要跟他们算。"

尤明许见他并没有把那个人看到他后的胡言乱语放在心上，于是她也没有在意。两人抬头望去，警方的探照灯已经拿进来了，照得满室通亮。

二十几平方米的房间，四面灰墙，水泥地，环境阴暗，墙上只有半扇窗在地面以上，隐约能看到院子里的青草和铁丝网。

一张床，一张书桌，一个衣柜，一把椅子。衣柜里堆满了书，心理学、犯罪学、社会学、历史学……各类都有。但最多的还是犯罪类的书目。

书桌上一边放了台笔记本电脑，甚至还配了专门的打字键盘。一边却堆了很多乱七八糟的纸页，上面写满了字。而纸页旁，还有个紫砂茶杯，里头有半杯没喝完的茶水。

殷逢眉头轻蹙，尤明许也没说话。

因为刑警们已经连续紧张查案好几天了，这一夜更是忙了个通宵，带回了明韬的尸体和全部物证，也带回了一个身份不明的男子。大家都累得精疲力竭，丁雄伟也知道众人扛不下去了，大手一挥，让大家回家休息半天，那名男子放在局里看管着，派其他人先审审，让破案的同志们下午再来继续干活儿。

殷逢、尤明许带着涂鸦和冠军回别墅去。

陈枫早让厨子准备好了丰盛的饭菜，四个人都饥肠辘辘，和其他人一块儿吃完后，各自回房休息。

冠军还叨咕了一句："破案可真累，自从殷老师有了老板娘，就把我们当牛使。我现在也想不清自己到底是个什么人了，难道我这辈子要做个无名英雄了？把我惹急了，我就把你们分局的网络给黑掉！"

胡言乱语的，没人搭理他。

殷逢和尤明许一回卧室，匆匆洗了个澡，洗去一身血腥和汗水，倒头就睡。只不过殷逢又要紧紧抱着她，让她睡得不是很舒服。但到底困极了，也懒得和他纠缠，就这么在他怀里睡去了。

等尤明许醒来时，都快中午了，一看，殷逢就跟只大八爪鱼似的，四肢紧紧缠着她，她挣还挣不掉。结果他也被弄醒了，一双黑幽幽的眼眸隔着很近的距离看着她。

明韬的案子既然破了，尤明许的心头就轻快了几分。虽然肯定还有隐情，但也得一步步来，否则还不得把警察都逼死。于是她的语气也变得颇为轻松，带着隐隐的挑逗："看什么？想干什么？"

殷逢原本眸色沉凝，闻言便笑了出来，低声说："很会说话。我不上都不行了。"

尤明许也是心头一跳，只不过此时睡够了，精神饱满，被窝里又有他身上暖和好闻的男人气息，还真是心猿意马。她摸摸他的下巴："来。"

殷逢就没见过她这么狂的女子，搞得像她要临幸他似的。分明之前情到浓时，她受不了时，那脸红闷哼的模样，是被他驱使征服的。

他翻身就压了上来。

…………

两人并肩躺在床上，都轻轻喘着气。谁也不想说话，也不需要说话，仿佛这样，就能将那极致美好的感觉回味得久一点。

过了一会儿，尤明许轻轻抓住他放在身侧的手，笑了。

“满意吗？”他微哑着嗓子问。

“嗯。”

他又侧过身来，把她抱在怀里，静静抱着。

尤明许莫名有些失神，说：“你说我们，会不会一直这么好？”

他说：“会。”

“你怎么知道？”

“因为我是殷逢，你是阿许。”

尤明许突然就感觉心头涌起一阵沉沉的热意，也伸手抱紧了他。

你是殷逢，我是阿许。

我们走过了那么多的路，尝过那么多的甜，吃过那么多的苦。你转身又回头，你发誓崇拜，我始终不舍。现在我们终于踏踏实实在一起了。

我走的路很苦，可你就是要陪着。现在想想，这样过每一天，其实也不错。安安静静，走过多少血影陈尸，你中有我，我中有你。

“我爱你。”尤明许温声说。

她就是这么个人，从不刻意，很少直白。可一旦想说，就会毫无顾忌。

殷逢静了好几秒钟，陡然间又将她压在身下，疯狂地吻下来，嘴里还重复着那句誓言：“……我爱你，崇拜你……不是依赖，不是别的……崇拜你……爱你……”

尤明许想笑，眼眶却发热。这样的他，又仿佛变回了一头犟驴似的尤英俊，压在她身上不肯走了。只不过他的手臂更有力，眼神更沉稳，他那有些偏执失控，却还非要努力压抑着的男人模样，性感得发狂。

于是当两人下午来到警局时，同样的神清气爽、眉眼含光。惹得许梦山这样的单身狗一看，就有种莫名自惭形秽的感觉，但一时又不明白是为什么。

接下来的审讯和收尾工作，是不需要殷逢参加的，也不合适。尤明许把殷逢留在办公室，自己去和丁雄伟碰头。知道他派了两名老刑警正在审那个被关在地下室的身份不明的男子。一问，还没有结果。即便心里关切，也不好中途插手，她就先去忙学徒杀手案的收尾工作——毕竟这才是他们这段时间工作的重中之重。

学徒杀手案的证据已经非常充分了。所有证物都在明韬的居所发现，上面验出了他的大量指纹和DNA，还有他频频登录洗浴城办公系统下载受害者资料的记录。此外，许梦山那边也得到消息，那个曾经在酒馆偶遇老刑警打探消息的年轻人，画像也做出来了，就是明韬。

铁证如山，罪无可恕，虽然身死，却难解两名受害者家属的愤怒和痛苦。这是后话。

而本局以最快的速度破案，不到几天时间，既找出了真凶，又阻止了新的遇害者出现。丁雄伟上午打电话汇报时，还获得段厅长的连连赞许。丁雄伟并不居功，把几个人的功劳都提了，也说了殷逢的关键作用。段厅长很高兴，嘱咐丁雄伟多照顾他这个脾气桀骜的小师弟。段厅长甚至还打趣丁雄伟说："他现在是你那边的上门女婿，你不护着谁护着？"

丁雄伟"嘿嘿"一笑，到底是火速破案，提到殷逢，也感觉顺眼多了，勉强配得起他们尤姐了。

而此时，尤明许在本案水落石出后，也拿出其他同事调查所得的明韬的详细履历，仔细看着。

明韬父母健在，家境不错，但是工作很忙，所以他从小是被爷爷奶奶带大的。据说从小就极为骄纵，被两个老人惯得不像样子，是左邻右舍有名的小皇帝，和他玩的小孩很少。不过看后来的资料得知，明韬长大后，和两个老人也不亲近，很少去看望。尤明许甚至能想象出明韬不怎么耐烦的模样。

明韬是聪明的，否则也考不上一所不错的大学，还顺顺利利毕业，拿到了一份程序员的工作。但在他的中学、大学期间，同学们和老师对他的评价基本是一致的：

"人太傲了，又不太会和人打交道，总是弄出误会和问题。"

"总是一个人闷在那里，有时候嘴里还念念有词，神神道道的，不知道在忙什么。"

"嘴巴很毒，所以得罪了不少人，自己还不知道，以为自己很有面子。"

"他那时候被人打过，估计是看不惯他吧。他蔫了好几天，哪里敢反抗？也不敢告诉老师，后来全班都瞧不起他，看他笑话。"

"这个人给人的感觉很狂。有一次我看到他和一个同学吵架，他就阴沉沉地看着别人冷笑，然后说'我有一百种方法……呵呵……'怪瘆人的，所以到现在还印象深刻。可是直到毕业，他也没把对方怎么样。我看他其实挺怕别人欺负自己的。"

…………

中学老师说："明韬本质其实是个不错的孩子，聪明，比较敏感，他也想和同学们搞好关系，只是脾气倔了一点。我觉得他的父母是不负责任的家长，我从来没看到过他做生意的父母来学校看过他，或者接送他。家长会是爷爷来的，爷爷连字都不认识，也不敢惹明韬生气，这样怎么教孩子？"

…………

而按照履历记载，明韬毕业后，又在经历了西藏那起案子后，就如同所有普通的毕业生一样，进入了一家收入不高、朝九晚五的软件公司。只不过他踏入社会后，变得更加沉默寡言，工作表现不好不坏，也没什么深交的同事朋友。而同事们对他的感受也一样，觉得他的情绪波动大，都不知道他是为了什么就会变脸或者兴奋，很喜欢看犯罪类的书，每天工作忙完了没事就坐在那里看，完全活在一个人的世界里。他所追求的，好像和其他人都不一样。又或者说，没人知道他在追求什么。

明韬已死，他短暂的一生似乎总是活得咋咋呼呼，连杀人都杀得轰动全省，却又好像雁过无痕，没有在谁心中留下深刻的痕迹。

而他是否与惩罚者组织有关，是否受到过他们的"培育"，又或者是否因他们狩猎而死，暂时没有答案。

接下来，就要把目光投向与明韬同处一间密室的那名神秘男子了。

尤明许处理完案件工作，估摸那边审得也差不多了，就去了审讯室。

刚走到门外，就看到许梦山和另一个同事在那儿低声说着什么。

"问得怎么样？"尤明许问。

他俩看着她，表情却有点奇怪。然后许梦山朝她递了个眼色，尤明许就转身进了一间空的会议室，不一会儿，许梦山也进来了。

尤明许直接问："出了什么事？"看他们的样子，难道是什么都没问出来？那个人那么棘手？看起来不像啊。

许梦山的表情就像被人打了一拳，说："他说了，一开始哆哆嗦嗦的，什么都问不出来。后来他们安抚了一下，又耍了些心眼儿，他就说了，他叫李明棣，三十岁，五年前就被绑架囚禁了。"

尤明许问："有没有说是谁绑架了他？"

许梦山顿了顿，似乎自己也觉得可笑，用一种荒诞不经的语气说："他说绑架他的人是殷逢！所以刚才看到他，才吓成那样子。"

尤明许一脸错愕地看着他："怎么可能？！"

许梦山的两道眉毛都快拧到一起了，干脆一吐为快："是啊，我们都觉得是瞎扯！他还说殷老师绑了他，把他关起来，经常折磨他，让他写小说，当枪手，他还说五年来殷老师的作品都是他写的，殷老师作家的身份不过是个幌子……"

尤明许怒极反笑，骂道："见过乱咬的，没见过这么乱咬的，这么没脑子！当我们都是傻子吗？"

"是啊！"

尤明许却很清醒，盯着许梦山："还有什么？否则你们刚才不会是那个表情。"

许梦山说："这事儿很蹊跷——我们今天进屋的时候，是戴了手套的。刚刚鉴证科报告，现场除了李明棣的指纹和DNA，还发现了另外两个人的。并且都有好几处。"

尤明许心里"咯噔"一下："谁的？"

许梦山直视着她，眼眸中也透出浓浓的疑惑："一个是殷逢。还有一个，我们也已经对比出结果。"

他停了停，说："你也见过，是个女的，叫苏子懿，当初和陈枫一起去西藏接过殷逢。后来殷逢跟你回家，就把她给疏远了。据说苏子懿是他的前女友。"

尤明许愣住了。

第十四章

负屈衔冤

尤明许一下子就火了，说："什么前女友？你从哪儿听来的？"

许梦山看着她的脸色，有点为难："李明棣说的。"顿了一下继续说，"之前西藏那回，大家都是这么以为的。"

尤明许脸色铁青，又问："那个李明棣还说了什么？"

许梦山这次回答得顺畅多了："他还说，平时殷逢不过来，苏子懿负责日常看守，一守就是好几年。他被关在那里，按照要求写了……稿子，苏子懿就拿走。他还说自己曾经是富家子弟，从小就热爱并擅长写作，当年就是被殷逢绑架的。"

尤明许冷笑："苏子懿是替殷尘看守吧？这个李明棣，本来就是惩罚者的人，说的话能当真？"

许梦山也听她提过贵州的事，闻言安慰道："你也别上火，这事儿怎么听都是欲加之罪，发现指纹怎么了？殷逢不是也被绑架了一段时间吗？肯定是那时候被迫留下的。兄弟们还不至于这点伎俩都看不透。就是现在有了物证、人证，麻烦了点。咱们查清楚就好了。"

尤明许点头，又问："传唤苏子懿了吗？"

许梦山答："传唤了。我们的人找上门时，她带着行李正要去机场，已经在带回来的路上了。"

尤明许轻哼一声。

许梦山说："只不过……他们现在要咬殷逢……"

尤明许懂他的意思，说："我明白。暂时让他不要插手，免得你们为难。"

与许梦山聊完，尤明许回到办公室，就见殷逢坐在她的桌子后，百无聊赖地在翻一些卷宗。

他抬起头，问："怎么样？"

尤明许突然感到一阵心疼和不甘，他是个什么样的人？不屈服于心中恶念，扛了这么多年。现在却被人污蔑成那样恶心猥琐的样子。她拽了把椅子过来，在他身旁坐下。

殷逢察觉了，问："出了什么事？"

尤明许冷静下来，把事情一五一十跟他说了。

有时候，殷逢端坐在那里没有表情的样子，看着就挺吓人的。譬如现在。

半晌，他冷冷地笑了："手段虽然拙劣，可是还挺有用的，弄一个受害者出来，捅到警察面前，警察就不能不理。他们这是想把我排除在案件之外，免得挡他们的路。"

尤明许也有同感，了解殷尘如同了解自己的人是谁？唯一一个见过惩罚者真正创建者的人是谁？令惩罚者元气大伤、支离破碎的人又是谁？少了殷逢的帮助，警方要将剩下的惩罚者一举歼灭，肯定要难很多。

尤明许握着他的手说："既然我们都明白，就不惧怕他们还耍什么花招。你先回家去，现在你不适合做什么。我会看着，看他们到底想干什么，我不会让他们得逞。"

殷逢盯了她一会儿，见办公室里没有别人，凑过去在她唇上亲了一下，说："我知道。我有阿许替我申冤，有什么可担心的？"

见他还开玩笑，尤明许笑了，心想：对方来这么一手，不见得是坏事，否则他们始终躲着，能拿他们怎么办？现在主动撞上来了，干脆顺藤摸瓜，谁知道能查出什么来呢？

殷逢回家去了。

基于流程，许梦山派了两名警察去他家外头守着。尤明许挥挥手，也没当回事。

苏子懿很快被带回来了，许梦山和另一个同事负责审她。尤明许则站在隔间里，现在涉及殷逢，她反而不方便直接插手。

尤明许想想，离上次见到苏子懿有一年多了，从尤英俊时期起，这个女人除了在殷逢面前晃过几次，就再也没出现过。尤明许也只当苏子懿是殷逢以前的感情债，后来殷逢只怕想都没想起过这个人，尤明许也就没把她当根葱。

可现在，这根看似柔弱无害的小葱跳出来了，作为前女友，被人指认是殷逢的帮凶，涉嫌绑架、囚禁、伤害。

审讯室里。

苏子懿看起来和一年多前没什么变化，秀美、安静，眉宇间似乎总有种淡淡的愁绪。她坐在那里，无论许梦山他们怎么审，都只是低头不语。

后来许梦山说："我们在咸嘉湖附近的一座木屋里，发现了属于你的大量指纹，你怎么解释？"

又把李明棣的照片推到她面前："这个人，你认不认识？"

苏子懿眼眶一红，泪珠在里头打转，咬唇不语。

尤明许眉一皱。

还真会演戏！这副模样，等于告诉警察们，真有其事！

许梦山和同事对视一眼，两人内心的想法却是不同的。许梦山和尤明许一样，心想：装，再给我装！最毒妇人心。

另一个同事却是敏感地心生疑惑了。

许梦山眼珠一转，突然问："你最近一次见殷尘，是什么时候？"

苏子懿静了一下，才答："殷尘……不是死了有十几年吗？最后一次见，当然是他死之前了。"听着滴水不漏。

许梦山微微一笑。

隔间的尤明许也在心中叫了声好，紧盯着苏子懿的表情。许梦山这么问，苏子懿如果心中没鬼，应该露出错愕的表情——被问到一个死去十多年的人。可她的反应太平静了，平静的反驳，反而不对。

苏子懿知道殷尘没死。

显然，苏子懿也意识到自己刚才的问题了，眼中飞快闪过一丝狼狈。许梦山在心中冷笑，正要乘胜追击，突然听到外头传来一阵喧哗声。

尤明许皱眉，推门出去，审讯室在二楼，一低头看到楼下院子里，两个头发花白的老人正哭哭啼啼往里冲，旁边两名警察好言相劝地拦着。

其中那个老奶奶突然痛哭起来，大喊道："子懿！子懿！你在哪里？怎么会被警察抓了？一定是弄错了！弄错了！"

尤明许只感觉到太阳穴直跳，突然听到隔壁的门"哐当"一声被推开，一个人冲了出来，正是苏子懿，她一下子冲到了阳台旁，喊了声："爸、妈！"泪水滚滚而下，一脸的悔恨和痛苦。

尤明许心中暗叫不好，这时，许梦山他们也追了出来，刚才苏子懿突然开门冲出去，他们谁也没想到——毕竟人刚带回来，还没有证实嫌疑，所以没把人铐上。

这时，就听到苏子懿的父亲哭道："怎么回事？你这些年不是一直在帮殷逢做事吗？他不是说过要好好照顾你吗？他人呢？你是不是受他牵连了？"

尤明许简直就要骂人了，递给许梦山一个眼色，两人上前，一左一右拉着苏子懿，想往屋里拉，可现在，局里围观的人越来越多，苏子懿就像是受了极大的刺激，哭着趴在阳台上，怎么拽都拽不动，她喊道："爸、妈……你们回去吧！我不后悔，我跟了他不后悔……"

如果现在不是在警局里，尤明许一脚就踹过去了，她手里使上了十成力，不由分说就把苏子懿拽回屋里，苏子懿惊呼一声，却也没有办法。

许梦山和另一个同事交换了一下眼色，也跟进屋里，关紧了门。

尤明许紧握着苏子懿的胳膊，她吃痛，咬唇含泪不语。

尤明许冷冷地对她耳语："为了他，连父母都骗、都利用，你还是不是人？"

苏子懿的嗓音低得只有她能听见："为了他，我什么都愿意。"

尤明许手一松，把她丢回椅子里。

接下来的发展顺理成章。

一来有了李明棣的指控和现场指纹DNA证据，二来苏子懿"交代"了所有的事。她起初保持沉默，不愿配合。在父母到来后，又在警方的反复盘问下，心理防线崩溃。

她家与殷家是邻居兼世交，从小就与兄弟俩交好。殷尘过世后几年，她来了湘城，就跟在殷逢身边。她是殷逢最信赖的人，也是他的女人。

殷逢起初出了两本书，名声大噪，可紧接着，由于精神情绪起伏不定和心理压力过大，他再也写不出东西来了，并且人也变得阴霾。

殷逢是因为一个偶然的机会，认识了李明棣，两人年龄相仿，李明棣也热爱写作，并且拥有很多令人叫绝的灵感思路。可这时，殷逢却陷入心理和灵感枯竭的双重问题。

谈到这一点时，苏子懿的表情灰败："我劝他放弃，就算钱少一点，也没关系。一个天生精神病态的人，怎么可能继续当作家？可是他不听。"

一来二去，此消彼长，最终，殷逢暗中绑架了李明棣，将他囚禁在暗无天日的地下，逼迫他写作，让他成为自己的枪手。而他获得名利，也陷入犯罪的深渊。苏子懿作为他身边跟了最久的女人，也回不了头……

连许梦山听完都愣了好一会儿，因为苏子懿的口供，逻辑完整，有理有据，细节充实，而且和他们在地下室里发现的指纹证据，都是一一呼应的。

许梦山之前甚至没好意思和尤明许说，鉴证科在那一堆所谓的“手稿”上，也发现了殷逢和李明棣两个人的指纹。许梦山当然相信这一切都是伪造的，只不过这样一来，很是麻烦。

许梦山干脆冷笑着对苏子懿说：“你口口声声说自己是殷逢的人，还说他常和你去地下室。可这一年多，他从没提过你，也没找过你，这一点，他身边和他朝夕相处的人都知道。你怎么解释？”

苏子懿静了静，并不慌张，而是说：“因为他忘了。他从西藏回来后，就忘了那些事，也不再理我。我手里还有李明棣，也不敢对别人说，只能继续替他守着人，不被警察发现。”

许梦山一愣，心道：说得还有鼻子有眼的。

接下来，还发生了一件事。

李明棣既然被找到，就要查实身份、通知家人。结果他的家人来了，父亲是本省有名的企业家。一家团聚，泪流满面。李父看到儿子饱受折磨的模样，更是痛不欲生。确实像李明棣所说，他已经失踪五年。李父痛定之后，发誓要追究凶手。他立刻让人去请本省最有名的律师，扬言一定要让殷逢把牢底坐穿。

再加上苏子懿和父母闹的那一出，警局里和殷逢相熟的人还好，不熟的，都开始议论纷纷。因为这起绑架案看起来证据很有力，他们也难免对殷作家心生怀疑。

尤明许在旁边冷眼旁观。看着因为久未见人，依然战战兢兢和父母待在一起的李明棣，看到李明棣最后被车子送去了医院检查调理身体，她想起了邢琰君。

这没什么稀奇。惩罚者能给一个像邢琰君那样的人洗脑，就能洗第二个。她甚至想，会不会正是因为李明棣和殷逢气质极为相似，才会落入殷尘手中，既可以放肆折磨，又能在需要的时候当替身。而李明棣哪怕原本是个正常人，在5年暗无天日的生活中，只怕殷尘想把他塑造成什么样，就能塑造成什么样。甚至让他相信什么，他就相信什么。

只是现在，殷逢的名声被败坏，又背上了犯罪嫌疑，又有苏子懿这个共犯的有力指控，事情已经闹大，比她预计的，要麻烦很多。甚至一个不察，殷逢真的会背上罪名，难以洗脱。

尤明许想了想，去找丁雄伟。

发生的事，丁雄伟已经全知道了，他让尤明许坐下，给她倒了杯茶，说："事情到了这个地步，你把枪和证件先交了，回家待着。"

尤明许抬头："你不会也怀疑殷逢吧？"

丁雄伟冷着脸说："我傻吗？这么明显的针对，在我们对付惩罚者的当口跳出来，我看不出来？只是现在情况有点麻烦，按规定，你也要回避。也好，免得再惹麻烦。"

尤明许心里很不舒服，也不乐意，但她知道丁雄伟说得有道理，就把东西交了。

她说："老丁，关键时刻见真章了。你不是号称自己是上一辈最牛的刑警吗？可别被别人绕进去。你要是洗脱不了他身上的委屈，赶紧找更厉害的人来。"

丁雄伟差点把手里的茶杯砸过去，骂道："用你教？赶紧滚，回去看好殷逢，别让别人再抓住把柄。当我老了没用？苏子懿的指控虽然明确，听着有力，可她也曾经是殷尘的女友，当然也有嫌疑。殷尘现在还是头号通缉犯呢，难道我不会抓住这一点反击，让她的口供变得无效？还有当年的绑架，口说无凭，李明棣是在什么场合被绑架的？有没有监控？殷逢那天的行动路线是怎样的？有没有用车？有没有不在场证明？只要我找到一个漏洞，绑架就不成立。我当年大破奇案的时候，你还在吃奶呢！回家等着！"

尤明许这才放下心来，从口袋里掏出包烟孝敬给丁雄伟，回家去了。

尤明许心事重重地回了别墅。

一走进客厅，却看到大家跟平时一样——打游戏的打游戏，加班的加班，痴迷电视剧的痴迷电视剧。旁边的餐桌上，摆满了一桌香气扑鼻的饭菜，正等着她回来。

殷逢则跟往常一样，靠坐在沙发上，手里拿了本书。

尤明许的心渐渐平静下来，心想：那些见不得光的污蔑手段，最后不可能得逞。

殷逢看到她，笑了笑，跟没事人似的。尤明许也不露声色。冠军停下玩手机游戏，说："总算回来了。"招呼大家吃饭。

殷逢走过来，握住她的手，定定看了两眼，然后低头亲了一下。

尤明许突然很想要靠近他，也不管那几个还在，一手抱着他的腰，把脸埋进去。他只是轻轻摸着她的头发，轻笑着说："受委屈了？"嗓音低且带着一丝不易察觉的冷意。

只不过旁边那几个，哪里见过尤明许这样小鸟依人的样子，通通瞪大眼，觉得尤明许今天是不是脑袋发热了？

尤明许松开他，说："我能受什么委屈，也就是回家陪你两天。先吃饭再说。"

殷逢听明白了，看来连尤明许都受了牵连，情况发展只怕是更糟糕了。说实在的，对方的这点手段，他还真没放在眼里。他也没想到殷尘突然玩出这一手，内心隐隐对惩罚者接下来的动向，已有了个猜测。不过，尤明许回家了，在他看来更好，两个人在一起，总比分开无法互相支持好。说不定丁雄伟让她回来，打的就是这个主意。他难道还能老老实实待在家里，任惩罚者抹黑，不会暗中去查证？他是小绵羊吗？

听尤明许这么说，他便拉着她走到餐桌旁，用脚一钩，把她的椅子钩到自己身前，让她坐下，再搂进怀里。旁边还有人呢，尤明许要挣开，他低声说："管他们干什么？我想让你贴着我。"

尤明许突然心一软，想起今天他不在，别人对他的议论。又想，有的时候，他分明还是尤英俊那样，心中对她有依赖，只是很少承认。于是她依从了，眼观鼻鼻观心，不去看别人。

除了小燕反应迟钝，冠军几个是什么人？什么乱七八糟的男女场面都见过，所以大家根本就没注意到两人比平时更靠近了一些。

冠军最快吃完，放下碗，说："外头怎么多了两名警察？难道是来盯着我们的？"大家都看着尤明许。

尤明许想：看来今天发生的事，殷逢还没跟他们说。

她看了一眼殷逢，见他没有阻止，就以尽量平静的语气，把今天发生的事，一件件都说了。一直说到自己卸枪回家。

冠军"腾"的一下就站起来，阴狠地咬着牙。

殷逢道："坐下！"

冠军和殷逢对视了几秒钟，这才脸色铁青地坐下来。

涂鸦"啪"的一声把筷子拍到桌上，一张虎脸因为愤怒已涨红了："殷老师，需要我们做什么？我以为自己已经见过最卑鄙无耻的了，没想到惩罚者还能这么无耻！"

小燕的脸却是白的，被吓的。

他这辈子最怕被警察冤枉，他知道被警察冤枉意味着什么。他小声地说："我们应该怎么办？殷老师要怎么洗脱罪名？能不能洗脱罪名？我们要不要走？”

一直沉默的陈枫这时开口道：“都慌什么？！听殷老师和老板娘说！我们照做就是了！”

大家这才一静。

尤明许见殷逢没说话，看了看陈枫，先开口：“苏子懿自称是殷逢的前女友，还说殷逢从西藏回来就忘了她。她到底是怎么回事？”

陈枫闻言一愣，下意识看向殷逢。

这两个人的关系，他还真的没弄清楚。殷逢当时也不是事事都跟他说的。

殷逢开口，平静无比：“听她瞎扯，不要脸。她是殷尘的人，当年来了湘城，我才顺手照料一二。后来我怀疑殷尘的死有问题，就借机试探她，只是没什么收获，所以就不远不近放着。”

尤明许一听就明白了。

难怪苏子懿敢借机声称是殷逢前女友，模糊两人关系。以殷逢当年的花名，说不定外界很多人也是这么认为的。

她想了想，又说：“李明棣呢？你们有没有见过？或者有没有印象？”

殷逢干脆地说：“没见过。”

冠军冷笑：“要是见过，早就剥了他的皮，还等现在？”

小燕摇头。

涂鸦也冷冷道：“没见过！要是见了，我也会杀了他！”

这还是尤明许第一次听到涂鸦这么冷酷地说杀人，微微一怔。

陈枫也摇头，看着尤明许说：“我也没见过。”

殷逢说：“谁说你们可以去杀人了？”

一时间，大家都没了话。

尤明许见状赶紧打圆场：“局里正在查，这种时候，我们反而不宜轻举妄动，到时候说不清就更麻烦了。如果有需要，肯定要请你们帮忙的。就像之前那样。”

几个人的脸色这才缓和下来，却都很怕殷逢发火的样子，不太敢看他，匆匆吃完饭，全跑回房间了。

吃完饭，尤明许牵着殷逢的手去院子里散步。

两个人安静地走了一会儿，她说：“现在心里是不是不好受？”

殷逢冷笑一声，说："他们不是盼着我这样吗？我偏不让他们如意，当我是什么刚极易折的人吗？"

尤明许本来心里还压着事，闻言失笑，殷逢有时候的骄傲还真的透着幼稚劲儿，可他偏偏又是个很有心机的人。

她温声地说："详细的口供，各种资料，我这里都有，老丁他们也不会瞒着我。回头我们再仔细琢磨，找到击破他们阴谋的办法。"

殷逢"嗯"了一声，却似乎并没有很在意。

尤明许问："在想什么？"

两人走到了那片小鱼塘边，暗暗的水面映着一抹灯光，晃晃悠悠的，四周很静，树枝摇曳，仿佛也藏着什么寂静的秘密。殷逢拉着她在长椅上坐下，把她抱在怀里。

尤明许其实挺不习惯被人当个小东西一样抱着的，哪怕殷逢坐在她大腿上，她也觉得舒服。可是殷逢就喜欢这种姿势，又执拗得很，一来二去，她也就习以为常了。

殷逢在夜色里摸着她的腰和手，低头无声地亲着，说："我在想，这么一张好牌，埋了这么久，现在他们打出来了，宁愿牺牲两个人，只为了牵制住你我，意味着什么。"

尤明许心念一动，说："意味着，他们要做出最后的反击了！"

殷逢赞许地亲了一下她的脸，说："阿许总是明白我在想什么。那将不只是一次反击，是他们倾尽剩下的全部力量想要做的事。也许会有很多人死！"

尤明许心一沉。

殷逢握着她有些冷的手，在掌心里轻轻揉着，说："就让丁雄伟他们去给我们洗脱嫌疑，慢慢拖着，最好对外把情况说得严重点，譬如我们被关起来了之类的，当然也不能太过，他们会不信。让惩罚者放心动手。咱俩现在能做的，就是等。一旦惩罚者有所动作，咱们就和丁雄伟打个配合，把他们一网打尽。"

尤明许没想到，他今天一个人被"驱逐"回来，还被警察看管着，居然还在算计这个。也是，是她关心则乱，一心想着怎么替他洗脱罪名，却没想到将计就计，以攻为守。她立刻给丁雄伟打电话，把殷逢的想法说了，丁雄伟也觉得可行，会去安排。

但挂了电话，尤明许还是安慰道："你放心，老丁和梦山心里都有数，他们也不是吃素的，一定能帮你洗清嫌疑。"

殷逢神色却是淡淡的，说："等抓了惩罚者的创建者，自然水落石出，到时候就能证明我的清白。”

尤明许心中不知怎的浮现出一个念头——他就是这么倔、这么骄傲的性子。心中软软的，转头亲他。可殷逢的吻，却比平时要凶很多，强势很多。于是尤明许心想：他说得头头是道，被人冤枉，心里到底还是不舒服的。

末了，她全身发软，瘫在他的臂弯间，他还在轻轻啃咬着，意乱情迷，脸上带了一丝邪气，他逼问她：“今天发生这样的事，你就半点没有怀疑过我？”

尤明许想都没想，就说：“没有。”

“为什么？”

为什么呢?

尤明许骤然想起，尤英俊抬头冲她笑时，那澄澈的眼睛；想起老九死时，殷逢痛苦的表情；还有他说自己是个偏执狂非要得到她时，那落寞孤独的样子……她摸摸他的脸，说：“因为你是我的殷逢。”

两人回到房间，夜色已深。尤明许今天情绪大起大落，疲惫至极，很快就睡着了。殷逢搂着她，却半天没有睡意，到了半夜，才昏沉沉睡去。

也不知道睡了多久，他毫无预兆地醒来，睁开眼望着天花板。房间里昏黑一片，家具的轮廓影影绰绰。他们睡前没有拉窗帘，此时窗外的树影模模糊糊映在床对面的墙壁上。

殷逢睡不着了，看了一眼尤明许，她低头蜷首，靠在他的手臂旁，睡得正香。殷逢低头，亲了她的额头一下，她全无知觉。

殷逢干脆坐起来，双臂搭在膝盖上，一动不动。

有的时候，人反而是在半梦半醒间，对于曾经发生过的一些事，或者一些细节，印象变得更清楚鲜明。譬如刚刚，他想起今晚大家吃饭时的情形。

当时，他们谈及苏子懿、谈及李明棣时，每个人的表情、反应，殷逢都尽收眼底。当时并没觉得有什么异样，可现在想起来，却觉得有些不对劲。

有的，表现得过于激动，或许是因为情绪濒临失控。

有的，却表现得异常冷静。甚至几乎没有存在感，也没有平时与他心领神会的眼神交流。

一股寒意自殷逢心头缓缓升起，他知道自己今晚忽略了一个人。

殷逢下床，穿好衣服，悄无声息，又回头看了一眼尤明许。如果有人隐瞒了什么，又想要做什么，说不定就是今晚了。

整个别墅，每个角落都在冠军的监控安防系统之下。殷逢决定去书房，看看他们每个人现在在做什么。

谁知道刚把主卧的门拉开一条缝，他就看见对面的楼梯上闪过一道黑影。

殷逢静默不动，一双眼透过门缝望着。

那人平时很少这么打扮，穿着黑色外套、黑色长裤，戴了顶鸭舌帽，几乎和夜色融于一体。他闪身就下了楼，飞快地走出大门。

殷逢静立片刻，悄无声息地推开门，走到书房，拿了一把枪，下楼。

别墅占地很广，尽管大门外守了两名警察，可别墅里的人想甩开警察出去，是轻而易举的事。

殷逢推开别墅院落一角的侧门。这侧门平时被繁密的树枝挡着，颜色又与墙体相近，外人根本注意不到。

没多久，殷逢就上了辆出租车，此时是夜里三点。殷逢如果想跟踪什么人，是不可能被人察觉的，更何况前头那人已跟了他好几年。他了解那人的心细周密，就像了解自己。

那人搭乘的出租车在一家医院的住院部停下了。

殷逢让司机把车停在门诊楼这边的回廊下，远远望着那人压低帽檐，下车上了楼。行色匆匆，几乎没有引起任何人的注意。

殷逢抬头看了一眼医院楼宇上方印着的院名，正是尤明许今天提到的，李明棣被送来的那一家医院。那人和警务系统熟，又拥有和他等同的专家证权限，如果要查到李明棣入住哪个病房，轻而易举。

殷逢下车，尾随而入。把手机调成静音模式，避免有什么突发状况，打草惊蛇。

深夜里，医院的电梯里也没人了。殷逢走到电梯间时，看到只有一架电梯往上，数字不断攀升。他按下电梯，耐心等待着。最后，电梯停在了15楼。

殷逢上了电梯。

“叮——”的一声，殷逢慢慢走出电梯，打量周围环境。右前方，是一条走廊，有护士站。后方，是灯光幽暗的一排病房。他慢慢走到墙角，刚要转身走向护士站询问，眼角余光却瞥见那一头的走廊上，有个人影一闪而过。

那背影，不是他要跟的人，可却让他有种奇怪的感觉。殷逢心里“咯噔”一下，快步走过去，追到了走廊转角，这边却已到了尽头，只有几间紧闭的房门，没有看到人。

殷逢看了一眼那几间屋子：设备室、维修间、储物间。他没有犹豫，一间间去拧门。设备室打不开，是从里头锁着的。维修间他一推就开了，只不过是间十来平方米的屋子，放着几个柜子，墙角堆着一些工具，柜子都上了锁，无人。

他又推开储物间，里头黑漆漆的，又是几个柜子，堆满整沓的毛巾、医护服，还有几大包全新的医疗材料。他看了一圈，不可能藏人，可刚才那人影仿佛还在眼前。

或许是进了别的病房。

殷逢低头看了一眼手表，已经过去了两分钟。他不能再耽搁，必须追上那个人，于是掉头就走。

殷逢走回护士站。

他的专家证自然还在，向护士出示了，护士立马明白过来，说："还有两名警察在那儿守着呢，就在 1553 病房。"

殷逢点头致谢，走向 1553。头顶，医院走廊上的摄像头正对着他，他的神色平静无波。

这家医院很大，医疗力量雄厚，否则李明棣也不会被送到这里来。殷逢走到这边走廊的尽头，又转了个弯，只见两边所有病房的门几乎都紧闭着，灯光熄灭，只有走廊上有着暗暗的光。

1553 病房就在前方，门口有两把椅子，一把空着，另一把上歪坐着一个警察，看样子像是睡着了。

殷逢顿时感觉情况已经不妙。他几乎是立刻拔腿冲过去，首先一探警察的脖息，幸而还有力跳动着，他注意到警察脖子上有个小红点，看来是中了麻醉枪。冠军那里不缺这些东西。

病房的门在他面前虚掩着，殷逢拔出枪，抬头望去，就见光线扑朔的房间里，穿黑衣黑裤的那人举起手里的枪，几乎是无声地射入床边守着的，应当是李明棣父亲的脖子里。李明棣父亲本就是睡着的，打着呼噜，中了麻醉枪后，哼都没哼一声，头歪得更低了。

那人将麻醉枪插回腰间，换了另一把枪，沉默地装上了消音器，走向病床边。

床边，只开了盏暗暗的台灯。

李明棣的脸洗得干干净净，睡得死沉。

那人慢慢举起了枪。

殷逢缓缓推开门，举枪，走了进去。

那人听到动静，浑身就像是僵住了。他慢慢地、慢慢地转过身来，露出清俊斯文的一张脸。只是今夜，那张脸上显得非常阴冷而且杀气沉沉。

看到殷逢，他露出惊愕、慌乱的表情，放下了枪，喃喃道："殷老师……"

殷逢看着陈枫这个样子，心头也是念头百转。但他也放下了枪，冷声道："你想做什么？"

陈枫闻言神色又是一狠，目光复杂，欲言又止。

殷逢一步上前，揪起了他的衣领，冷笑，压低声音说："到底怎么回事？你难道不明白，如果你现在杀了李明棣，你是我的人，我就是跳进黄河也洗不清了。怎么，你打算把我送进牢里，还是说，你在图谋别的什么？"

陈枫几乎是立刻低吼道："不是！"

殷逢盯着他，他的脸色却渐渐变得惨白，慢慢地说："我不清楚到底发生过什么，也不是完全清楚曾经的你想要什么。可我知道，他如果不死，你就真的要去坐牢了！"

殷逢的心渐渐往下沉，他仿佛看到了一片深色的湖，开始在自己足下蔓延，而他其实并不清楚，湖水里藏着什么，但他已感觉到了一丝刺骨的冰凉。

"什么意思？"殷逢缓缓地问，"你到底在说什么？"

陈枫猛地抬头看着他，眼睛里渗出多年来从未有过的泪光来，他一字一句地说："三年前，一个晚上，你不要我跟着，和苏子懿走了。"

殷逢心一震，他根本就没有印象。

陈枫接着说道："我记得，那是你的母校的周年庆，你去大礼堂见了师弟师妹，还参加了学校的晚宴，然后你让我先回去，我看到苏子懿上了你的车。"

殷逢仔细回忆了一下，却发现脑子里无论如何也没有周年庆之后的记忆。他轻声问："然后呢？"

陈枫闭了闭眼，又睁开，说："后来我发现一份重要的合同落在我这里了，当晚就要签了传真给泰国出版方，可是打你的电话打不通，我就开车追了上去。我看到你和她，开车去了湖边。"

殷逢的脸上，没有任何表情。

陈枫流下泪来说："我当时觉得很奇怪，又觉得没什么我不能看的，就跟了上去，我看到你们进了那间房子，门没关，我跟了进去。"

殷逢反而冷笑出声，嗓音冰凉得可怕："你看到了什么？嗯？"

陈枫低下了头："我跟下了楼梯，看到你和苏子懿在接吻，李明棣被锁在椅子上。"顿了顿，他又说，"他身上，有新鲜的鞭痕和血。"

殷逢的心里就像有什么轰然崩塌下去。

如果陈枫从未去过那个密室，就不会知道有楼梯，也不会知道李明棣是被锁着的。密室墙上，确实挂着一条染着陈年血迹的鞭子。

可他根本就无法相信陈枫所说的话。他的嗓音冷得如同被寒霜浸没："如果真像你说的，我做过那些事，为什么我一点也想不起来？那时候我可没被惩罚者带走，贵州之前的事，所有的，我一件一件都记得很清楚。难道从前我会不知道自己干了什么？"

陈枫一怔。

殷逢说完后，也静默下来。

病房里静得可怕。两人沉默相对。

陈枫下定决心，咬牙道："总之，他必须死。我杀了他，就去自首，这是我做的，和你没关系。"

殷逢说："你闭嘴。我不需要谁替我送死！"

两人说话的声音或许大了些，床上的李明棣轻哼一声，慢慢睁开眼睛。

陈枫的反应快如闪电，转身手枪就指上了李明棣的太阳穴。李明棣看清病房里的情形，只吓得魂飞魄散。殷逢就站在床前半米远处，背光而立，脸色显得越发阴沉难辨。突然间，李明棣全身开始发抖，如同丧家之犬般，喉咙里几乎吐不出一个清晰的字："不要过来……求求你……不要过来……不要再折磨我……你们不要再折磨我……诸善已死诸恶奉行……我愿意我信服！诸善已死诸恶奉行……"

殷逢脑子里骤然"轰"的一声，眼前的一幕瞬间与记忆中的画面重合在一起，而有关贵州的记忆片段，刹那间如潮水般向他涌来。

那是下雪的一天。湖边，积了一层厚厚的雪。他把车停在路边，下了车，呼吸了一口冰凉彻骨的空气，那感觉，仿佛还在昨天。

一转眼，他就走下了楼梯，来到那间冰凉的地下室。

他看到苏子懿站在桌前，一身黑色绸缎短裙，露出白皙纤细的胳膊，正在整理一些书稿，转过头来，对他甜美地笑了。

他又转头，看到一个人趴在地上。只穿了条内裤，全身上下都是伤，脚踝上系着细细的锁链。

猛然间，那些出现过很多次的记忆和感觉同时涌上心头。殷尘的轻笑、鞭打、割肉；黑夜中的战栗和彷徨、痛苦和畏惧，仿佛铁烙般清晰地印在他心头。

这时，殷逢想，被惩罚者们折磨的就是地上这个人吧。

那人仿佛察觉到了什么，慢慢地、慢慢地抬起了头。

殷逢看清了他几乎与自己一模一样的身形、轮廓，也看清了他的脸英俊清秀，却赫然是李明棣的面容。他如同之前那样，一看到殷逢，就露出惊恐而痛苦的表情，仿佛这样的囚禁与折磨永远没有尽头。

殷逢心里就像有什么秉持已久的信念，骤然就被他抬起的这张脸，撞得四分五裂。

他一直以为，记忆里，在贵州被囚禁、被折磨的人是自己。

原来不是。

是李明棣。

那么囚禁折磨李明棣的人是谁?

殷逢突然不敢去想答案。

紧接着，又是一幕画面涌至眼前。

他又看到了那个人。

他坐在书桌前，穿着白色衬衣、黑色长裤，面目清冷干净。他手里看的，原来是一些刚刚写出来的书稿。有的纸页上甚至还沾着新鲜的血迹。那是李明棣的血。那人看完后，摘下平光眼镜，放在桌上。

然后殷逢看到了殷尘，他站在那个人身后，说了句什么，笑着拍了拍那人的肩膀。殷逢听到那人模糊的嗓音，那嗓音是那么熟悉，比世上任何一个人都要熟悉。

那人说："……在我沉睡的时候，就好好教训他……完全不记得自己干过什么，还自以为是抵抗住心中欲望的正义英雄，不是一件很可笑的事吗……其实我早就身在其中了……"

他又看到了曾经身为尤英俊时就看到过的画面。

一只手，那个人的手，握着笔，在一张纸上打叉，说道："他们都不该活在这个世上。包括你，包括我，殷逢。因为我们都是……"

殷尘在他身后哈哈大笑，兄弟俩同时转头，两张面容，清晰可见。

…………

殷逢只感觉到脑袋如同炸裂般地疼痛，恍恍惚惚间，已不知身在何处。他一下子摔倒在地，耳边是陈枫震惊的声音："殷老师！殷老师！你怎么了！"他一只手去搀殷逢，另一只手还拿枪指着李明棣，令他根本不敢动弹。

陈枫却看到，倒在地上的殷逢慢慢爬了起来，低着头，看不清表情。

陈枫心里“咯噔”一下，不知为何，有种非常不祥的预感。

而后殷逢手扶着床边，站了起来，抬起头，他的眼眶通红，脸上挂着眼泪。他盯着床上的李明棣，突然间，面容变得十分扭曲，他一把掀开陈枫，扑了过去，双手紧紧扣住了李明棣的喉咙。李明棣本就体虚，突逢惊变，根本无力反抗，双腿徒劳地在床上蹬着，拼命想要扯开殷逢的双手。可殷逢神色狰狞，脸色惨白，眼睛虽然盯着李明棣，却分明像透过他盯着别的地方，他仿佛什么也看不到，什么也听不到，双手却越收越紧。

只有李明棣能听到殷逢以极低的声音，含糊说道：“我不是……不是！不是真的！不会是真的！没人可以毁了我，哪怕我自己，也不能！”

陈枫被殷逢刚才那一下猛力推倒在地，呆呆地看着殷逢掐着李明棣的脖子。眼见李明棣进气多出气少了，陈枫就像被针猛地扎了一下，冲过去抱着殷逢的腰，将他往后拖：“殷老师你不能自己动手！不能在这里！”可殷逢显然情绪已经失控，转身一脚踢开陈枫，再度死死掐住李明棣的脖子。

陈枫摔倒在地，刚要挣扎着爬起来，猛然听到身后的门被“哐当”一声撞开，他骇然回头，看到许梦山和尤明许站在门口，全都望着殷逢，满目震惊。陈枫心中大痛，一下子居然感觉爬不起来了，又看到他俩身后还跟着几个人，正是涂鸦、冠军和小燕。

是察觉了他和殷逢一前一后离开，都赶来了吗？

却偏偏看到了这个！

陈枫已经神志破散，许梦山却看得眼睛都直了。他甚至闪过一个念头：自己是不是在做梦？亲眼看到殷逢正在杀李明棣！

许梦山原本今夜值班，和一个同事守在李明棣门口。刚刚不过去上了个厕所，回来时就撞上了匆匆赶来的尤明许，她的身后跟着殷逢的几个人。他心知有变，却不敢相信是自己隐约想到的那样，连忙跑了回来，就看到了这一幕……

许梦山只感觉到眼眶一阵刺痛，心跳如雷，脑子里一片空白，接下来他的动作完全就是下意识的。他猛地拔枪，瞄准殷逢，厉吼道：“殷逢！住手！马上放开李明棣！否则我就开枪了！”

殷逢的身形这才猛地一顿。

而尤明许看着这一幕，却只觉得有些恍恍惚惚，如在梦中。

也是在不久前，她突然口干醒来，才发现身边早已无人。她心中不安，起床寻找，才察觉殷逢今天穿的衣物都不在——他半夜出门了。

尤明许立刻把全屋的人都叫起来，这才发现，陈枫也不在。并且，冠军说，家里少了两支手枪、一支麻醉枪。

殷逢和陈枫想干什么？

尤明许立刻打两人的电话，却都无人接听。她心中越来越不安，既担心殷逢是不是出了什么事，又想他或许只是自己提前在布置什么，就像上次抓卫澜一样。可转念一想又不对，两人说好了要共同进退，他又怎么会一声招呼不打就私自行动？

她不能就这么干等着。

冠军说他有办法，几分钟时间，他就追踪到了殷逢和陈枫的手机信号，一前一后，在某条路上，十分接近。

于是尤明许当机立断，带着他们几个赶了过去。

只是，当殷逢和陈枫的信号停下不动，目的地也越来越明确时，尤明许的眉头却越皱越深。当她抬头看见医院的招牌时，心就像一叶弯舟，浮动在这辽阔无边的夜色里。你根本就看不清，前方会是什么等着你。

直至此刻，尤明许才看清那是什么。

陈枫被殷逢一脚踹开，瘫坐在地，阻止不及；许梦山拔枪怒斥。她身后的几个人，不约而同诡异地沉默着。

殷逢察觉尤明许来了，陡然一僵，手也慢慢松开。

他手下的李明棣，就像一个被扎破的气球，突然漏气，大口大口粗哑地喘起了气，奄奄一息。

谋杀未遂。尤明许脑子里闪过这四个字。

在所有人沉默而晦涩的注视里，殷逢像是个疯狂的暴徒般，突然被惊醒；又像是个走投无路的孩子，缓缓抬起了低垂的头。

尤明许看到他的脸色苍白无比，眼眶却是红的，脸上流着两行泪。

尤明许不知怎的，她的脑子里明明什么都来不及想，眼泪却“唰”地流了下来。

殷逢的目光就像没有焦距，滑过所有人，最后停在她脸上。

他只看着她。

他的嗓音沙哑得仿佛已经死去：“阿许，原来是我。”

尤明许哽咽道：“什么……是你？”

他非常惨淡地笑了笑，那双眼仿佛早已失去光泽：“惩罚者组织……是我创建的……”

尤明许就像脑袋上被人狠狠打了一拳，昏昏沉沉，只余那惊涛骇浪般的痛楚。她张了张嘴，想发出声音，却发现像是被什么堵住了喉咙。她突然好像被人丢进了荒无人烟的沙漠里，而殷逢是她眼前所见唯一的绿色。此时，那片新绿慢慢地染上了灰暗的颜色。

尤明许的眼泪夺眶而出，她摇着头，非常缓慢地摇着头，她听到自己碎片般的声音：“我不信……不可能……不可能的……”

殷逢又望了她一眼，眼里盛满泪水。

可说完那句话，就像耗尽了他全部的力气。他骤然闭眼，向后倒去。

陈枫离他最近，一个箭步上前抱住了他。许梦山只看得目眦欲裂，吼道：“别动！尤姐，不准插手！”

尤明许僵硬如石。却只听到陈枫重重地哼了一声，像是要响应他的动静，尤明许只感觉到后颈一痛，眼前瞬间发黑，就失去了知觉。冠军放下手，一把抱住她的身体，慢慢放平在地。

几乎是在同一时刻，涂鸦如同野兽般从许梦山背后扑出，扣住了他的身子，许梦山大急，转身刚要反抗，却被压得死死的不能动弹。陈枫抱着殷逢，在许梦山身后举起麻醉枪，许梦山应声软倒在地。

涂鸦脸色铁青，走过来，蹲下，背起了殷逢。冠军头一次脸上一点笑意都没有，看了一眼地上的尤明许，露出不忍神色。小燕眼泪已经落下来，强忍着不发出声音。

陈枫抹了一把脸上的泪，说：“走！”

四人带着殷逢，连护士和摄像头都不再避开，就在众目睽睽之下出了医院，上车，径直驶进夜色里，从此失去踪迹。

第十五章

洞悉一切

岳山分局，大会议室，灯火通明。

黑压压的，已经坐了很多人。

丁雄伟夹着个笔记本，满脸寒霜，大步走向会议室，领导马上就要到了。结果刚走到会议室门口，就看到一个人站在墙边，双手插在裤兜里，看着远方，那模样，孤冷得像棵树。

看到丁雄伟，那人和他对视了几秒钟，才垂下眼眸。

丁雄伟心里叹了口气，又有些怒其不争，轻咳一声。

尤明许立刻又抬头看着他。

师徒两人的眉眼官司早打过无数次，丁雄伟看了一眼会议室后门，尤明许会意，点了点头，他则一脸肃然，大步走进会议室。

尤明许低着头，无声无息地从后门走进去，在角落里找了个位置坐下。旁边有几个同事见了，互相看看，都转过头当没看到。

尤明许这才慢慢抬起头，首先看到前排赫然坐着丁雄伟等几位局里领导，连段厅都来了，只见他面色不豫。他作为和殷逢关系匪浅的大师兄，来参加今天的会议，意味着什么？

尤明许的目光再往上抬，看到了墙上挂着的金黄灿烂的警徽，中间的蓝红二色，就像一片湖水和阳光，刺得她的眼眶微微发疼。

会议开始了。

许梦山今天也坐在最前面，他是那晚的目击证人和执勤人。许梦山今天看起来也像个陌生人，脸上仿佛笼罩着十斤寒冰，他几乎是平铺直叙，不带任何感情地陈述了那个晚上的事——

“……我上完厕所，赶回病房，遇到尤明许和跟随殷逢的几个人。我看到韩磊同志昏迷在病房门口，脖子上有麻醉枪的痕迹。我立刻闯进病房，看到陈枫倒在地上，殷逢正在掐李明棣的脖子，李明棣命悬一线……殷逢停止动作，我遭受袭击，中麻醉枪昏迷。醒来后，他们已经跑了。”

紧接着，前方墙壁的液晶屏里，开始播放几段视频监控录像——

陈枫和殷逢一前一后来到病房。

陈枫袭击执勤警察，闯入病房。

殷逢进入病房。

而后换了个摄像角度，是位于病房外天花板上的一枚摄像头拍摄的，尽管有一定距离，并且只能拍到半个病房，和一些模糊的肢体冲突，但整个过程，几乎一一印证了许梦山的话。

然后，涂鸦背着昏迷的殷逢，一行人急匆匆从病房跑出，潜逃出去。

…………

即使已经过去了一天一夜，再看到那一幕一幕，尤明许的心头还能感觉到某种干涩钝痛。她垂眸，压下隐隐的泪，脑子里浮现的，却是殷逢流着泪看着她的样子。

她今天来参会，不是为了刺探什么。

昨天发生的事，她根本就不信。

哪怕殷逢亲口那么说了……

可昨晚，在她和许梦山赶来前，到底发生了什么？有谁知道？

殷逢当时那样，是否有苦衷？神志是否不清？中了别人的暗算？

这么一想，她的心重新鲜活地跳动起来。

虽然昨晚过后，殷逢再也没有和她联系过，全城的警察都紧急出动在找他，也没人摸到他们的半点踪迹。

他如果想藏匿，没人可以找到。

所以今天，尤明许不顾流言蜚语，不顾旁人的目光，又来参会了。她要弄清楚，到底发生了什么，这一夜过后，对警方造成的影响是什么，对惩罚者的影响……又是什么。

领导们经过短暂交流讨论，很快有了结论。

但是当尤明许听到“通缉令”三个字时，心还是像断了线的风筝，一头往下栽去。

宣布这个决定的是段厅长。

他今天看起来好像老了几岁，眉眼沧桑隐痛，沉声说：“……不公开通缉，扩大到全省范围，封锁他的住处、办公室各处，针对他展开全面调查……”

尤明许在走廊的角落里站了好一会儿，抽完了三支烟，这才回到办公室。

组里的几个同事都在，看见她进来，交换了一下眼色，只留下许梦山，其他人都出去了。

尤明许在许梦山跟前坐下，许梦山掏出烟，问：“来一支？”

尤明许说：“刚才抽够了。”

许梦山“哦”了一声，说：“你要是想哭，就哭，这里没别人，只有我。”

尤明许看了他一眼，很苦涩地一笑。两人相对沉默了一会儿，尤明许用手按着脸。许梦山心里难受死了，搂着她的肩膀。

过了好一会儿，尤明许抹了把脸，深吸一口气，说：“说吧。”

许梦山说：“把手机给我。”

尤明许把手机放到他跟前，许梦山一边贴上监听设备，一边说：“你家所有的通信设备、网络都会被监控。会有两名警察24小时守在你家楼下。结案前你不可以履职，也不可以离开湘城。明白吗？”

尤明许答：“明白。”

许梦山眼眶一红，说：“别的没什么，你都懂。一旦他和你联系，立刻主动报告。”

尤明许道：“是。”

尤明许起身离开，走到门口，许梦山叫住她，说：“尤姐，我昨晚吼你，让你不准插手，不是怀疑你会徇私枉法。而是怕你不清楚情况，做了什么，事后被追究责任。你当时什么也不做最好。”

尤明许什么也没说，走了。

结果刚走到楼梯口，就看到丁雄伟送完几个领导下楼，转身。他的脸上还带着一点非常淡的笑，笑意却未真正到达眼底。

看到尤明许，他微微一怔，尤明许走向他，沉稳地说：“老丁，殷逢的事，拜托您了。我知道您一定会查得清清楚楚，我会在家里等结果。”

丁雄伟看着这得力弟子的样子，心里一痛，面上却不露分毫，问："梦山都跟你交代清楚了？"

"嗯。"

"回去吧，好好睡一觉。一切有我们。"

尤明许却站着不动。

丁雄伟叹了口气，说："还有什么事？"

尤明许看着他的眼睛："老丁，你信他吗？还有段厅长呢，其他人呢，他们信他吗？"

丁雄伟沉默了一会儿，说："信。一个人的品性、信念，不是靠一朝一夕看清的，而是靠我们这么长时间的相处，他面对罪犯时的态度，他表达的一个又一个观点，他协助我们惩凶缉恶的种种行为。可是尤明许，相比于直觉，我必须更相信证据。"

尤明许回到家，已是这天的晚上。

她自己的家。

上楼时，她一眼瞥见不远处停着辆不起眼的轿车，车上两个人影，没半点动静。他们约莫是怕她尴尬，安静守着。她也不想和他们打招呼。

尤明许已经很久没回来住了。推开门，闻到灰尘积累的味道。而她手里，只有一个简单的行李提袋。

她把提袋丢在地上，倒在沙发里，闭眼靠了好一会儿，起身去打扫卫生。

房子整洁，面积不大，很快就草草收拾一通，她又看了一眼殷逢那个空荡荡的房间，最后回到卧室，倒在床上。

窗帘半掩，暗淡无光，一室清冷。

她忽然就想，殷逢现在在干什么？他也在想她吗？是否还在痛不欲生？贵州的事，他到底记起了多少？

他应该已经很清楚，自己将会面临什么样的麻烦。

他会怎么做？他将何去何从？

他，真的是惩罚者的创建者吗？

殷逢，你是否真的看清了自己？

你还看得见阿许吗？

那是山间的一幢屋子，处于湘城与株洲的边界。因为前面一座山，就是旅游风景区。这幢房子藏在这里，有人入住，反而不会引起旁人注意。

屋子是全木修筑的，像个结实的城堡，也像个牢笼。门口有一段铺着防潮木板的路，连接着一片小池塘。周围树木茂密，杂草丛生。池塘里新荷初长，如同有人掬了满怀的绿意，送到房屋的主人跟前。

这房子，是涂鸦刚回国时置办的。那时候，他身上还背着事，但依然幻想着某天无债一身轻，来这世外桃源，像个野人似的过一辈子。后来坐了牢，又跟了殷逢，房子就丢在这里。没想到今天却用上了。

从昨天半夜到今天，换车又换牌，换了无数交通工具，花钱请人分散警察注意力，篡改路上监控录像……直至中午过后，他们才赶到这里。

殷逢在逃亡的路上就醒了，一直沉默，也没有阻止他们的行为。

而从中午到现在，殷逢就一直坐在房间里，没有出来，更没有和谁说过一个字。午饭陈枫端进去了，饭后去取餐盒，发现根本没动。陈枫也没吭声，退了出来。

初夏的阳光，已有些烈了。

几个人坐在树荫下，各自发呆。

冠军已经完全平静下来，甚至还嬉皮笑脸地时不时逗弄小燕一下。小燕心里堆着块巨大的石头，根本不想理他，却又招架不住，两人没多久就又打了起来。

涂鸦闷闷地抽着烟，身体看起来像一座沉闷的山。这种时候，连冠军都不敢惹他。

陈枫也抽烟，身上的衬衫西裤早已皱巴巴的，脏得不像样子。他盯着远方，眼里阴沉沉的。

看到冠军和小燕又在闹，涂鸦心头起了火气，把烟头摔在地上，吼道："够了！当不存在就真的能不存在吗？接下来我们到底要怎么办？殷老师怎么办？"

大家都是一静。

冠军最先冷冷说道："有什么可气恼的？殷老师是警察那边的，我们就是警察那边的。他是惩罚者，我们就是惩罚者。杀人而已，被杀而已。真的有那么重要吗？"

陈枫骂道："你闭嘴！殷老师怎么可能是惩罚者？他带着我们和警察干掉了多少惩罚者，还差点被亲哥弄死！惩罚者组织，怎么可能是他创建的？"

冠军几乎是立刻说："那你怎么说看见他和苏子懿囚禁了李明棣？这件事，他不是也想不起来吗？"

陈枫痛苦地伸手抓着头发，他多希望自己根本没看到那一幕。可是，就算他没看到，还有什么差别吗？昨晚殷老师已经对李明棣动手，还亲口承认……

一直沉默的小燕忽然开口：“如果他确实是惩罚者，只是自己忘记了呢？以为自己是正义的？”

大家都沉默下来。

小燕那白净的脸紧紧绷着，接着说道：“有的时候，人如果经历了很强烈的刺激，是会忘掉一些事的。譬如我……到现在也记不清，父母被杀那个晚上，到底发生了什么，我又做了什么。如果殷老师只是忘了，殷尘他们就会逼不得已和殷老师对抗，甚至有可能……他们会伤害殷老师，却不致命，只是为了保护殷老师的身份呢？”

几个人听得脸色一变，却谁也说不出反驳的理由。

涂鸦痛苦地闭上了眼睛，低声说：“你们明明都听到了，他说自己就是惩罚者。”

陈枫走进屋子，看到殷逢靠在一张藤椅里，望着窗外。他还穿着昨晚的衣服，一路沾了不少泥迹，而他恍然未觉，神色平静。

陈枫心头发酸，把又热了一遍的饭菜放到他面前，说：“殷老师，你得吃东西。”

殷逢就跟没听到似的，也不知在想什么。

陈枫又说：“尤明许要是知道，会担心的。”

殷逢这才看了他一眼，又看了一眼食物，哑声说：“放着吧，我待会儿会吃。”

陈枫也不知道说什么好，或者也不需要他说什么，他在殷逢身边坐下，一起望着那扇两尺见方的窗户玻璃上映着的树枝和水面。

“事到如今，你怎么看？”殷逢开口。

陈枫却笑了笑，很淡的表情：“刚才我们都商量好了，你去哪里，我们就去哪里。你是什么，我们就是什么。这就是我们的看法。”

殷逢沉默下来，过了好一会儿，他说：“好。”

陈枫却差点落下泪来，也不知是因为兴奋、难受还是孤独。

可他没有看到，当殷逢望着窗外时，那深邃如井的眼底，分明也有泪光一闪而过。

殷逢忽然笑了，一只手背抵着嘴角，一副平时冷酷肆意的模样，他轻轻地问：“陈枫，三年前的那天，你真的看到了我和苏子懿、李明棣在一起？”

陈枫垂眸不语。

那就是默认了。

殷逢缓缓地说：“一双眼睛所看到的，就一定是真的？”

陈枫心头一震，不明白他的意思。

殷逢却不再解释，话锋一转："其实，严格地说，尤英俊并不是我的第二人格，他只是我现有人格的一部分。那个时候，我大脑受伤，兼之心理受创，但主要还是生理受伤的原因，令我失去神志，变得像个孩子似的。医学上有很多类似的案例。当我的脑伤恢复后，就痊愈了。他做过的事，我全都能想起来。只有等我醉酒时，神经系统受到麻痹，才会又露出那一面。如果尤英俊真的是我的第二人格，那么他做的事，我永远都无法主动意识到。我最多只能在潜意识里，看到有关第二人格的一些记忆片段。"

陈枫理解着他的话，骤然就明白了他的意思。陈枫只觉得心头骇然，难以置信却又觉得合情合理。

殷逢的脸却静静的，仿佛已沉浸在一片清冷的水潭里。他说："如果那些事真的是殷逢做的，就是他。这是唯一的解释。"

陈枫失声道："怎么办？我们怎么办？"

殷逢闭上眼，仿佛终于感觉到困顿。他靠进椅背里，哑着嗓子说："去问问冠军，有没有办法绕过警察，联系上尤明许。"

这几天，尤明许一直在翻来覆去地想那个晚上的事。在她到病房前，到底还发生了什么？否则殷逢那么沉得住气的一个人，不可能情绪失控要掐死李明棣。

她的脑海里总是浮现出殷逢最后望着她的模样，绝望又痛苦。她恨不得现在就插翅飞到他身边，看看他怎么样了，问问他到底为什么。

可他却带着他的人消失了。

尤明许并未就此消沉，她不可能这么做。她又想办法，把历年来只要有可能与惩罚者有关的案子都拿回家，仔细翻阅查找，希望能找到哪怕一丝线索。

除了干这个，白天她还出门跑步，做大强度的体力训练。两个负责看着她的警察只是默默跟着，有时候还跑上来递烟给她。

到了夜里，她终于无事可做，坐在空荡荡的家里，才感觉到无处不在的寂寞。她只好拾起平板电脑看电视剧，看到夜深困极，倒头就睡。

殷逢失踪第三天。

夜已经很深了，这个城市仿佛也寂静下来，唯有黑沉沉的夜色，像是要从窗口扑进来。

尤明许把平板电脑放在床上，人靠坐着，面无表情、目不转睛地看电视剧。

突然间，屏幕黑掉了。

她一怔，心里骂道："屋漏偏逢连夜雨。"刚要拿起平板，就见屏幕上自动闪现出什么程序，像是飞快运行着，一秒钟后，重新黑屏。

然后，漆黑得近乎肃穆的屏幕上，慢慢浮现出两个白色的字："阿许。"

尤明许盯着这两个字，突然间泪盈于睫，悲从中来。

尤明许强行把眼泪忍下去，下意识抬头看了看周围，想起既然有冠军在，也许警方根本就没察觉。即便察觉了，事无不可对人言，她该说什么，还说什么。

屏幕下方，出现一个供打字的对话框，她输入："我在。"

屏幕却沉寂了一会儿。

然后他说："人人都判定我有罪，你呢？"

尤明许回答："也许吧。"

他又静了静，说："那你打算怎么办？"

尤明许鼻子一阵酸，眼前浮现水雾，字却一个一个缓慢清晰地打了出来："寻找证据。要么，给你洗清冤屈；要么抓你，再等你。"

他说："要是等不到呢？"

尤明许答："那就等不到吧。"

过了好一会儿，他才回复："好，说定了。"

尤明许的眼睛已经看不清了，用手按着脸，泪水滴落在屏幕上。

而那一头，殷逢独坐在冠军安排的电脑前，如果此时有人看到，就会发现这个多年前似乎就已没了泪水的男人，深深的眼眶里，仿佛盛满了整个星空下寂寞的水光。

他再次输入："阿许，听着。现在最大的可能性，就是我拥有第二人格，是他创建了惩罚者。我在记忆片段里看到了，我们一直要找的那个人，是我。"

尤明许已隐隐猜到了这个答案，她却不知道要回复什么好，最后只打了两个字："明白。"

殷逢对着屏幕，慢慢地露出个无声的笑容。他知道她已经明白了，她总是明白他的，哪怕是他身上的肮脏和黑暗。

殷逢说："如果最后真的证实是我，我会自杀。这样，就两清了。"

尤明许用力捂住嘴，看到自己的指尖都在轻轻地颤抖。她一个字也打不出来了。

可他还要说："你以后看到姓殷的，就绕道走吧。"

“……如果你出事，我不会原谅你。我也不会自杀，我又不是为你活着的。但是，我从此不会再想起你，不会再见陈枫他们，不会再去别墅。我提都不会提起你。什么犯罪心理学行为分析的结论，我再也不会听。看到姓殷的我就绕道走。”

昔日的赌气话语，仿佛还在耳边。原来他记得那么清楚。

尤明许只回复了两个字：“够了。”

他沉寂了一会儿，说：“对不起。原来这个世界上，还有另一件会令我自杀的事。”

尤明许想要痛哭，却发不出声音。她有千言万语想要对他说，想要问他，却什么字也打不出来。

她想，从第一天遇到殷逢起，他就是个浑蛋，他就欠着她的，现在还想永远欠下去。说好了喜欢又忘记；说好了再不招惹她，却又抱着她说自己是偏执狂要她回来；说好了不准她再有别人，却让她从今往后遇到姓殷的就绕道走。

尤明许慢慢打出一行字：“你是想要我的命吗？”

那头的殷逢，转过头去，望着窗外。下颌的线条僵硬得像石雕。

那寂静的空气，隔着屏幕，仿佛也在无声蔓延。

尤明许突然间仿佛失去了全部力气，静静地问：“殷逢，这就是你和我的结果吗？这就是我们的结局？”

从西藏到贵州到湘城，从尤英俊到殷逢，从相离到相伴，我们一路越过了多少山，抓住了多少有罪的人，救了多少无辜的人。这就是我们的结局？你终究只是我生命里的过客，你原来不会永永远远陪着你的阿许。

殷逢过了好一阵子才回复：“不，不是。我还不想认输。”

尤明许一愣，眼泪滚滚而下，却又傻傻地笑了。她就知道，他怎么可能这么轻易就认输。这大概已经是他心底最恐惧的结果，他对她说了出来。只是……不安在尤明许心中蔓延，即使不认输，他们还能做什么？如果真凶真的是他的第二人格。

殷逢说：“我不相信。”

尤明许问：“不相信什么？”

他说：“我不相信这个灵魂早已堕落。不相信我早已生活在罪恶里而不自知。不相信我一直以来承受的折磨和坚持，只是一场笑话。最重要的，我不相信，如果真的有一个‘他’存在，我却毫无抵抗就输给了他。这不可能。”

尤明许心头一震，殷逢的话可以说纯粹是他的主观意志和信念，可她居然相信，犹如在漆黑的谷底，突然就窥见了一丝光，那光细而亮，狭长如月牙，却让人忍不住就要伸手，紧紧抓住，用它撕开黑夜与深谷，回到光明而清晰的世界里。

“你接着说！”尤明许甚至有些急切。

那头的殷逢，看着她的话语，也缓缓地笑了。只是那笑意，依旧显得苍白沉寂。

他说：“阿许，现在所有的人证、物证都指向我，包括陈枫的目击，包括我脑子里的记忆。可如果，这一切都是污蔑呢？

“你曾经对我说过一句话，很不讲道理，可也很有道理——你说，如果某个假设，会把我们带向我们根本不想看到的结局，那我们为什么要去考虑它？如果一切真的是我的第二人格做的，一切就已结束，我的人生一败涂地。

“所以我决定，不管理智和证据怎么告诉我这是真的，我也要当这个假设不成立。

“陈枫虽然看到了我和苏子懿凌虐李明棣，我也想起了自己和殷尘站在一起，但如果这些仅仅是表象，另有隐情呢，或者这就是他们想让我们看到的、相信的？如果我根本就没有第二人格，那么真相到底是什么？阿许，你愿意按照这个假设，继续陪我查下去吗？”

理性在说这种可能性也许很微小，感性却迫不及待地要追随。

尤明许回复：“愿意！”

殷逢看着这两个字出现，心就像在一片破败的废墟上开出了一朵小小的、红得像火的花。

他陷入沉默。

那个晚上，他听到陈枫的指控，又窥见记忆中那个陌生的自己，它们突如其来，却早有伏笔，顺理成章。他的信念与理智，几乎轰然崩塌。巨大的愤怒和痛苦，一瞬间就要将他淹没。

他红着眼，却看到了病床上的李明棣。

这个看似无辜柔弱，却令他厌恶至极的男人。

一个声音骤然在脑海里说：

“杀了他，所有人证、物证就会失效。”

“杀了他，当一切都没发生过。”

这念头是那么疯狂，却像骤然降临的黑暗里唯一的火光，照亮他的心。汹涌的愤怒和痛苦驱使着他，将手扣上李明棣的脖子。他感受着李明棣的挣扎，和李明棣生命力的逐渐流逝，异样的快感和终于即将解脱的感觉，在心中无声滋生。他明明站在原地，却像一下子往后跌出了十几米，即将跌入一个寂静空旷的世界里去。

直至身后的嘈杂动静和许梦山的喝止声令他猛然惊醒，再转身，大错已经铸成，定局已在眼前。

可是，有的地方，你的心如果曾经抵达过，你就永远也不能真的离开。有的事，如果你终于做了，你也将永远记得指间颤抖的感觉。

这几天的逃亡生涯——手下们的焦急和拼命，警察的追捕，路途的颠沛，既令殷逢心烦意乱，又令他感到从未有过的耻辱。他一言不发，任他们带自己去任何地方。可那个寂静的念头，竟然时不时钻进脑子里。以前它也这么缠过他，却从没像现在这么顽固强韧，仿佛重获新生。

它说：就这样吧，承认吧，屈服吧。既然已经做了，既然再也无法摆脱罪名，何必再扛下去。就像背了三十年的沉重枷锁，终于要放下。你本是什么样的人，就该成为什么样的人。当你杀人时，当你放开自我的本性时，分明也感觉到久违的快乐和另一种自由，虽然这些感觉伴随着蚀骨的疼痛。

只是如果没有尤明许，没有过去的那些日子，没有涂鸦、小燕、冠军、陈枫和老九，他们一心一意追随他去证明正途，他也许真的会想要放弃。

这些都是他的光。在那个晚上，差一点就从指间全部熄灭。灵魂在拷问他，是要轻松地跌入黑暗，还是要承受更大的折磨，从脚下埋满尸骨的泥沼中，爬回温暖明亮的人世间。

其实他从未有过别的选择。

从未有过别的答案。

殷逢的鼻子阵阵发酸，心却像是回到了那一个个宁静的、亮着橘色灯光的夜里，在和尤明许说话。只是与她这样短暂地交谈，甚至还只见文字不见面，却令他奇异地恢复成原来那个人。那些邪念、那些被克制太久的欲望，在她面前，都渐渐沉入冰凉的水底。

他说："我不会让你为难。如果最后查证的结果，真凶依然是我的第二人格，我们其实也没走什么弯路，把他当成我们的对手，送到监狱或者死神那里去。"

尤明许本来听他假设第二人格不成立，心里好受了些。可现在他又绕了回来，语气还这么沉静无情，她忽然又感到阵阵刺骨的寒意，丝丝缕缕侵袭。

原来，他也没有什么把握。

尤明许说："好，我明白了。"

殷逢的手指停在键盘上方。

平时两个人总有说不完的废话，如今却总是无语凝噎。

那头的殷逢定了定神，看着满屏密密麻麻的聊天记录，突然间，原本空荡荡的心仿佛也被什么无声无息地填满了。他笑了，这一瞬间，英俊的脸上，深邃的眼已恢复平日里冷冽幽沉的光。

他说："我和阿许联手了很多次，这一次，也会遇神杀神，遇魔杀魔。现在，你和我都被惩罚者择出来，当成障碍扫平了。我想这正证实了我原来的假定——他们就要行动了。那不是培养几颗种子、猎杀几个罪犯那么简单。针对我的这步棋，他们埋了这么久，都舍得牺牲掉，说明他们会有大动作。如果我是惩罚者的首领，我要做的那件事，会是一件可以彻底表达我的意志的事，一件可以影响很多人，甚至让世人都知道惩罚者宗旨的事。这样，他们的殊死一搏，才是无悔的、值得的。我想，他也一定是这么想的。

"而且，这件事如果最后做成了，还可以栽赃到我头上——我不是在逃吗？而真正的惩罚者首领，根本没有现世。那么他们的组织，就可以永续下去。再过些年，他又可以培养出新的惩罚者。"

看到他的话，尤明许感到惊心动魄。

她不得不承认，殷逢说得有道理。对方不惜牺牲掉苏子懿和李明棣，等于是图穷匕首见，一定是要展开最后的反击了。只是，就算能猜到对方的意图，我在明，敌在暗，俗话说得好，有百日做贼的，却没有千日防贼的。天大地大，这城市的一千万人口，都有可能成为惩罚者的目标。神仙也无法预知，他们的具体犯罪计划到底是什么。

想到这里，尤明许的心突然一沉。殷逢今天找她，已经说到了这个份儿上，必然已有了打算。

她立刻问："你打算怎么做？"

那头的殷逢沉默了半分钟，才回复："并不是没有办法去探知他们的计划。"

尤明许说："不行！我不同意！如果第二人格的存在，真的只是栽赃嫁祸，他们就更加不会相信你。甚至有可能你这么做，也在他们的计划中，会把自己给赔进去！别忘了殷尘有多想毁了你！"

殷逢静默不语。

尤明许的脑子急速飞转，如果想不出别的办法，以殷逢狂傲的性子，又被惩罚者磋磨成现在这样，真的有可能去做以身饲虎的事。伪装也好，欺骗也好，他都会冒极大的风险，去获取惩罚者的信任。甚至有可能真的被打上惩罚者标签，从此无罪也变得有罪，再也洗不掉了。他也许已经不在意，可她怎么能看着他走向一条和惩罚者同归于尽的路？

那是她的殷逢。纵然他一身邪气横生，她也要拼死守着那颗分明干干净净的心，不要看着他染上淤泥和腥臭。

可是现在，没有任何线索，又要怎么应对惩罚者的计划呢？

尤明许这个人，一旦被逼急了，反而胆气横生。她的脑子里突然闪过一句话。那是她刚入行时，师父们常说的一个道理：别看有的时候，案件全无头绪，根本无从下手，这时候呢，你就要回到源头。往往事情在哪儿发生，哪儿就藏着犯罪的根源。

尤明许心中一动，劝道："殷逢，你先不要急着去送死。我们先搞清楚，他们对你，到底是怎么得手的。"

那头的殷逢静默不语。

尤明许继续说道："如果第二人格不成立，那么惩罚者的创建者就另有其人。那么现在的局面，他们是怎么做到的？不管是陈枫看到的也好，还是你的记忆片段也好，既然是伪造的，就应该有漏洞。他们到底是什么时候对你们做了手脚？"

这个问题，殷逢当然反复思考过。

第一种可能，他大脑中的记忆，是被人提前植入的。但是，以现在的脑科技术，根本无法做到。而且他做过这么多次脑科检查，也没发现过什么异样。

第二种可能，催眠。但心理学上真正的催眠和电视剧、小说里的情节，完全是两码事。没人能对他打个响指，就让他被驱使——那样是魔术。当然，真正的催眠大师不是没有，可就算惩罚者弄了个过来，对方如果不能近他的身，如果不能获得他的信任，是不可能做到的。所以，这一条道理上也是行不通的。

第三种可能，就是他刚才对尤明许说的那些事确实发生了，他和陈枫看到的都是真的，只是另有隐情。但说实在的，他真的想不出，还能有什么原因，让他能和殷尘并肩，还和苏子懿那个女人狼狈为奸。除非他拥有第二人格，否则根本找不到别的合理解释。

这也是为什么他今天一来，就开门见山对尤明许说出最大的可能性——自己拥有第二人格。

逻辑早已不通，只是他还不肯认输而已。

然而尤明许的另一句话，却令殷逢心中微动。

她问："他们到底是什么时候对你们做了手脚？"

"你的意思是？"殷逢问。

尤明许答道："我不知道，也不懂你们心理学或者神经学上，有没有可能做到让人信假为真。但既然我们要坚持'没有第二人格'这个假设，那相应地，就要假设他们就是做到了这一点。

"没有人真的可以做到天衣无缝。在我们刑警眼里，只要做了，就一定会留下痕迹线索。你仔细想想，最近你的身边，还有三年前陈枫看到你和苏子懿的那个夜晚，有没有发生什么不同寻常的事？有可能只是很不起眼的细节。真相往往藏在细节里。你一定要仔细回想一下，也许，只有你能发觉，只有你能推翻他们。"

…………

其实殷逢一直是个很注意细节的人。

但更多的，他在意的是人的行为细节，而不是刑警们在意的物证和常规逻辑。

所以，在追捕学徒杀手时，他会得出杀手乐于在网络上对罪案发表言论的"行为预测"，近乎天马行空，却不会太在意常规逻辑。常规逻辑也得不出这个结论。

而且，那夜发生的事，对他的精神冲击实在太大。他一想起，情绪就难以平静，他会一下子就被带入陈枫所描述的，或者自己所看到的情景里去。

此时尤明许的话，是完全的刑警思维，是和他相似而不同的思维，他的脑子里"嚓"的一声，就像有一根小火柴，亮起了一束微弱的光。而原来他身在其中，周围都是迷雾，却仿佛看到一些藏于其中的黑色的、纤细的脉络一闪而过。

直觉告诉他，分明还遗漏了什么。

不识庐山真面目，只缘身在此山中。

他们不可能毫无痕迹地对他下手。

细节。

异常的细节。

…………

他是从什么时候开始，一门心思认定惩罚者存在另一个创建者，并且认定那是一个自己感到非常熟悉的男人的？

陈枫的目击是三年前的事。他当时是怎么描述的？还说了哪些细节？

警局的办公室……厚厚的卷宗……墙上的挂钟……有人抬头时，眉眼泄露些许笑意……楼道里的脚步声和说话声……

医院……拐角……那眼熟的黑影……空无一人的储物间……凭空消失……

晚宴之后……下雪的湖边……他走进密室……陈枫的尾随……地上的李明棣……似曾相识的皮鞭……陈枫走到楼梯……苏子懿转身……白色衬衣……眼镜……黑色绸缎短裙……

那些画面，一幕幕清清楚楚闪过殷逢的脑海。渐渐地，迷雾散去。而那些黑色的、狭长的纹路，逐渐变得清晰可见。而那一束火柴的光，越来越亮，越来越亮，把每个场景里不合理的细节都串了起来。最后那些纹路分明交织成嶙峋凸起的脉络，赫然就在眼前！

殷逢坐在电脑前，却如同骤然跌落在寒冷冰窖里，心也开始激烈地跳动着。

如果他执意坚持没有第二人格的假设，那么，排除掉所有不可能的答案，剩下的那个答案、那个人，即使再不可思议，也是惩罚者，是真正的创建者和灵魂所在。

他沉默太久，尤明许的心跳，也不受控制地加速。

她问："你是不是……想到了什么？"

岂止是想到了什么。越是不合理的事，越是窄得像一条缝隙的路，一旦走过去了，就会得到最不可思议的精准答案。

殷逢连喉咙都开始发涩，缓缓输入："阿许，谢谢你。我想我不用去送死了。"

尤明许："什么？"

"我已经知道惩罚者组织的创建者是谁了。"

尤明许浑身一震。

今天她的感觉就像坐过山车，刚刚才减速，像是要到一段平缓却看不到目标的下坡路了，他却突然又将她高高地抛向天空了。

"谁？"

"我也知道，那个人是怎么做到这一切的了。"

他在屏幕上打出了一个名字。

尤明许的眼睛骤然睁大。

殷逢的脸上却已满是寒霜。打出那个名字后，他闭了一会儿眼才睁开，喊道："冠军！"

冠军推门而入，瞥了一眼屏幕上密密麻麻的字，气都发不出来了："殷老师，不是我说你，你当网恋呢？还没说完？警察也不是吃素的，我都快要藏不住了。"

却撞见殷逢满目寒光，仿佛浸在冰水里，看得冠军心头一晃。他心想：两口子就是两口子，刚才还半死不活的殷老师，和尤明许聊了几句，怎么就又满血复活了？这么大的坎儿，两人居然也跨过去了？

然而，他听到殷逢说："给我盯着一个人。从现在开始，那个人说的每一句话，见的每一个人，做了什么，去了什么地方，我都要知道。那个人现在全无察觉，又要隐藏身份，一定不会设防。这个人即将带领惩罚者们，实施最后的犯罪计划。盯着这个人，就等于扼住了惩罚者们的喉咙。轮到我报仇雪恨了，这一次，我要让他们有去无回，把惩罚者组织连根拔掉！"

第十六章

连根拔起

清风拂面，月朗星稀。

这是一座老房子，院子不大，独门独户。在这个城市里的位置，不算偏僻，周围稀疏有几户邻居。

院子里有一棵上了年纪的老槐树，密密的树荫遮着黑瓦白墙，庭院干净。路灯下，枝叶的影子在墙上摇晃，透过窗子，可以看到屋子深处依稀有明亮的灯光。

所以你若是站在屋子门口，会有几分岁月静好的错觉。

车队在距离房子一段距离的地方停下了，人们四散开，顷刻就没入夜色里。尤明许和殷逢也下了车，慢慢走向那座房子。

尤明许说："真的不用我陪你进去？"

殷逢点点头说："我想和她单独谈谈。"

尤明许又看了他两眼，比前些天，瘦削了不少。那双眼沉沉的，看不清喜怒。曾经一度，她觉得他整个人热乎了不少。可此时，他又像变回了最初那个殷逢，冷峻而不可接近。

两人走到了院门口。

尤明许卸下手枪，递给他。他接过，说："她不会对我做什么的。她并不想杀我。"

尤明许说："我不管你们要聊什么，一旦情况不对，我会冲进来抓人。"

"嗯。"

殷逢伸手捏了一下她的脸，转身推开院子栅栏，走了进去。

他走到房子门口，也不敲门，直接开锁，推门而入。

门在他身后虚掩上。

尤明许凝望不语。

自从那天两人在网络上取得联系后，足足有四天时间，他又销声匿迹。

直至昨天下午，他突然出现在她家楼下，惊呆了值守的警察。当她跑下楼时，他正被他们戴上手铐，抬头冲她微微笑着，而后一扬手里的东西，说："带我去见丁雄伟，这是证据。"

一夜之间，乾坤扭转，化险为夷。

而在他的执意坚持下，今天的抓捕行动里，就多了他这个孤独前行的背影。

尤明许突然想：这家伙成长到今日这样子，真的很不容易。

现在，他又要多失去一样东西了。

许梦山小跑过来。

尤明许说："都安排好了？"

许梦山神色凝重道："好了！人都埋伏好了，网络切断，手机信号切断，一只苍蝇也飞不出来。殷老师进去……真没事？"

尤明许说："他说没事，我信他。再说有咱们盯着，随时能把这屋子给掀了。"

许梦山笑了："好。"又往两人身后望了望，语气含糊，"……还在车上呢？"

尤明许答："在。"

其实范淑华隐约听到了动静，但她正在看一本书，不想分心。

直至脚步声传来。

有人不请自入，脚步沉稳。而当她抬头时，看到窗外隐约有光线掠过。

范淑华感觉时间仿佛有片刻的凝滞，然后她低头继续看书。

那人走到了桌前，自顾自地在对面坐下，轻唤了一声："老师。"

范淑华慢慢地叹了口气，放下书。

在殷逢眼里，导师看起来和以前没什么差别。深夜，孤灯，一本书，一杯茶。白色衬衣，眼角细密的皱纹。那是一种沉淀在书海里的宁静气质。所以此刻，哪怕两人对视，导师的眼睛里也没有丝毫慌乱，甚至有了一分如往日般慈祥的笑意。

"什么时候猜出来的？"她问。

殷逢答："逃亡第三天的晚上。后来收集证据，又花了点时间。"

范淑华露出惊讶神色：“比我想象的快多了。”又皱眉说，“只要再晚一天，过了今天晚上，我要做的事情，其实就做完了。”

殷逢说：“你做不完了。”

两人都安静了几秒钟。

殷逢说：“不是单靠我自己。您算得挺准的，那天晚上之后，我差点就信了有第二人格。您是知道我的，呵……我们都是站在深渊边上的人，一旦触到这个心理上的禁区，就容易被情绪左右，看不清真相，也不够自信。身上要是本来就插了把刀，碰一下就会疼的。而且您设置的逻辑也是完整合理的。”

“那为什么……”

殷逢微笑：“您算准了我，却没算准尤明许。她……是个不撞南墙不回头的性子，天塌下来都要维护我。是她提醒了我，还是用的老刑警的那套逻辑。她说事情在哪里发生，哪里就藏着最隐秘的根源，而且往往就藏在不起眼的细节里。您看，那些细节，就算是您，也不可能抹平的。结果我就像个做梦的人，一下子被惊醒，看到了真相。”

范淑华恍然道：“她呀……唉，这些刑警，还真是勇气可嘉。”她不知想起了什么，神色一怔。

殷逢的双手放在膝盖上，神色显得特别平和，依然是平日见师长的模样。许多与他俩有关的往事，交织成某种沉甸甸的感觉，凝在心头。他想起了第一次上范教授的大课，这位声名显赫的心理学导师站在讲台上，侃侃而谈，温文尔雅，浑身上下都闪着睿智的光芒。而不像此时此刻，她已隐约露出某种冷酷怪戾的气质。

还有很多次，他们讨论心理学专业问题，范淑华有没有流露出对于善恶的偏好？应该是没有的。她非常谨慎，滴水不漏。不然也不至于这么多年过去，都没人知道惩罚者组织还有一个“她”的存在。但，是否就在师徒俩那一次次的答疑、解惑、碰撞过程中，她完成了对他的观察和选择？

后来，殷逢博士毕业，他也选择了一些人，收留他们，改造他们。并不刻意隐瞒，有心人都能知道。再后来，他就察觉到身边有一双眼睛存在，跟随着他，窥探着他，无处不在。可他怎么查也查不出来，有时都被逼得近乎狂躁。那是毒蛇的眼睛，阴暗瘆人。

原来那双眼睛的主人，是她。

殷逢望着她在黑夜中也不减清亮的眼睛。

他问："是从什么时候开始的？陈枫三年前参加校庆吗？"

范淑华露出赞许的表情，说："还要再早一点。"

殷逢点头："那时候陈枫到我身边的时间不长，利用校庆的机会，催眠一个心理扭曲的他，对您来说，轻而易举。所以他才会看到我和苏子懿在一起，看到我囚禁凌虐李明棣。也许您还给他看了真正的凌虐视频，看到了那个密室，让他相信那是真的。难道从那时候起，您就开始计划让我做替罪羊？"

范淑华笑了一下说："没人能预料到三年后能发生什么，但在你身边埋一颗不定时炸弹，一定是件有趣的事。"

尽管她的语调还很温和，殷逢却感觉到眼前的人越来越陌生。

"哦？那利用丁雄伟呢？也是因为有趣？"殷逢笑了笑，"他对你，似乎痴心一片。"

范淑华脸色平静："谈不上利用，我恰好去警局拜访他，他恰好因为我是二十年前的一起案件的画像者想要询问我一些问题，而你恰好独自在隔壁而已。"

殷逢问："催眠我费不费劲？"

范淑华微笑："很容易。我了解你，你心里的欲望太强了。"

殷逢沉默了一会儿。

那个午后，他只身去警局查阅二十年前的案件资料，有关那段时间的记忆——丁雄伟提及有客来访时的笑容，走廊里的脚步声，墙上的时钟，不知不觉推移的时间……

"在医院的那个晚上。"殷逢说，"如果我没有追着陈枫出来，你们的计划岂不是落空了？"

范淑华答："不会落空。你如果不去，陈枫就能顺利杀死李明棣，你照样脱不了干系。我也可以找别的机会再对你催眠一次。让人惊喜的是，你去了，让我完成了对你的记忆和身份塑造。一切水到渠成、顺理成章！真是个好孩子。"

"所以走廊里引我过去的那个人是你？"殷逢说，"其实你在那个角落的房间里，已经对我催眠了。"

殷逢脑海里浮现出那个晚上的某个细节：他追着那个眼熟的身影，到了走廊拐角，却空无一人。打开储物间的门，却只见一片漆黑。就是那时。

"是的。"

窗外闪烁的灯光越来越密，脚步声也越来越明显。有很多人正在侵入这座房子，可屋内的两人，仿佛都没听到。

“为什么，老师？”殷逢问，“为什么你相信‘诸善已死，诸恶奉行’？惩罚者们所做的事，难道您看不到？他们肆意妄为，猎杀逃犯。他们有什么资格这么做？不仅如此，他们还培养罪犯，培养惩罚者。这些培养的背后，是无辜的人命。这样的‘惩恶’，早已扭曲，恶中反而生出了更多的恶。难道您看不到吗？为什么还要一意孤行？”

面对殷逢冰冷的质问，范淑华却显得很沉静，她说：“一种新的理念、新的社会生存方式的推行，本来就是要付出代价的。生存还是死去，并不重要。探究真理，才是最重要的。”

殷逢摇头道：“不，生命本身，才是最重要的。”

范淑华突然哈哈大笑，从殷逢走进房间开始，她头一次露出这样强烈的情绪，她边笑边说：“我听到了什么？一个天生心理病态的孩子，告诫我生命本身才是最重要的。你不是对很多事、很多人都没有感觉吗？你不是看到再残忍的凶案现场都心无波澜吗？现在你想干什么？成为善的教父吗？可惜善只会令人懦弱，恶才能保护我们。”

“可我还在尝试去爱人！”殷逢断然说道，“也有人愿意爱我。老师，您呢？您这个生命，曾经经历了什么？您口口声声说信仰，说真理，可您眼中的真理，从何而来？人的心理总是有成因的，这么简单的道理不用我提醒。那么您这个生命，曾经遭受过什么，才让您认定了生命不再重要？您说我的心中充满欲望，难道您不是？您是那么迫切地想要证明所谓的真理，因为您这个生命，原本的信念已经被毁掉了吧？”

范淑华冷冷地望着他。

原本平静如冰封的脸，终于出现一丝龟裂的迹象。

她是不信他的话的。

他是她的弟子，所学都是由她教授，难道还来训导她？这么多年过去了，幼年的事早已如宇宙中的尘埃般遥远，在她心里掀不起半点波澜。她也自认早已痊愈，早已克服，他以为她是心理学一年级的学生吗？她的信仰还源于童年的伤害？

可是，当殷逢这样质问时，她第一时间还是想起了那些事。母亲的痛哭和懦弱，陌生人的拐带，父亲的冷漠。满地的尸身，满地的鲜血。其实每次想起，还是会有种奇怪的感觉。她那时候只有两三岁吧，事都记不全，当时的事也全无印象。反倒随着年岁渐长，五岁、六岁、十岁……那个孩子傻傻地站在血泊中的一幕，甚至尸体的形状，母亲胸口的血洞，父亲狰狞着死去的脸……都越来越清晰地出现在记忆里。到后来，她甚至分不清，那到底是源于记忆，还是她的想象添加。

…………

“够了。”范淑华的脸色是殷逢从未见过的阴沉，“他们快要进来抓人了吧？看来你收集到足够的证据了。是丁雄伟让你来的？”

殷逢答：“我提出要来，他没有反对。证据确实如您所见，那三次关键的催眠，我们都找到了监控视频，您在犯罪现场出现过。这几天，我还让人监控了您的通话，录下了您和殷尘的电话内容。”

范淑华露出一丝笑：“谋定而后动，有我的风范。你要是肯加入惩罚者，我又何必退而求其次找殷尘？又还能有那些警察什么事？”

殷逢叹息：“您还是执迷不悟。”

范淑华笑笑。

她转头望向窗外，透过那些光和黑暗，似乎望着另一个地方。

殷逢说：“那边应该已经动手了。”

范淑华的眼里泛起泪光：“他们，可惜了。”

两人身后，脚步声越来越近，已经有人来到了书房门口。

殷逢站起来，深深鞠了个躬，说：“老师，您真的错了。”

范淑华恍若未闻。

殷逢转身离去，看到门口站着的那人，破天荒拍了拍那人的肩。那人沉默如山。

猛然间，范淑华一把拉开抽屉，取出个东西就往嘴里扔去。说时迟那时快，门口的丁雄伟一下子扑过来，千钧一发之际，抓住她的手，又捏住她的下颌。丁雄伟怒目而视，一把拍掉范淑华手里的东西，范淑华脸色苍白，说：“老丁，给我留点脸。”

丁雄伟深吸一口气，摸出手铐，给她铐上，说：“范淑华，你被捕了。”

许多警察跑进屋子，殷逢独自走出来。

尤明许站在院子门口。

他走过去，不管不顾地把她抱进怀里，如同一座寒夜里的山，朝她倾压下来。

尤明许问：“很不好受？”

殷逢“呵呵”笑道：“有点。我一直把她视为长辈，她给我的感觉……温暖、有力量，像你。我从没见过她这么扭曲的样子。”

尤明许说："你还有我，你还有很多。"

殷逢抬眸看她，暗光浮动。

"我还有你，我还有很多。"他慢慢重复着她的话，手臂收得很紧，让尤明许都有些难受了。

许梦山和另一名警察押着范淑华走出来。

众目睽睽之下，她低着头，没有看任何人，上了一辆警车。

丁雄伟站在屋子门口望着。

这时，一名警察跑到门口，说："发现了一些东西！"

这是房子里的一个小房间，范淑华并未对此做什么掩饰。

有一排书架，上面放了些书。还有一排白色矮木架，有点类似书店的陈列架。每一格上，都贴着一个人名，放了一个黑色软皮笔记本。有的笔记本很旧了，有的还有八九成新。黑白分明，有些醒目。

开头几个格子上的几个人名，尤明许不认得，但很快就看到了熟人：

顾天成、向荣、陈昭辞、李明棣、李必冉、明韬……

每个人一个黑色软皮笔记本。

尤明许和殷逢各拿起一本翻看。

里头全是手写字，殷逢说："是范淑华的字。"

尤明许翻的是顾天成那本，暗吃一惊。里面非常详细地记录了顾天成的生平，从出生年月、出生地、父母情况、家族有无遗传病史和犯罪史记起。也包括了顾天成从小到大的成长经历、学习成绩、师长评价、获得的荣誉和处罚。还有几次暴力打架和严重犯错的经历。

范淑华在这之后，写了满满几页纸的人格特征和心理分析结论。

再之后，就是顾天成每一次作案的详细记录。包括他是如何挑选目标、跟踪目标的，还包括他作案的现场特征、杀人手段、尸体处理。还有范淑华对每一起案子的效果，与顾天成心理需求匹配度的分析……语句非常冷静客观，仿佛不是在描述杀人，而是在记录观察结果。

这么翻了几本，尤明许一阵胆寒。

原来每一个惩罚者，不过是一个被写就的本子。

殷逢的脸色亦越发沉凉。

他说："其实根本就没有什么善恶之争。人性何时是几句话、一个观念可以概述的？惩罚者这个组织的真相是，创建者早就面目全非了。打着寻求真理、明辨真理的旗帜，连她自己都相信，也让那些陷入绝境的追随者相信。其实，那不过是他们最后能抓住的一根稻草。但那根稻草，也是假的。根本的问题在她心里，也在他们心里。

"她和顾天成、明韬、陈昭辞……和我们见过的每一个精神病态，没有什么不同。通过控制他们去犯罪、去杀人，她获得强烈的满足感。这些笔记本，就是证据。

"但她太聪明，太有知识，太懂犯罪心理。她无法忍受自己和他们一样，所以，才竖起'诸善已死，诸恶奉行'这杆大旗，让自己相信自己不是病态的犯罪者，而是拯救者。她活在一个气泡一样颜色明亮的黑暗谎言里。"

尤明许笑了笑说："照你这么说，惩罚者组织，其实什么都不是，可还是把我们折腾得够呛啊。"

殷逢也露出微笑："这本来就是所有罪恶的真面目。看着张牙舞爪、血腥残忍，可是挑破那一层皮，里头住着的都是怯懦卑微的灵魂。"

他的手指继续滑过木架，倒数第二格是空的，贴人名的位置，有被人撕掉的痕迹。两人对视一眼。

少了一本。

而最后一格，贴的不是人名，而是——电视台。

殷逢取下这本，尤明许和他一起翻看。里面记录了一个非常详细的犯罪计划。放在这个位置，就意味着这是范淑华和惩罚者们的终极犯罪企图。

两人抬头，望着窗外的某个方向。

有关惩罚者的一切，今夜终于要画上句号了。

早在殷逢成为替罪羊时，他就已经断定，终极惩罚计划即将到来。

监听到范淑华和殷尘的通话记录后，殷逢就已初步掌握了他们的计划。

所以今晚，与对范淑华的抓捕计划同时展开的，还有对"电视台"的全面收网。

而拿到那个黑色软皮笔记本，对于警方来说，更是如虎添翼。

湘城电视台位于湘江之畔，是一座极恢宏的大厦，在夜色里灯光熠熠。

此时，大厦门口，人流如梭。

将有200名观众进入大厦参加某个综艺节目的录制。他们手持门票，列队安检，欢声笑语，气氛热闹轻松。

大厦周边停着许多辆车，一片寂静。

观众们到得差不多了，几个保安来安检通道处换班。

其中有两个被换下的保安，径直往大厦走去。两人目不斜视，仿佛与周遭的热闹无关，也毫不引人注意。

两人搭乘电梯上到50层，这里是今晚即将录制节目的演播厅。

观众们走出电梯，正在往演播厅里涌。两人走向一侧的步行楼梯，拉开防火门，闪身进去。

今晚，两人值守的位置，就在这里。

谁料防火门刚在两人身后合拢，原本阴暗寂静的楼梯上，突然跳出一堆人。两人大吃一惊，转身想跑，可防火门就像被焊住了一样，纹丝不动。

眨眼间，那些人已扑了上来，动作粗暴又凶悍。两人就像被丢进鱼篓里的虾，只能原地蹦跶。很快，他们的手、腿、后背、脖子，全都被人压制住，动弹不得。有人冷冷地在两人耳边说："你们被捕了！"

与此同时。

一楼大厅。

一部正在上升的电梯里。

50层演播厅外的步行通道里。

观众们热切交谈、兴高采烈。可是，人群里，总有那么一两个人，身材精壮结实，衣着普通不起眼，戴着鸭舌帽，不与任何人交谈，浑身气质肃冷。

而周围的观众们，似乎根本没注意到他。

有那么一瞬间，那人似乎心生奇异的危机感，缓缓抬头。却看到周围男男女女、高矮胖瘦，实在没什么异样。

于是他重新低下了头。

几个地点，不同人群，同时发动！

那些人不知何时移动到目标的身边，将他和普通观众远远隔离开。甚至一整个电梯里，没有一个普通观众。有人轻咳一声，目标猛然抬头——

晚了！

警察们就像一群猛虎，猛扑过来，两秒钟就将人摁倒在地。

“你被捕了！”

演播厅后台，控制室。

中年导演坐在转播屏幕后，抽着烟，脸色沉肃。面前的烟灰缸里已经满了。

年轻的女助理导演站在他身后，目不转睛地望着那一个个摄像机传来的画面。

控制室的门突然被推开，两个陌生男子走了进来，举起手里的枪。

导演二人都是一惊，但是没有动。

他们的反应，倒让两个持枪男子愣了愣。

情况不对！

门内门外同时扑出许多人，将两人直接掀倒在地，枪不知何时已被夺走，两人气喘吁吁，每个人身上起码压了三个强壮的警察，连根手指头都抬不起来！

“你们被捕了！”

…………

当尤明许一行人赶到电视台时，警察已经收队，观众也疏散得差不多了。

楼下，黑压压的一片警察。闪烁着警灯的警车将大厦团团围住。

尤明许说：“看来进展很顺利。”

殷逢站在她身旁：“当黄雀的感觉是不是很不错？”

尤明许想：几天前，你还是那只奄奄一息的蝉呢。绝望于这个男人而言，仿佛只是一瞬间。只要他直起腰，形势就在身后陡然逆转。

尤明许最终只是低喃：“天网恢恢。”

他们的运气也是不错的，两个地点的抓捕行动都很顺利。否则，如果真的让惩罚者们混进演播厅，真不知道会发生什么。那里可是有200名观众！又是个封闭空间。可见惩罚者原本的计划真的很周密。

这时，丁雄伟已经和现场负责指挥的副局长碰头了，副局长说：“一共抓捕12人，其中6人在通缉令上，6人身份不明，全都携带武器。这次算是大获全胜！”

丁雄伟立刻转头问尤明许：“她那本黑色本子上……今晚布置了多少人？”

尤明许记得很清楚：“13人。”

大伙儿都是一静。

殷逢率先开口："殷尘在不在？"

人刚抓到手，副局长立刻派人去仔细核对，很快有了回话——

"没有殷尘！"

这次不用殷逢再问，副局长立刻下令，在整栋楼里再次搜索殷尘。

殷逢突然转身就走，尤明许追上去，看到他的冷脸。

他说："他们抓不到他的！"一咬牙，"他向来机警过人，也许警方一露面，他就跑了；又或许他有别的方法，察觉到了范淑华那边的动静。"

尤明许也感觉有些窝囊，但她也知道今晚能取得这样的成果，已经算得上极大的成功。她抓着他的手说："好了，别发脾气！结果已经很好了，就剩他一个人！"

殷逢冷笑两声，触及她的目光，到底被安抚了，说道："斩草要除根，春风吹又生！"

尤明许不知怎的，被他说得笑了，拉着他的手说："我只知道兵来将挡，水来土掩。"

殷逢转头就在她额头上极重地亲了一口，跟啃似的，有点凶。尤明许愣了愣，他已转过脸去。

这个夜晚，警方对惩罚者组织最终的抓捕落下帷幕。

惩罚者组织的创建者、首领，也就是著名犯罪心理学家范淑华教授，对自己的罪行供认不讳，除此之外，拒绝提供任何线索，也拒绝与任何人接触交谈。

12名惩罚者组织成员被抓，按照范淑华的笔记本记载，这已是惩罚者仅剩的力量。

殷尘确认在逃，警方发布全国通缉令，湘城境内更是加大搜索力度，投入大量警力，对其进行天罗地网般地追捕。

惩罚者组织被宣告彻底铲除。警方大获全胜，在省警察队伍扫黑除恶的历史上，记下浓墨重彩的一笔。

几天之后。

警局那群刑警难得被放假三天，都去喝酒庆祝了。

丁雄伟推掉了一切饭局、酒局邀请，待在办公室里。

夜深了，这一层人都走得差不多了，周遭静悄悄的。

丁雄伟打开台灯，坐在办公桌前，面前堆着的，是有关惩罚者案的厚厚一沓资料。

左手边，是那些黑色软皮笔记本的影印本。他翻看了一会儿，其实这些罪犯的作案过程，他早读过卷宗，了熟于心。渐渐地，他不再注意文字的内容，而是看着字迹本身。那一行行熟悉娟秀的字迹，记载的却是一个个扭曲邪恶的灵魂。

丁雄伟低头，点了支烟，静静地抽。

右手边，却是一沓从未公开过的资料。那是他们从当晚行动的惩罚者手里缴获的。

惩罚者们居然还带了一群演员过来，打算在演播厅里表演，真的已经疯狂至极。不过那群演员并不知道对方的罪犯身份，还以为是电视台邀请。丁雄伟拿到的，就是惩罚者们给演员的剧本。

他们要在舞台上，在电视机前的观众面前，展现一个多年前的故事。

故事里，有一个被拐走的无辜的小女孩。

有自私薄情的父亲、懦弱善良的母亲。有人怀着多年冤屈来复仇，也有人是暗藏黑心的衣冠禽兽。于是，就有了鲜血、恐惧、死亡和坚持。

故事最终的画面，是那个小女孩站在一地血泊里，站在亲人的尸体前，号啕大哭。而所有的罪恶，都被杀死。

…………

范淑华拒不交代想要在世人面前展现这个故事的用意何在。加之惩罚者的计划已经失败，所以对于这个故事，也没有人能够再去深究。

丁雄伟却仔细看过故事背景，他发现，那个幸存下来的小女孩如果长大成人，按照年龄，现在就应该是……

除此之外，按照那本标记为“电视台”的黑色软皮笔记本内容，表演这个故事，只是惩罚者计划中的第一步。接下来，他们还策划了一系列骇人听闻的犯罪行动，将以 200 名观众为人质，质问善恶、拷问灵魂，手段残忍阴暗……但现在，随着惩罚者组织的破灭，那一幕幕献祭般的演出和犯罪，都将永远尘封，不会被世人知晓。

这对于警方而言，是最好的结果。

丁雄伟慢慢抽完这一支烟，最后，将所有资料都锁进柜子里，嘴里哼着不知道从哪儿听来的悲伤小调，独自下楼回家。

丁雄伟想得没错，今晚，对于这些追着惩罚者许多日子的刑警而言，是一次难得的、酣畅淋漓的庆功和放纵。

地点也没特别挑，就在距离警局不远、物美价廉量大的火锅店，尤明许和许梦山这组人，齐整整坐了一桌。光羊肉片、牛肉片就各堆了 10 盘。没办法，丁雄伟说他会埋单。

组里除了尤明许，还有新进的一个小姑娘，看着老实又乖巧，坐在下首帮忙递菜倒茶，组里的兄弟们对她都颇为照顾。其他人，自然就是清一色的大老爷们儿。

只有一个编外人员，穿着纯色 T 恤、黑色修身裤，面目白皙俊秀，气质清贵中透着精致，显得和一桌子刑警有些不搭。

不过，他本人似乎并没有半点在意，就坐在主位旁的位子上，挨着尤明许。一只手臂还搭在尤明许的椅背上，虽然话不多，可是气场十足，叫人无法忽视。

曾经岳山分局那个最大的谜团，如今有了答案。

谁能抱得尤明许这个浑身是刺的火焰美人归，还能让作为她的一众手下败将的刑警服气，心甘情愿让他当上门女婿？就是眼前这位了。

其实他还是半傻时，每天软绵绵叫“阿许”，跟进跟出，甚至被尤明许呼来喝去，刑警们就觉得杀出这么个人，很出乎意料，可看着这两人在一起，好像又没什么不对。

且不说如今殷逢彻底恢复了，他抓向荣、逮卫澜，使得惩罚者组织彻底暴露在警方眼皮子底下，并且重创之；他仅用一天时间，就抓住了杀死功勋卧底郭兴的凶手；又舍身从殷尘手里救回尤明许，差点死在贵州；而后他又于茫茫人海里，靠天马行空般的推理抓出学徒杀手。

到最后，他就跟个传奇般，先是亲口承认自己是惩罚者的创建者，令众警察一片哗然。结果没几天工夫，火速翻盘，不仅洗脱嫌疑，还帮助警察把整个惩罚者组织一网打尽，揪出了谁都没想到的可怕首领，立下最大的一份功劳……

再看眼前人，英俊、成熟、有钱有名气，原本没有的脑子现在也有了，由他坐上尤明许身边的位子，还真让兄弟们心服口服了。

于是就有人朝殷逢敬酒。

“殷老师，这杯敬你，名不虚传！”

“哈哈！是啊，难怪能追到咱们尤姐。”

尤明许斜眼看了看殷逢。他不是个喜欢寒暄的人。当然，她也见过他长袖善舞、八面玲珑的一面——

别墅，天台，长腿酥胸的女孩……

他搂着女孩的腰。

殷逢想破脑袋，也想不到尤明许忆起那件事了。虽然他在跟尤明许之前，很少和这些基层刑警打交道，他和段厅长喝酒时，尤明许的局长都是坐下首的。

他微微一笑："多谢。也敬你，岳山分局刑警队，虎狼之师，名不虚传。"

两句话夸得对方都害羞了。

殷逢把酒一饮而尽。许梦山就坐他的另一侧，看热闹不嫌事大，又立马给他倒满。

以往在队里的酒局上，尤明许不会大杀四方，她才没那么憨，但也是个别人不敢轻易惹的狠角色。今天，倒是都不冲她来了，吃了大半天，总共才喝掉两杯酒，殷逢那头，倒是喝了七八杯了！

结果那群人根本不在意，还在拉着殷逢喝。连新进队里的小妹妹，都红着脸端酒，说："殷……殷老师，我是你的书迷！我还去过你的签售会！我今天带书来了，待会儿可不可以给我签个名？"

殷逢微笑不语。那完美英俊的模样，让尤明许想起：哦，对了，他还有这一面。

看把人家小妹妹激动的，连话都说不清楚了。

许梦山重重一拍殷逢的肩膀，殷逢微不可见地一皱眉，许梦山说："哎呀，小玲玲，都是自家人，以后这就是你姐夫，客气啥？签名书要多少有多少！殷老师可是要嫁到我们队里……"话没说完，被旁边人一扯。

小妹妹捂脸笑，开心死了。

尤明许也只是淡淡地笑，不知道是不是酒意上头，心里涌起一丝躁意。冷不丁有人在耳边说："我要嫁给你，我怎么不知道？"

尤明许低头笑了，随口道："怎么？委屈你了？"

那人的嗓音低沉得像是蓄势待发的动物发出来的："就怕你不来委屈我。"

甜意慢慢在尤明许的胸口荡漾开，她心想：终于啊！终于干掉了让警方头疼、对他而言也最危险的惩罚者组织，如他所说，几乎是连根拔起。那双暗中窥探了他几年的眼睛的主人，如今被他亲手关进了牢里。他还好好的，她也好好的。身边还有很多人，也好好的。尤明许想得心中激荡，身子一歪，靠在他的肩上。

她虽然是个大方爽朗的性子，但当着这么多人的面，还是很少主动对他亲昵。殷逢感觉到肩上一软，身子下意识朝她的方向倾了倾，让她靠得更舒服。两人动作并不大，无声，旁人见了，也不觉得有什么。于是两人就这么在热闹的饭局上，静静依偎着。

又有人来敬他俩酒，尤明许下意识起身，腰却一紧，殷逢一边搂着她，一边和人推杯换盏，神态自若。尤明许突然想起，之前有一次他和队里人喝酒，那时候他还是尤英俊，全程就跟个小媳妇似的守着她，只被允许乖乖舔了几口酒。

现在，他换了副模样，感觉好像也不错。

又吃了一会儿，尤明许见他的脸有些红了，问："你没喝多吧？"

他瞥她一眼："没有，我还很清醒。"说完粲然一笑，露出一口白牙。

尤明许心里就这么一颤。

其间，刑警们又说起一件趣事，尤明许和他们一块儿嬉笑怒骂，还干了两杯酒。等她回过神，才发现身边人没了动静。

殷逢趴在桌上，一动不动。

许梦山也喝得半醉，笑嘻嘻地问："尤姐，你男人不行啊，这就倒了。"

尤明许张嘴就骂："你才不行！那么多人都灌他一个！"

众人哈哈大笑。

尤明许凑过去，轻拍他的脸："你没事吧？"

"嗯……没事……"

"喝点水？"

"不要！"

众目睽睽下，尤明许的心跳莫名有点快。

大伙儿也吃得差不多了，尤明许打电话叫来了涂鸦，和许梦山合力，将像是睡着了的殷逢给架上了车。

尤明许的头喝得也有点晕，但不至于醉，靠在后排，摸着殷逢的手。见他虽然闭眼不动，但脸色还好，呼吸也正常，就放下心来。

开车的涂鸦倒是笑了，说："殷老师今天很开心啊？"

尤明许想起饭局上的他，笑了："嗯，看样子是。"

涂鸦说："我就知道，他只有很开心，或者很难过的时候，才会喝多。这种时候都很少。"

尤明许闻言，看向殷逢。醉酒的他看起来乖极了，眉眼平顺，嘴微微抿起。平时凌厉的五官，此时却更显清秀。

回家后，听说殷逢喝醉了，冠军几个都跑过来，倒没有多担心的样子，反倒像是来看热闹的。陈枫微微笑着，上来帮忙。小燕倒是站得远，他不喜欢醉酒的人。冠军则是一贯的阴阳怪气："殷老师以前可不这样，很有分寸。现在跟了某人，动不动就玩一醉方休，红颜祸……"

话没说完，尤明许一巴掌拍在他脑袋上。

冠军一脸错愕。她打他的头？尤明许居然打他的头？从来没人敢！

尤明许大声道："少废话，不帮忙，别挡路。"

冠军还傻傻地站在原地，他们已经扶着殷逢走到前面去了。冠军连忙追上去，跟在尤明许屁股后头，想说什么，可又气得要死，什么也说不出来。憋死了！

一行人把殷逢丢在主卧的床上就走了。

尤明许听着殷逢均匀悠长的呼吸声，估摸着他今晚就会这么睡过去了。她去洗了澡，精神不少，看时间还早，就拿了个平板电脑，戴着耳机，趴在他身边，刷新出的电视剧。

也不知道看了多久。

夜更深了，黑漆漆的窗外，天上悬着几颗明亮的星。楼下隐约传来那几个的动静。尤明许看得全神贯注，连放三天假呢，她今晚要看到饱。

树枝映在窗户玻璃上，轻轻摇动。除了床头的台灯，一室柔和的昏暗。

尤明许双眼紧盯屏幕，神游天外。冷不丁，一个身体突然扑过来，双手更是将她抱了个结结实实，尤明许低呼一声，感觉到那人的身体从后背将她覆盖住，温热的气息也喷在她的脖子上，脸在她后脑勺上用力蹭了蹭："阿许……"

第十七章

家属失踪

这语气……

尤明许想要转头，一时居然转不动，这人是使出了吃奶的力气，把她给压住了？尤明许笑了，那心跳加速的感觉又上来了，还有些隐隐的激动。

脑子里冒出个念头：清醒的殷逢要是知道我更喜欢……该气死了。

她还是成功地转过了身，看见了一双灿若繁星的眼睛。他的脸上写满欢喜，还有某种强烈的、即将爆发的情绪。

尤明许有些迟滞。

殷逢已经告诉过她有关第二人格的推断，严格来说，尤英俊算不上是他的另一个人格，只是他性格的另一面，所以他们的记忆才会逐渐交融。也就是说，一个人有一段时间傻了，后来不傻了，就这么简单。但殷逢也无法解释，为什么上次一醉酒，尤英俊又冒出来了。

“也许我喝醉酒，大脑的某个区域就罢工了。”他当时臭着脸说，“有的人喝醉酒，就会变得比较简单快乐。”

尤明许那时闷笑不语。

这时殷逢的脸已凑过来，嘴巴嘟起要亲亲，手也开始往衣服里摸。

尤明许道：“等一下。那……这段时间发生的事，你记得多少？”

殷逢瞅她一眼：“都记得啊。我不是跟你说过了嘛，那不是第二人格，那就是我。别浪费时间了，我们……”

尤明许吃了一惊。

所以真如殷逢所说，两个性格的记忆已经完成了融合？眼前的人，是尤英俊，也是殷逢。

正出着神，眼前人已自动闭上眼，嘴巴高高嘟起，送了上来。

所以说，眼前这人，就是今晚那个清贵骄傲的男子？他已经康复了，现在只不过是单纯在发酒疯，和芸芸众生没有差别……

尤明许突然哈哈大笑。

殷逢睁开眼，不满地望着她，愤然扭过身子。尤明许还在笑，实在止不住，转身就去摸手机想录下来，心想：殷逢你也有今天。

结果刚打开摄像，就被拍掉，人也被抱住，他冷下脸的模样，倒有几分清醒时的倨傲："想干什么？"

尤明许说："喜欢你，想拍你。"

尤英俊是多好哄的人啊，立刻笑了，嘴巴都快咧到耳朵根上了。真的是她记忆中的模样啊。尤明许心口泛起一股浓烈的、蕴藏已久的甜意，还有些说不出的心疼。她轻轻地在他脸上一亲，他转过身来，亲吻如狂风骤雨般降临……

气喘吁吁，热烈又温暖。

人人都说男人醉酒了要么不行，要么会更狂。可他不一样，醉酒了，从那个邪气老男人，变回了老实肯干的青年……尤明许脑子里胡乱想着，这才开始没多久，某人又玩上瘾了。

等尤明许气喘吁吁要开始抗拒时，他抬起有些晕沉的眼，不知为何，表情有些窘迫。

尤明许摸摸他的脸问："怎么了？"

"我……"

"到底怎么了？"她下意识地往下看了看。

殷逢捏着她的手劲加大了："你这是什么眼神？"居然还给了她头上一个爆栗。

尤明许捂着头，冷笑："翅膀硬了。"

"我是想……"他又吞吞吐吐。

"不说拉倒。"

"唉！"他按住她的肩膀，汗水从额头流下来，一双眼却晶亮无比地望着她，带着某种坚定的决心，"这回被冤枉到处逃的时候，我就有了这个念头。"

“什么念头？”

他的眼神变得宁静，像一片黑色寂寞的森林里藏着星星。

“我想和你结婚。”他说，“不知道为什么，当时就想了。觉得如果我能安全回来，洗脱嫌疑，就一定要干这件事。这些天，我一直在想，只是不知道怎么开口……”

尤明许也有些发怔。

是吗？

原来你一直在想我吗？

那天你拿着证据，出现在我家楼下，一层层见警局领导，众人商量行动计划。时间是那么紧迫，情况是那么危急，我俩连多说一句话的时间都没有。即使说，也是在说案情，说罪犯，说别人。我们两个，什么也没有多说，连拥抱都来不及有一个。有许多次，我只是从背后望着你的身影，冷峻得像棵笔直的树。而你的眼神，我感觉得到，一直覆着寒霜。

却原来在那寒霜的背后，藏着还未说出口的心意。

其实殷逢，我也一样。起起伏伏，枪林弹雨，携手并肩，什么话也不用多说。我们两个早已经是……

看到她失神不语，殷逢居然感觉到一丝前所未有的紧张。他虽然没跟人求过婚，但他是谁？男女之间什么情形搞不定？这样想着，他一把抓紧她的双肩，用极其认真、极其渴盼的眼神盯着她，慢慢地说：“阿许，你可不可以……嫁给我？”

尤明许的心就这么猛跳了几下，这一瞬，她感觉到整个世界都好像静了下来。

只不过……

她笑了，气急败坏地笑。

他的手，还紧紧扣着她淌着汗水的手臂。

她一巴掌拍在他头上：“哪有人这个样子、这种时候求婚的！你是要把我气死吗？下去！我不同意！”

当然，最后殷逢并没有“下去”。他讪讪地，又哄又求，就像只癞皮狗一样，很快干起了别的，终于让尤明许歇了火气。求婚的事，自然也没来得及再提，他也没脸提。

…………

天亮了。

殷逢醒来时，感觉到宿醉的头疼，他揉了揉脑袋，转过头，看到尤明许趴在身边，还在呼呼大睡，露在被子外的肩上有不少痕迹。

殷逢微微一笑，继续揉着脑袋，下床去冲澡。

等他洗完，一身清爽地出来，看到尤明许已经醒了，抱着双膝坐在床上，看了他一眼，目光晦涩不明。

殷逢走到床边坐下，刚想搂她，她却躲开下了床。

殷逢盯着她的动作，语气平淡："怎么？昨晚我让你不满意？"

记忆可以融合，喝酒却会断片。殷逢只隐约记得昨晚的激烈，好像两个人很开心，具体说了些什么，却不记得了。

尤明许看着他的样子，就知道他又不记得了。心里骂了句脏话，冷冷一笑，去了洗手间。

这倒让殷逢一愣。

不过这种事后翻脸的事，尤明许也不是第一次干。八成是他昨晚干了什么过激的事，让她羞恼了。殷逢微微一笑，作为男人，这种事他是不会让步的，更不会道歉，要让她接受并习惯。

他走到洗手间外，问："早上想吃什么？"

"面条。"尤明许的声音听不出是生气了还是释然了。

殷逢答："好，我也吃面条。"就下了楼。

等尤明许下来时，厨子刚把几碗香气逼人的面条做好。他俩吃面条，冠军他们也要吃面条。

其他人都开吃了，殷逢还拿着本书在看。尤明许在他身边坐下，他才放下书，拿起筷子。

也不知道为什么，这么一个小细节，突然就让尤明许感觉神清气爽了，原本故意摆出的脸，不知不觉也柔和下来，低头吃面。

刚吃了几口，他的手就摸过来，在桌子下抓着她的手。尤明许没有挣脱。

小燕年轻气盛，第一个吃完，放下筷子，发了一会儿呆，突然说道："我发现，这是我们有老板娘后，她第一次休假待在家里，还是三天！"

陈枫失笑，涂鸦连忙点头，冠军斜瞥尤明许一眼，还记着昨天被拍头的仇："哼！"

殷逢柔声问尤明许："这几天想去干什么？"

尤明许想的却是别的。

小燕不说，她都没意识到。殷逢自从跟了自己后，就是查案。她身为女友，是真的从没好好陪过他。

“你想去干什么？我陪你去。”尤明许说。

小燕几个人眼睛都亮晶晶的。冠军又嗤笑一声，却竖着耳朵在听。他也想去玩。

殷逢看着她：“好。”看了一眼周围，“想不想带他们？”

“他们”全都转头看着尤明许，动作整齐得像一群训练有素的大狗。

尤明许笑了。

三天时间，出国有点儿赶，尤明许也不能随便出国。

陈枫的办事能力向来无敌，这天下午，阳光正好，六个人已下了飞机，站在贵州的土地上。

尤明许没想到殷逢会带她来贵州，这里有太多不好的记忆。殷逢却说：“贵州风景不错，人也不多，清净。要不我当初闭关写作也不会来这里。”

冠军在旁边插嘴：“还可以来看看老九。”

小燕说：“老九不是埋在湘城了吗？”

冠军说：“白痴，魂在这里。”

尤明许看他们个个神色如常，是真的已经放开了吧。她也抬头，望着贵州碧蓝通透的天，心想：那个人的魂，应该回湘城了，回警队了，回家了。

租车早已安排好。

这晚，他们驱车来到一个温泉小镇住下，明天再玩。

晚上，清酒美食，温泉驱乏，欢天喜地。

尤明许和殷逢的房间还有个很大的私人温泉，两人胡天胡地，精疲力竭，两相尽欢，自不必说。

翌日，两人慵慵懒懒，睡到日上三竿才起来。倒是其他几个，已经在镇上跑了一圈，还捎回来特色小食。尤明许吃得很满意，心想：难怪殷逢喜欢他们，除了偶尔疯了点，实则都已恢复了一片赤子之心。是殷逢让他们活出生命本来的样子。因为他们的心，其实也是一样的。

于是吃饱喝足后，尤明许凑过去在殷逢脸上亲了一下。

殷逢微微一笑，不明白奖励从何而来，但多多益善。

他们去了一处大峡谷。

因是淡季，游人稀少。陈枫去买了票，几个人沿着山谷栈道，徐徐往里走。沿途水泼溪溅，大河潺潺，景色秀美，山空人静。

小燕是个善奔袭的，转眼就不见了。冠军想追却跟不上，骂骂咧咧也跑了。陈枫和涂鸦倒是稳稳当当跟在尤明许和殷逢后头。

没走多久，前方出现一个大瀑布，轰轰隆隆，白练宽阔，在阳光下壮观绮丽。观景台上人不多，殷逢牵着尤明许走过去。即便离瀑布还有一段距离，也很快就能感觉到水雾往人身上扑，湿意弥漫。

尤明许凭栏而望，下方有个石潭，水色深碧，巨石圆润。她下意识地说：“好想跳下去。”

殷逢问：“你是猴子吗？”

尤明许笑笑，指了下水潭说：“在那里洗澡肯定很舒服。”

殷逢说：“不准。”

尤明许也就是说说而已，众目睽睽之下怎么可能？嘴上却不饶：“胆大包天，还管起我来了？”

殷逢漫不经心地说：“我管你，就管你，管定了。”

一样的话语，完全不同的语气。

到底是老手，尤明许脸上一热。

就在这时，突然听到下方有人“哎”了一声，两人一看，不是小燕是谁？这家伙不知什么时候翻过了安全护栏，站在一块儿圆滑的大石头上，浑身湿漉漉的，在冲他们挥手笑。

尤明许也笑了，冲他挥手。

结果也没看到他怎么爬的，一会儿工夫，就沿着护栏爬了上来，翻到看台里，笑嘻嘻地手一摊，露出块浑圆白色晶莹的小石头，在阳光下，表面折射出一点彩色微光。

“老板娘，送给你。”他说。

尤明许有多久没收过礼物了，还是这么可爱的男孩子送的，干脆收下：“谢谢！”拿起石子看了看，就听到身旁人问：“我的呢？”

小燕一愣。

没听说还有人送白色漂亮小石头给三十岁的男人的。

殷逢已朝他伸出手道：“送她不送我？我难道是附带的吗？”

尤明许哭笑不得，小燕却是想笑又不敢笑。

而后小燕展露出前所未有的机智，理直气壮地说："殷老师，她的不就是你的，她可是你的人！"一说完就跑向栏杆，翻身跳下去不见了。

"嗯。"有人懒洋洋应了声。

尤明许拉起他的手，把石头放在他的掌心，说："喜欢就送给你。"结果手被他顺势一拉，人被搂进怀里。他的嘴在她脸上亲了几下。准确地说，是"蹂躏"了几下。

"你明白就好。"他说。

尤明许心想：他到底酸的哪门子劲儿？

这时陈枫走过来，笑着问："殷老师，我给你们拍张照吧？你们好像从来没有合过影。"

尤明许和殷逢都没说话。

殷逢心想：其实合过的。在他还是尤英俊的时候，有好几次她睡着了，他举着手机趴在床边，把两个人都拍进去。痴汉一样，不忍直视。

尤明许的肩一沉，是殷逢的手搭了上来："拍吧。"

尤明许也微笑，大大方方地往他怀里一靠。

陈枫笑着蹲下取景："一、二……"

他数到"三"时，殷逢忽然弯腰、低头，轻轻吻在尤明许的额角。

尤明许的心狠狠一跳，那温热的气息一触就走，世界却仿佛因之一静。

陈枫放下手机，看着面前的两人，不知谁开的头，或者是心有灵犀，他们无声相拥，亲了起来。殷逢转动身体，几乎挡住周围视线，只留个后背给人。瀑布在他们身后坠落，漫天阳光和水雾笼罩着他们，一地湿漉漉，宁静又潮湿，像极了爱情。

陈枫笑着先走了，一个单身老男人，真是没眼看这样放肆盛放的情意。

傻笑着的涂鸦也被陈枫拉走了，只剩他俩。天空一团云彩飘过，峡谷里阴了下来。

两人沿着狭窄湿润的木栈道走着。

尤明许问："你以前来过这儿没有？"

"没有。"

"那怎么定了这儿的？"

"陈枫在网上找的。"

她站定，说："挺出乎意料的，你会带我来这里。"

"是吗？那你觉得我应该带你去什么地方？"

尤明许笑笑未答。

说不好该去什么地方，但以他那样的性子，要么是纸醉金迷、极具奢华之地，要么就是个无人知晓、天旷地静的去处。而不是像现在，来个普通景点，像普通游人、普通情侣那样，游山玩水。一切都太寻常，反而让人感觉不同寻常。

“我跟陈枫说，不必刻意找，我只想带你去个热闹又不吵的地方。”他说。

尤明许一怔，似乎明白了什么，握住他的手，说：“好，我很喜欢。”

他又说：“而且，这里气候凉爽，晚上空调都不用开，空山新雨，气氛多好？我想怎么对你，就怎么对你。你也不会一身汗嚷不舒服。”

“滚。”

前方，出现一个黑漆漆的山洞，里头一眼望不到头。洞壁上不断有水珠滴落。殷逢拉着尤明许往里走。尤明许自然是不可能害怕的，就是地面湿滑，光线近乎全无，又有台阶，两人便走得慢一些。

殷逢忽然说：“这要是个小鸟依人的女人，现在人应该挂在我身上，瑟瑟发抖喊‘老公要抱’了。”

尤明许笑笑说：“这要还是尤英俊，现在人应该挂在我身上，瑟瑟发抖喊‘阿许抱抱’了。”

殷逢笑出了声，也不知他怎么摸黑凑到她耳边的，轻咬着耳垂说：“阿许，抱。”

尤明许一把推开他。

哪里想到力气大了些，地面又滑，他一个趔趄，听着好像要摔。尤明许连忙伸手去拉，两人都滑了一下，最后殷逢的后背撞上了石壁，闷哼一声，却也把尤明许抱进怀里。

尤明许急问：“疼不疼？”

话音未落，人就被他抱着转身，扣在了石壁上。然而后背触感是柔软的，那是他的手垫在那里。饶是尤明许拥有一颗铁血汉子心，也被这老男人那一点点细腻的体贴所打动，心头一热。

但又想：他果然对女人是很有手段的。

他却已在黑暗中亲下来，那么准确就找到了她的唇。他嘴里的气息，冷冽又温柔。

“我爱你。”他嗓音低沉。

尤明许搂着他的脖子：“我也爱你。”

他一边亲，一边低低地笑了："太少了……再多一些……阿许……你眼里只要一没看到我，我就……"

"嗯……什么……乱七八糟的……"

等两人走出山洞的这一段时，尤明许感觉腿有点软，心也是软的。而他稳稳当当搂着她，除了俊脸染上一抹绯红，没有别的异样。

后来，两人一直都没怎么说话。好像什么也不用说，某种不动声色的气氛，在两人之间萦绕着。那股气息，似乎又将他俩和周围的一切都隔绝开。无形，无声，无处不在。

尤明许也不知道怎么回事，明明两人都好了这么久，可接下来的这段路，殷逢一个静静的眼神，轻声的只言片语，还有他偶尔的伸手触碰，都叫她心浮气躁，隐隐羞窘。

没多久，他们走到了景区最深处，这里有最大、最宽也最气势磅礴的瀑布，数条白练齐齐奔腾而下，仿佛千军万马，声势夺人。

饶是尤明许和殷逢也驻足静静看了一会儿。

涂鸦四人早到了，他们也有点兴奋，在观景台上走来走去，小燕和涂鸦最皮，摆各种造型拍照，不过小燕摆的都是心啊，猴子啊，士兵啊，涂鸦却多是装深沉，一会儿沉思者，一会儿眺望者。

尤明许看得连连失笑。

这时陈枫说："让人给我们拍个合影吧。"

小燕咧嘴笑了，跑过来。冠军哼了一声，倒也没走远，站着不动。涂鸦憨声说："好啊！"

殷逢没吭声，一副无所谓的样子。尤明许笑了，把他拉过来，又对冠军招招手，冠军这才慢吞吞走过来，小燕、涂鸦也跑了过来。

陈枫找了个路人，打开手机相机递给那人后，便也跑过来，站在最边上。

路人是个看着很爽朗的青年，他看着眼前这群人，有老男人，有少年，有俊男美女，还有阴沉沉的叔叔，这个组合感觉有点奇怪。

青年喊道："我数一、二、三，茄子——"

镜头里的几个人都笑了。

密密的水雾，从四面八方往他们身上扑。瀑布奔腾，阳光灿烂，绿树爬满山谷。

小燕咧开嘴笑，陈枫笑得温煦，涂鸦笑得憨直，冠军要笑不笑。

尤明许和殷逢站在正中，他搂着她的肩，两人也都在微笑。

后来，冠军把这张“全家福”冲印了大大一张，挂在一楼客厅。其实每次他们几个看到的时候，都有点莫名的不好意思，但又忍不住多看几眼。

再后来，过了好几年，别墅里多了个小人儿，穿着精致的小小绅士衬衣和西装短裤，手摸下巴看了一会儿照片，语气平淡地指出：“冠军伯伯，你笑得最僵硬。”

冠军怒道：“小兔崽子！今晚别和我睡！”

小人儿嗤笑：“说得我多想和你睡似的，每次都是你强行把我从爸妈床上抱走的。”

冠军：“嗷……”

这是后话。

在贵州这日，他们游玩了一整天，晚上开车进入一片高山草原，住在山顶上的一家帐篷民宿里。

暮色渐渐降临，草原上已没有人了。他们所在的位置很高，这里总共就只有十几顶帐篷，十分清净。

从帐篷里往下望，可以看到倾斜的山坡、满山的绿树和五颜六色的花丛，雾气在山脊上跳舞，他们人虽在此处，却仿佛身处另一个世界里。

于是连冠军、涂鸦这样的人，赤足在帐篷民宿的木廊上行走，都带上了几丝慵懒惬意。而尤明许坐在木廊上，望着远处，又看到身旁的他们，才发觉他们分明是和殷逢一样安静又冷漠的男人，连独坐在走廊尽头沉默不语的小燕都是。

殷逢的体力果然是这群人里最逊色的。等尤明许返回房间，发现他洗完澡，就趴在床上睡着了。床本来就是铺在地上的，那么高挑的男人，像孩子似的趴着，不管不顾，睡得香甜。

尤明许看着就感到窝心，走过去给他盖上被子，调暗房间灯光，而后笑了，想：完了，怎么到头来，还是有当妈的感觉？

尤明许去冲了澡，索性发短信告诉陈枫他们，不用等她和殷逢吃饭，然后也钻进被子里，抱着他的手臂。他“嗯”了一声，眼没睁开，将她捞进怀里，继续睡。

尤明许醒来时，天都黑了。屋子里暗暗的，只有墙角开了盏小灯。

一个人影坐在床铺边，仿佛一抹暗色的影子，也不知在想什么。

尤明许坐起来：“殷逢？”

他转头，说："醒了？饿不饿？"

尤明许答："有点。"爬起来，去洗了把脸，感觉清醒了，走回来时，发现他还坐在原地不动。

周围光线颓靡，寂静得像空谷，人仿佛也不知不觉怅然起来。她走过去，在他身旁坐下，抱着他的胳膊。

殷逢轻轻叹了口气，把她抱进怀里，径直就倒在了床上。

她意识迷离地问："你叹气干什么？"

"想占有你。"他轻声说，"怎么就这么想占有你？让你没处逃。"

尤明许低骂："神经。"

他说："神经不行吗？"

她推开他："我饿了，先吃东西。"

他"嗯"了一声，说："知道你会饿，我已经准备好吃的了。就在桌上。"

尤明许有点意外，他还挺能的，她睡着一点动静没听到，估计是叫厨房送来的。

昏暗的光线里，她看到房间一角的小方桌上，影影绰绰，放着什么东西。

殷逢说："你再开个灯，看得清楚些。"他的嗓音又慢又低。

尤明许突然间就被一种奇怪的感觉擒住了心。周围还是很静，什么异常都没有。他静默地坐在身旁。她的心跳不受控制变得很快。她知道他在看自己。

"哦。"她应道。手摸到墙上，又开了盏灯，房间里顿时变得半明半暗。

这回她看清了，那小桌上放着个半圆形的大水晶罩子，隐隐可以看到里头放着东西，却看不清晰。

尤明许转头看了一眼殷逢。

他脸上一点表情都没有，也没有看她的眼睛，看起来特别平静地注视着……墙。

尤明许心里突然软得一塌糊涂。那点因他此时的阴郁而生的紧张感烟消云散。

她忽然笑了，说："真的想让我看？想好了？"

殷逢慢慢地看了她一眼，忽而也笑了，说："我自然是想好的。你呢，敢看吗？"

尤明许说："我有什么不敢的？"

她刚要起身去掀那盖子，殷逢的视线也牢牢黏在她身上，却在这时，手机响了。殷逢皱眉，说："尤明许你敢接？"

尤明许失笑："不准发脾气！"拿起手机，却是一愣。

是丁雄伟打来的。

丁雄伟在休假期间来电话，从来没好事。

她抬起头，看到殷逢寒冰似的目光，飞快地说了句：“对不起，等一下。”接起电话，刚听了一两句，神色骤变。

丁雄伟说：“梦山家里出事了！”

日头偏西，照在木地板上，映出金灿灿的黄。篮球场里“咚、咚、咚”的拍球声，敞亮回旋。

许梦山擦了把额头的汗，坐在场边大口灌水，盯着场上还在打球的人，神色有点呆。

一个发小走过来，在他身旁坐下，撞撞他的胳膊：“人怎么样？”

许梦山循着他的视线望去，不远处的场边，几个女孩正在看球，其中有个身材苗条长得也不错的，似乎也朝这边望着。刚才他也注意到，女孩有双清澈的眼睛，人很秀气。

几个哥们儿都成家了，就剩许梦山单着。

许梦山仰头把水喝干净，暴力地一捏矿泉水瓶，说：“再说吧。”

发小不依了：“什么再说啊，你都一把年纪了，叔叔阿姨天天盼着呢。人家对你印象挺不错的，虽然你在女孩子面前闷了点，努努力还是有希望的。”

许梦山笑了一下想：我闷？我曾经在女孩面前多爱耍宝、多欢脱，你又没看到。

见他沉默，发小干脆拉着他的胳膊说：“走吧，大伙儿一块儿去吃晚饭，处处试试呗？又不是要你今晚就奉献贞操。”

许梦山不动，似笑非笑道：“得了，今天就别拉我了，我要回我爸妈那儿吃饭，都说好了的。刚忙完一个案子，好久没回去了。”

发小说：“真的？”

许梦山答：“指天发誓。”

发小叹了口气，说：“好吧。那下次一定要去。”

许梦山“嗯”了一声。

许梦山的父母也住在本市，只是城里房子太贵，买不起，就住得偏一点，快到临县了。许梦山到父母家楼下时，天刚刚黑。他哼着歌上楼，看到熟悉的家门，心里一阵踏实，掏出钥匙。

门开了，许梦山想着下午那女孩看自己的眼神，心里有点焦躁，有种想要掉头跑的冲动，也没抬头，往屋里走了几步，突然间浑身一个激灵。

血腥味。

他闻到了浓重的、弥漫的血腥味。

许梦山猛地抬头，一瞬间有点没反应过来。

血。

无处不在的血。

墙壁上。

桌上。

地上。

红得寂静，静得刺目。

父母家的客厅并不大，平日洁白的墙壁，此时却被染遍。一片片、一滴滴的红，像是被一只罪恶的手四处涂抹过。又仿佛无数株嫣红妖异的花，在他周围沉默盛开。

一股刺骨的寒气从许梦山心底往上涌。他感觉到手脚都发僵，几乎是从喉咙最深处挣出嘶哑的怒吼："爸——妈——"

两辆车在高速公路上疾驰。

尤明许和殷逢等人连夜下山，驱车回湖南。当他们驶入湘城时，东方刚刚露出鱼肚白。

尤明许打了个瞌睡，猛然惊醒，察觉手还被人握着。

殷逢睡得极浅，也睁开眼："到哪儿了？"

尤明许说："到湘城了。"

他又捏了捏她的手："别急，到了才知道发生了什么。"

"我明白。"

可是怎么可能不焦急，尤明许去许梦山父母家蹭过好几次饭，那不过是一对非常老实腼腆的老人，对许梦山的同事都客气得不得了，一心想要早点抱孙子，可是现在……

见她面如寒霜，殷逢突然也有点烦躁，伸手把她抱进怀里，将她的头按在心口。尤明许要挣，他按着不放。过了一会儿，她平静下来，闭眼靠着不动。

"总让我心疼。"他低声说。

到了。

楼下停了几辆警车，拉了警戒线。殷逢让涂鸦等人先回去，自己跟着尤明许上楼。

两人接过同事递来的脚套等物戴好，走进案发现场。

首先注意到的，依然是血。

大部分的血迹都集中在墙上，有的大片大片，像是被泼上去的，然后垂直流下，留下一条条长长的血痕，在墙角有一摊摊小血泊；有的是一串串血珠，令尤明许一下子联想到，血管被割开后，血飞溅出的形状。

太多了，到处都有。

血迹早已全干。

屋内没有明显打斗痕迹。

许梦山的父母不知所终，手机留在屋内。

桌上有几个菜，早已凉透。还有一副碗筷，残留着几颗米粒，筷子上也沾了油污。

尤明许和殷逢对视一眼。

地上的血泊里，留下了清晰的第三人鞋印。43码。

尤明许问同事："梦山呢？"

同事答："他在小区监控室。"

尤明许和殷逢走到小区保安办公室外，就看到一个熟悉的人影蹲在门口，正在抽烟。

尤明许走过去，才一夜工夫，许梦山整个人看起来糟糕透了。他抬起发红的、布满血丝的眼，看着他们。

尤明许问："怎么在这儿？"

许梦山的嗓音也是哑的："之前在查监控，眼睛有点糊，歇口气。"

尤明许心口一疼。

殷逢开口："那不是你父母的血。"

许梦山的眼睛就像两口井似的："我知道，看第一眼就知道了。血液分布形状很特殊，人的血溅出来，不会是那样的形状，也溅不到那么高。那些血是一股股浇上去的，还有些是用工具喷射上去的，所以才一串一串。"

尤明许蹲下，拍拍他的肩："叔叔阿姨一定不会有事。"

许梦山很难看地笑了笑，点头，说："血液检验结果已经出来了，血里头掺杂了防止凝固的成分，所以从人体中取出有一段时间了。"

他的目光落在两人脸上，一字一句地说："DNA 匹配结果显示那些是邢几复的血。"

尤明许和殷逢皆是眸色怔然。

来的路上，两人就有心理预期，事情会和殷尘有关。

"他想干什么？"许梦山压抑地吼道。

就在这时，旁边的门"呼"地被拉开，一个警察冲出来："我们找到嫌疑人了！"

许梦山在昨天中午两点多和父母通过话。当时父母在家里已买好菜，约定许梦山晚上过来吃饭。

许梦山到家的时间是 18 点 55 分。

监控有 4 段，来自两个摄像头。

第一段视频的地点是在小区车库入口。嫌疑车辆进入的时间是 15 点 20 分。那是辆非常普通的面包车，车牌号清晰可见。面包车很干净，车体上没有任何痕迹，车轮清晰。阳光灿烂，车玻璃闪着光。这段视频没有拍到驾车者。

第二段视频时间是 15 点 28 分，来自小区的一个电梯里的摄像头。画质不太清晰。在负一层地下车库里，首先进来一对母女，母亲三十来岁，女儿三四岁模样。然后进来了一名男子。母女俩连忙往后退，因为男子搬进来一个非常大的纸箱，体积大概 1 立方米。

而后男子站在纸箱旁，按下的楼层数，正是许家所在。

该男子穿着黑衣黑裤，身材颀长结实，头戴一顶鸭舌帽，一直低着头。所以监控只拍到一抹脸部轮廓。

但这一抹轮廓，尤明许等人都有些眼熟。

男子把纸箱搬了出去。

下一段视频，是大概二十分钟后，15 点 50 分。

电梯在该层停下，一个纸箱被慢慢推了进来，那名男子走进来。

电梯里没有其他人，他按下负一层。

他静静站着。

他偏了一下头，手指伸进耳朵里揉了揉，像是有点痒，继续站定。

电梯门打开，他弯腰将纸箱缓慢而平稳地推了下去。

然后他头也不回，突然伸手，朝着电梯顶上的摄像头比了个中指。

看到这一幕的许梦山眼眸如火，紧紧握拳，微微颤抖着，指甲都快要陷进肉里。

第四段视频，16 点 12 分，回到小区车库出口。

那辆面包车开了出来。

这一次，清楚拍到了驾车者帽檐下的大半张脸，分明就是殷尘。他在岗亭缴费，然后脸像是被什么蜇了一下，又偏了一下头，抬手揉了一下耳朵，而后转头向前，驱车离开。

电脑前的警察将画面定格，放大，再放大，鼠标并未停在殷尘身上，而是停在他身后的车厢里，隐隐可以望见一堆纸箱的顶部。

事情已经很清楚了。

此时，小小的监控室里全是警方的人，都是尤明许和许梦山最熟悉的战友。看完这些，大家不约而同地沉默着，那沉默像是覆着冰雪的火山，压在每个刑警的肩头。

他们有人一把按住许梦山的肩膀，想安慰都不知如何开口；有人用力抓住桌面，仿佛要生生掰下一个角来。今日，殷尘抓了许梦山的父母，明日，就有可能抓他们的亲人。这样狂妄凶残、卑鄙无耻的犯罪挑衅，哪个警察能忍？

“殷尘想干什么？”终于有人愤怒道，“报复我们吗？”

许梦山低着头，连脖子上的青筋都开始凸起。

尤明许沉默不语。

“是报复。”殷逢开口替他们回答。

于是所有人都望向他，只见他站在那里，衣冠楚楚，面目白皙，眸光清寒。

他说：“因为他现在，什么也没有了。”

嫌疑人确定。

嫌疑车辆确定。

作案动机明确。

目前最明确的线索，就是那辆面包车。尤明许等人立刻杀到交通指挥中心，以许梦山父母家为中心，向四周扩散，寻找那辆车。

如今的天眼，无处不在。只要那辆车上路，就一定会留下踪迹。

但尤明许隐隐也明白，殷尘只怕是有恃无恐。

交通指挥中心。

许梦山和一个同事坐在一台电脑后，在追一条线路。他红着眼，脸色铁青。

尤明许坐在另一台电脑后，殷逢在她身旁。

殷尘的踪迹并不难找，很快，他们就找到附近好几条路上的摄像头，拍到了那辆面包车。再从时间判断，很容易分辨出作案前和作案后。他们发现殷尘来去是两个不同的方向，于是先沿着去路继续追踪。

尤明许正看得全神贯注，猛地被人一拍肩膀，转头看到丁雄伟。

殷逢也看到丁雄伟，微微一笑，点头："老丁。"

丁雄伟顶不喜欢殷逢这一点——自从这厮翻身洗白后，总是用这样亲切而不失倨傲的态度和自己打招呼，颇有种豺狼虎豹登堂入室的姿态。不过，现在不是计较这个的时候。

丁雄伟看了一眼不远处的许梦山，示意尤明许跟着自己出去。

两人走到屋外，丁雄伟沉默了一瞬间，才说："就算现场没有留下尸体，梦山的父母只怕也凶多吉少。"

尤明许何尝不知道这一点？

殷尘躲在暗处，防不胜防。就像殷逢所说，殷尘现在什么都没有了，他能干出任何令人发指的事。

"需要我怎么做？"尤明许径直问。

丁雄伟苦涩地笑笑："梦山也挺倒霉的，这种事，别人一辈子经历一次就够了，他却……你看好他，真出了事，拦着点，别让他再亲眼看到了。谁的心也不是铁打的，我不想看着这孩子被毁掉。"

尤明许说："我明白。我不会让任何人毁掉他。"

尤明许走回房间时，发现殷逢不知何时挪到许梦山后头坐下了。走过去，听到殷逢在说话："据我对殷尘的了解，叔叔阿姨暂时不会有事。"

他说话，许梦山真的会信服，于是许梦山扭过头，目光闪动："殷老师，你不是在安慰我？"

殷逢看了他一眼："我为什么要安慰你？你又不是尤明许。"

很不合时宜的冷笑话，却令许梦山心中真的一轻，连忙问："怎么说？"

殷逢说："其实你心里也清楚，关心则乱罢了。殷尘到达你家时，时间还很充裕。如果要杀人，当场就杀了。何必费那么大力气带他们走？并且专程带了邢几复的血液在你家涂鸦。换句话说，他带走了你的父母，留下了尤明许生父的血迹。他不是冲你一个人来的，别有所图。”

话一说完，殷逢自个儿微微一怔。

尤明许蹙眉。

许梦山默然。

殷逢站起来，揉了一下尤明许的头，走到门外，刚要打电话给陈枫，结果陈枫永远和他心有灵犀，先打过来了。

“我们发现了殷尘的踪迹！”

…………

殷逢听他讲完，说道：“马上替我查一件事。”

“发现新的踪迹了！”一名警察喊道，所有人都凑过去。

他们在许家附近找到面包车的一条条动线后，越往后越难追，因为城市太大了。所以已经有好一阵子，失去了殷尘的踪迹。现在终于又找到了。

那是一个路口的监控视频。

时间显示是昨天下午 5 点 05 分左右，距离殷尘离开许家大约 48 分钟。

一条林荫路并不是特别宽敞，双向道，车流不断。干净如新的面包车夹杂在车流中驶来，快到路口时，徐徐停在路边。

尤明许一看到这个画面，就愣住了。

这里是……

许梦山也觉得这条路看起来眼熟极了，好像就是……

车停好了，而且还是端端正正停在车位里。因为距离有点远，看不清殷尘的脸，但毫无疑问就是他。他背了个黑色的包，下车。

大概 15 分钟后，他就回来了，上车离开。

“这条路叫麓野北路。”发现监控的警察说道。

“这是我家小区侧门外的那条路。”尤明许开口。

所有警察都是一愣。许梦山却恍然一惊，转身就要往外冲，结果门先从外面被推开，殷逢走了进来，目光沉沉环顾一周，最后落在尤明许身上，说：“殷尘去过你家了，我有视频。”

许梦山脚步一顿。

尤明许顿时明白了。自从去年殷逢住进她家，陈枫他们就在门口、各个窗口，都安装了严密的防盗网和监控摄像头，客厅和两个房间也有。不过当时两人在家时，屋内的摄像头是可以关闭的。他们不在家时，摄像头就会自动启动。

视频片段被投射到众人面前的巨大显示屏上。

第一个片段，是尤明许家门口的楼道，寂静无人。

殷尘出现了。依旧是那副装扮，黑衣黑裤，鸭舌帽，低着头。

不愧是亲兄弟，视频中只看到殷尘立在门口，背对摄像头，手里有动作。片刻后，门开了，他闪身进去。

他依然不怕被拍到。

第二个片段，切到客厅。

客厅里半明半暗，一室俱静。殷尘走到客厅正中，四处看了看，从背包里掏出个东西，似乎是个小方盒，放在了桌上。

然后他抬手揉了一下耳朵，放下背包，取出几样东西。

两个撕去标签、非常普通的矿泉水瓶，只不过，里面装满红色黏稠状液体。

还有一把玩具水枪，巴掌长的用来装水的“弹匣”里，装着某种暗红色液体。

然后殷尘开始有条不紊地往墙上泼洒红色液体，一片一片，一条一条，无数红液沿着墙壁缓缓下淌。很快，那放着小方盒的桌子周围的三面墙，都被浇满了。

两瓶浇完后，他把瓶子丢回包里，拿出那把水枪，作画似的开始往墙上喷射。于是一串串红色血珠，在那一片片恐怖的深红里穿行，就像是血海里翻起的一滴滴浪珠。

他单手插在裤兜里，另一只手的动作看起来流畅极了。令你感觉到他整个人很放松，像是在闲庭信步，又令人感觉到某种对生命的极端淡漠。

这些事几分钟就做完了。他收拾好东西，背起包。地上、他的鞋上，还有他的手上，都溅了血迹。可他全不在意，而是缓缓抬起头，往摄像头望了过来。

冠军在尤明许家安装的摄像头都是顶尖的，非常清晰。所以此时，警察们可以清楚地看到，帽檐下那张英俊的脸，比数月前瘦削了许多，剑眉挺鼻，肤色略白，更显得那双眼深邃。

他盯着这边，足足有半分钟，脸上没有表情。

尤明许愣了愣。

她突然发觉，此时殷尘的眼神，没有狂戾，没有嗜血，犹如深海，所有狂风暴雨都偃旗息鼓，唯余湛湛。竟莫名让她感觉和殷逢的眼睛有些相似。

为什么殷尘会有这样的眼神?

他在看什么?

殷尘低头，离开她的家。

尤明许想起了殷逢的话——他是来报复的。因为他什么也没有了。

只剩他一个。所有人锒铛入狱，从此世间没有惩罚者。他知不知道自己只不过是范淑华无数黑色软皮本中的一个?

最后一个。

尤明许站在自家门外。

门锁是完好的。

她掏出钥匙开门，身后的警方人员小心进入。

尤明许和殷逢缓步走进去。

即使已在视频里看到，此时亲眼看见，尤明许还是能感觉到一股寂静的寒意，弥漫在屋子里。

前方，满墙血色，如同怪兽张牙舞爪，又像是一片神秘丛林，静静生出。

殷尘留下的那个盒子就放在桌上，已有鉴证人员上前先行打开，脸色骤然一变。

尤明许走过去，看到他手里的盒子。

那是个非常普通的小木盒，半个巴掌大。盒子里放着一根手指。断面血肉模糊，血液已经干涸，盒子里全是血——手指还很新鲜，是被临时砍下放进盒子里的。再仔细一看，尤明许就瞧出了端倪——手指比较瘦，修长，更像是男人的。褶皱明显较深，指背上有几点老人斑。

她的心里“哐当”一声。

许梦山走过来，接过盒子，仔细看了看，说：“这根手指是从活人身上砍下来的，时间应该不到24小时。”现在是上午9点，也就是说，手指是昨日9点后砍下的。

尤明许的肩膀一沉，被殷逢按住了。

“阿许，第二个是你。”他说。

尤明许眉头微颤，说：“我没什么关系。”

这话，殷逢和许梦山都懂。

殷逢只轻轻摸了一下尤明许的头，他知道她不需要旁人多说什么。

殷逢转头，放断指的桌子对面，是一面墙，靠墙放着柜子，这正是刚才殷尘离开前凝望的方向，也是摄像头暗藏的方位。

柜子上放着的是尤明许母亲的遗像。尤蕤雪相貌甜美而不失英气，眼眸清澈。

他在看她，用那样的眼神。

殷逢心中一动。

尤明许抬头看着那些浓烈的血迹，问："梦山家的血，是邢几复的。这又是谁的血？"

许梦山静默不语。如果这是从他父母身体里抽出来的血，虽不致死，也不一定好活。

殷逢的嘴角突然浮现出讥诮笑意："也许不是梦山父母的。"

尤明许和许梦山都望向他。

就在这时，殷逢的手机响了，又是陈枫。

"殷老师，你让我查的事已经查到了。他们……三个月前回国，住址也找到了，就在湘城。但似乎没有和什么人来往……你知道的，他们即使销声匿迹几个月，也没什么奇怪。住址我发给你了，也已经让涂鸦过去查看了。"

殷逢放下手机时，没有任何表情，仿佛也没察觉到旁人的目光。他静静站了一两分钟，才把地址发给尤明许和许梦山。

"马上让人去查这个地址。"殷逢说，"看看有没有发生什么事。"

许梦山一句话也不多问，转身就走。

尤明许看着殷逢的眼睛："那是什么地方？"

殷逢平平静静地答："那是我父母最近在国内的住址。"

尤明许心头一震，殷逢突然讥讽地一笑，说："阿许，我和你一样，也没有什么关系。"

警方的渠道，比涂鸦亲自去查看更快。

因为就在昨晚，那个地址，有人报案。只不过因为不在同一个区，所以岳山分局这边还不知道。

许梦山很快就把初步案情报告拿到了。

报案人是小区保安，时间是昨晚 9 点多。

那是一片别墅区。

殷氏夫妻就住在其中一栋里。

夜里9点30分左右，该栋房屋突然起火，小区物业连忙报告消防，并且组织扑火。大概在10分钟后，消防赶到，20分钟后，火被扑灭。

已查明着火的不是别墅主宅，而是院子里的一个单独的两门车库。火被扑灭时，火势已经蔓延到主宅，那一面墙壁被烧得灰黑一片，但是还没烧到主体。

被烧毁的车库里没有发现尸体。

消防员冲进主宅，发现空无一人，却在主卧的墙壁上，发现遍布的可疑红色液体，甚至没有全干。

许梦山手机上有现场图片。

寂静的房间，满墙鲜血，狰狞盛开，血海里泛起串串浪珠。

和前两个现场一模一样。

没有留下什么东西。

除此之外，当地辖警到达现场后，根据现场痕迹判断，这栋房子已经有一段时间无人居住。而那些血迹，他们已经取样，正在做DNA对比。只是数据库太大，又没有方向，还没有得出结果。

“梦山。”殷逢开口，“让那边的警察，比对你父母的DNA。”

许梦山的心口像被长长的针猛刺了一下，说：“好。”

殷逢看着尤明许背后墙上的那些血：“这里就比对我父母的。”

尤明许突然很是愤怒，冷冷地说：“他想干什么？玩游戏，还是故弄玄虚？”

殷逢淡淡道：“不，是仪式感。”

第十八章

他想回家

尤明许从没听殷逢提起过父母，一次也没有。

她也没有主动问。

某些方面，她和他是一样的人。

所以，现在听说殷逢的父母回国了，而且很有可能遭遇不测，尤明许都不知道该和他说什么。

一行人迅速从交通指挥中心下楼。

尤明许匆匆去上了趟洗手间，下来时，就见到殷逢立在警车旁等着，许梦山坐在驾驶位上。殷逢的神色看起来很平静，甚至还对她笑了笑，带着点暖意，完全看不出有半点亲生父母被挟持后的惊惶。

想来讽刺，她不也一样？

他替她拉开车门，上车坐在她身旁。她看着他的侧脸。在他三十年的人生里，因为父母到底遭受过什么，暂时无从知道。

也许，以后，等过去结束，将来静好。哪天哪个时候，他会愿意在家中跟她说吗？

尤明许握住他的手，自己都没察觉，握得有点紧。

殷逢看了她一眼，忽地笑了，说："尤明许，我不要你的这种可怜。"

尤明许察觉到他话语里的冷意，心里有点不是滋味。车厢里的气氛似乎也有点僵了。

她静默片刻，抽手直接就在他头上敲了两下："又阴阳怪气给谁看？你还要不要……”话语一顿。

他却明白了她所指的，看了她一眼，吐出个字：“要。”

尤明许笑了。

气氛就这么又让人舒服了。

过了一会儿，殷逢把她搂进怀里，手在她腰上摸了几把，暗暗用力，叫她麻得很，还有一点点不过分的疼。尤明许在心里骂了句“神经”，却忍不住抓着他另一只手，一下下捋着他的一根根手指。渐渐地，感觉他整个人是真的放松下来了。

警车一路向第三个犯罪现场疾驰，正是中午，太阳明晃晃地刺眼。尤明许想：什么是家庭的原罪？

到了最后，一无所有的殷尘，留下的是这样仿佛孩童胡闹般的残忍仪式。

也许，我们每个人，随着年龄的增长，会离家越来越远。

其实，任何人，无论有罪无罪，无论是活得困顿罹痛，还是如鱼得水，无论身在天涯何处。一抬头，谁不能看到那年那天，家中那盏柔和的灯下，那个孩子沉默矗立的影子？

终其一生，无法改变。

这是惩罚者组织被连根拔起后的第五天。

三起案件，发生在短短 6 个小时内。

就像一堵黑色的爬满毒藤的墙，被坚硬的坦克撞倒。在满地散落的砖头和藤蔓中，你却发现还残留着最尖锐的一根木桩，稍不留神，已被刺得满手鲜血，疼痛不已。

当天下午，在勘测完殷逢父母的居所后，所有骨干刑警赶回局里开碰头会，确定下一步的行动方向。

那天负责电视台行动的副局长主持了会议。

一名负责监控组的同事汇报了迄今为止殷尘的作案时间线——

昨天。

15 点 20 分：殷尘进入许梦山父母家所在小区。

16 点 12 分：殷尘挟持许父许母，驱车离开。

17 点 05 分：殷尘来到尤明许家所在小区。

17 点 20 分：殷尘留下邢几复断指后，驱车离开。

18 点 55 分：许梦山归家，报案。

20点20分：殷尘进入父母所居住的小区。

21点20分：殷尘驱车离开。

21点33分：保安发现火情报警。

另一组交通组的同事在墙上的地图上画出了4条箭头，所有人都睁大眼睛。

第一条箭头，从城南某建材市场指向许梦山父母家。

第二条箭头，从许梦山父母家指向尤明许家。

第三条箭头，从尤明许家指向殷逢父母家。

第四条箭头，从殷逢父母家指回城南某建材市场。

这名同事说道："沿途的监控显示了殷尘的上述动线，在时间上也是符合的。只不过，到了城南建材市场附近，就失去了他的踪迹。接下来，是否重点搜查该区域？"

许梦山发言："不光是这个区域。有两种可能：一是他就藏匿在这里；二是他在市场换车或者套了车牌，去了别的地方。"

副局长点头："无论如何，线索是在这里断的，重点搜查。"

大家又议论纷纷，商量着搜索方向和对策。

就在这时，一个声音响起："他很快会和我们取得联系。"

众人肃然一静，全都看向殷逢。

殷逢还是那副模样，灰衣黑裤，简洁英俊，眼里生着冷意："他到底要对我们的父母做什么，一定会让我们看到。缺少观众，就太无趣了。"

尽管有了殷逢的"预言"，警察也不可能坐着等它实现，大批警力被调往城南建材市场，开展一场疾风暴雨又细致入微的搜索。

尤明许并没有像许梦山一样跟着去，而是选择留在警局。她坐在电脑前，一帧一帧仔细看着有殷尘出现的视频。

殷逢也没去，留在她身边。

尤明许埋头看了一会儿，抬起头说："你有什么想去查的，可以去，不用管我。"

殷逢伸出一根手指，指了指自己的脑袋，说："正在查，我在想事情。"

尤明许笑了，说："其实我觉得他们去城南，只怕很难有收获。只要殷尘想，就不会留下线索。"

殷逢点头："这对于他来说不过雕虫小技。他能让我们拍到车，就有把握让我们找不到。"

尤明许继续盯着屏幕。

殷逢问："你想找什么？"

尤明许答："我还不知道。但这次殷尘的作案手法和从前很不一样。即使是学徒杀手明韬，都很谨慎，没有被摄像头拍到过正脸。这大概是高智商罪犯的基本职业素养。可殷尘现在已经不在意了，脸、车子和指纹到处都是。他也许觉得，我们知道这些，也无关大局，他有办法脱身。可是，他不是警察，一个罪犯哪怕反侦查能力再强，也永远不可能像一个警察那样思考。"

殷逢眼睛一亮，说："这个观点很有意思，接着说。"

尤明许淡淡笑道："一个警察，对着这些监控，看到的却是：他留下的痕迹越多，细节也就越多。存在即合理，细节越多，就意味着背后的逻辑关系越多。找出这些关系，说不定就能找到我们想要的答案。一个犯罪者，不可能像这样去思考。"

殷逢听明白了她的话，甚至感觉有所启发。

这体现了一个刑警缜密的思维和敏锐的洞察力。

这样的尤明许，面对如此急迫的情况，依然冷静、自信。哪怕素面朝天，凤眸依然闪着寒光，恍惚间又让他看到了西藏那个胆敢与狼共舞，以一己之力就抓住了顾天成的女人。

哪怕这一路经历了那么多悲欢离合，她也矢志不渝。

他的。

这样的尤明许，是他的。

一股强烈而刺激的满足感涌上心头。他脸上却不露分毫，非常不合时宜地说："有点意思。叫声老公，我就告诉你，他要去哪里。"

开完碰头会后，丁雄伟并没有马上跑去一线，而是转头去了另一个地方。

看守所。

丁雄伟和所长打了声招呼，没多久，他就坐在了一间见面室里。因为即将见的嫌疑人罪大恶极，所以看守所特意派了好几名警察，荷枪实弹，内外戒备。

丁雄伟默不作声地看着，其实觉得没有必要。

那个人厉害在脑子，且擅长控制人心，手无缚鸡之力。而且从今往后，她的心中是否充满绝望？

所以她永远都出不去了。

等了几分钟，门被拉开，一个手脚全戴着锁链的女人慢慢走了进来。丁雄伟一眼就看到她的短发，依然像平时那样干净利落，突然间眼眶有点刺痛。

但是当他再抬起头时，已是一副滴水不漏的平静表情。

范淑华也显得很安详，在他对面坐下，一言不发。

丁雄伟说："殷尘在哪里？"

范淑华轻叹了口气，答："他终于还是走上那条路了？"

丁雄伟问："哪条路？"

范淑华说："也对，一切都结束了，他也想要结束。"

两人仿佛在各说各的。

丁雄伟忍耐了一下，几乎是低吼道："范淑华！你曾经是令人尊敬的高级知识分子！得到过我们警方的尊重和信任，也得到过那些受害者的感激。你做下这些事，难道没有半点愧疚和犹豫？你……你到底有没有人性？有没有对我说过半句真话？"

范淑华只是微微笑着，乍一看依然如同过去那样，安详睿智，眉眼覆光。可你若仔细看，分明能看到她唇畔那一丝不羁和眼中隐含的戾气。

"成王败寇，老丁，不用说了。你根本不理解我。"

丁雄伟沉默了一会儿，不再纠缠这个话题，而是说："昨晚，殷尘绑架了许梦山的父母，邢几复和殷逢的父母也在他手里。牵连无辜的人，尤其还是警察的父母，这是你们惩罚者的教义吗？你们不是标榜着惩恶扬善吗？

"许梦山、尤明许、殷逢，哪个不是好孩子？哪个不是把脑袋拴在裤腰带上，守护着普通人？结果现在，殷尘的报复，落在他们的父母头上。这公平吗？范淑华，我就问你一句，这公平吗？这是人能做的事吗？我们要是不能把他们的父母救回来，还做什么警察？你要是还有一点良心，就告诉我，殷尘会把他们带去哪里。己所不欲，勿施于人。或许有的父母，不是人，有的父母，却把孩子当成世上的唯一。譬如梦山的父母。范淑华，你明不明白我在说什么？"

范淑华看了他一会儿，忽然笑了，说："老丁，你根本就不懂犯罪心理，也不懂那到底是什么，是你不明白。"

她顿了顿，又说："你搞错了，惩罚者组织早已不存在了，一切都成空，再也无法追寻。殷尘也明白这一点，所以他现在干的事与惩罚者和我完全没有关系。那些只是他的个人诉求而已。我不是他，不知道他会去哪里。”

她站了起来，转头看着押送自己过来的警察说：“走吧。”

丁雄伟一直望着她走远，而后面无表情地转身离开。

范淑华跟着狱警走向一扇铁门，脑海里却浮现出一个黑色软皮本。笔记本在她的脑海里打开，一行行字迹如同幽灵般在眼前跳动。

她忽然低头笑了，喃喃低语：“他想去哪里？他的路早就被写好了，他想回家啊……”忽然间，她的眼底竟泛出泪水，“一个想回家的孩子，他最后的愿望，我怎么能拦着他呢？”

尤明许迎着殷逢灼灼的目光，很想照着那俊脸抡一拳头，让他正常一点。

但他好像真的不是在和她调情，而是情真意切地提出了这个交换条件。

神经病。

尤明许干脆一把揪住他的衣领：“别叽叽歪歪，破案有奖励，快说。”

殷逢微微一笑：“他想回家。”

尤明许松开他的衣领：“回哪个家？”

殷逢的眉头一挑，和聪明女人讲话就是不费劲。

他说道：“殷尘是个什么样的人？从小遭受父母虐待，没有得到任何正面肯定，被野生放养，非常孤独。对我这个曾经夺走了父母疼爱，后来又和他同病相怜被虐待的弟弟，感觉也很复杂——又爱又嫉又恨。成年后，他干的是坑蒙拐骗的事，混迹于社会底层。我不知道他和我岳母之间发生了什么，但毫无疑问，在他跌入人生最低谷时，岳母是他唯一的光。”

尤明许听得整个人都不好了：“你不要一口一个岳母。”

殷逢接着说道：“但是这束光，被连环杀手毁掉了。他因为她，而憎恨邢几复，混入凯阳集团。这期间与范淑华有了接触，或者是被范淑华发现——毕竟当年的案子，真凶画像是范淑华做出来的，她发现殷尘也不足为奇。殷尘成为惩罚者，从此在复仇的目标之上，还有了更高的人生‘信仰’。一个人有了信仰是可怕的，哪怕这信仰其实是虚假的纸衣，所以他可以在凯阳一待数十年，所以他表现得那么疯狂暴戾，无所畏惧，因为有信念支持。

“但偏偏，在他们就要完成终极惩罚之前，在他以为把我这个弟弟踩在泥里大获全胜时，一夜之间，惩罚者组织被一举歼灭，他的精神教母锒铛入狱，惩罚者彻底宣告失败。邢几复早就落到他的手里，仇也报了。那我问你，他现在活着，还有什么意义？还有什么可以追寻？”

尤明许说：“所以他找上我们，想要报仇。”

殷逢点头：“以他凶戾的性格，报仇是肯定的。但他其实也明白，这世上的警察千千万，光这次逮他们的警察就出动了三百个，他永远不可能真正报仇，也无仇可报。一个人数十年来的精神支柱被摧毁了，他还剩下什么？他会想到哪里去？报复我们几个人的手段有很多种，他却选择了现在这种，恰恰反映了他内心深处的真实欲望——他是个没有家的人了，所以想要毁掉我们的家。”

尤明许默然。

殷尘的家，不正是殷逢的家？

而他此刻说到殷尘无家可回，却仿佛一个旁观者，冷静、理智、无情。

殷逢继续说道：“可是，他并没有当场就杀掉他们，把尸体丢给我们，这样明明可以达到最好的报复和摧毁的目的。他却带走了他们。

“还有两个非常明显的行为，印证了他的内心——从时间上推算，许梦山家桌上是中午的剩饭剩菜，他坐下吃了一碗家常饭。他坐的，是否是许梦山的位置？他在另外两个地点，都是办完事就走，行动非常紧凑，不浪费一点时间。唯独在他的父母家待了一个小时。只是放把火，浇点血，根本花不了这么长时间。他逗留在父母家里，从现场痕迹看，别的什么他都没干。那么他在那段独处的时间里，想了什么？

“种种迹象都证明，他内心深处的真实渴望是回家。只不过，他这半辈子颠沛流离，有很多种身份，于他而言，到底什么才是真正意义上的家？”

尤明许眸光沉沉。

殷逢十指交握，抵在嘴唇之下，说道：“有四个地方，对他而言，拥有家的意义。

“一、他的父亲和前妻，也就是他的生母，在他幼年时生活过的地方；

“二、曾经惩罚者们群体生活的巢穴；

“三、他和范淑华相知的地方；

“四、你的母亲和他相遇的地方。

“阿许，犯罪心理学的逻辑，和你们安排大批警察赶往城南建材市场去搜查的逻辑，完全不同，和你的层层抽丝剥茧也不同。我不会等你们的结果，我现在就去找这四个地方。等我的消息。”

尤明许走出办公室，站在楼道里，望着殷逢和匆匆赶来的陈枫、冠军和小燕会合。

旁边还停着另一辆车，涂鸦站在车旁，望着他们，又抬头望了望尤明许的方向，挥了挥手。

涂鸦被殷逢留下，贴身保护她。

就像殷逢所说，犯罪心理与传统刑侦各有各的逻辑，泾渭分明。她理解他的思路，所以不会拦着他去找，但她也有自己的思路和强烈直觉。

殷尘只剩下一个人，殷逢有三个人跟着，尤明许倒不会太担心。

冠军开了辆普通的黑色轿车过来，车身洁净，刚洗过的样子，在夕阳下折射着光。

殷逢的手握住车门把手，回过头。隔得远，尤明许看不太清他的表情，只知道他在看自己，如同之前他们每一次短暂分别时那样。

只是这样寻常的一个凝视，尤明许心中却像有什么在涌动。她伸出两根手指，在自己嘴唇上按了一下，放下。

接着看到殷逢也抬起一只手，在唇上按了一下。

尤明许笑了，低头不看他。过了几秒钟抬头，人已经上车，那辆车驶出警局大门，夕阳在车身上淌出一道流光，有点刺眼。

尤明许移开目光。

突然间一愣。

猛地转头，只看到一个车尾巴，黑色，锃亮，干净，转瞬不见。

尤明许的脑子里就像有一道火光，“哧溜”一下闪过，照亮她之前反反复复看的灰暗监控画面，也照亮了殷尘所驾驶的嫌疑车辆。

她知道……监控里有什么不对劲了！

许梦山往城南建材市场方向去，才跑到半路，就被尤明许叫了回来。

他毫不犹豫地掉头。多年搭档，早有默契。

尤明许给许梦山看了一小段视频。

那正是殷尘驾驶面包车驶入小区的一幕。

尤明许将画面定格，问：“看出有什么不同了吗？”

许梦山蹙眉打量：“旧车？车速平缓，路线熟悉，四个车轮看着都无异样？”

尤明许眸光闪动：“你觉不觉得车子太干净了？”

许梦山眉一扬。

确实！阳光之下，车身反光，洁净无比。那是刚洗过的车。许梦山心中一动，看着尤明许，已明白她意有所指。这不正常！

尤明许偏头一笑，说："他们前几次行动时，并没有特意洗过车。"

许梦山想起阻击卫澜时，那两辆黑突突的轿车；还有在贵州时，殷尘同样喜欢使用的半旧面包车。他的目光如电："是的！车都是脏的，看起来毫不起眼。那样才符合职业罪犯的习惯，大隐隐于市。可这一次，殷尘为什么特意把车洗干净？这反而说明了他想掩饰什么。"

尤明许赞许地点头："他还有什么可掩饰的？除非，车上有会暴露藏身地点的痕迹。"

许梦山心头急跳，眉头紧蹙："可是要怎么找？"

尤明许斩钉截铁地说："找到那家洗车店！他在哪儿洗掉的，我们就去哪儿找。"

许梦山眉头顿时一展，击掌道："这个容易。"他拿来地图，指着说，"车是从城南建材市场开始有踪迹的，从这里到我爸妈家沿途的监控，都拍到了他。只要查查路上有几家洗车店，他的行动路线覆盖了哪一家，就知道了。"

许梦山说得没错。

半个小时后，监控组的同事就给了他们答案。

又过了20分钟，尤明许和许梦山已赶到那家洗车店。

那家店就在路边，是家不起眼的小店。其实这家店并不在前往许梦山父母家的必经之路上，而且比较偏僻，没有摄像头。殷尘当时拐了个弯来这里洗车，可见其谨慎。

只不过他百密一疏，另一条岔路上的监控，又斜又远地拍到了殷尘的车停在洗车店门口。若不是警察们心细如发，很可能就会忽略。

所以模糊的监控画面本身，找不到任何有价值的线索。

尤明许和许梦山去找洗车店店长。

店长一脸为难："我们这里每天洗车的人有好多，我哪里记得清啊？"

许梦山拿出车和人的照片，店长和两个店员还是摇头。

尤明许脑子里忽然闪过一个念头：要是殷逢在这里就好了，这种情况，他最有办法。

她思索片刻，对他们说："你们仔细想想，对他，当时肯定是有印象的。他戴着鸭舌帽，一直低着头。他的气质很特别，即使不说话，你也觉得他很凶，是个厉害角色。他也许是一副有心事的样子，对了，说不定，他还拿你们的水管冲洗过自己的鞋子和双手，说不定还洗了把脸……”

一个店员突然像看怪物一样，看着这个漂亮的女警，他激动又颤抖地说：“我想起来了！真的有这么个人！店长我想起来了，这个人个子很高，不怎么说话。我们洗车的时候，他一直站在一边，也不坐。后来我还看到他用水管冲洗鞋底，冲了好一会儿。你你你，你怎么知道？！”

尤明许和许梦山心中也是一喜，尤明许心想：我怎么知道的？近墨者黑呗。

她连忙问：“你们好好回忆一下，那辆车，还有那个人，有什么特征？有什么不同寻常的地方？”

这个问题，却又把店员们给难住了。

这也怪不得他们，一天洗下来的车上百，对他们而言，是枯燥机械的重复，谁会去注意任何一辆车？

一个店员突然说道：“我好像在那辆车上闻到了一股臭味。”

许梦山眼珠子都要瞪出来了：“什么臭味？”

店员想了半天，挠头：“那我不知道，就闻到那么一下下。”

早在几年前，殷逢就查过殷尘诈死前的资料。所以，对于那些年殷尘的生活轨迹，他掌握得一清二楚。

殷逢对尤明许说，殷尘有四个可能的“家”。但他没有说，其中有一处，他直觉最强烈，可能性也最大。

那就是尤蕤雪死前一年，殷尘暂居的房子。

眼前大概是这个城市里最老旧脏乱的地方。一座五层小楼，起码有几十年了。墙皮剥落，墙体上喷着大大的“拆”字，还有各种小广告。楼里许多户人家已经搬空，整栋楼透着股颓败气息。

可以看得出来，即使在二十年前，这里也不会是什么繁荣精致的地方。

殷逢带着几个人站在楼下，静立片刻，说：“陈枫，你上去探探那套房子现在还有没有住人。冠军，你想办法去查看附近监控。小燕，你转一圈，看附近有没有别的能藏人的地方。”

那套房子。

那套二十年前殷尘租住的贫民屋。那时候的殷尘，正处于人生低谷，因为诈骗，被人追债，躲到了这里，过着暗无天日蝼蚁般的生活。

而殷逢虽然不知道当年尤蕤雪的详细资料，却能查出她那一年参与过的几个案子，其中有一个案子，就是在这附近活动。

两个人很可能就是在这里相遇相识，开始产生交集。

殷逢脑海中浮现出殷尘站在尤明许家中时，望着摄像头，又或者根本不是看摄像头，而是望着尤蕤雪遗照时的眼神。

最珍视的家吗……

这个地方，荒屋无数，藏人似乎是很不错的选择。

强烈的直觉在殷逢心中回荡，他似乎已预感到了什么。

许梦山和尤明许返回警局。

路上，尤明许反复看手机上的监控视频。

洗车、鞋底、臭味……她觉得离答案更近一步了。那个地方的特征如此明显，以至于殷尘都必须专门掩饰。

她的手指一点，画面停在某个瞬间。

殷尘偏了一下头，用手揉着耳朵。

这样的小动作，在所有监控里，出现了至少三次。

又一个不寻常的细节。

正思索着，手机响了，是警局一名同事打来的："殷老师料得没错！殷尘真的发视频过来了！梦山的父母、邢几复，还有殷老师的父母，都在视频里！"

一群警察，围着一台电脑。

半个小时前，警局的官方邮箱里收到了一封匿名邮件，附件为一个1分钟的视频。

许梦山和尤明许赶了回来，丁雄伟也来了。

视频播放。

画面里出现了一个灰色的空间。灰色的墙，灰色的地面，灰色的天花板。四面都是粗糙水泥。那空间似乎比较大，镜头里没有照出边界。

五个人依次排开，被绑在墙上，像五捆即将散落的柴火棍。他们衣服上都染着血，垂着头，脸色全都煞白。但警察们依然可以辨认出，五人分别是许梦山父母、邢几复、殷逢父母。

五人头顶上方，有两个排风扇呼呼转着，外面有明亮的光，于是在地面上投下变幻光影。

许梦山一拳狠狠打在桌上，脸涨得通红，吼道："爸！妈！"

尤明许用力抓住他的肩膀。

一名警察喊道："水！有水！"

众人这才注意到，画面一角，有一股水流正汩汩往里淌，缓缓在地面蔓延开，并且完全没有流走或渗漏的趋势。水流得不快，但势不可当。

视频在这时终止。

丁雄伟几乎是立刻开口："追查到IP地址了吗？人过去没有？！"

电脑前的那名警察马上站起来，答道："查到了！15分钟前辖区片警就赶到了，是家网吧，但是人跑了，他们正在查监控。"

大家都没说话。

尤明许脑子极速飞转。视频是半个小时前收到的，如果水一直在放，现在没到了哪里？有没有没到那五人的脚踝，还是到了腰上？

所以这才是殷尘为那些父母准备的下场：活活溺死，一分一秒慢慢溺死？而且让警察们知道，却无能为力？身为人子，身为警察，还有比这更残忍的惩罚吗？

现在该怎么办？

找到画面中这个地方。

来不及在这个城市里一寸寸搜索了，必须马上找出这个地方。

可是，要怎么找？

尤明许脑子里正盘算着，经验丰富的丁雄伟已果断下了一连串命令："小周，马上叫信息技术部精英支持，把这个视频的每一帧、每一个角落、每一个声音，都给我分离出来，我不信一点蛛丝马迹都没有！尤明许！许梦山！"

他眼中仿佛要喷出两道厉火："你俩！也给我盯着这个视频，推理，给我好好推理！殷尘在那么多视频里出现过，留下了那么多痕迹，一定有什么关联！怎么可能什么都没留下呢？没有绝对完美的犯罪，给我仔仔细细用尽全力去找！"

这话与尤明许的观点不谋而合，两人答："是！"

丁雄伟去协调安排警力，加大对网吧周边的搜查力度。尤明许、许梦山和几个刑警留在屋里，一人一台电脑，个个瞪大虎眼，几乎要将视频画面盯出个洞来。

"哪里会有这样的一个地方，这样的排风扇？"许梦山问道。

尤明许转头看他，他的眼眶还是红的，整个人像一张紧绷的弓，但眼神已恢复锐利和沉静。这让尤明许稍微放下心。

旁边一名警察答道："仓库？"

大家都点头，这样的水泥灰地面、排风扇、充满烟尘的光影，确实很像仓库才会有。可就算真的是仓库，也毫无方向。

这时尤明许补充道："我们查过了，昨天在殷尘作案前，他专程去洗了车。我想车上一定有什么特别的痕迹，他才特意去洗。那种痕迹一旦被看到，就能让人推断出他藏身在何处。"

众人都是一静，皱眉沉思。

尤明许说："他的鞋底也有那种痕迹。"

许梦山补充道："臭味。店员说他身上有种特别的臭味。"

特别的痕迹?

特别的臭味?

那是什么地方?

一个警察朗声说："垃圾场？难道是垃圾场？"

有人眼睛一亮：不错！城市的垃圾场都在郊区，如果藏人，根本无从发现。

尤明许想了想，却摇头："不是垃圾场。垃圾到处都有，就算车轮里嵌进什么垃圾，也是正常的，没有特定指向性，他不会特意去洗。而且湘城的大垃圾场都是公共的，人多、车多，管理也规范。他要带着五名人质进去，还要控制那么个仓库，很难不惊动别人。而一些小的废弃垃圾场，不会有那样宽敞、明亮、干净的仓库。"

逻辑清楚，条条反驳。

众人不由得点头。

垃圾场的可能性被排除。

许梦山沉思道："会不会是地下室、地下通道之类的？"他看了一眼尤明许，尤明许明白过来，他想到了陈昭辞那个案子，没人能想到把人藏在怀城以前废弃的防空洞里。

这点，尤明许答不出来。如果是什么特殊的地下空间，或许水质、土壤就和地面有差异。以殷尘的谨慎，洗去痕迹是有可能的。

"要不要安排人去市政建设部门查一下？"有人提议道。

许梦山看着尤明许。

尤明许却是一愣，说："等等。"她滑动鼠标，在电脑上调出了昨天殷尘出没在犯罪现场的监控，而后停在某个画面上。

也正是她在回来的车上一直琢磨的画面。

“你们觉得殷尘在干什么？”她指着殷尘放在耳朵上的手指。

几乎所有人都憋足了劲儿盯着画面。

因为殷尘的动作很小、很快，如果不仔细看，根本察觉不了。也就是说，这是他无意识的动作。就像是有根头发落在你脸上，你痒，一定会去拂一下。但你也许根本没意识到自己做过这个动作。

现在尤明许一指，大家也都注意到了。

“他的耳朵不舒服。”许梦山沉声说。

尤明许点头，是的，他的耳朵当然不舒服。可是为什么？

有个警察说：“中耳炎？”

另一个人认真解释：“中耳炎是持续地不舒服，不会这么突然来一下，看着不像。”

“痒？”

“他没有挠，而是揉了几下。”

“耳朵进水？”

“会在哪里进水？”

“进水不应该拍两下吗？越揉越进去。”

…………

大家的头脑风暴，尤明许都听在耳里，可她总觉得他们说得都不对。殷尘的样子，看起来哪里有点怪怪的。

仿佛有一道闪光突然出现在脑海里，她迟疑开口：“你们说……他会不会是幻听？”

大家都一愣。

许梦山咀嚼这个词：“幻听……为什么？”

莫名的直觉驱使着尤明许继续说道：“如果他曾经待的地方很吵呢？持续不停地吵，那么他的耳朵就会不舒服，即使离开了那个环境，也会时不时幻听，所以才会有那样不起眼的小动作，才会下意识去揉耳朵，让自己听得更清楚。”

是的，就是这种感觉。殷尘那时的动作，给她的感觉不是不适，而是听到了什么，被惊了一下，才会有的反应。可能有什么声音，在几个犯罪现场，都伴随着他？令他感到不适？

尤明许接着说道：“前几次我们看到殷尘，他从来没有过这样的小动作。可不可以认为，是他最近待的新地方，对他造成了影响？”

“持续很吵的地方……”有人顺着许梦山之前的思路想下去，“会不会是铁路或者地铁附近的地下室？”

众人精神都是一振，还有一人接道：“所以车上、鞋底的痕迹，会不会是机油，或者铁路上的碎石之类，才害怕被发现？臭味，是下水道的味道？”

大家都有些跃跃欲试，连尤明许都有些动容。只不过，总感觉还有些不妥。

铁路附近的地下室吗？似乎已经接近了，但还是有些牵强。时而经过的列车噪声，足以造成如此明显的幻听吗？身上沾的下水道的臭味，能明显得让洗车小弟都闻到吗？车上的痕迹有那么明显，使得殷尘不得不去清洗一通？

尤明许的掌心沁出了细细的汗。说不定现在还在往那个仓库里灌水，说不定水位已经到了那五人的胸口。也就是说，他们其实只有一次机会，集中全部力量，按照这个方向去查，万一错了……

“还有没有别的可能？”尤明许开口，“这个答案总让我感觉有问题，似乎每一个条件的满足，都需要凑巧刚刚好。独特的必须洗掉的痕迹、臭味、持续的噪声环境……”她隐隐约约感觉到有什么就要呼之欲出。

“农舍？”

“养猪场？”

两个声音同时说道。

是尤明许和另一个警察。

尤明许完全是直觉使然，她心头一震，看着那名同事，而他露出些许赧然神色，说：“我家是农村的，你说的这些，我们老家的养猪场完全符合，臭味，满地的屎啊糠啊之类的，一不小心就会踩到。并且，那些猪总是叫，人在那儿待上几个小时，脑袋就是晕的，耳朵是花的。而且水管、排风扇，还有这样的空猪舍，是很常见的。”

他这么一说，所有人恍然大悟，再一琢磨，每个人都不由得激动起来——可不正是如此，就像尤明许所说，铁路旁的地下室要符合几个条件，其实还需要凑巧。可如果是养猪场，那就是完全满足这些条件的！

许梦山更是激动地一拍桌子：“就是这种地方！不会错！”

所有刑警眼里都放出光芒。

单是凭借几段监控，加上一个 1 分钟的视频，没有别的具体线索，却让他们群策群力，推导出一个如此合理的答案，能不叫人兴奋吗？

这时又有人看向尤明许。

耳朵、臭味、洗车，这些关键细节，都是她发现的。在大家都倾向于铁路时，她却保持着清醒，不急不躁，不放过其他可能。那名来自农村的同事能想到养猪场不奇怪，她却也同时想到了，这敏锐度、细腻程度，还有爆发力，能不叫人佩服吗？

“尤姐就是尤姐。”有人叹道。

“可是……”有人说，“就算知道那可能是间农舍，可是湘城农舍有很多，郊区更多，现在没剩下多少时间了，要怎么找？”

大家都看着尤明许。

她也蹙眉沉思，片刻后，眉头舒展开，说：“不，太好找了。”

大家一愣。

许梦山也若有所思，看了一眼屏幕上定格的仓库画面，喃喃道：“是的，他有顾虑……”

尤明许会心一笑，说道：“没错。你们看，殷尘这几天要住在这里，不担心泄露行踪；他要带 5 名人质回来，还要关进仓库，放水，外出发视频，短短的时间，做这么多事……他一定要保证对这个地方有绝对的控制力，不会被人发现，中途也不会有人误入，发现人质报警。所以，这不会是个大农场，大农场他一个人控制不了。他已经被通缉好几天了，满城密集的警力都在找他，却没有发现他。所以他也不会到处乱晃去碰运气，不然早就有人报告他的踪迹了。这个小农场，很可能是他以前就去过的，并且非常熟悉，甚至有可能和他存在某种关系。而且原本守着农场的人也很少，所以他能够轻松取得农场的控制权。”

这一番推理可谓巧思，却又让人不得不信服，大家纷纷点头。

许梦山和尤明许对视一眼，已明白她的想法，他说道：“无论是殷尘，还是郭飞嵘，他们名下的产业，我们早就查封了，没有这样的地方。马上去查和他有关的人名下有没有这样的小农场！”

警察们立刻分头行动，挨个筛查殷尘尤其是郭飞嵘的社会关系。

仅仅 20 分钟后，如同中了头彩般，他们找到了答案。

许梦山看着眼前的农场登记资料，眼睛都快要喷出火来，转头对大家说：“还记得那个被罗羽干掉的阿华吗？他姐姐是郭飞嵘明面上的情妇之一。他的名下没房产，可是他父母就有个养鸡场！就在湘城南郊！”

殷逢站在那栋荒屋之下，看着陈枫匆匆回来。

小燕和冠军也都回来了，站在他身后。

陈枫对他摇了摇头。

没有发现。

无论是二十年前殷尘租住的房子，还是其他可能藏人之处，包括查看附近的监控，都没有发现。

殷尘不在这里。

早在20分钟前，警方那边，把殷尘发过来的视频也发给了殷逢。这也让他们的搜索目标更明确。

几个人都看着殷逢，等待示下。

殷逢却在沉思。

四去其一。

殷尘居然没有回到和尤蕤雪相遇的地方。

那么，还剩下跟范淑华、殷尘生母和惩罚者相关的几处。

这和殷逢最初的直觉是相悖的，令他微微有些不悦。不过，事实就在眼前，他也必须相信，冷静下来去推理其他可能性。

相比之下，殷逢觉得，殷尘和生母一起生活过的家，可能性更大。

因为无论是跟范淑华相知的地方，还是惩罚者老巢，或许都曾令殷尘重获新的人生意义，可现在，惩罚者覆灭，范淑华被捕，殷尘走投无路。换句话说，惩罚者失败了。一个失败的组织，还能带给殷尘安全感吗？不能。还能让殷尘想要归去吗？也不能。

当他已看不到接下来的人生意义，就会回头寻找曾经被他丢弃的避难所。

“去殷尘当年和生母住的地方。”殷逢说道。

也即殷逢出生前，生父、生父的前妻、殷尘一家三口的住所。

一行人上车。

夕阳落入地平线以下，暮色已开始降临。灰衣黑裤的殷逢靠在车后排，整个人在暮色里显得面目模糊，只见俊朗轮廓。

当车子驶离这片区域时，他回过头，看着那栋承载着风霜和困苦的荒屋。

不知道为什么，他心里的感觉依然不对劲。他依然觉得，尤蕤雪才是殷尘最渴望得到的归宿。依照尤明许所说，殷尘、邢几复和她待在那辆逃亡的面包车上提及尤蕤雪时，向来沉稳的殷尘，是那么失控失态。

只不过，对于殷尘一家三口的那段过往，殷逢作为后来者，确实不了解。而父母的生性为何那样怪异，他也无从知晓。所以，如果他的判断有误，实际上殷尘是想回真正意义上童年的“家”也不一定。更何况殷尘还在殷父殷母的住所待了足足一个小时。这或许是最有力的例证，比他的直觉还要有说服力。

这么想着，殷逢的心沉静下来。他决定还是先去下一个地点一探究竟。

就在这时，手机响起，是尤明许打来的，她的声音听起来振奋有力极了：“殷逢，我们也许找到人质被关押的地方了！”

殷逢一怔：“在哪儿？”

“你还记得阿华吗？他父母的名下有个养鸡场。”

尤明许简要地把整个推理过程和他们的查证工作说了一遍，而后说道：“我们现在就出动！或许，还来得及救人！”

殷逢却沉默下来。

阿华父母名下的养鸡场？

强烈的直觉再次直扑过来，他淡笑着摇头：“不，殷尘不会在那里。你们弄错了。”

这下，换尤明许愣住了，心也突突地跳，万没料到自己和同事们费尽力气得到的激动人心的答案，被他一句话否定。

可是，怎么可能不是？逻辑那样清楚，推理出的结果独一无二。不可能是巧合。

“为什么？”她立刻问。

殷逢答：“这个地点与他不相干，没有任何家的意义。阿许，他不只是为了报复我们，杀掉人质，这一点我们早就有共识。杀人和掠夺我们的父母只是表面目的，他真实的诉求，是想要捏造一个虚幻的、足以自慰的家。那是他这个卑微的生命能够抓住的最后一根救命稻草。所以他的目的怎么可能只是把那些父母关起来，慢慢杀掉？这样他得到了什么？除了许梦山会伤心，谁会难过？他一定还有别的目的，一定还有别的仪式要完成。”

尤明许紧咬着下唇，一股寒意开始“嗖嗖”地从心底冒上来。

她对殷逢向来是信任的，他也比其他人更了解殷尘。一时间，她也犹豫了、怀疑了。

然而片刻的糊涂后，尤明许心中胆气横生，很快恢复清明。

不，不是这样的。

她身为一个刑警，就应该遵循刑警的逻辑。不管殷尘是有意还是无意，目前的结果，是他们依据各项线索和实证，推理出的可能性最大的答案。那么她就应该相信自己的判断，义无反顾。

她又看了看周围——也不可能因为殷逢的一句话，就不顾这么多刑警共同努力的结果，叫停集体行动。

她必须相信一群刑警的直觉。

心意已定，她说道："殷逢，我们现在必须去。我相信大家的判断，也相信自己的直觉。"

那头的殷逢也怔了怔。

两人有片刻的沉寂。

这不是第一次两人思路相左，却是第一次在这样危急的关头，互不见面，南辕北辙。

他一口否定了她的推理，她却毅然坚持，不肯动摇。

而这种彻底的分歧背后，是五条人命。

"你……"

"你……"

两人同时开口，又同时止住。

尤明许忽然笑了，带着点笃定，带着点漫不经心："你要不要过来？和我们一起去看看就知道了。"

殷逢答："阿许，我也相信自己的直觉和判断。"冷傲如他，并没有生气的意思，只是透着毫不相让的、沉稳的坚持。

尤明许也就不试图去说服他了，只有拿到结果，才能证明一切。她一边与殷逢通话，一边跑下楼，准备上车。

她说："那你打算去哪里？"现在警方不可能有兵力分给他。

殷逢说："四个可能的'家'排除了一个，我打算去下一个。很可能，就是正确的答案。"

尤明许神色一正，说："注意安全，有任何发现，叫支援。"

他"嗯"了一声，说："你也注意安全，必须让涂鸦寸步不离。"顿了顿，他又说，"阿许，打个赌吧？"

那头尤明许已坐在疾驰的车上，嘴角上扬：“什么赌？”

殷逢说：“谁先抓到殷尘，我们就必须答应对方一个条件。”

尤明许静了几秒钟，心想：我本来就准备答应你，又来这一招干什么？你是多想摁着我的头让我答应？你更喜欢强迫的结果吗？而且，这次我有很大的把握会赢。

“嗯，好啊。”

他轻笑了声，说：“我输了也没关系，你可以对我提任何条件，我都答应。”

尤明许无声地笑了，说：“回见。”

“回见。”

这条路上，我有我作为刑警的坚持，你有你对犯罪心理的坚持。我们头一次分道扬镳。谁对谁错，真相到底是什么？

尤明许浑身的血仿佛就要燃烧起来。

第十九章

落入圈套

关于殷尘一家三口曾经的住处，殷逢早将小区和楼栋号都查清楚了。

但是当他们赶到那个小区所在的位置时，发现已面目全非。曾经的小区几年前被推掉，建起了新楼，看起来稀稀拉拉只有不到一半的住户入住，售楼部还有尾房在销售。所以曾经掌握的信息没有用了。

陈枫为了难：“殷老师，现在要怎么找？”

时间紧迫，那五位老人说不定已经被水淹到脖子了，要是一家一户找，不知道要找到什么时候。

殷逢沉思片刻，有了主意。

刚才尤明许来电话时，提到他们把所有和殷尘有关人员名下的房产都筛选了一遍。

他山之石，可以攻玉。

于是他又给尤明许去了电话：“阿许。”

那头的尤明许见他这么快又打来，心里“突”地一下：“出什么事了，还是你有什么发现？”

殷逢笑笑，说：“我不如阿许，暂时两手空空。请你帮忙在你们刚才筛选的房产目录里，查一查有没有……”他抬头看了一眼新的小区名，“……芳竹雅苑的房子。”

尤明许果断说：“好，一会儿回信给你。”

“好。”

“注意安全。”她又叮嘱了一句。

他说：“知道，你也是，爱你。”

清清淡淡的语气，随口就来的告白，尤明许的心却像是被什么给浸了一下，明明刚才还因为被他冷漠无情地否定了好不容易得来的重要线索，心里有点堵。

她无声地笑了。

殷逢干脆在小区门口的花圃旁坐下，神色平和，极有耐心。其他几人也坐下。他们倒无所谓，跟着殷老师，什么地方、什么关头没有走过？殷逢也已习惯了，习惯这样孤独安静地等待和观察。

没几分钟，尤明许的电话又打过来了，语气迟疑：“你怎么知道郭飞嵘曾经的一个手下的妹妹，在这个小区有套房子，在5栋1801室？”

殷逢握着电话，一边听，一边往小区里走去，眉眼清亮。

“所以我才说……”他不急不缓，“你们找的养鸡场，哪怕真的关着人质，也不会是殷尘的归处，不是他真实的目的，因为那个地点对他而言没有任何意义。而芳竹雅苑这个地点，是他幼年和父母住的地方，是他很有可能想要回的家。不过，坦率地说，我对那几年一无所知，所以也不能确认，去看看再说。阿许，你到哪儿了？”

“就快到养鸡场了。”尤明许说，“一有消息我就和你说。”

挂完电话，两头的人都深吐一口气，各自继续前行，朝着同一个目的，完全不同的方向。

尤明许和许梦山带着20余名警察，在10分钟后，抵达位于近郊的那个小型养鸡场。

此时天刚黑下来，养鸡场位于一片山脚下，占地不大，用围墙围起，看起来总共不过千余平方米，周围是一些农舍。确实如尤明许所料，是个小型的农舍。

远远望去，养鸡场里黑灯瞎火，竟似毫无动静。

事态紧急，警察们再无迟疑，也不敲门，持枪涌入，从各个方向向院中的几间房屋包抄过去。

满地黄泥，一路可见散落的米糠，到处都有鸡屎，一不留心就会踩到。地上还有几道凌乱的车轮印，但是院子里没有看到车。而当他们离鸡舍近了，听到里头一片叽叽喳喳的鸡叫声，越来越近，那些声音就跟魔音似的持续地在人的耳边吵着。

可刑警们没有因此烦躁，反而个个眼睛放光——这正和尤明许的推理一模一样。人要是在这个环境中睡上几天几夜，只怕离了这里，耳朵里也会“嗡嗡嗡”地响个不停，以为耳边还有鸡叫声。

处处都得到了印证！

眼前是三间齐整的水泥鸡舍，后头还有间屋子。

警察们先进入前面的鸡舍。

结果一群人刚闪入第一间，就大吃一惊，数人惊呼出声。尤明许和许梦山本在另一间鸡舍外准备进入，闻声连忙赶过去。

鸡舍的灯被打开，中间养着很大一群鸡，都被惊动，叫得更大声。而在墙壁一角，赫然躺着两个人，是两个老人，脖子上都有一圈勒痕，面目异常。许梦山连脉搏呼吸都不用探，就摇了摇头："已经死了几天。"

大家都是一静。

有关养鸡场的详细资料都到了警方手里，大家很容易就辨认出，这一对老人，是阿华的父母。

尤明许看了几眼老人，神色更加肃然，对一名警察说："把情况汇报给老丁，马上派更多人过来，我们接着搜！"

只不过，她的心中一动，殷尘把这个鸡舍作为落脚地，已是板上钉钉的事。这一回，殷逢竟是完全料错了吗？

她对这个地点很有把握，可还是有种不对劲的感觉。

殷逢什么时候错得这么离谱过？她有点不敢相信。

按下心头疑惑，她继续带人快速搜寻。

很快，前头的三间鸡舍都搜完了，没有发现人迹和人质。

他们迅速来到后头的那间小屋外。

从外表看，这间小屋毫不起眼，灰墙，灰顶，旧旧的，里头也没有亮灯，而且从外面看，面积也不够，比殷尘发来的视频里的仓库的面积小多了。

难道人质真的没有被关押在这里？殷尘虽然来过，逗留过，还杀了人，人质却转移了？尤明许额头的冷汗都要掉下来了，如果这头错了，殷逢那头很可能就对了。他带了三个人过去……

警察们却拿出了百分之二百的警惕性，一群警察呈双扇形在小屋门口列开，中间一队冲锋的警察，全都荷枪实弹，穿着防弹衣，手握防爆盾牌。尤明许和许梦山也在其中。

"嘭"的一声，小屋的门被狠狠撞开，前头的两名警察一脚踏空，差点摔倒，被尤明许和许梦山眼明手快地拉住。一盏探照灯直直往小屋里照去，周遭亮如白昼。

而众人也清晰地听到了脚底汩汩流动的水声，看清眼前的一幕，全都惊呆了。

与此同时。

殷逢和几个手下站在5栋1801室外。

屋门紧闭，门口没有任何装饰，看不出有任何不寻常的地方。

刚刚上来前，陈枫也想办法去物业打探清楚了，因为小区入住率本就不高，这套房子上下左右，有的卖出，有的还没卖出，都空置着，无人居住。所以如果这里是殷尘的落脚点，只会更加方便他行事。

“小燕。”殷逢喊道。

小燕上前，如同一只轻巧的兔子，身体紧贴在门上，仔细听了一会儿，说：“没有声音。”

“开门。”

小燕掏出工具，三两下就“咔嚓”一声开了锁。他没有马上推开门，又仔细听了听，转过头，对殷逢点点头。

小燕率先推门而入，殷逢等人紧随其后。

映入眼帘的是一套阴暗的、近乎全灰色的房子。

灰色天花板，灰色墙壁，灰色地板。分明还是毛坯，无人入住。放眼望去，屋内空荡荡的一片，什么都没有。唯独门口玄关上方垂下来一根粗糙的电线，挂着一个光秃秃的灯泡。

小燕的手刚摸向墙上的电灯开关，殷逢吼道：“别碰！”

小燕如同被针刺般猛地缩回手，明白过来，心里竟有些后怕。

几人打开手电，慢慢往屋内走去。

客厅空无一物，也没有任何异样。

陈枫刚想走向一侧的洗手间和厨房查看，被殷逢叫住了：“不要分散，一起行动。”

他如此郑重，令几人心头一凛，陈枫和冠军交换了个眼色，以殷逢为中心，三人侧面保护，将他护在中间，四人缓缓往两间卧室的方向移去。

夜色越来越浓，窗外已是一片漆黑。

殷逢一步步走向其中一间卧室，门是关着的，侧耳倾听，里头依然没有半点动静。

殷逢眉头紧蹙。不知怎的，他心中升起一种不安的感觉。今日种种情形，开始在他脑海中浮现。

他首先想起的是尤明许的推理，还有她笃定的语气。客观地说，她的推理全部合理，如果换他，也会得出相同结论。那就是说，尤明许的推理不会有错。为什么却和他走向了完全不同的方向？这也是以前从未有过的情况。

这是第一个不合理。

其次，他想起幼年时仅有的记忆。殷尘几乎不提生母，看到殷逢父母时，目光中也只有淡漠。他想起殷尘提起邢几复夺妻之恨时，那冷酷阴霾的语气；也想起他们刚离开的上一个小区，荒屋仍在，物是人非。

由于殷尘在许梦山家吃了碗家常饭菜，还在殷逢父母家逗留了超过一小时——就是这些细节，让殷逢相信，眼前这个地点，才是他最珍视的那个家，超越了尤蕤雪，所以才直接找到这里。

可殷尘当时盯着尤蕤雪的目光，实在太令人印象深刻。

殷逢的心猛地一颤——殷尘的行为相悖，这是第二个不合理。

是否……还有别的原因，被他和尤明许都忽略了呢？

殷逢的目光回到面前的门上。

也许推开这扇门看看，就知道答案。

殷逢的手抓住了门把手。

身后，陈枫、冠军和小燕下意识都屏住了呼吸。

20 分钟后，接近夜里 8 点，芳竹雅苑这个新建成的小区里一片寂静，人也很少。刚刚降临的夜幕上，开始有星光闪烁。楼下小区里偶尔有几个人走过。

仿佛平地惊雷，“轰”的一声巨响，响彻小区上空。很多住户从窗户里探出头来，有的看到了，有的却不明所以。

而地面上，小区周围的一些行人，抬头望去，却全都惊呆了——

只见其中一栋楼的 18 层，一户人家的窗户冒出滚滚浓烟，黑红的火舌几乎要将房子给吞没。于是周围的人全乱了，打电话找消防的找消防，报警的报警，小区保安吓得手忙脚乱，连忙组织那套房子周围的住户疏散，以防火势蔓延。

20 分钟前。

尤明许一进入那间小屋，就感觉到一股热浪朝身上扑过来，里面的温度竟很高。但是她顾不上了。

众人定睛一看，都目瞪口呆。原来小屋一进门，就是一段下行楼梯，屋子往下挖了个比地面建筑更宽广的地下室。此时，靠近地面的一排排风扇已停止转动。一侧墙壁上，有根极粗的铁水管，正汩汩地往里灌着水。而在地下室对面的那面墙上，绑着的五个人，不正是许梦山父母、邢几复和殷逢父母吗？

他们此时都醒着，晃荡的水面已经淹到他们的嘴巴上了，几个人徒劳地挣扎着、喘息着，脸色煞白，看到闯进来的警察们，却连一声求救都无法发出，只是挣扎得更厉害。

可以想象，他们只要再晚来几分钟，等着的，就是五具活活被溺死的尸体。

“扑通”一声，一个身影跳进水里，大力朝被缚着的老人们游去，正是许梦山。

“扑通”“扑通”……接连又有几名警察跳进去。尤明许解开身上的防弹衣，丢掉武器，刚要往下跳，却被拦住。

涂鸦一路一直沉默地跟在这群警察身后，他一进这屋子，就热得满头大汗，三两下也扯掉防弹衣说：“我替你去！”说完不等尤明许开口，就先跳了下去。

眼前这大池子里的警察已经够多了，最前面的许梦山已经游到自己父母面前，替他们解开绳索。尤明许略一思索，没有坚持，目光在邢几复脸上一停。若不是仔细看，根本认不出是他了。几个月不见，他瘦得吓人，脸上轮廓还在，却只剩皮包骨，露出来的脖子和手臂上全是伤痕。已经有一名警察游到他身旁，替他解开绳索。

或许这几个月，邢几复已受尽非人折磨，但今日得到营救，等待他的依然是下半辈子的刑罚。

她又看向一侧的殷逢父母，他们骨瘦如柴，伤痕累累。也因为被折磨得不像样子，看不出原本的模样。尤明许心中叹息一声。

这时已有警察找到水阀，将注水管关掉。尤明许又安排了几名警察，仔细搜索房子内外，确保没有其他陷阱和危险。

人救出来了！

仅用几分钟，警察们就将五名人质迅速救出了“水牢”。也许是因为惊吓过度、体力不支，五人被救后，都昏迷过去。

尤明许走出那间小屋，才感觉到出了一脑门的汗，口干舌燥。刚刚她也注意到，小屋上方的几台热风机，在往里吹风。对于殷尘的这个行为，尤明许暂时推测不出其真实用意。难道是打算将人溺死后，置于高温环境里吗？那样尸体的腐化速度和样貌就会不同。这样诡异的心思，她只能回头问殷逢，或许他能给出变态者这么做的原因。

涂鸦也跑了出来，浑身是水，完好无损，还是紧紧地跟在她身后，不离开半步。

他刚才在水里泡着，脸被热风吹得红红的，憨憨的样子，似乎也有些燥热。

尤明许看到他满头大汗的样子，笑了："你不用一直这么跟着我，要不要先上车去休息一下？"

涂鸦摇头："他让我寸步不离保护你。"

尤明许心头一热，便不再说什么。

救护车和更多的支援正在赶来的路上。几名警察扶着几名受害者，正在看护。许梦山这样的男儿，此时终于一脸的泪，守在父母身边。

还有一支警力，在对鸡舍周围进行最后的搜索。

人救出来了，可是他们没有发现殷尘的踪迹。

刚刚他们和丁雄伟通话，他下了明确命令：所有人守在原地，保护好人质，同时立刻对现场展开详细勘查，争分夺秒寻找殷尘踪迹，并等待支援。

只不过，殷尘去了哪里？

尤明许心中如同有一道雪亮的光劈过。

殷逢没有错，她也没有错。

人质在这里，殷尘却不在这里。

他要掠夺了他们的家，然后回自己的家。

必须马上把这里的发现告诉殷逢！

尤明许拿出手机。

"嘟——嘟——嘟——嘟——"短促的忙音，电话无法接通。

尤明许握着手机，突然出了一身冷汗，看向身旁的涂鸦，吼道："我打给陈枫，你打冠军、小燕！快！"

涂鸦一愣，马上摸出手机，按她说的做。

"嘟——嘟——嘟——嘟——"

"您好，您拨打的电话暂时无法接通。"

…………

四个人的电话，同时打不通。

涂鸦瞪大眼，整个人如同一头急躁的老虎，紧绷起来。

尤明许放下手机，明明身上还燥热得很，心却如同落入冰窖里，冷得寸寸发疼。

"老丁，能不能马上往芳竹雅苑派一队警力支援？"

"出什么事了？"

"我和殷逢联系不上了。"

"我会尽快安排。"

挂了电话，尤明许环顾四周，所有人都在忙碌，毕竟出了这么大的事，一时半会儿分不出人手。她跑去对许梦山说："这边你看着，我去个地方。"

许梦山今日大悲大喜，刚安抚好父母，眼眶还是红的，闻言警觉："出什么事了？"

"还不确定，我和殷逢他们联系不上了，过去看一看才放心。"

上级的命令早已一层层下来，这边确实离不了人。许梦山点头："这边有我，少你一个不少，去吧。小心行事，有任何状况先叫支援。"顿了顿又说，"别为他不顾死活。"

"我知道。"

涂鸦的车就停在养鸡场外，在几辆警车的外围，独自隔了段距离。

两人上车。

虽然已入了夜，空气中依然有一丝炎热。从热浪滔天的鸡舍出来，尤明许和涂鸦只觉得口干舌燥。车刚稳稳开出大路，他就拧开中控台上放着的一瓶矿泉水，咕嘟咕嘟整瓶灌下去。

尤明许也拿起座位旁的水，一口气喝掉半瓶，才觉解渴。

尤明许又拿出手机，拨打殷逢的电话，还是无法接通。她开的免提，两人神色越发凝重。

"殷老师他们……"涂鸦问，"不会出什么事了吧？"

尤明许却答："不会。我相信他。"

相信即使殷尘设下陷阱，他也有办法对付。每一次，他都比殷尘更厉害，更技高一筹。这一次，一定也不会例外。

涂鸦的心放下一半。

尤明许转头望着窗外。

夜已深了，在涂鸦高超的车技下，他们正急速逼近城市万盏灯火。远方就像一头蛰伏的兽，渐渐露出轮廓。

"还有 5 分钟就到。"涂鸦说。

尤明许抬眉，两个地方，居然离得不远吗？这样的话，他们应该比丁雄伟派出的支援到得更早。只不过丁雄伟手里的警力也是有限的，只怕不能来得像他们这样及时。

远远地，终于看到一片崭新的房子，矗立在夜色里。尤明许的眉却一皱，失声道：“那是什么？”

涂鸦心神一震，眯眼望去，看到其中一栋高楼之上，某一层正冒出滚滚浓烟。

“起火了！”

虽然不知那是几栋，但是尤明许心里一估计楼层，暗叫不妙。哪能有那么巧的事？她的心倏地一紧，虽说对殷逢有信心，可是不怕一万，就怕万一。

涂鸦一踩油门，车直往那栋楼下冲去。

眼前一条笔直的车道，两旁停着一些车。路的尽头，楼下已围了不少人。此时距离爆炸刚过去3分钟，消防车还没赶到。

尤明许直勾勾盯着起火的那套房子，继续拨打电话，接不通。正紧抿着唇，打算换个人再打，突然间感觉车身一个急拐弯，刺耳的刹车声传来，竟朝路旁花坛撞去！

尤明许一把抓住前排椅背，稳住身形，只听“嘭”的一声哑响，车好歹刹住了，却还是撞在了花坛上。她惊出一层冷汗，定睛一看，涂鸦不知何时倒在了方向盘上，如同一头昏厥的熊，一动不动。

尤明许连忙起身推他：“涂鸦！涂鸦！”

没有任何反应，但是尤明许可以感觉到他的鼻息和他的胸膛起伏，仿佛一下子就睡得死沉。

怎么回事？

尤明许一只手按在昏迷的涂鸦的肩上，独坐在车里，整个人有刹那的停滞。

车已急刹，还没熄火，发动机低闷持续地响着。四周车窗完好，刚才那一瞬间，没有任何被破坏的痕迹。周围停着很多车，但是附近没有人靠近。前方高楼上，黑色浓烟夹着火焰还在翻滚，人群离他们还有百余米距离。

尤明许一把扯掉安全带，刚把车门推开一半，就感觉到一阵沉甸甸的眩晕感袭上头部。她扶着车门踩到地面，却感觉地面软得像棉花。她一咬牙，站稳了，再抬头望去，却发现那栋楼在视野里仿佛被蒙上了一层模糊的光，周围的一切都在晃。

水。

是车上的两瓶水。

涂鸦喝掉了一整瓶，她只喝了一半，所以发作得更晚。

仓库里异常的热风，口干舌燥的两人。一整盘计划，藏着一个几乎不起眼的细节。难道五人做饵，真正的毒计在这里？

那个人不在别处，一直就跟在她身边。如同潮湿森林里的细蛇，藏在颜色灰败的树叶之下，伺机而动。

尤明许跌跌撞撞，往那栋楼的方向走去，一边走，一边摸向腰间，拔出枪拿在手里，另一只手摸出手机，想要打给许梦山，可是手指几次都点不到屏幕上。

只不过走了十几步，她已走出了一身汗，整个人感到非常恶心，想吐，想睡。她不知道自己是什么时候摔在地上的，直至地面阵阵冰凉的触感传来，她才勉强清醒了一点，然后感觉到有人把她手里的东西取走了。她的大脑非常迟滞地反应过来，努力睁眼一看，发现双手早已空空，手枪和手机都不见了。

可尤明许也不知道哪里来的力气，居然双手撑着地面，慢慢又爬了起来。惹得身后那人轻轻“啧”了一声。

尤明许自知无力，刚爬起来，就撞向旁边的一辆轿车，身子倚在车上，勉强支撑不倒地。她努力睁眼望去，看到一个高大的黑衣身影正一步步朝自己走来，短靴在地上发出轻响。

他一把扣住她的腰，就往怀里带。尤明许迷迷糊糊的，手沿着他结实的胳膊直接攀缘上去，反手一握，腰一扭，人竟然从他怀里滑了出去。

殷尘“哼”了一声，再也不怜香惜玉，一个手刀就往她的后颈劈去。尤明许反应迟滞了太多，隐约感觉到危机，身子一弯，但是弯得太慢，那一击错过后颈，还是落在背上。她闷哼一声，身子不由自主地往前方撞去，撞向一辆斜停在那里的摩托车。

那摩托车，是尤明许刚才晃晃荡荡时看到的，并且是她一直在拼命靠近的。

“哐当”一声，她把摩托车撞翻在地，人也倒在地上。那辆家用摩托立刻发出一阵阵尖锐高亢的报警声，几乎响彻小区上空，惹得前面围观的不少人都纷纷转头。

殷尘抬起头，鸭舌帽下的脸上露出不耐烦的神色，他再无迟疑，一把将尤明许从地上捞起来，打横抱着，往旁边停着的另一辆车走去。

尤明许全身的力气仿佛已被抽走，连眼睛都不太睁得开，只努力睁开一条线，看到漆黑的天色背景，一晃而过的路灯，还有殷尘下巴硬朗的线条。

“你想干什么？”她的声音无力极了。

“想带你回家。”殷尘哑着嗓子说。

我心爱的女人，早就死在二十年前。

人生中唯一遇到的光芒，被人掐灭。

从此我憎恨罪恶，却又活在罪恶中。

现在连坚持十余年的信仰，都一败涂地。我们被证明是失败的，是错误的。连我最尊敬的导师，都将在监狱度过余生。

这么大的世界，只剩下我一个人。

我特别想回到一个地方。一个像家一样温暖，无人打骂，无人鄙视，也无人害怕我的地方。

可世上，早没有这样的地方了。

然后，尤明许，在某个漆黑的、下着雨的、吵闹不休的夜里，我突然想起了你。

想起这世上还有一个人，流着她的血，最最像她。

如同已经降临的漫漫长夜里，突然燃起唯一的火光。已经潦倒不堪、昏昏沉沉的我，差点就打算用一颗子弹结束生命的我，就这么又清醒过来。

只要得到她，他就失去了她，失去了家。

而我的人生，就不算一败涂地吧。

这世间只有她，不会瞧不起那个一无所有、如贱草般活着的少年。会叫他弟弟，会劝他向善，会扰乱他的心还不自知。只是那样温和宁静地笑着，仿佛他这一生所见最柔和的秋光。

他不想失去她。

他也从没有得到过她。

他什么都没有了，已然二十年过去，四十岁的殷尘，一身罪孽，心狠手辣，张狂凶戾，突然间什么都不要了，只想带着那个女人回家。

于是，他翻开了手里那本黑色的软皮本。

20分钟前，殷逢站在那扇门前，手握把手。

身后三人，都屏气凝神等待着。

殷逢忽然一怔。

仿佛一道诡异的、轻盈的亮光，瞬间在脑海里闪过。一个不可思议的念头涌了出来。

事出反常必有妖。

他知道自己和尤明许漏掉什么了——那个黑色软皮笔记本。

在范淑华的住处，只有一本黑色软皮本不见了。

少了殷尘的那一本。

黑色软皮本上记载了每个惩罚者的成长过程，记录了他所犯下的罪、他的渴望，也分析了惩罚者的行为模式和心理特征。

以及，范淑华量身为他们打造的犯罪计划。

换句话说，如果像电视台计划一样，范淑华也为殷尘分析和制订了一个终极犯罪计划呢？那么她也一定知道，他想要回家。

如果有范淑华的帮助……

如果站在这一系列犯罪行为后的人，除了殷尘，还有范淑华。

殷逢心中的阴云散去，一片清明。

范淑华能不能算准尤明许的行为，他不知道，毕竟尤明许经常出人意表。但自己的行为，自己的犯罪心理分析，却是师承范淑华。想到这里，殷逢的心跳得更快，以彼之道还之彼身，可不可以认为，他算准殷尘的心理模式，甚至找到这个地方，都在范淑华的计划中，也在殷尘的计划中。

那么这扇门后藏着什么，似乎已不难预料了。

他，永远是那些人犯罪路上、得偿所愿路上的绊脚石。

殷逢忽然笑了，笑得邪气又冷凛，他慢慢松开那把手，往后退了两步，说："走。"

他们虽然不解，但还是跟随。等退出这套处处透着阴暗的空屋，退到楼道里时，殷逢若有所思："冠军，如果房间里有炸弹，你有办法安全地查明并且引爆吗？"

冠军一挑眉："当然。"

"那就做吧。"

那样近的距离，那样有限的空间里，要保证能够杀死进入房间的人，最好的工具，就是炸弹。

这套房子前后左右都是空舍，亦不会累及他人。

将计就计，以彼之道还之彼身，谁不会？现在轮到他佯装被炸死，躲在暗处，看殷尘到底想干什么。

于是，15 分钟后，他们四人站在矮一层的步行楼梯里，听到震耳欲聋的爆炸声，热浪和震动几乎让每个人都站不稳。

片刻的耳鸣后，殷逢最先直起身子，说：“走吧。”转身下楼。

刚下了几层楼梯，殷逢摸出手机，想问问尤明许那边的情况，发现还是没信号。之前就发现这栋楼里信号不好。不知道是不是爆炸的缘故，此时更是一格信号都没有。

他将手机放回口袋。

下到第八层时，楼下隐隐传来突兀、尖锐的报警声。隔着一段距离，这声音会让人立刻联想到一辆不小心被碰到的廉价摩托车。

陈枫等人耳朵一竖，也没太在意，继续下行。

殷逢却是一怔。

他抬起头，楼道里恰好有一扇对外开的窗，可以望见小区里的情形。几条路，一些车，一些人。他目光一转，就追向那报警声传来的方向。那条路被树荫遮住大半，隐约可见停着不少车，摩托车也不少。殷逢的目光沿着路游巡，突然间停住——

隔得太远，只见那个男人一抹黑色的背影，怀里似乎还抱着个人，朝与他们这栋楼相反的方向走去。眨眼间，就隐入树荫里，消失不见。

尤明许此时应该在鸡舍，无论是否救出人质，她都不可能在这里——一个声音在殷逢脑子里冷静地分析。

可奇异的直觉却在心中升腾，种种细节浮上心头——计划中本该杀死他的爆炸、没有信号的手机、突然响起的报警声、抱着人离开的男人……殷逢猛地转过头，站在他身后的陈枫接触到他的目光，心神一凛。

殷逢脸色沉冷：“陈枫、冠军，马上去开车，把这里的情况通知丁雄伟。小燕跟我走。”

小燕响亮地答了声“是”，越过那两人蹿到殷逢身后。殷逢开始拔足往楼下狂奔，小燕紧随其后。冠军和陈枫一愣之后，也连忙跟上。

殷逢的徒步翻墙和开锁技术一样，是跟小燕学过的。否则曾经尤明许被阿华等人带走，他也不能那么快就翻下楼，摸到人家车的后备厢躲起来，比许梦山他们还快。于是，很快他和小燕就与身后的冠军、陈枫拉开距离，连下数层楼。

没两分钟，两人就跑下楼，殷逢一辨方向，带着小燕朝那人消失的方向追去。片刻后，陈枫、冠军也下来了，看了一眼他们跑走的方向，两人对视一眼，转头去开车，双管齐下。

殷逢刚追出一半的路，就见前方路口一辆黑色轿车骤然驶出，往小区出口的方向去了。驾驶座上那人的轮廓依稀可见，极似殷尘，一闪而过无法仔细分辨。殷逢的心就像被什么狠狠抓了一把，然而隔着深色玻璃，根本看不清后排是否还有人。

“小燕！”殷逢喊了一声。

小燕也望见了那辆车，目光飞快地转了一圈，用手一指：“殷老师，走那边！”两人立刻抄近路，往人行出口跑去。

他们身后几百米远处，冠军脸色阴沉，开着辆车冲出来。陈枫同样一脸难看，正在疯狂地打电话。

尤明许的脸挨着车座椅冰凉的皮质，感觉被人喂了口水，而后胳膊上刺痛了一下，有细细的清凉液体被注射进体内。

她脑海里警铃大作，可眼睛依然只能睁开一条缝，感觉到殷尘摸了一下她的头。

她说：“你给我……打了什么？”

他的声音一个字一个字，分外清晰，就在耳边：“神经麻痹剂。感觉好点没有？你差不多应该清醒了。”

尤明许没说话。

身上依然没有半点力气，就像一团塌下去的棉花。也不知道他还干了什么，原本濒临涣散的意识，倒渐渐恢复了一丝清明。她闭眼躺了一会儿，慢慢呼吸，再度睁开眼，发现自己躺在一辆车的后座上，车子在夜色里不疾不徐地行驶。殷尘在开车。

从周围景物看，他们还在芳竹雅苑小区附近，这似乎是小区外的一条路，很窄，路旁车多，开不快。尤明许的心中仿佛雪落般寂静，手指无力地抠进皮椅里。

“害怕吗？”他问。

尤明许没理他，努力调整呼吸，想要找回一点力气。

他似乎也不在意，与之前所见的张狂狠辣不同，嗓音听起来很沉：“想去哪儿？去江城，你的老家，好不好？”

江城，尤明许外祖父母家。

她依然不作声。

有迹可循，总好过了无踪迹。

殷尘又问：“你讨不讨厌我？恨不恨我？”

尤明许尽管脑子还是沉的，却忽然明白过来。眼前这人，只怕已经接近疯魔了。

她又没答话。

他柔声哄道："你说话啊。"

尤明许不想惹恼他，以致他干出什么偏激的事，答道："我不知道。"

他反而不吭声了。

车子继续往前开。眼看就要开到宽敞的大路上，而路上车水马龙，一旦汇入，只怕就如鱼入大海，更容易逃脱天网。

"我难受……"尤明许突然喊道，"我喘不过气了……咳……停车！你停车！"

然后她看到他握着方向盘的手无声收紧，人却纹丝不动，车也没减速。

"我知道你难受。"他的嗓音更沉了，仿佛含着某种晦涩涌动的忍耐，"你再忍忍，在我身边，你不会有事！"

尤明许在心里咒骂道：疯子！

她也懒得再装难受了，脑子艰难转动，想要找其他的脱身办法。然后她又想起了殷逢，心里"突"的一下，什么也顾不得了，问："殷逢呢？"

殷尘的语气比刚才冷了很多："你不是看到了吗？他被我炸死了。范老师说，他一定会对我做行为分析，会去找那些家。你看，他真的去了。呵……我该说'道高一尺，魔高一丈'吗？真是太好了，在我们走之前，把他送到了该去的地方。其实你知道的，我早就可以杀他。不过他今天死，也刚刚好。"

尤明许听得心越来越凉，凉得仿佛被黑色风雪一下子给吞噬掉。潜意识里，她根本不肯相信殷尘的话，不信殷逢就这么死了。可他说得没错，对于他的行为，殷逢的确是这么分析并认定的。原来制订这个计划的人是范淑华……而且刚刚那套房子确实发生了爆炸，殷逢能在关键时刻逃脱吗？如果他真的……尤明许突然不敢想下去，只感觉到视野里一片刺目的茫然。

"如果他死了，我一定不会放过你。"尤明许静静地说。

殷尘哼笑一声。

车内陷入寂静。

眼看就要驶出小路，天宽地阔了。

一切发生在眨眼间，两个人影从路边蹿出，殷尘背上如同长了眼睛，大手一伸，抓起尤明许，尤明许从后座跌落下来，再回过神时，半边身子被他拖到了前排，还有半边落在后排，仿佛一条横陈的鱼，只能任人刀俎。他的一只手摸在她的脸上，她的头几乎就在他怀里，有一点轻微的重量，按在她的头顶。尽管尤明许看不到，却瞬间明白了，那是枪。

同时殷尘一踩急刹，车停住了。

这个认知，令尤明许的心跳突然加快。

他被拦了。

是谁拦的车？

尤明许在他的桎梏中，慢慢地用尽全力转了转脖子，努力抬眼望去，殷尘似乎察觉到怀中人的举动，并没有按住她的头，反而用手抬了一下她的脖子，让她看得更清楚。

通过车窗玻璃，她看到两道熟悉的人影站在十余米开外。小巷幽暗，玻璃模糊，她看不清那人的脸色，只能隐约看到他们手里都拿着枪，正对着车。这大概也是殷尘被逼停的原因。差一点就同归于尽。

尤明许看着其中一道身影，眼眶刺痛得厉害。狂喜和疼惜感同时涌上心头。

他没有被炸死，而且在这么短的时间内，活着追来了。

他什么都看穿了，然后再一次不要命地跑到了她的面前。

殷尘的脸色却可以用严酷来形容了。

看到活生生的殷逢出现在眼前，还能刚好拦在他回家的路上，殷尘的感觉就像被人再度甩了个狠狠的耳光。所以，连范淑华为他制订的复仇计划，都失败了吗？殷逢明明已经如同她所预料的那样，追到了这个小区，明明半只脚已踏进了死亡陷阱里——殷逢对殷尘做行为分析，范淑华对殷逢做行为分析。最后，殷逢却没有推开那扇门吗？他这个弟弟，心思竟比范淑华教授还要深沉？比范教授还要厉害？他们的又一次较量，又输给了他！

殷尘心中还涌起一阵熟悉的挫败感。这是伴随着他的成长过程，殷逢始终带给他的。他冷笑一声，用力一提，尤明许就被他整个提到了前座来，半个身子在他怀里。他一下下虚拨着手枪扳机，嘴里却轻声哄道："别怕，他没有办法把我们分开。"

尤明许感觉到颈上的汗毛都要竖起来了。

车外。

汗水沿着殷逢的额头滴落，差点就落入眼睛里，可他纹丝不动，手里的枪精准地对着殷尘的额头。他甚至不想去细看尤明许的模样，看了一眼就会令他无法忍受。于是他的脸色显得越发冷酷，两道乌黑凌厉的眉，使得他整个人看起来极其固执。

所以，这就是殷尘终极犯罪计划的答案？

这就是他想要回的家，想要得到的人？

他算准了殷尘想要回家，并且非常认定和尤蕤雪有关。却没想到，殷尘已疯魔狂妄到这个程度，是要将尤明许夺走作为替身？这个念头一旦升起，强烈的怒和恨，快要将他的理智吞没。

一旁的小燕，脑子却有点蒙。他在想：殷老师什么时候变得这么厉害了？他的徒步翻越还是自己教的，也就只学了个七八成。可今天，殷老师带着他，抄近道、翻墙、奔袭，动作竟比他还快。别说那些还未赶到的警察，连冠军和陈枫，此时都被甩得没影了。是因为要拼命，所以才会爆发出这样惊人的力量吗？

小燕看着前方昏黑车厢里落入殷尘怀里的那个人，突然觉得眼眶发酸。他压低声音、怒不可遏地说："我去杀了他！"

殷逢却冷静无比，同样低声说："你杀不了他。听我命令。"

小燕抿唇不语。

而后殷逢看到玻璃背后的殷尘慢慢笑了，眼中有某种决绝的情绪一闪而过。殷逢心知糟糕，殷尘已萌生死意，很可能拖着尤明许一块儿"回家"！殷尘的枪有多快，他和小燕加起来也及不上。

转瞬间，殷逢已有了决断，他慢慢放下枪，笑了起来，笑出了声。

"哈哈——哈哈——"

迎接他的，是殷尘越发阴沉不定的眼神。

而被他捉在怀里的尤明许，尽管浑身肌肉麻痹，但是神志正一点点恢复清明，清楚地听到了这一笑声，她听出了殷逢笑声里的张狂，也听出了一丝悲凉，她的心就像被什么狠狠扎了一下。可转瞬间，她忽然又像明白了什么，她看着窗外那个模糊的、难得大笑的身影，也慢慢苦涩地笑了。

他在同她说话呢。

她去哪里，他就去哪里。让她不要怕，无论今天发生什么，都不要怕。

殷逢，我不怕。你也不要怕。

既然你早就心意已决，那我也不管了。

从我们相遇开始，你就不再是孤独一人坐在风光无限的黑暗山峰之上。

你给我记住了。

第二十章

赤子犹在

殷逢笑罢，看着殷尘越来越难看的脸色，喊了一声：“大哥。”

殷尘的嘴角浮现出一个诡异的笑，手枪在尤明许头上敲了敲，仿佛在敲一头宠物。

殷逢的目光无法不随之落在尤明许身上。不知何时散落的黑发，遮住了她的半张脸。她一动不动，不知中了殷尘什么算计。可他还是看到了那双沉静的、坚定的、倔强的美丽凤眼。就像平日那样，依然闪动着清亮的、令他爱慕崇拜的光。

殷逢的心就像被一团苦水淹没。他真的不敢再看她了。

他必须让自己保持清醒和果断。

于是他依然直视着殷尘，眼眸中有情绪闪动，他用尽一切意志力，精准控制着自己，使得那情绪色彩与殷尘眼中的阴暗如出一辙。

殷尘静默不语。

殷逢开口：“哥，我知道你想要什么，你要回家，你要找回一些失去的东西。但她不是一个好的选择。”

殷尘摸了摸尤明许的头发，那细长的、生着薄茧的手指，沿着她的脸颊轻轻摩挲着，说：“她是她的女儿，还曾经是你的女人。”说完他笑了。

殷逢说：“可她和她，完全不一样。你明知道她们的长相、性格完全不同。你把她带回去，只会发现越来越找不到她的影子。而且你是否忘了，她身上流着一半邢几复的血，你想要天天对着他的女儿吗？”

殷尘一低眸，看到了尤明许那双与邢几复如出一辙的凤眸，与尤蕤雪的眼睛完全不同。他的心中无法克制地升起一丝厌恶，微不可闻地冷哼一声。

“我知道你想要什么。”仿佛查知了他的心意，殷逢接着说道，“你如果带她走，恰恰不能如愿。因为她是个警察，是个好警察，所以她宁愿死，也要抓住你。你此去一定会遇到警方无数轮的拦截追捕，她会愿意牺牲，而你会被击毙。这是毫无疑问的结局。你哪儿也去不了，最后一个惩罚者，只能窝囊地、无声无息地死在逃亡路上。而且，大哥，你真的想让她死吗？想让那个人最后的一点血脉，都不能留在这个世界上？你想没想过，如果有朝一日黄泉相见，她会有多恨你？”

一句一句，如同一块儿块棱角锋利的石头，往殷尘本就千疮百孔的心上堆。

殷尘的眼眸越发沉暗，脸色也阴晴不定。因为他能判断，殷逢的每句话都是真的，或者都会成真。

“可是……”殷逢话锋一转，“你如果带我走，就不一样了。”

话音刚落，殷尘眉头一挑，小燕立刻转头看着殷逢，尤明许耳中却仿佛打了个无声的雷——殷逢在说什么？

殷尘的眼神暗暗地盯着弟弟，却见他一脸云淡风轻，甚至慢慢地、一步一步走向了车：“哥，我和她不一样，我怕死，绝不会为了什么正义牺牲。而且我比她更有名，更有分量。如果把她换成我，你一定可以顺顺利利过关。”

殷尘“扑哧”一笑：“你打的好主意。”

殷逢却不为所动，在距离车前仅仅三米处站定，连枪都不举，说道：“惩罚者那个‘家’，于你而言，已经毁掉了；尤蕤雪早已不在人世，一个根本不像她的替代品，终究不是她。你其实还有一个家，最初的家。那其实才是你最珍视的，否则你也不会在爸妈那里，停留了一个小时。”

殷尘冷笑道：“呵？爸妈。”

殷逢说：“我和你一样憎恨他们。所以，你在这世上，只剩下我一个亲人了。”

殷逢看着他。

殷尘也看着他，起初还在笑，渐渐地，那笑意隐去了。他听到殷逢说：“你总不愿意承认，除了尤蕤雪，这世上还有另一个人真正关心过你，也让你牵挂过。在他幼年的时候，把你当成值得敬仰的兄长，他觉得你神秘而成熟，他总想窥知你的心里是否和他一样藏着秘密。他是那个家中唯一牵挂过你的人，唯一对你好的人。所以你才想毁掉他、折磨他、战胜他吧？哥，你根本不用去找别的家。因为你的家，从来不在别的地方，在我这里。”

尤明许听着殷逢一句句似劝似诱似真情款款的话，却只觉得脑袋一阵阵地疼。这个神经病！这个狂徒！为了救她，他甚至不惜去讨好殷尘，这个傻瓜……

却又感觉到，殷尘的枪口在她的头顶缓缓移动着，仿佛暴露出主人此刻正在斟酌的内心。她听到他慢慢地问：“照你的意思，我非得把尤明许换成你，才能如愿了？”

而后，又听到那人不紧不慢地说：“我承认，提出这个解决方法，是要把她安全地换回来，可你不是也不忍心杀了她吗？你带我走，浪迹天涯也好，进地狱也好，有个和你有着相似的灵魂、有个和你一样流着相同血液的人，陪着你，难道不好吗？你难道忘了曾经在贵州囚禁我、折磨我时的快乐？我会让你如愿的，我会屈服的，只要你也让我如愿。”

尤明许听得心肝剧痛，他疯了？这样引诱殷尘。到底是权宜之计，还是真心打算这么做？他真的要为了她，以身饲虎？殷逢，你这个疯子！

兄弟俩说这些话，也不过两三分钟的工夫。尤明许突然明白过来，殷尘的逃亡路线，必然是经过设计的，难以追踪，所以到现在，也没有任何援兵赶来的迹象。

所以，殷逢是认真的。

“不要换。”尤明许忽然对殷尘说，“别听他的，我跟你走，立刻开车走！你不走，警察马上就要追来了！”

却没料到，这话更加令殷尘坚定了心意，他低头看着她，手却慢慢离开了她那纤细的脖子，尤明许听到他用冰凉的声音说道：“他说得对。你不是我想要的，你不是她，你只会让我最终一无所有。”

疯子！

这个疯子！

这个疯子的心态，已被殷逢拿捏得稳稳的了。可拿捏的结果，却是由他来替她下地狱。

“小弟，过来。”殷尘哑着嗓子说，“到哥哥这里来。”嗓音里竟有了一丝兴奋的笑意。

尤明许用力抬起头，看到车外那道身影走近，突然间视野模糊了。

他没有半点犹豫。

尤明许喊道：“殷逢你敢？”

那个人没说话。

小燕隔着几步远，跟了过来。这孩子眼睛都红了，死死盯着殷尘，枪也没有半点偏移。

后排的车门被人拉开，殷尘扬手丢了个东西，殷逢接住。

殷尘说："上臂注射，然后爬到后座来。"

殷逢喊道："小燕。"

小燕快步跑到副驾外，拉开车门，瞄准殷尘的脑袋。

殷尘笑了一下，眼角的余光瞥见殷逢在往手臂里注射肌肉麻痹剂。小燕看着殷逢毫不犹豫的动作，都快哭出来了，强忍着不出声。

此时，车内格外寂静，那细微的声音落在尤明许耳朵里，她却能猜到正在发生什么。一股没顶的冷意，不知从何处而生，直扑向她的脸庞。她的脸上没有任何表情，牙关却开始不受控制地上下轻轻撞击。

然后她听到"哐当"的声音，有什么重物撞在了车身上，后座传来了动静，有人挣扎着爬了上来，后座的门"嘭"的一声被带上。

她听到有人低低唤了句："阿许。"

尤明许强忍着，却不能回头，心里恨极。

然后有人从外面急忙抱住了她的腰，把她往外拖。她抬眸，看到殷尘的枪口始终对着自己，他脸上没有任何表情，仿佛马上要驾着这辆车，去很远很远的地方。她终于能看到殷逢了，他真的就躺在后排，静静看着她，眸光暗沉如水，微微发红。

尤明许的眼泪一下子掉落下来。

她恨死他了！恨死他了！谁让他换她的！她是个刑警，他却只是个文弱书生，还是殷尘所憎恨的人，他疯了！

尤明许被小燕抱出车。

几乎是同一时间，小燕抬枪就射，可果然如同殷逢所料，殷尘的反应比他快太多，一踩油门，车就像离弦的箭，直扑出去。小燕把尤明许往地上一放，拔腿就追，疯狂射击。可是眼看着车出了小巷，上了大路，只听见来往车辆鸣笛声不断，殷尘的车却依然像一条箭鱼，直插入水，连闯两个红灯，顷刻就远去了。

小燕追出七八百米，却连车影都看不见了，他一咬牙，转身跑回去，看到昔日生龙活虎的尤明许，还是一动不动地躺在地上，他的眼泪"唰"地流下来，浑身都在颤抖。离近了，看到尤明许脸色苍白，脸上有泪痕，她也看着小燕，那样的目光，是小燕从没见过的。

小燕眼泪狂流，把她从地上抱起来，哭着打电话。

冠军和陈枫本就与他们离得不远，只是因为发生爆炸，消防、警车全部赶到，小区附近一片混乱，他们被车流阻在了路上，加之殷尘的行车路线太过缜密，一时才被甩掉。

没多久，冠军和陈枫就开车赶到了，依然昏迷的涂鸦被他们找到了丢在后座。看到眼前的一幕，两人的眼睛都感觉要炸裂了——

小燕抱着软弱无骨的尤明许，坐在马路牙子上，哭得稀里哗啦。

还没等车停稳，冠军就推门跳下来，三两步冲到他们跟前，眼神一寒："殷老师呢？殷老师呢？！"

陈枫也跑了过来。

小燕哭道："他说服殷尘，拿自己换了尤小姐。打了一针，就不能动了，像尤小姐这样。他们两个都……他已经跑了，跑远了，追不上了！"

冠军怒吼道："闭嘴！跑哪儿去我都追得上！"接过小燕怀里的尤明许，见她脸色漠然，眼眶红着，眼中凉意深深，连冠军都感觉到心口一痛。抬头看了一眼外头的大路，心知小燕说得没错，殷尘挟持着殷老师跑了。

他问尤明许："注射了什么？"

尤明许答："一种神经麻痹剂。"

冠军又提起她的手臂，很快找到那个针孔，放到鼻子边，用力闻了闻。他抬头看到路对面有个药店，恨恨道："我来想办法，把她先弄上车，我马上配药。"

陈枫亦是寒霜满面，看着尤明许的目光全是惊痛，他接过她，抱到车上，放在涂鸦身旁，看着她全身无力地和涂鸦歪在一起，陈枫忍了忍，尽量缓声说道："放心，我们一定会救殷老师回来。他不会有事。"

"嗯。"尤明许的嗓音听起来异常平静，却分明下定了某种无可阻挡的决心。陈枫心里难受，不再多说，也上了车。

天已经黑透了。

临近午夜的街上，车辆稀少，几乎无行人。

尤明许睁开眼，慢慢扶着前排座椅坐直了。四肢还是酸麻的，但力量却渐渐回来了。陈枫开车，冠军在前排。她身边坐的是小燕和涂鸦。见她起身，小燕立刻低头问："感觉怎么样？还有哪里不舒服？"

尤明许答："好了。"

旁边的涂鸦也侧头，他不知何时已经清醒了，一双虎眸红红地望着尤明许，欲言又止。

"不关你的事。仓库、热风、水、炸弹，都是殷尘算计好的。"她说。

几句话，让涂鸦又红了眼眶，扭过头去，死死望着前方。

前方。

他们行驶在国道上，并且即将驶出湖南边界。20分钟前，警方通报，曾在附近发现殷尘车辆的痕迹，但人还没捉到。

沿途稻田沉默，树木矗立，远山寂静。只是远处的山路上，隐隐有许多束车灯。那是追踪殷尘的警方车队之一。在尤明许醒来前，陈枫就跟着警方行动。

"陈枫，手机。"尤明许说。

陈枫立刻把手机交给她，她打给许梦山。

电话那头的许梦山都快要疯了。今夜，在尤明许离开鸡舍后不久，他就收到丁雄伟的消息，说她去的那个地点发生了爆炸。而尤明许和殷逢的手机，却同时关机了。

等他们赶到发生爆炸的小区，和陈枫联系上时，才知道发生了什么。而此时，陈枫等人已带着尤明许，疯狂地追着殷尘的踪迹跑了。

丁雄伟立刻下了指令，调集手头能动用的所有警力，查监控、设路障，全面追击围堵。

尽管殷尘反侦查能力极强，一路避开了绝大多数监控，行车路线也全无规律和趋势可言。但殷尘的尾巴，是被殷逢带着小燕咬过一口的。这一口非常关键——殷尘的车暴露了。于是，在警方绝对兵力优势组成的天罗地网之下，那辆车的踪迹越来越明显。

包围圈越收越拢。

只不过，这个局面可以说是殷逢拿命换来的。换回了尤明许，也换到了抓捕殷尘的关键线索。所以现在所有刑警都被激怒了，不救回殷逢誓不罢休。

尤明许很快和许梦山通了气，得到了更多线索，也很快掌握了警方的兵力部署。她沉思片刻，就开始指挥陈枫的行车方向。他们没有半点质疑，按着她的指令继续追。

这种感觉，和跟着殷逢行动时不同。殷逢的任何命令，他们都会毫无疑问去执行，哪怕明知是傻是错的。因为他们的命，本来就是殷逢的。

而对于尤明许，不仅因为她是殷逢的女人，还有此时她身上沉静如山的气息，清冷迫人的眼神，莫名就折服了他们。给人一种跟着她，才能救回殷逢的盲目信任感。

殷逢躺在车后座上，暂时感觉不到自己的四肢。他眼眸微垂，望见车子前方近乎暗淡无光的天空，心情居然异常平静。甚至想，原来刚才阿许是这样一种感觉。

这样的无能为力，她的心里该有多难受。

想到这一点，殷逢心中有种滞涩的感觉渐渐在发胀。

开车的殷尘也很沉默。殷逢以往能肯定他可以轻易逃出警方的包围圈。但这一次，殷尘最终能不能逃出生天，还不好说。倘若他当时带走尤明许时，一点线索都无，或许还有机会。而现在，车辆信息、逃亡方向都暴露了，丁雄伟、许梦山也不是吃素的。

心念一转，殷逢开口道："哥？"

殷尘回了一声："嗯？"

大概兄弟俩多少年来，从未有过如此和谐的时刻。

殷逢问："去哪里？"

"不知道。"殷尘答。

"当年你和尤蕤雪，到底是怎么回事？"殷逢又问。

殷尘有片刻的静默。

哪怕他是个顶级犯罪高手，也不是神。一整晚的神经紧绷，此时太阳穴一突一突疼着。而前方漆黑无边的路，就像个黑暗的口袋，随时会将他们吞没。他不知道最终自己将要去向哪里，也不知道自己真的还能拥有什么。哪怕此时，他一直想要弄死的弟弟，就在掌心。

只不过殷逢比他想象的还要心平气和。

他提起尤蕤雪——在这样寂冷的深夜里，这个名字落入耳中，殷尘脑中就像有根弦，轻轻跳了一下。

往事如同云烟，涌上心头。

那时候，他才二十三岁，大学毕业才一年。但那时的他，日子有多糟糕呢？他开了家小商贸公司，东挪西借，弄了一大笔钱，结果被人所骗，血本无归，而那些债主也不是好说话的，当然他本身做生意赚的钱来路也不正，于是只好跑路，从北京跑回家乡湘城，被追债的人打了好几顿。最后，躲进当时租住的那个贫民屋中，才得以喘息。

结果，因为旧伤未愈，又劳力劳神，他生了场大病，在那巴掌大的、又脏又乱的屋子里奄奄一息。也许就这样病死，也不会有人知晓了。

他就是在那时看到尤蕤雪的。

对面房间的阳台上，一个相貌清丽的女人正在晾晒衣服。她看起来比他大了几岁，黑发雪肤，莫名地就带给人一种纯洁温柔的感觉。当时殷尘病得都快死了，于是也就趴在阳台上，肆无忌惮地看她。

她察觉了，回过头来，那一刹那竟然眼神凌厉。可在看清对方只是个瘦不拉唧一脸病容的大男孩时，她愣了愣，隔空问道："你没事吧？"

殷尘理都没理她，转身进屋，摔上了屋门。

彼时，一名强奸杀人犯在附近出没，并且专挑独居的红灯区工作女郎下手。

殷尘从这层楼的房客那里套出话，"得知"她是个200块钱就能买一夜的女人时，心中说不出什么滋味。

而尤蕤雪有一次在楼顶晾晒衣物，看到默不作声也上来晾衣服的男孩时，只是微微一笑。也不知怎的，两个人就说上了话。只不过，她语气温柔平静，他却每句话都带着刺。

"你什么时候搬来这里住的？"

"关你什么事。"

"你吃火药了？"

"我买不起火药。"

"再见。"

他也跟着她下楼。

殷尘尽管潦倒，脑子却依然好用，否则之前他也不能弄来那么一大笔钱，只是运气不太好。很快他就注意到，这个女人有点奇怪。

她虽是干那份工作的，他却从来没见她带过男人回家。当然，有时候也会看到她浓妆艳抹，穿着诱惑。

那样的夜里，他就站在阳台上，冷眼望着不知道陪谁喝得有些醉了的她，脚步蹒跚地上楼。

但是翌日，当他捧着几个新鲜的苹果，冷着脸去她家敲门时，看到的她却是神色清明、姿容柔和的，与昨晚那个混乱的女人判若两人。她会拿起个苹果，轻咬一口，说："谢谢小尘。"而当他从她家出来时，手里往往多了一瓶她给的牛奶。

那时候的殷尘还不知道，正是因为自己的体形、年龄完全不符合那名杀手的特征，所以尤蕤雪才对他宽容以待。在三十一岁的尤蕤雪眼里，二十出头的殷尘，不过是个无家可归的孩子。

可他并不想被她当成个孩子。

那段时间，他有意无意地开始对她跟进跟出。他是个穷光蛋，曾经连饿两天滴水未进。也不知道怀着怎样一种报复和无赖的心理，他开始去她家蹭饭。但是吃完饭，他会默不作声地抢过工具，把她家里里外外都打扫一遍。而一旦他从外面弄到了钱，就全扔到她家里。那时候，尤蕤雪就会用大人看小孩那种无奈的眼神看着他，最后说了句："我替你存着。"

只是这笔由她存着的钱，后来再也没有机会交给他。

独自一人在湘城伪装身份查案的尤蕤雪，其实也是孤独的。她是个单亲妈妈，即使和同事们同生共死，也不见得和谁亲近。而殷尘这样一个漂亮、孱弱，仿佛浑身长着刺的男孩，填补了她心中的某处空白。而且说实话，她也有私心，潜伏在这个凶手可能出没的贫民窟里，有殷尘这样一个小子陪着，她可以少受到很多不必要的骚扰，并且不显得怪异。至于周围那些人对两人有些风言风语，她根本不在意。

殷尘似乎也不在意，一口一个"尤姐"地叫她。偶尔楼里有不长眼的男人想要调戏尤蕤雪，高大的、已经养回了些肉的殷尘，阴着脸往前一挡，倒是能令不少人却步。

于是萍水相逢的两个人，仿佛一对异性姐弟，就这样互相照料着。

有一次，忘了是聊到了什么，殷尘不经意地问："你有男朋友吗？"

尤蕤雪平静地答："我结婚了。"

殷尘："哦。那怎么从没看到过你老公？"

尤蕤雪并没有正面回答他的问题，而是说："我都有孩子了，是个女孩子，今年七岁，只不过没带在身边。"

提到孩子，尤蕤雪脸上浮现出从未有过的温柔神色，仿佛那是件极美好的事。殷尘也不知怎的，在心中默默记下了这一点。她有孩子了，是个女孩，七岁了。

…………

所以，殷逢说得没错。尤明许永远无法真的替代她，也不是他的最佳选择。

他也不确定，如果真有那一刻，自己是否真的能动手杀死她的孩子。

她是他对待这个世界唯一的温柔。

思绪一整，殷尘才察觉到自己的分神，暗自警醒。再从后视镜里看了一眼殷逢，见他还是瘫软无力的模样，神色无异，看不出是有意引诱他说话。殷尘心中冷哼一声，不再分心想往事了，一双冷冽的眼凝神望着前方的浓黑。

谁知过了一会儿，殷逢又开口了：“哥，你恨爸妈吗？”

殷尘笑了一下，说：“你呢？”

“我恨。”

殷尘并没有回答。

“这是我们的命运。”殷逢仿佛自言自语般低喃。

殷尘哼笑一声：“你信命？”

“我信，但是不服。”

殷尘静默片刻，没有搭腔。

过了一会儿，殷尘问：“你就一点不担心自己的处境？”

殷逢答：“求仁得仁，有什么可担心的。”

殷尘哼笑：“你对她倒是一心一意。”

殷逢说：“就像你对尤蕤雪一样，二十年后，甚至一辈子，我的心也不会改变。她无可取代。”

殷尘又是一阵沉默。

现在他真的确定，殷逢就是故意的。这小子向来这么阴。不动声色就对人下狠手，哪怕现在落到他手里，爬都不能爬一下，也不会真的安分。

他是跟着范淑华学过一段时间心理学的。他也很清楚，在遭受惩罚者覆灭这样的巨变后，自己的心理容易波动，情绪易于起伏，都是正常的。而殷逢再度提起尤蕤雪，再度令他的心思有些恍惚。求而不得的痛苦，年少时满心的爱恨，又涌上心头。还有她躺在担架上，被白布覆盖住脸，满身染血的模样，依稀就在眼前。殷尘突然感到喉咙一阵发堵，那些久远的原本都淡若无痕的感觉，原来还能够那么清晰地哽在心头。他定了定神，吼道：“闭嘴。再说一个字，我先打断你的腿。以后只能在我眼前爬，是不是很有意思？”

殷逢乖觉地不作声了。

车内顿时陷入沉寂。

唯独殷逢敛着一双幽沉锐利的眼，在殷尘看不到的后方，若有所思。

于是在这样一个注定不平静的夜里，一辆车，兄弟俩，一个为刀俎，一个心甘情愿为鱼肉，各有所思。

又寂静地往前开了很久，久得连殷逢都有一丝晃神，心生念头：殷尘已近癫狂失控，随时有可能玉石俱焚。今生也许真的无法再见到尤明许了？

但这阴郁念头只是一闪而过。转念间，他又想到自己和尤明许交换时，她那仿佛凝结了冰霜寒雪的目光，想起她眼角的那滴泪。他就知道，她一定会来的，一定会找到他。他要做的，只有相信和等待。

等待她的归来，等待天亮，相信警察的能耐。甚至……他的嘴角不自觉地勾起，等待那个女人的爆发，如同过去那样，大显神威，大杀四方，替尤英俊赶走一切妖魔鬼怪，把他带回安全的地方，从此再也没有恐惧和悲伤。

殷逢在车上昏睡了一阵。

也不知道过了多久。

殷尘开了大半个晚上的车，事实上这些天来，他也没有好好睡过，此时也是形容疲惫，但双眸中却始终绽放着异样阴沉的光。

天还没亮。

天就快要亮了。

他们是在逃亡6个小时后，被警方重重包围在江西境内的山区。

原本，殷尘是打算绕路江西，回江城。

车也快没有油了。

这辆不起眼的黑色轿车，就这样停在一段偏僻省道的正中。道的两旁，是南方绿葱葱的水田，在暗蓝色的、即将明亮的晨色里，显出一种无边的旷静。前后百米，都停满了警车，超过50名警察持枪戒备，蓄势待发。

殷尘将车熄了火，默坐了一会儿。

殷逢也醒了，看了一眼就明白发生了什么。刚刚在路上，殷尘又给他加了一针，所以他的身体依然没有感觉。他也沉默着。那些警察中，茫茫晨色里，他不知道尤明许是否赶来了，是否就在其中。他忽然意识到一个矛盾：自己现在是想要见到她，还是不想被她见到？

还是，想见更多更多次？

因为他就是这样自私的一个男人。

“我们回不去了。”殷尘忽然开口。

殷逢却突然说：“你还想见范淑华吗？最后一面。”

殷尘沉默过后，笑出了声："我不得不承认，你比我更坏、更阴险。难怪我们……最终会栽在你们手里。到这个时候了，我伸手就能捏死你，你还在和我谈判？你还在拿条件引诱我？"

殷逢仿佛听不出他话语里的讽刺，平平静静地说："我能够安排你们见最后一面，包括那些被捕的惩罚者们。"

殷尘的手紧紧握住方向盘，然后放下来，一边拔枪，一边从储物格里拿出一样东西，答道："不，我不想再见到他们了。小弟，我们其实都不能回头了。"

殷逢静默不语。

前方。

丁雄伟从车里走出来，看到远处那辆车，面沉如水。

"狙击手还有多久到？"他问。

有人答道："还得20分钟。"

丁雄伟抬眸望去，因为天色还是昏暗的，只能依稀望见驾驶座上那人的轮廓，车厢里是黑的，完全不知道殷逢的境况。在这种情况下，如果强攻，谁也不能保证殷逢的安全。就怕殷尘狗急跳墙，临死前拉个垫背的。殷逢要是在这里死了，他们也没脸再当警察了。

更何况尤明许、许梦山，还有跟着他们屡破大案的、他手上的那些爱将。

然而丁雄伟能走到今天，其冷静和机警程度，远非常人可比。他心思飞转，接过属下手里的扩音器，以一辆车为倚仗，喊话："殷尘，你已经被包围了。放下武器投降，避免再铸成大错。"

那边，一点动静都没有。

丁雄伟眉目冷凝，继续说道："殷尘，我来之前，见过你的导师。她说还有一些话，要对你说。继续对抗，没有任何意义，你放下武器，放了殷逢。我可以考虑安排你们见面。"

丁雄伟听不到车上的殷尘"哈"了一声，语气极为讽刺。

殷尘说道："小弟，在你们看来，我的弱点，那么容易被抓住吗？"

殷逢淡然道："不是弱点，而是人之常情。在我们眼里，你不管犯了多少罪，还是个人。"

殷尘静默片刻，说："你不必再白费心思，答应我的事，该算数了。既然你已经拿自己的命换了尤明许的命，那么哥哥去哪里，你就去哪里。你信不信，就算外头有一百个警察、一百把枪，呵呵，我也有机会在他们眼皮子底下杀了你，陪我上路。”

殷逢轻声说：“真的要这样结束？我们两个死得没有任何意义。”

殷尘说：“谁说没有意义？死亡本身于我而言，就意味着永恒的平静。其实我想想即将发生的事，还挺期待、挺高兴的。终于可以结束了，我也走不下去了。我这辈子，什么都没有真正拥有过。你是不是还舍不得？你还有尤明许。想想最后你和我一样，什么都没得到，我死了一了百了，你却心有不甘，我就觉得很快乐。这一回，小弟，我终于没有输。准备好迎接死亡了吗？倒数十声，和你的人生、你的所爱在心中告个别，咱们就走。没人能救得了你，没有人。”

殷逢一怔。

他知道殷尘说的是真的，他刚刚从储物格里拿出来的，是炸弹遥控器。

所以即使警察强攻或者狙击，殷尘在咽气前，也能按下遥控开关，把他们两人炸上天。谁也救不了他，就算尤明许真的在这些警察里，也是鞭长莫及。

这是殷逢平生以来，第一次这样清晰地接近死亡。他的脑子里有片刻的茫然，然后他想起了尤明许。

想起她的面孔、她的眼、她的手、她的声音、她靠在他怀里的感觉。一个人如果清晰地知道自己即将在数秒后死去，是无法不感到害怕的。殷逢也能感觉到，那埋藏在心中的恐惧再一次慢慢冒头，就像是车外的夜色，从四面八方朝他包围过来。

那感觉，和他曾经扪心自问、痛苦挣扎时一模一样。也和他躲在尤明许家中，用被子将自己紧紧包住，恐惧窗外不知名的黑暗时一模一样。

他轻咬着下唇，闭上眼，闭了一会儿，又睁开。

他喃喃低语说：“她会来救我的……阿许……会来救我的……”

这么如同咒语般默念着，忽然间，心中那凶兽般的恐惧和懦弱如同潮水般崩塌散去了，只剩下一片清明的平静。

他的嘴角慢慢溢出一丝笑，重新闭上了眼睛。

“阿许，不要来。”

不要来。

就让我一个人坠入黑暗里。

尤明许是在半个小时前和许梦山等人会合的，他们抄的是殷尘的后路。

天空的暗蓝色，似乎又淡了些。

尤明许站在一辆车后，涂鸦、陈枫、许梦山等人都已纷纷下车，拔枪以待。每个人的脸上，都是紧绷得不能再紧绷的表情。

清晨的风轻轻吹着，尤明许望着那辆车。后车窗里一片阴暗，只能望见座椅靠背和殷尘隐约的侧面，看不到殷逢。

尤明许的脸上一片冷意，轻轻一挥手，包括许梦山、涂鸦在内，再加上两名警察，身手最好的五个人，如同五只蹑足的猫，开始向前毫无声息地逼近。她是领头人。

这正是之前和丁雄伟商量好的对策，他佯装谈判，她这头伺机强攻救人。

一口气跑了几十步，丁雄伟还在喊话，还在带着前头的警察佯装要逼近，务求吸引殷尘的全部注意力。车厢里一片寂静，殷尘一句话都没说，似乎也没怎么动。

然后尤明许看到一只手从驾驶座伸出来，动了一下后视镜，然后缩了回去。尤明许的心猛地一跳，怎么可能不明白殷尘此举的含义——他已经看到他们了。

尤明许手再次一挥，五人同时停步，静观其变。

尤明许全身的每一个细胞仿佛都涨得满满的，里面装的是愤怒、是疼痛，还有苦涩柔软的情绪。她从后方约莫 50 米远处望着殷尘隐约的背影。那车辆里的另一个人，依然仿佛根本不存在。这个认知令她的心如同刀切般疼痛。她甚至不知道，殷逢是否还活着。

他一定还活着。她对自己说。

他在等她再一次去救他。

就像他每次死心眼儿地要救她一样。

许梦山是她身边这些人里枪法最好的，比她还要好。她压低声音问："从这里射殷尘，你有多大把握？"

许梦山嘴角难看地抿着，说："不好射，清晰度太低，没有角度。"

尤明许牙关紧咬，急速在心中盘算别的办法。这样的偷袭，原本就是没有办法的办法。既已被殷尘发现，她就不敢轻举妄动，怕他一受刺激，拿殷逢开刀。

然而晚了。

就在这时，在五十余名警察的眼皮子底下，天罗地网的包围当中，殷尘从车里丢出个东西，那东西在地上滚了几圈，不动了。即使是在晨雾当中，所有人还是能清晰地看到那个遥控器形状的、方方正正的东西，上头的红光一闪一闪的。因为这条路上极静，所以那急促的计时声清晰地传入每个人的耳朵里。

丁雄伟的脸勃然变色，吼道："全体卧倒！尤明许！"最后一声，几乎是惊怒的声音，因为此时尤明许站得离那辆车最近。

尤明许身后的两名警察同时卧倒，许梦山一犹豫，也趴下了，唯有涂鸦，傻站着不动，盯着远处地上那个炸弹遥控器，眼睛都要喷出火来。

一道身影，快得几乎诡谲，原地拔起，朝车的方向冲去。许梦山只看得心肝欲裂，吼道："尤明许！"他一下子也从地面上弹起来。

涂鸦一呆之后，也开始往前拼命跑，可前面那人的速度比他快太多了，顷刻就将他们都抛远。

所有人都目瞪口呆地望着这一幕。

地上的遥控器还在一声声急促地响着，每个人心中都在想，还剩多少时间？十秒？甚至几秒？这是送死，她在送死！

更何况车上还有殷尘近距离手握枪支，一心拖着殷逢赴死，她要怎么救人？

转眼间，尤明许已经跑到车旁。此时尤明许的脑海中一片空白，没有任何念头，也没有任何恐惧和斟酌。她甚至连就在脚边不远处的炸弹遥控的声音也听不到。她刚才跑得实在太快，快得一双腿仿佛已不是自己的，竟没有任何感觉传来。强烈得不可思议的意志，如同一根巨大的铁钉，钉进她的脑子里，而后贯穿全身。她一把拉开后座的门，当她看到横躺着宛如死尸般的那个人时，眼睛突然火辣辣地疼。

那人也在此时一惊，抬眸，看见了她。

几乎是转瞬之间，那阴沉死寂的眼睛里阴霾退去，云破日明，绽放出夺目的光芒。尤明许手一捞，就将他拖了出来。

就在这时，一根黑色枪管从前排伸了过来。

这时尤明许已将浑身瘫软的殷逢扶在肩上，拼命往后方拖。而在她的前方，以许梦山和涂鸦为首，几名警察跟着，正不顾一切地狂奔而来。

殷尘的枪口正对着尤明许的后背上，左后背，心脏部位。这样千钧一发的时刻，他持枪静静望着她，脑海中却浮现出一个似曾相识的背影。

殷逢说：你永远不会杀她。

因为她是她的孩子。

殷尘忽然勾唇一笑，手指慢慢扣上了扳机。

一声尖锐的枪声，仿佛一支诡秘的轻箭破空而来。殷尘的身子一晃，握枪的手也缓缓垂落，他的眼神竟是前所未有的平静，表情也很安详，仿佛一切本该如此——如果不是右脑门上多了一个血洞的话。

他慢慢将身体靠在了椅背上，缓缓闭上了眼睛。

数米之外，许梦山一只手稳稳托住另一只手，枪口还是滚烫的，眼神冷凝如鹰，心跳在开枪之后快得如同鼓擂。他飞快地放下枪，望着前方的尤明许和殷逢，他也不要命了，发足狂奔过去。

此时，包括涂鸦在内，他们距离尤明许和殷逢还有十多米。

而尤明许搀扶着殷逢，跑离那辆车，不过三四米远。

尤明许突然感觉到一阵奇异的凉意，从尾椎骨直蹿而上，瞬间就麻木了整个背。她霎时就明白了即将发生什么，第一反应是双臂抱紧殷逢的身体，护着他往地面扑去。

“你走！”殷逢几乎是从肺腑里吐出这两个字，想要推开这个女人，却根本没有力气。

只听她冷冷吼道：“做梦！”

炽热的巨浪排山倒海般向两人直撞过来，车身骤然绽放火光，那辆车瞬间四分五裂，被炸上了天。而浓烈如同红云般的火光，张开血盆大口，瞬间将地上的两人吞入其中。

许梦山和涂鸦等人还在往前扑，看到这一幕，只觉得撕心裂肺。他们甚至来不及发出一声惊呼，迎面而来的巨大冲击波，就将他们狠狠撞翻在地，撞出三四米远，往后横飞出去。外围的警察们齐齐色变，丁雄伟一口气差点没缓上来——爆炸外围的许梦山等人尚且如此，必受重伤，爆炸核心区附近的尤明许和殷逢，哪里还能有活路？

这两个人……那两个孩子……终于还是……丁雄伟的眼泪一下子迸出来，悲痛欲绝。

就在这时。

几乎就在许梦山等人被爆炸余波撞飞的同一瞬间，那核心爆炸区的火焰，如同恶魔般，正狰狞地往外伸出爪牙，笼罩着一片广阔的空间……一团人影以车轮般的速度，从那火焰的正下方滚了出来！一连滚了十多圈，居然毫不减速，敏捷灵巧得不可思议。你再仔细看，那分明是抱在一起的两个人，紧紧抱着，宛如一体。

他们一连滚了十七八圈，滚出了爆炸中心区域，速度这才缓缓减慢，停下不动。

两个人都一动不动。

所有人都看呆了，丁雄伟更是看得眼眶发疼，爆炸的余光已在此时往天空升腾，满地灰烬残骸，他嘶声吼道：“快救人！快！”

好样的！丁雄伟只想抹眼泪，两个人都是好样的！他拿自己换回了她，她居然也把他从死亡边缘给弄出来了！丁雄伟一看就明白，这样凶险得几乎没有生路的爆炸里，只有尤明许这样的柔道高手能够险中求生。也只有她，能怀着决心赴死的勇气和相当聪明的胆色，当机立断为两个人抓住这一丝生机！

摔倒在地的许梦山和涂鸦，跌跌撞撞爬起，在他们身旁，丁雄伟、小燕、冠军、陈枫，还有许多警察，齐齐往地上那两个人所在的方向冲去。

爆炸的热意还笼罩在地面，天空不知何时已明亮起来，一道阳光斜斜照在远处的山峰上。

他躺在地上，人事不知。她趴在他怀里，双手还搂着他的腰身，即使早已失去知觉，那双手也抱得很紧很紧。

火舌张牙舞爪，仿佛一只狰狞怪兽，朝他们扑过来。

尤明许拼命伸出双手，想要抱住他。

却怎么也够不着。

反倒是他，在火焰的灼烧中，还是那副冷清孤傲的模样。

她看到他眼中的黑暗在涌动。

然后他毅然决然地一把推开了她：“你走！”

尤明许伸手一抓，抓了个虚空。而他转瞬就被火焰和热浪吞没。

…………

尤明许猛地睁开眼，一背冷汗。

她望见白色天花板，闻到医院特有的气味，周围光线暗淡，没有开灯，也不知是什么时间。

她一动，才感觉到浑身皮肉疼得厉害。记忆也慢慢回到脑子里——她记得自己抱着殷逢，使出全身力气往外滚。

活了。她活下来了，殷逢呢？

她用手撑着床坐起来，才看到床边黑乎乎的角落里坐着一个高大的人影。也不知他原本是睡着的还是醒着的，察觉到动静，他也抬起头。

四目在昏暗中凝视，尤明许看到他也穿着病号服，脸上、手上缠着几块纱布。唯有那双和梦中相同的眼，定定地望着她。

“你……没事？”尤明许一开口，才发现嗓音沙哑得厉害。

殷逢此时的语气居然淡淡的：“我被你那么紧地抱着，挡住了大半的伤害，当然没事。”

尤明许想笑，彻底放下心来，只觉得快活极了。于是这一笑牵动了脖子上的伤口，有点疼，憋住了。这时他已从椅子里起身，坐到床边。尤明许用手按了按脑袋，感觉昏沉沉的，又问：“我睡了多久？”

“一天一夜。”殷逢答，“我已经醒了大半天了。”

尤明许看他的样子像是没事人一样，放下心来，又感觉自己的身体除了些皮肉伤，应该没什么大碍，但还是问道：“咱俩没什么事吧？应该不会有什么后遗症吧？”

殷逢双手搭在腿上，答道：“都有轻微脑震荡，别的没什么。不过我这个脑袋你知道的，说不定会震出什么奇怪的毛病。你多担待。”

尤明许“呵呵”笑了，然后龇牙——疼。隔着窗帘透进来的那点光线，覆在他的脸上。他也笑了。

然后他伸手抱住她。

尤明许扑进他怀里。

两个人紧紧地无声地抱着。

可嘴里说出的话，却毫不含糊。

尤明许：“你有病吧？谁让你拿自己换我的？”

“难道让我看着他把你带走？”

于是尤明许将他搂得更紧。

察觉到她流露出的依赖，殷逢的心感觉更加沉溺，沉溺进那片迷惘的汪洋里。静静抱了一会儿，仿佛怎么感受她身上的气息都不够。

尤明许想要推开他，他却不放，把脸埋在她的肩窝，瓮声瓮气：“谢谢。”

“谢什么？”

他却沉默。

尤明许其实明白他对什么耿耿于怀。她轻轻摸着他的脑袋，说：“谁让我厉害？当时根本没想那么多，就是觉得自己一定能救出你。”

他依然沉默，手臂一扣，将她按在胸口，他的下巴正好抵着她的头顶，继续轻轻地无声蹭着。尤明许被他这么"蹂躏"得微微笑了，又问："殷尘死了？"

"嗯。"

"所以……惩罚者组织，彻底被毁掉了？"

"当然。"

尤明许慢慢叹了口气。

"丁雄伟上午还来看过你，跟我说让你好好养伤休息，半个月后再去上班。"殷逢说，"不知道他现在的话为什么变得这么多。"

尤明许莞尔："因为他接受你了。老丁只有对着自己人，才会啰唆。"

殷逢嗤笑一声，听在尤明许耳中，实在欠扁。

不过能放半个月的大假，真是好消息。而且惩罚者已灭，纠缠他们近两年的宿敌从此不复存在，颇有种从此面朝大海、春暖花开的感觉。

尤明许心情越来越轻松，干脆也学他的样子，脑袋在他怀里蹭了蹭。殷逢低沉地笑了，再度恢复阴阳怪气："以后不能再这么冒险了，嗯？"

尤明许一巴掌轻轻拍在他脸上："这家里谁做主，你可别忘了。更何况现在我还救了你一命，以后给我鞍前马后、唯命是从，懂不懂？"

他立刻反驳："我不是也救了你一命？"

尤明许微笑："那不一样，你的命更值钱。"

两人又低低地说了会儿话，尤明许指使殷逢去拉开窗帘，原来正是暮色降临时分，外头笼罩在一片宁静的天色里。又让他开了灯，给自己喂水喝。两人都不想马上叫医生来，急什么，反正死不了。这样的小伤相对于他们之前受过的伤，就跟挠痒痒一样。

等尤明许整个人都被他伺候得舒坦了，两个人并排挤坐在一张病床上。尤明许的脑袋歪在他怀里。两人静静地待了一会儿，她问："要不我们接着去贵州，把没度完的假度完？"

她心中始终有歉疚，从没好好陪过殷逢。反倒是他，无论脑子好坏，都跟头撵不走的驴似的，真真是鞍前马后地跟着她破案。

殷逢却不知道在想什么，沉默着。

尤明许又用头顶了他一下，他伸手将她搂住，低声问："去度没度完的假，做没做完的事？"

尤明许默了默，"嗯"了一声。

他却说："可是我连几天都不想等了。阿许，这次干掉惩罚者，谁出力最大？

还被冤枉成了通缉犯，差点去坐牢。那你该不该给他奖励？”

他的嗓音不疾不徐，却有一丝诱哄的味道。哪里像当年的尤英俊，只会直愣愣地喊“我要奖励我要奖励”！

尤明许靠在他怀里，他的怀抱温暖又坚实，她望着窗外那抹暗蓝的天色，城市里灯光林立。

她说：“说说看，你要什么奖励。看看我是否给得起。”

他忽然松开她，下了床。尤明许静静地看着他，穿着颜色寡淡的病号服，头发也乱糟糟的，脸色苍白，脸上还贴着块纱布，一身药味，没有平时一半帅。可他似乎完全没意识到，在床边单膝跪下，头微微垂着，那俊脸竟有几分难得的薄红。

变戏法似的，不知从哪里摸出个蓝色丝绒小盒子，打开，放在了病床上。尤明许不吭声，他低了一会儿头才抬起，染着绯色的脸庞上，眼眸清亮如初。

“尤明许，我要得不多。艰难险阻，生死祸福，都是不值一提的小事。只有你是天大的事，给我痛苦给我快乐，令我崇拜令我向往。所以我只要一个你。

“但是我可以给你很多。我的人，我的钱，我的门徒，还有我的疯狂、懦弱、勇敢和善良，全都给你。换一个人不可以，这世上别的人都不可以。

“把戒指戴着，以后的事，就说定了。”

尤明许擦了把眼泪，拿起那枚戒指，往右手无名指上一套，说：“作家就是作家，一套一套的，都是编好的词吧？以前就算了，以后敢对别人这样甜言蜜语，照样打断你的腿。”

半年后。

快过年了，正是盛冬时分，湘城极寒。尤明许扶着腰，慢吞吞走下楼。尽管穿得厚，还是能看出腰身比以前臃肿了几分。

由于她多年来在局里横行无忌，如今见到她暂调文职，连走路都这样斯斯文文的模样，一群大老爷们儿颇有些不习惯。在局里碰到时，都下意识地和她离得很远。

于是尤明许慢悠悠走到哪里，身边都能自动清出一条道，排场更胜当年。

她走到警局门口，涂鸦已早早在那里等着接她下班。她刚走近，涂鸦就跳下车，替她拉开车门，还伸手挡着上方，厚实的嗓音透出僵硬的温柔：“慢点。”

尤明许看了他一眼，说：“够了，哪那么容易碰坏？”

涂鸦搓手笑笑。

两人上了车，涂鸦照例先向她汇报殷逢今天一天都干了什么。其实也不是尤明许要求的，不过是有几次路上无聊，她问起，结果涂鸦渐渐就养成了这样的习惯。

更何况向老板娘汇报殷老师一天的动态，他总有种此事很有意义的感觉。

“你去上班后，殷老师睡到十点才起，早上不想吃东西，就去看书。中午吃了饭。下午在书房写稿。晚上亲自下厨，做了两道菜，等你回去吃。”

尤明许上了一天班，也挺累的，微合着眼，听涂鸦唠叨着。末了，她“嗯”了声说：“挺好。”

涂鸦便笑了。

笑完后，又反应过来，得尤明许一句“挺好”，有什么可乐的？他怎么有种老板娘像这个家的慈禧太后，殷老师像个小皇帝的感觉？

不过，他从后视镜里扫了眼尤明许的肚子，殷老师怎么可能是弱者？要知道半年前他刚求婚成功，没几天就让老板娘怀上了。

殷老师果然干什么都很强。

这样无边无际、奇奇怪怪地想着，没多久，涂鸦就把车开回了家。

一进门，就见那几个躺的躺，靠的靠，没个正形，都在沙发上。冠军见迎面走来个人，弯腰就向她的肚子靠过去，尤明许眼明手快，一把推开他。

冠军冷笑一声：“都五个多月了，怎么还不让我听胎动？”

尤明许也语气冷然：“又不是你的孩子，闪开。等我哪天有心情了，说不定让你用胎心监测仪听一听。”

一旁的小燕喊道：“我也要听。”

陈枫依然在电脑前忙着工作，闻言抬了抬眼镜，他才没有那么幼稚，还要去听什么胎动！真是没见过什么世面。

不过，过了一些天，尤明许允许陈枫也把手放在自己肚子上，感觉到被人踹了一脚，陈枫的手生生抖了一下。

冠军又问了句：“许梦山呢？我不是叫他来吃饭吗？”他现在和许梦山，莫名其妙地成了不错的朋友。

尤明许答：“他晚上要去相亲，没空。”不再理这几个人，上楼去了。

推门进入书房，就见殷逢坐在电脑后，戴了副防蓝光平光镜，一副斯文沉静的模样。她犹豫了一下，刚要退出去，他已听到动静，望向她说：“过来。”

今天的稿子，也写得差不多了。

尤明许走到桌前，就被他抱在怀里。这姿势不太舒服，尤明许挣了挣，没挣脱，也就随他去了。

他什么也不说，低头就细细密密在她脸上吻了一阵，又问她今天都干了什么，在警局发生了什么事。

不知不觉，暮色降临，将书房也笼罩在一片柔和的色彩里。

尤明许想起一事，踢掉鞋子，脱了袜子，给他看脚："肿了，鞋都快穿不进去了，又丑又难受。"

话音未落，她就被他放在椅子上，他蹲了下来，将她的双脚抓在怀里。尤明许脸一红，想抽回来。他拽着不放，慢慢揉着。

"放手。"她说。

"不放。"他慢慢地说，"我喜欢。"

尤明许脸皮一烫："你喜欢什么？"

"你身上的什么我都喜欢。肿了也挺好，白白胖胖软软的，多可爱。"

尤明许干脆一伸手，戳在他的脑门上，他恍若未觉，被戳完，接着盯着她的双脚，力道适中地揉着。眉眼专注，仿佛这是什么重要的事。

尤明许看着看着，心头泛起阵阵甜暖的滋味。又想：得亏他是个偏执狂，认定了就钻在牛角尖里打死都不愿出来。两个人这才到哪儿呢，今后这漫长的人生，或许这家伙，永远也不会让她失望。

她抽回腿，倾身将他的脑袋抱在怀里。他静了一会儿不动，淡淡说道："好像更大了，我有点被闷住了。"

尤明许一脚踢过去，他再次抓住她的脚，终于笑了，重新把人抱在怀里，十指交缠，低头亲吻，耳鬓厮磨，细细密密。

直至天都全黑了。

门口传来敲门声。

今天石头剪刀布输了的是小燕，他像根竹子似的杵在门口，清了清嗓子喊道："殷老师，老板娘，吃饭了。"

过了几秒钟，只有殷逢的声音传来："我们马上来。"

小燕嘻嘻笑着，下楼去了。

尤明许被殷逢拉着手站起来，他看了她一眼，皱了皱眉，低头替她整理衣服。尤明许任他伺候，站着不动，抬眸望去，在他身后，黑色的天空中有雪花阵阵落下，茫茫然如同一点点的微光。尤明许目不转睛地看着，看着看着，突然伸手抱住他，把脸埋进他怀里，忍不住笑了。

许梦山坐在这家餐馆靠江的卡座里，尽管是寒冬，他却觉得这里的空调好热，扯了扯衣领，又灌了一大口茶。

然后他低头看了一眼手表，距离和人家约好的时间还有 15 分钟，他到早了。

自从他在惩罚者案件里立了功，又成功击毙殷尘后，连升两级，现在队里的人见了他，谁不叫一声老许？他受丁雄伟和尤明许耳濡目染，在局里磨炼得越发深沉稳重。

不过今天要是有同事小弟看到许老大桌下不断晃动的双腿，大概会张大嘴。

其实许梦山也是没办法，他是躲得过初一躲不过十五，别说身边发小、警局大姐们特别希望给他这大龄优质青年做媒，父母更是眼巴巴盼得都快坐不住了。这一回，还是丁雄伟出面向他父母保的媒，说对方是个知性清秀还温柔的小学老师，特别重情义懂事，保管他们满意。三座大山迎面压下，许梦山只好来了。

其实哪怕到了现在，要面对这样的事，许梦山面上不显，内心深处某个地方，还是会有点烦的。

一杯茶很快喝完，他叫来服务员添茶。手指正不耐烦地在桌上敲着，他的脸色也有点不好看了。就在这时，听到邻桌的几个年轻女孩爆发出一阵欢快的笑声。

许梦山握着添满茶的杯子，却没马上喝，静静地看了一会儿，侧头望去。

是好几个陌生的女孩，都是二十出头的年纪，透着特有的青春洋溢。许梦山望了一会儿，突然间眼眶发热，低头笑了。

那原本躁动的心仿佛受到了某种安抚，渐渐变得宁静，心情突然好了起来。甚至对于即将见到的那个陌生女孩，也有了一丝好奇和期待。

又过了一会儿，他抬起头，看到对面走廊里有个苗条年轻的身影走过来。隔着还有段距离，人来人往，店里热气腾腾，一时他还看不清那女孩的样貌，却不知怎的，心中那静好的感觉在蔓延。

眼看着人越走越近，相貌也看得清了，许梦山突然紧张起来，脸也热了，轻咳两声，站起来，心里居然有些七上八下的。

…………

同一个夜晚，云南边境的天空，却下着瓢泼大雨，淋湿了整片郁郁葱葱的热带雨林。

景平一身迷彩，双手垂落持枪，和几个同事藏在密林中，无声无息，仿佛几头等待狩猎的猎豹。

没有人说话。

没有一个人说话。

雨水、汗水沿着他们的脸颊滑落，极痒，却没有一个人伸手去抓。而这其中，眼神最狠戾阴沉的，莫过于指挥本次行动的景平。

阵阵大雨不断落下。

那声响，是藏在大雨当中的，如果不仔细倾听，根本听不见。可景平的听力，就是在这种环境下培养出来的，听得一清二楚。他两道浓眉一蹙，做了个手势。几个缉毒警察更是如同紧绷的弓，迷彩服下的每一寸肌肉，都蓄积着力量。

目标出现了。

两个青年似乎完全没察觉自己的处境。两人都背着个包，戴着顶毡帽，低着头，在树林中跋涉。腰间都是鼓囊囊的，藏着枪。

景平此时如同石雕，靠在冷硬潮湿的树干上，斜瞥着他们一步步走入包围圈。

几乎是在一瞬间，白日昏暗的雨林里灯光大作，数名警察如同猛虎般扑了出去。枪声响起。

…………

这次的抓捕行动非常成功。

虽然对方只有两人，却是两个臭名昭著、经验老到的毒贩，这一次因为运货量大，亲自上阵，却没料到警方早有布置，将两位老饕一锅端了。

雨已经停了，警察们的皮靴在林子里踩来踩去，发出清脆的折叶声。几名警察押着两名毒贩，往不远处停放的警车走去。两人面如死灰，完全放弃挣扎。只是当走到林子边缘时，其中一人突然扭头，歇斯底里地大吼道：“景平！你今天抓了我们，坏了勃哥的大事，他一定不会放过你！你就等着被追杀吧！妈的……”他的嘴被旁边的警察堵住了。

在场的警察们都望过来，有的望着那名匪徒，有的望着景平，但是没有任何人说话。

景平埋伏了一整个晚上，刚才又亲自追捕抓人，早累坏了，他正靠在一棵大树旁，旁边是几个同生共死很多年的兄弟。他一只胳膊搭在膝盖上，抽着一支烟，眼睛微微眯着，仿佛没听到似的，依然是那副极其懒散却又冰冷的模样。他又给兄弟们一人分了一支烟，几个人说着后续的安排。

两个毒贩被押进了车里，耳朵也清净了。

景平抬起头，看着雨后渐渐明朗的天色，蔚蓝为底色，白云流动。就在那些树木的高处，不知从何处飞来一只鹰，展翅从天空翱翔而过。

景平也不知怎的，心情突然变得畅快无比，抬着头，笑了。

…………

你看到过天空的鹰吗？

当然看到过。

我们刑警，就像天空中的鹰，只能展翅翱翔。所有的逝去、离别、伤痛、振奋、无畏与悲喜，都是这条路上注定的风景。

哪怕被折去翅膀，断了手足，血泪浸染，也只能坚定地继续往前飞。

这条路上，人人有罪，人人无罪。

欲壑难填，赤子犹在。

那让我陪着你一起飞，好吗？

好。

请看见我的爱和崇拜，遗忘与刻骨铭心。那个人一直是你。换个人不可以，这世上别人都不可以。

只有你。

耀眼如星辰，寒光照我行。

能够打败一切妖魔鬼怪，带我去往美好善良的世界里。

（正文完）

番外一

宝宝的一天

初秋的午后，屋外的阳光还烈得很，斑斓照在地板上，细尘飞扬。满屋寂静，悄悄滋生慵懒气息。

七岁的殷许推开房门，揉着眼走出来，人还迷迷糊糊，自动走到了父母卧室门口。一推，不开。再拧门把手，没想到从里头反锁了。殷许睁着眼发了会儿呆，有点沮丧地下楼。

自从上次父母午睡，他闯进去，殷逢就发了很大的火，指责他身为一个七岁的男孩子，还来打扰父母休息是件非常不理智的行为。当时殷许可委屈了，目光寻找着妈妈。可是尤明许那天整个人都裹在被子里，好像很累的样子。最喜欢妈妈、第二才喜欢爸爸的殷许，就把话给咽了下去。被殷逢赶出房间时，殷许抬头看了一眼钟，还在腹诽：都下午四点半了！四点半了！什么时候爸爸妈妈变得这么能睡了？

所以，今天才下午 3 点 40 分，殷许觉得他们肯定不会起来。

旋转楼梯才走了一半，殷许就看到一个人倒挂在扶手上，身体还微微荡着。

“燕叔！”殷许喊道。

“嗯。”小燕从栏杆空隙间望着他，倒过来的眼睛里全都是笑，“宝宝起床了？睡得好不好？”

殷许不太高兴：“说了别再叫我宝宝，我都七岁了！马上二年级。”

“哦。我们下去。”话音未落，小燕脚一松，手抓住栏杆，跟只猴子似的，轻轻松松荡下去。

殷许两步助跑，抓着栏杆，人跃出去，下落时手抓住前方栏杆底座，往前荡了两下，紧跟着小燕落地。

“去外头跑一圈？”小燕兴致勃勃。

殷许瞥一眼外面的太阳，不动：“外面好热。”

小燕露出嫌弃神色：“跟你爸一样，怕累、怕热、怕吃苦，怎么不多学学你妈！”

殷许还没吭声，冠军不知从哪个角落里冒出来，说：“呸！学那母老虎干什么，当然要像我们殷老师，知书达理！文质彬彬！”

殷许笑了：“冠军叔，你敢当着我妈面说吗？每回我妈叫你干什么，你不是屁颠屁颠地去了呢？”

冠军脸一红：“胡说八道！”把手里一杯清亮的液体塞到他手里，“喝了！”

“这是什么？”殷许还在打量，冠军直接拿起酒杯给他灌进去，殷许咕噜噜喝了，眼睛一亮，“这是什么饮料？真好喝！”

冠军眉开眼笑：“度数很低，我今天刚酿出来，还加了药材，强筋壮骨提神醒脑，喝了对你有好处！”

殷许却双手捂住嘴，眼睛瞪得大大的：“我妈说了不准再喝酒！”

他脸型随殷逢，唇红齿白，小小年纪已显英俊轮廓。一双眼却遗传了尤明许的凤眸，闪闪发光。这副惊慌失措的模样令冠军喜欢极了，忍不住把他一搂，说：“怕什么，天塌下来有我给你顶着！”

殷许：“你顶得住吗？你既怕我妈又怕我爸，真是害死人了！”

冠军一僵，哄了好一会儿，才把小少爷哄得转移了注意力。至于回头被尤明许发现他又偷偷给殷许喝酒……关他屁事！跑！

没多久，冠军就找了个借口出了门，也不知道跑哪儿去了。

小燕窝在沙发上玩手机游戏。

尤明许说过不准殷许玩手机，伤害眼睛。母亲严厉禁止的事，殷许有分寸，望了小燕两眼，抬头看了看父母卧室的门，还没开！他们是猪吗？他只好一个人晃到了花园里。

涂鸦正蹲在车库门口，裸着上身，洗刷着什么。阳光照在他背上，殷许羡慕地看了那肌肉几眼，才走过去，蹲下：“鸦叔，你在洗什么？”

涂鸦朝他扬扬手里的东西，原来正在洗车里的垫子。

殷许蹲了一会儿，说："上次梦山叔给你介绍的那个阿姨，你是不是要跟她结婚了？"

涂鸦的脸一下子涨红了，手里洗刷的动作更大："胡说八道什么？！只是吃了两次饭！八字还没一撇，结婚？我不结婚！我还要给殷老师开车呢。"

殷许努力想了一下其中的逻辑："结婚了你也可以给我爸开车啊，晚上你又不和我爸睡！"

涂鸦把手里的东西一丢，站起来："兔崽子，从哪儿学的这些……上次教你的那套拳，练得怎么样？我们俩来过过招！"

殷许跳起来："来吧！"

一大一小，斗作一团。虽说大的看起来更像是在陪小的戏耍，小的却是一脸紧绷，那小小的拳头，也挥舞得虎虎生风，像模像样。

涂鸦只花一分不到的力气，陪他过招，心中却暗暗满意。

太好了！小家伙运动能力和协调性完全遗传了尤明许！每次教他武术的时候，看着他小小年纪就突飞猛进，游泳更是两天就学会，涂鸦就莫名感动得想哭。

别墅二楼，小书房。

陈枫刚整理完公司这个月的工作报告，疲惫地揉了揉眉心，走到窗前，很快就看到那两人的身影。

哪怕只是远远望那小人儿一眼，陈枫心中就会一暖，嘴角也带上了笑。

但渐渐地，眉头又蹙起。

这帮人，就是不让他省心。除了翻墙、喝酒、制迷药、打架，还能教殷许什么？

陈枫暗叹口气，孩子的教育，还不是得靠他！靠他！除了他，还指望得上谁？呵呵。

"殷许。"陈枫扬声喊道。

殷许停下，回头眺望："枫叔，什么事？"

陈枫和蔼而不失严肃的声音传来："我托人从北京海淀带回来十套非常好的奥数题，今天开始，每天一套。"

殷许微微一僵。

二楼主卧。

尤明许其实早就醒了，只是懒懒地不想动。她也听到了陈枫的声音，笑了笑，刚要起身，又被人给搂了回去。

“再陪我躺会儿。”男人的声音有种说不出的性感。

尤明许：“有完没完？”

“没完。”

尤明许说：“松开，我要去看看殷许。”

殷逢却不以为然：“有什么好看的，外头四个保姆，个个恨不得整天围着他打转，你还不放心？”

尤明许想了想，说：“我真想象不出，殷许被这么带大，长大之后会是什么模样。别变成个混世魔王！”

殷逢微微一笑，刚想说“混世魔王有什么不好”，又把话给咽下去，说：“怎么会！哪个七岁就天天做奥数的孩子会变成混世魔王？”

他说得实在太有道理，小时候从没做过奥数的湘大附二小女霸王尤明许放下心来。

番外二

签售

——《他来了，请闭眼》联合番外

薄靳言本来不愿意来的，无奈简瑶强烈要求。薄教授的许多原则，在老婆面前就是用来被践踏的。

傍晚时分，天边挂着绚丽晚霞。很多人涌入图书大厦。

薄靳言最不喜欢的就是凑热闹，尤其是凑芸芸众生的庸俗热闹。他在大厦门口默站了一会儿，掏出墨镜戴上，进去。

先在一楼排队买了两本书，是简瑶指定的。薄靳言观察了一下，身边百分之九十是年轻女孩，都是一脸即将见到偶像的兴奋神情，还有百分之十是中青年男子。于是，薄靳言在心中嗤笑一声，对于这个作家很不以为意。估计那人主要靠脸。他就不一样，干任何事从来不依赖自己的英俊。

薄靳言今天是下了班直接过来的，如往常西装革履，黑色蓬松短发，肤白，身形挺拔。还戴了副墨镜，嘴角高冷地翘起。旁边有不少女孩在看他，但他一如既往没感觉到。

终于买好了书，薄靳言和那些急匆匆行走的人不同，胜似闲庭信步，将两本书夹在腋下，慢慢走到大厦中庭的签售场地，微微惊讶。

人山人海，里三层外三层，几乎每个角落都塞满了人。薄靳言可没心情凑这个热闹，正好内急，就避过人最多的一楼，直接上了三楼的卫生间。他最不喜欢的就是排队，而且这个等待很可能毫无意义。

如他所料，大概是所有人都被吸引到了一楼，三楼几乎是空的。薄靳言进了洗手间，上完厕所，出来洗手，将那两本书随意放在台盆旁。

薄靳言洗手时也是很专心的，低头凝视，两只瘦而白皙的手，搓出浓淡适中的泡泡。

身后一个格间门有响动，有人走出来，还轻轻哼着歌，嗓音低而醇。

薄靳言没理，继续洗。

薄靳言虽然专注，却无比敏锐。那人走到他身旁，拧开另一个水龙头，而后薄靳言感觉到那人的视线落在那两本书上。

薄靳言神色淡淡地抬起头来。

两人的视线是在镜中相遇的。

相遇的那一瞬间，彼此都是一怔。

同样的黑色西装、白色衬衣，同样高大瘦削的身材，同样的黑色墨镜。一时间两人心中都涌起一种奇怪的感觉。

薄靳言没有和陌生人搭讪的习惯，收回目光。

殷逢也是一样。不过，他觉得眼前的男人虽然看起来清贵矜持，可也有点做作，但不是令人生厌的做作，只是莫名让他感到有些孩子气。

殷逢笑了笑，问："两本书，喜欢哪一本？"

洗手台上放着的，是他自己最满意的两本。这人还算有眼光。

薄靳言对于陌生人突如其来的发问，没怎么惊讶，答："都没兴趣，那是我妻子的爱好。"

"你娶了个好妻子。"殷逢说完就走了。

薄靳言下意识露出笑："那是当然……"看着殷逢的背影，薄靳言的目光同时扫过他的手掌、背部，以及门外等着他的几个人。

薄靳言扯了张纸，慢慢把手擦干净，继续将书夹在腋窝下，走出去。

接下来对薄靳言而言，就是漫长的排队等待。他拿出手机，耐心地看一些卷宗，跟着排队人流往前缓慢移动。整个场馆里始终闹哄哄的，时而传来女孩们、男孩们欢呼的声音。薄靳言却像是进入了一个真空空间，完全感觉不到周围的吵闹，眼前只有那一行行冰冷残酷的文字记录。

也不知道排了多久。

“哎，到你了！还看什么手机？”旁边传来不悦的声音。

薄靳言晃了一下神，抬头，这才发现自己已经站到了场地最前方的签名桌前，周围全是人，所有人都望着自己，包括坐在桌后的那个家伙。薄靳言依旧戴着墨镜，但还是一眼就看到他的嘴角挂着一丝玩味的笑意。

不经意间就成了众人瞩目的中心，薄靳言没有半点心理障碍，将夹在腋窝下的书放下，双手放到桌上，礼貌地说：“殷作家，劳烦签名，谢谢。”

殷逢挑了挑眉，接过书，翻到扉页，签字笔在指间转了两圈，没有马上写。

薄靳言双手插裤兜里，好脾气地耐心等待着。

旁边有女孩“哇”了一声捂住嘴，盯着一坐一站的两个男人。还有女孩偷偷拿出相机，“咔嚓”一声，将两个男人放进同一个框里。

殷逢在扉页上写了个“To”，头也不抬地问：“你的妻子，如何称呼？”

旁边有几个人失声轻呼：“To 签！他有 To 签！”

“是不是认识啊？长得好帅！”

薄靳言露出笑意，但也不愿意被太多人听到她的名字，于是弯下腰，凑近殷逢，低声说出那个名字。

殷逢龙飞凤舞地在扉页上写下简瑶的名字和对她的祝福语，最后签上大名，将书递还给薄靳言。

薄靳言又道了一次谢，然后说：“礼尚往来，如果有时间，我会认真看你的书。”

殷逢：“随便，下一位。”

这天简瑶一下班，人还在玄关，就喊道：“靳言、靳言？”

书房传来薄靳言的回应：“嗯。”

简瑶跑到书房：“弄到签名书了吗？”

薄靳言扬了扬手里的书，又朝桌上另一本抬了抬下巴。

简瑶就笑了，拿起另一本翻了翻，惊讶：“To 签？你怎么拿到的？”

薄靳言淡然道：“小事一桩。”

简瑶觉得丈夫实在太牛了，似乎无论什么事，他都有办法。也许聪明人都是这样吧。

简瑶搂着他的脖子，亲了一大口。